DIE MUTPROBE

Somebody's Daughter

Detective-Robyn-Carter-Serie

Little Girl Lost

Secrets of the Dead

The Missing Girls

The Silent Children

The Chosen Ones

Andere Titel

Life Swap

Take a Chance on Me

CAROL WYER

DIE MUTPROBE

Übersetzt von Martin Spieß

bookouture

Für Edith Marshall, die ich verloren und dann wiedergefunden habe

PROLOG

Der große Zeiger der Wanduhr bewegte sich langsam auf die Sechs zu. Während das geschah, hatte er Mühe, das pressluftartige Hämmern in seiner Brust unter Kontrolle zu bekommen. *Bald.* Er goss sich Öl in die Hände, verteilte es auf seiner Brust und seinen Schultern und starrte in den großen Spiegel, der es ihm erlaubte, die Kreatur in all ihrer Pracht zu betrachten. Die tätowierte Schlange glänzte im Licht, das durchs Fenster hereinfiel, schien mit ihren frischen, glänzenden Schuppen lebendig. Ihr Kopf hing unter seinem rechten Schlüsselbein, der Kiefer stand weit offen. Der beschuppte, schwarze Körper verschwand über seine Schulter, um sich seinen Rücken hinunterzuschlängeln und auf der linken Seite seines Brustkorbs wieder zu erscheinen. Dort wand sich die Schlange um seine Taille, und ihr Schwanz verschwand unter dem Bund seiner Jeans. Es war eine Weile her, dass die Schlange beschwichtigt und gefüttert worden war.

Bald.

Er zog sich sein T-Shirt über, um die dunkle Bestie zu verbergen, und ging über den Teppichboden zur Spieluhr, die mit viel Liebe handgearbeitet auf einem hölzernen Gestell stand. Es war erstaunlich, was auf Flohmärkten verkauft wurde. Was für den einen Menschen Schrott war, konnte für einen anderen ein Schatz sein. Das hier war seiner.

Er fuhr die Löcher und Ausbuchtungen der Spieluhrenwalze entlang und ließ seine Finger über die Stücke Metall gleiten, die die Melodie erzeugten – ein achtzehn Noten langes Yunsheng-Werk, das aussah wie ein Briefchen dünner, metallener Streichhölzer. Vorsichtig hob er die Spieluhr hoch. Seine Fingerspitzen ergriffen sanft die zierliche Handkurbel und drehten sie ohne Hast, bis die Walze sich in Bewegung setzte. Die silbernen Streifen trafen darauf und die blecherne Melodie – ein erkennbares Kinderlied – erfüllte den ansonsten stillen Raum. Er lächelte, weil es so paradox war. Wie passend, dass er diese Spieluhr ausgewählt hatte.

Die Zeiger der Uhr bewegten sich wieder. Es war jetzt nach halb vier. Die Schule war aus, und endlich war es Zeit. Er drehte die Kurbel, summte mit, und während sie spielte, suchten seine Reptilienaugen die Straße nach seinem nächsten Opfer ab. Sie würde bald hier vorbeikommen. Sehr bald.

Ihr Kinderlein kommet
O kommet doch all!

EINS

MONTAG, 16. APRIL

»Fahr verdammt noch mal schneller!« Jane Hopkins schrie, obwohl der riesige John-Deere-Traktor vor ihr, der den Verkehr aufhielt und die lange Schlange verursachte, nicht der wahre Grund dafür war, dass sie auf ihrem Nachhauseweg dreißig Minuten zu spät dran war. Sie lehnte ihren Ellbogen ans Fenster und stieß ein verärgertes Seufzen aus.

Wenn das so weiterging, würde sie erst nach fünf Uhr zu Hause sein. Sie drehte das Radio lauter, um sich davon abzulenken, nur im Schneckentempo voranzukommen. In Wahrheit lagen nur noch viereinhalb Kilometer vor ihr. Sich wegen fünf zusätzlicher Minuten aufzuregen, war sinnlos. Aber sie war immer zu Hause, wenn Savannah heimkam. Allerdings wusste diese, wo der Ersatzschlüssel versteckt lag, und käme so ins Haus. Aber es war eine Frage des Prinzips. Janes eigene Mutter war immer bei der Arbeit gewesen, wenn Jane von der Schule heimgekommen war, und als einstiges Schlüsselkind wollte sie nicht, dass Savannah die gleichen Erfahrungen machte. Das war der Grund, weshalb Jane nur von neun bis halb vier und nur sechs Kilometer von zu Hause entfernt arbeitete – sechs lange Kilometer. Sie versuchte, ihren Kiefer zu entspannen.

Wieder knirschte sie unterbewusst mit den Zähnen, wie sie es für gewöhnlich tat, wenn sie verärgert war. Der Traktor weigerte sich, in die einzige Parkbucht zwischen hier und der T-Kreuzung zu fahren.

»Mistkerl«, murmelte sie. Es war ausgeschlossen, dass irgendjemand in der Lage wäre, das Fahrzeug zu überholen, das durchs Zentrum von Hapfield fuhr. Sie hing hier fest, musste mit allen anderen zusammen mit fünfzehn Kilometer pro Stunde voranschleichen. Ihrer Tochter hatte sie bereits eine Nachricht auf dem Handy hinterlassen, um ihr zu sagen, dass sie sich verspäten würde, aber sie rief sie erneut an. Savannahs lebhafte, aufgenommene Stimme erfüllte das Auto.

»Hey! Hier ist Savannah. Ich kann gerade nicht rangehen, also hinterlasst eine Nachricht.«

»Schatz, ich bin immer noch spät dran. Nicht viel. Im Schrank sind Chips, wenn du Hunger hast, aber iss nicht zu viele. Ich dachte, ich koche zum Abendessen dein Lieblingsessen. Lasagne.«

Es war ihre Schuld, dass sie nicht wie gewöhnlich zu Hause war, sie mit einem Lächeln und etwas zu essen erwartete. Jetzt verspürte sie Schuldgefühle, zusätzlich zu denen, die bereits vorhanden waren. *Wenn seine Ehefrau es je herausfindet ...* Sie verdrängte den Gedanken. Endlich bog der Traktor ab. Sein Blinker leuchtete eine Ewigkeit lang auf, während er auf eine Lücke im entgegenkommenden Verkehr wartete, damit er über die Straße fahren konnte. Die Verzweiflung der Fahrer vor ihr wurde offensichtlich, als sie das Gaspedal bis zum Boden durchdrückten, sobald die elende Maschine verschwunden war. Sie schloss sich ihnen an und kam fünf Minuten später in ihrer Einfahrt zum Stehen.

Sie sprang aus dem Auto und schlug die Tür mit einem Knall zu. Die verdammten Arbeiter hatten früher Feierabend gemacht. Sie hätten bis fünf Uhr arbeiten sollen. Es war Viertel nach vier. *Faule Ärsche.* Matschige Raupenspuren führten auf die gepflasterte Einfahrt zu und davon weg. Im Garten herrschte immer noch ein Durcheinander – ein Sumpf, von dem Jane sich nicht vorstellen konnte, dass er je anders aussehen würde als ein Schlammbad. Ein Berg Rollrasen lag in der gegenüberliegenden Ecke, jedes Stück wie ein auf links gedrehter, haariger grüner Teppich. Sie warf dem Rasen einen finsteren Blick zu und wünschte, das Duo nie beauftragt zu haben. Sie hatten den günstigsten Preis geboten, sich aber als die unzuverlässigsten Arbeiter erwiesen, denen sie je begegnet war.

Keine Spur von Savannah. Jane hatte erwartet, dass ihre Dreizehnjährige mit einem mürrischen Gesichtsausdruck an der Tür lehnte, aber sie hatte wohl den Schlüssel unter dem besonderen Stein hervorgeholt und war ins Haus gegangen. Sie öffnete die Tür und rief: »Savannah! Bist du zu Hause, Schatz? Tut mir leid, dass ich zu spät bin. Der Verkehr war schrecklich.« Diese Halbwahrheit ließ sie zusammenzucken. Selbstverständlich könnte sie ihrer Tochter nie den wahren Grund nennen, weshalb sie spät dran war. »Savannah!«

Sie bekam keine Antwort. Das Mädchen klebte vermutlich am Handy. Das war die Routine: Sie kam rein, schleuderte ihre Tasche vor die Treppe auf den Boden und verschwand in ihrem Zimmer. Dort zog sie ihre verhasste Schuluniform aus und versank so sehr in ein Spiel oder etwas Ähnliches, dass sie nicht hörte, wie ihre Mutter rief, dass das Essen fertig war.

Jane blieb wie angewurzelt stehen. Da war keine Schultasche.

»Savannah!« Sie stieg die Treppe hinauf und öffnete die Tür zum Zimmer ihrer Tochter. Das Einhorn auf dem Schminktisch grinste sie fröhlich an. Das Bett war nicht gemacht. Es war immer schwer, Savannah zu wecken. Sie war wirklich kein Morgenmensch, und seit sie in dieses Haus gezogen waren, war es sogar noch schwerer geworden, sie jeden Tag hochzubekommen. Die Nachbarin hatte einen Terrier, der die meisten Nächte draußen verbrachte und Schatten anbellte. In der Nacht zuvor hatte er bis drei Uhr nachts durchgehend gekläfft. Jane und Savannah waren um acht Uhr morgens aufgestanden, müde und mit schlechter Laune, und Savannah hatte gar nicht in die Schule gehen wollen.

»Bitte, Mum. Lass mich den Tag freimachen. Ich fühle mich krank«, hatte sie gefleht.

Sie hatte blass ausgesehen, aber Jane hatte nicht nachgegeben. *Wieso nicht?*, fragte die Stimme, die manchmal als ihr Gewissen auftrat. *Du weißt verdammt noch mal, wieso nicht. Ich wollte nicht freimachen und darauf verzichten, meinen Boss in seinem Büro zu vögeln*, knurrte sie zurück.

Jane eilte wieder nach unten und sah auf ihr Handy, für den Fall, dass ihre Tochter versucht hatte, sie zu erreichen. Die einzige Nachricht brachte ihre Wangen zum Glühen. Sie löschte sie unmittelbar nach dem Lesen. Erneut rief sie Savannahs Nummer an. Es ging augenblicklich die Mailbox dran.

»Savannah, hier ist Mum. Ruf mich an, wenn du diese Nachricht abhörst.«

Sie beendete den Anruf, und eine Mischung aus Beunruhigung und Angst ließ die Haare in ihrem Nacken zu Berge stehen. Savannah kam nie zu spät aus der Schule heim. Sie war stets um vier zu Hause. Die Schule war nur zwanzig Minuten zu Fuß entfernt – maximal dreißig, wenn man eine Schülerin war, die sich mit ihren besten Freundinnen unterhielt und trödelte. Und es war die goldene Regel, dass Savannah nur ohne ihre Mutter nach Hause laufen durfte, wenn sie den direkten Weg nahm. Jane war keine strenge Mutter, aber das war eine Regel, an der sie festhielt. Sie würde Savannah nicht mit der gleichen tiefsitzenden Verbitterung und den Gefühlen von Zurückweisung aufwachsen lassen, die sie erlebt hatte. Zumindest würde Savannah wissen, dass ihre Mutter sich genug sorgte, um am Abend da zu sein, mit einem Ohr für ihre Klagen sowie einer Kanne Tee und einem Lächeln. Nicht dass sie dieser Tage viel zurückzugeben schien. Savannah bekam kaum ein Hallo zustande, ehe sie die Treppe hinauf verschwand.

Es war halb fünf. Sie sollte jetzt zu Hause sein. Jane steckte ihr Handy ein und ging zum Fenster, von dem aus man die Straße sehen konnte. Dahinter lag Brachland, nichts als Freifläche, die auf Erschließung wartete. Etliche Autos zogen vorüber. Sie wandte den Kopf nach links, in die Richtung, aus der Savannah kommen würde. Keine Spur von irgendjemandem, der auf das Haus zulief.

Sie ging zur Eingangstür und trat nach draußen. Dann lief sie die Auffahrt hinunter und blieb am Ende des Bürgersteigs stehen, um die Straße besser hinaufblicken zu können. Ihre Nachbarin näherte sich mit ihrem Hund an der Leine. Jane brachte es nicht fertig, mit ihr über ihren kläffenden Köter zu reden, also wandte sie sich ab und blickte in die entgegengesetzte Richtung, zum Bahnübergang und dem Park, der sich hinter ihrem Haus erstreckte. Niemand. Sie eilte wieder ins Haus, ehe die Frau sie erreichte.

Wieder versuchte sie es auf Savannahs Handy und bekam dieselbe Mailboxansage zu hören. Es hatte keinen Sinn; sie musste herausfinden, wo sie war. Sie schleuderte ihre High Heels von sich und tauschte sie gegen ein Paar Turnschuhe, die neben der Hintertür standen. Dann machte sie sich auf in Richtung der Schule. Wo könnte ihre Tochter sein? Hatte sie mit ihren Freundinnen einen Ausflug in die Stadt gemacht? Sie fasste den spontanen Entschluss, eine der Mütter anzurufen. Isobel Gilmore war eine hochnäsige Kuh, aber eine, die Savannah eingeladen hatte, Zeit mit ihrer Tochter Sally zu verbringen, als niemand sonst so gastfreundlich gewesen war.

»Hi, Isobel. Hier ist Jane Hopkins – Savannahs Mutter.«

»Oh, hi.« Die Antwort klang gleichgültig. Jane war nicht überrascht. Sie und Isobel waren komplett gegensätzlich, obwohl ihre Kinder ganz gut miteinander auskamen.

»Gibt es heute nach der Schule Programm?« Es war ihr peinlich, diese Frage zu stellen, und sie konnte sich vorstellen, wie Isobel die Augen verdrehte. Jane musste für sie die schlimmste Mutter der Welt sein, wenn sie nicht wusste, was in der Schule vor sich ging. Alle anderen Mütter wussten, was stattfand.

»Nein. An Montagen ist nichts.«

»Okay. Danke.«

Offensichtlich bemerkte Isobel ihren Tonfall. »Stimmt etwas nicht, Jane?«

Jane wollte nicht zu viel verraten. Die Nachricht würde sich über die halbe Stadt ausbreiten, bevor sie aufgelegt hatte und es zum Schultor schaffte, das nur zwanzig Meter entfernt war. Sobald die Buschtrommeln eingesetzt hatten, würde ihr Lärm durch das gesamte Netzwerk ansässiger Mütter hallen, und Savannah wäre am folgenden Tag die Zielscheibe des Spotts.

»Nein.« Sie blickte zu den abgesperrten Toren. Dann überlegte sie es sich anders. Wen kümmerte es, wenn Savannah am nächsten Morgen gehänselt wurde? Sie hätte direkt nach Hause kommen sollen. »Oder doch. Savannah ist noch nicht nach Hause gekommen. Ich habe mich gefragt, ob sie vielleicht bei Sally ist.«

»Nein. Aber ich frage eben Sally, wann sie sie das letzte Mal gesehen hat.« Es ertönte ein gemurmeltes Gespräch, und Jane strengte sich an, um zu hören, was gesagt wurde. Ein Tanklastwagen fuhr an ihr vorbei. Der Fahrer hupte und machte eine zweideutige Geste. Sie wandte sich mit dem Handy ans Ohr gepresst ab. Isobel meldete sich wieder. »Nein, sie hat sie seit der Schule nicht gesehen.«

»Okay.« Jane wusste nicht, was sie als Nächstes sagen oder tun sollte. Sie hatte das seltsame Gefühl, als entfernte sie sich von der Realität. Savannah hatte nicht viele Freundinnen. Sally Gilmore und Holly Bradshaw waren die einzigen beiden

Mädchen, mit denen sie herumhing. Es war anstrengend für sie gewesen, auf diese Schule zu wechseln.

Isobel taute etwas auf. Ihre Stimme klang nun wärmer. »Mach dir keine Sorgen. Sie taucht schon wieder auf. Vermutlich hat sie ein paar Freundinnen getroffen und die Zeit vergessen. Sally ist das mal passiert. Hat mir ganz schön Angst eingejagt. Sag mir Bescheid, wenn sie zu Hause ist.«

»Kannst du Sally bitten, sie über ihre Social-Media-Accounts anzuschreiben? Sie bitten, dass sie mich anrufen soll.« Jane wusste, dass sie überreagierte. Savannah war nur eine halbe Stunde zu spät dran.

Isobel musste dasselbe gedacht haben. »Klar. Wenn sie irgendetwas hört, rufe ich dich an.«

Halb ging und halb rannte Jane zum Haus zurück, in der Hoffnung, das Mädchen vor der Tür zu sehen, die Schultasche auf dem Weg neben sich, das Handy in der Hand. Doch es war niemand da. Sie öffnete die Tür und rief Savannahs Namen, stieß jedoch auf Stille. Sie rief Holly Bradshaws Mutter Karen an, die in der örtlichen Apotheke arbeitete und ob des Anrufs verärgert klang.

»Meine Schicht ist noch nicht vorbei. Holly ist bei meiner Mutter«, sagte sie.

Sie gab ihr die Adresse ihrer Mutter, die einige Straßen entfernt wohnte. Jane war hin- und hergerissen, ob sie auf ihre Tochter warten oder Holly ausfindig machen sollte, und suchte hektisch nach einem Stück Papier. Sie benutzte die Rückseite einer Stromrechnung und kritzelte eine Nachricht darauf, die sie auf die unterste Treppenstufe legte, sodass Savannah sie sah, sobald sie hereinkam.

Ruf mich sofort an.

Sie rannte zu ihrem Auto, warf sich auf den Fahrersitz und

fädelte sich in den Verkehr ein. Ihr Gewissen flüsterte zwei Wörter: *Deine Schuld.*

»Leck mich«, antwortete sie laut.

Nach einer zehnminütigen Fahrt bog sie in eine Einfahrt vor einem eleganten, modernen Bungalow, der dreimal so groß war wie ihr eigenes Haus, und parkte hinter einem schwarzen Mini Cabrio, das dort stand. Eine Frau mit nachtschwarzem Haar öffnete die Tür. Mit einer Hand hielt sie einen ausgelassenen Spaniel zurück und warf der Besucherin einen eiskalten Blick zu. Doch Jane würde sich nicht aus der Fassung bringen lassen.

»Ich bin Jane Hopkins. Savannah Hopkins' Mutter. Es tut mir leid, dass ich Sie störe, aber ich muss mit Holly reden. Savannah ist nicht nach Hause gekommen und ich habe mich gefragt, ob Holly vielleicht eine Ahnung hat, wo sie sein könnte. Bitte? Ich mache mir Sorgen um sie.«

Die Frau zögerte einen Moment, ehe sie sagte: »Kommen Sie rein.«

Sie ging in eine warme, helle und einladende Küche voraus und befahl dem Hund, sich in sein Körbchen zu legen.

»Holly, das ist Savannahs Mutter. Sie sucht nach Savannah.«

Holly Bradshaw hatte dunkles Haar, rote Wangen und einen Schmollmund und war damit das genaue Gegenteil von Savannah. Durch lange Wimpern hindurch und mit zusammengepressten Lippen blickte sie zu Jane auf. Dann sprach sie. »Ich habe Savannah nicht gesehen, seit die Schule aus ist. Sie hatte schlechte Laune und ist ohne uns abgezogen.«

»Was meinst du damit?«

Holly wand sich unbehaglich auf dem Küchenhocker, einen Teller Pommes vor sich.

Ihre Großmutter strich ihr durchs Haar und ermutigte sie zu reden. »Erzähl es Mrs Hopkins.«

Holly zuckte mit den Schultern. »Sie hatte miese Laune.

Sie und Sally haben sich gestritten, und dann ist sie abgezogen. Das ist alles.«

»Worum ging es bei dem Streit?«

»Weiß nicht«, sagte Holly. Sie schien das Interesse an der Unterhaltung zu verlieren und wandte ihre Aufmerksamkeit wieder den Pommes zu.

»Wo hast du sie zuletzt gesehen?«

»Beim Aldi. Auf dem Aldi-Parkplatz.«

Der lag auf dem Weg, den Savannah und ihre Freundinnen jeden Tag gingen, wenn sie die Watfield-Mittelschule verließen: Sie überquerten den Supermarktparkplatz und gingen dann durch die Fußgängerzone, die in die Straße mündete, die zu ihrem Haus führte.

»Ist sie alleine weggegangen?«

»Ja.« Holly zuckte mit den Schultern, als wäre es keine große Sache.

Jane wollte mehr aus ihr herausbekommen, aber da schien nichts mehr zu sein. Holly spießte eine Pommes auf und aß sie auf. Ihre Großmutter warf ihr einen glückseligen Blick zu. Janes Unbehagen bemerkte sie nicht. Da nichts mehr zu sagen war, brachte sie Jane nach draußen und erlaubte sich einen missbilligenden Blick auf Janes enges Top und den allzu kurzen Rock. Jane wusste, was sie dachte. Sie war dieser Art Frau und solchen kleinlichen Vorurteilen schon oft begegnet. Als Antwort lächelte sie höflich und war nicht überrascht, als sich die Tür hinter ihr rasch schloss. Sie schloss eine Sekunde lang die Augen und hörte die Stimme ihrer Tochter, verärgert und aufgelöst zugleich. Es war ihre erste Woche in der Schule gewesen – die erste und einzige Woche, in der sie ihrer Mutter erlaubt hatte, sie am Schultor abzuholen ...

»Was ist eine Gypsy?«

»Wieso fragst du?«

*»Ein paar Mädchen haben Holly gesagt, dass sie nicht mit
mir rumhängen soll, weil ich eine Gypsy bin.«*

»Und wie hat Holly reagiert?«

»Sie hat ihnen gesagt, dass sie Leine ziehen sollen.«

»Sehr schön.«

*»Du hast meine Frage nicht beantwortet. Was ist eine
Gyspy?«*

*Sie gehen die Straße hinunter. Jane raucht eine Zigarette
und hält ihren Kopf so hoch wie möglich. »Eine Person, die in
einem Wohnwagen lebt. Eine Fahrende.«*

»Oh. Aber das tun wir nicht. Warum denken die so was?«

*Sie wirft ihrer Tochter einen Blick zu. »Hör nicht auf sie.
Die haben keine Ahnung.«*

Savannah beißt sich auf die Unterlippe und nickt.

Jane war an solche Sticheleien gewöhnt. Sie war in einem
harten Milieu aufgewachsen, in einer Sozialbausiedlung in
Dudley. Nachdem sie ihren Ehemann Lance kennengelernt
hatte – Savannahs Stiefvater –, waren sie eine Weile mit seiner
Fahrenden-Familie durchs Land gezogen, ehe sie sich erst vor
einem Jahr in Watfield niedergelassen hatten. Ihr starker Black-
Country-Akzent hatte sich vom Staffordshire-Dialekt der
Region abgehoben. Es schien, als würden Stigmata bleiben und
Klatsch einen verfolgen, sosehr man auch versuchte, vorwärts-
zukommen. Hollys Großmutter war eine von denen, die für die
Gerüchteküche empfänglich waren. Man konnte es in ihren
unbeugsamen, silbrigen Augen sehen.

Jane hielt auf dem Weg nach Hause auf dem Aldi-Parkplatz und stieg dort aus. Sie rief das Hintergrundfoto von
Savannah auf ihrem Handy auf und sprach Kunden an, die den
Laden verließen. Hatte jemand von ihnen ein junges Mädchen
mit einem blonden Pferdeschwanz gesehen, das die Uniform
der örtlichen Schule - roter Pullover und schwarze Hose – trug?

Sie erntete Kopfschütteln und Schulterzucken. Sie hätte früher herkommen sollen.

Noch einmal rief sie bei Savannah an. Keine Reaktion. Es war jetzt fast halb sechs. *Über anderthalb Stunden zu spät.* Sie eilte am Supermarkt vorbei auf das Caffè Nero zu, das sich zwischen dem Obstladen und der Poundland-Filiale befand, und warf einen Blick durch das Fenster. Eine Gruppe Jugendlicher in der gleichen Uniform wie Savannah hatte sich am hinteren Ende des Cafés versammelt. Sie stürmte durch die Tür und auf sie zu. Savannah war nicht unter ihnen.

»Habt ihr Savannah Hopkins gesehen?«, fragte sie.

Die zwei Mädchen und der Junge vor ihr waren älter als ihre Tochter. Sie blickten von ihren Handys auf, lösten ihre Lippen von den gestreiften Strohhalmen, die aus Smoothie-Plastikbechern herausragten, und schüttelten die Köpfe.

»Kenn ich nicht.«

»Hier.« Jane schob ihnen das Foto hin.

Die Mädchen sahen es ausdruckslos an. »Geht sie auf die Watfield-Mittelschule?«

Der Mund des Jungen verzog sich nach unten. »Glaub, ich hab sie gestern gesehen, am Wissenschaftstrakt.«

»Heute nicht?« Jane musste hier raus, nach ihrer Tochter suchen, nicht Zeit verschwenden, indem sie mit diesen Kids redete. Ihr schwirrte der Kopf. Der Lärm übertönte alle anderen Geräusche. Sie sah, wie sich die Lippen des Jungen bewegten, hörte ihn aber nicht.

Sie eilte nach draußen und die Fußgängerzone entlang, drehte ihren Kopf nach links, nach rechts und wieder zurück. Das Herz in ihrer Brust war bleischwer und warf sich gegen ihren Brustkorb, während sie rannte. Savannah war nirgendwo zu sehen. Sie rief noch einmal bei ihr an, kam aber immer noch nicht durch. Es kümmerte sie nicht, dass Leute sie anstarrten: die Frau mit den wilden Augen im zu engen Top, schwarzen Lederrock und Turnschuhen. Sie musste ihre Tochter finden.

Das hier war ihre eigene Schuld. Wäre sie zur üblichen Zeit zu Hause gewesen, hätte sie früher bemerkt, dass Savannah nicht da war, und wäre früher suchen gegangen.

Sie hastete die Straße hinunter, bog an einem Wohnblock ab und blieb vor dem Haus stehen, das sie in der Stadt am meisten hasste. Das Polizeirevier war ein altmodisches Backsteingebäude, komplett mit traditioneller blauer Laterne und versehen mit dem Wort »Polizei«. Es sah aus wie in einem Historienfilm im Fernsehen. Sie war zweimal drin gewesen, seit sie nach Watfield gezogen war: Beide Male musste sie einen reumütigen Lance abholen, der wegen Trunkenheit und Erregung öffentlichen Ärgernisses festgenommen worden war. Das war, bevor sie ihn vor sieben Monaten rausgeworfen hatte.

Sie holte tief Luft und stieß die Tür auf. Drinnen befand sich ein unbemannter Holztresen mit Altersspuren, der die Öffentlichkeit vom Revier selbst trennte. Eine durchsichtige Trennwand war darüber gestellt worden. Sie hämmerte laut darauf ein. Jeglicher Realitätssinn ließ sie jetzt im Stich.

»Beeilen Sie sich verdammt noch mal. Meine Tochter ist verschwunden!«

ZWEI

DIENSTAG, 17. APRIL – MORGEN

»Leigh! Beeil dich. Ich habe keine Zeit für so was.« Natalie suchte nach ihrem Autoschlüssel.

Ihr Sohn Josh, der eine Schuluniform trug, deren Hemd ihm modisch aus der Hose hing und deren grün-schwarz gestreifte Krawatte locker gebunden war, lehnte mit dem Rücken an der Tür und tippte mit dem Daumen auf seinem Smartphone herum. Er sprach, ohne aufzusehen. »Sie sucht vermutlich nach ihren Sportsachen.«

»Mist!« Natalie rannte die Treppe hinauf, um ihrer Tochter zu helfen, die wahllos an Kleidungstücken zog, die ordentlich im Wäschetrockenschrank aufgestapelt gewesen waren und jetzt in einem unordentlichen Haufen dalagen.

»Ich kann sie nicht finden. Wo sind sie?«, fragte Leigh.

Natalie schüttelte den Kopf. »Tut mir leid. Ich habe gestern Abend vergessen, die Waschmaschine anzustellen.«

»Mu-um!«

»Ich weiß. Ich bin spät nach Hause gekommen und weiß, ich hätte sie anstellen sollen, aber … Ich hole sie dir wieder raus. Du kannst sie heute noch mal anziehen, oder?«

»Aber die stinken!« Leigh schob die Unterlippe vor.

»Tun sie nicht. Du hast sie nur kurz beim Netzball getragen, nicht bei einem Marathon. Zieh frische Socken und eine saubere Hose an. Ich wette, es fällt niemandem auf.«

Leigh stapfte in ihr Zimmer, trat nach Schuhen, die auf dem Teppich lagen, und machte viel Aufhebens darum, beobachtet von ihrer Mutter ihre Socken und Turnschuhe zusammenzusammeln und sie in einen blauen Zugbeutel zu stopfen.

Natalie hatte keine Zeit für theatralisches Getue. »Es hätte geholfen, wenn du deine Schmutzwäsche nach dem letzten Mal Tragen in den Wäschekorb getan hättest, nicht erst am Abend vor dem Tag, an dem du sie wieder brauchst. Jetzt musst du die Sachen tragen, wie sie sind. Ich sprühe etwas Deo drauf. Und nun komm, oder wir verspäten uns.«

»Du meinst, *du* verspätest dich.«

Natalie war versucht, ihre Tochter wegen ihrer launischen Antwort zu maßregeln, aber sie hatte recht. Natalie hatte um neun eine Einsatzbesprechung und musste ihre Kinder vorher bei der Schule absetzen, ehe sie zur Arbeit fahren konnte. Normalerweise war ihr Mann David für solche Sachen zuständig, weil er von zu Hause aus arbeitete. Insofern war es praktischer, wenn er die Kinder durch die Gegend kutschierte, kochte und alle anderen Hausarbeiten übernahm, wenn Natalie in einer Ermittlung verstrickt war oder länger arbeiten musste. Heute allerdings war er auf dem Weg zu einem Seminar in Birmingham und hoffte, mit Übersetzerkollegen zu netzwerken und dringend notwendige Aufträge zu bekommen.

Sie stampfte die Treppe wieder hinunter, betrat den Hauswirtschaftsraum hinter der Küche und öffnete die Tür der Waschmaschine. Sie riss die zerknitterten Sportsachen heraus, schnupperte daran und rümpfte die Nase. Es musste so gehen. Nachdem sie wieder nach oben ins Badezimmer geeilt war, um sie mit einem Zitronenduft zu besprühen, den David ihr zu ihrem letzten Geburtstag geschenkt hatte, donnerte sie nach unten und rief erneut nach Leigh, die immer noch in ihrem Zimmer war.

»Leigh, um Gottes willen.«

»Ich komme! Bleib locker.« Das Mädchen schlenderte die Treppe herunter, nahm ihrer Mutter die Sachen ab und stopfte sie in die blaue Tasche.

Josh ließ sein Handy in die Jackentasche gleiten. »Bist du also endlich fertig?«

»Halt's Maul.«

»Leigh! So redest du nicht mit deinem Bruder. Josh, steck dein Hemd in die Hose.« Natalie sah sich um, ob sie vielleicht irgendetwas vergessen hatte, vergewisserte sich, dass sie ihre Aktentasche hatte, und folgte ihren Kindern nach draußen zu ihrem Audi. Sie schloss die Tür hinter sich ab und atmete tief ein. Jeden Tag würde sie das nicht machen wollen. Sie würde den Verstand verlieren.

Beide Kinder schwiegen auf der Fahrt von Castergate, dem Dorf, in dem sie lebten, zur Mittelschule im Randbezirk der Stadt. Leigh starrte unverwandt aus dem Fenster und ignorierte sowohl Natalie als auch Josh, der es inzwischen aufgegeben hatte, sie aufheitern zu wollen, und wieder auf sein Handy starrte. Natalie versuchte eine Unterhaltung zu führen, aber irgendwann kam sie zu dem Schluss, dass es den Aufwand nicht wert war. Selbst Josh war nur im Grunz-Modus. *Teenager!* Eine Weile lang empfand sie Dankbarkeit, dass David die Belastung auf sich nahm, dann erinnerte sie sich, *warum* es die Belastung gab. Wenn er nicht um Geld gespielt und ihre Ersparnisse verloren hätte, hätte sie nicht die zusätzliche Verantwortung übernehmen und arbeiten gehen müssen, um die Hypothek abzubezahlen. In jüngster Vergangenheit war es hart gewesen – härter als gewöhnlich: Sie hatte geglaubt, dass David wieder mit dem Glücksspiel angefangen hatte. Anfang

März hatte sie nicht nur herausgefunden, dass er auf einer Internetseite für Glücksspiel gewesen war, sondern auch, dass er einen Kredit in Höhe von fünftausend Pfund aufgenommen hatte. Diese Entdeckung hatte das Fass für Natalie zum Überlaufen gebracht.

»Natalie, um Himmels willen, beruhig dich.« Davids Gesicht ist ausdruckslos. Er zeigt nicht die geringste Reue.

Sie kann sich nicht beruhigen. Am liebsten würde sie mit ihren Fäusten gegen seine Brust trommeln und ihn anschreien. Wie kann er es verdammt noch mal wagen, ihr das schon wieder anzutun? Was hat er sich dabei gedacht, einen Kredit über eine solch große Summe aufzunehmen, wenn sie doch allein von ihrem Gehalt leben müssen? Warum hat er das getan?

»Fünf. Tausend. Pfund. David. Erklär mir, wieso verdammt noch mal du einen Kredit über diese Summe aufgenommen hast, wenn es nicht um deine Spielsucht geht. Komm schon, du verlogener Scheißkerl. Ich hab dir deinen Mist abgekauft, dass du die Glücksspiel-Website am Computer nur kurz aus Interesse angeguckt hast, und das habe ich dir geglaubt, weil du geschworen hast, unsere Ersparnisse nicht angerührt zu haben. Du warst so was von herablassend deswegen und jetzt ... das!«

»Ich weiß, wie es aussieht, aber du verstehst das falsch. Ich habe den Kredit aufgenommen, um für uns alle einen Urlaub nach Florida zu bezahlen. Du hast so hart gearbeitet, und ich wusste nicht, was ich dir zum Geburtstag schenken soll, also dachte ich, ein Familienurlaub wäre das perfekte Geschenk. Zeit füreinander und die Kinder. Ich wollte dich damit überraschen. Und ich hätte dich nicht damit überraschen können, wenn ich das Geld von unserem Konto genommen hätte.«

Sie erstarrt. Lügt er? Sein Gesicht sagt Nein. Er hat Tränen in den Augen, und seine schmalen Schultern sind zusammengesackt. Ihre grausamen Vorwürfe müssen ihn schwer getroffen haben. Er greift nach ihren Händen, aber ihre Arme hängen schlaff an ihren Seiten wie die einer Stoffpuppe. Sagt er die Wahrheit? Als hätte er ihre Gedanken gelesen, dreht er sich um und geht in sein Büro, um kurz darauf mit einer Urlaubsbroschüre zurückzukehren. Er reicht sie ihr und sie sieht, dass die Ecken einiger Seiten umgeknickt sind. Sie öffnet sie stumm und betrachtet das Resort in der Nähe von Disney World. Er hat den Hotelnamen in Rot eingekreist, Sunshine Palace, zusammen mit den Preisen für die Hauptsaison: Die Kosten für den Urlaub für vier Personen belaufen sich auf beinahe fünftausend Pfund. Sie schließt die Broschüre und gibt sie ihm zurück.

»Verstehst du ...«, beginnt sie.

Er unterbricht sie mit einem schwachen Kopfschütteln. »Ich verstehe, dass du mir trotz allem, was ich gesagt und getan habe, nicht vertraust. Ich verstehe, dass ich, egal was ich tue, in deinen Augen immer schuldig sein werde, weil ich dich hintergangen habe.« Er wendet sich ab und wirft die Broschüre in den Papierkorb, wo sie mit einem dumpfen Knall landet.

Natalie weiß nicht, was sie sagen soll. Er hat recht. Seit er ihre Ersparnisse verspielt hat, hat sie förmlich erwartet, dass er versagt. Sie hat ihn wie einen Verdächtigen behandelt, darauf gewartet, dass er einen Fehler macht, aber in diesem Fall hat sie sich geirrt. Sie ist immer noch wütend, dass er einen Kredit aufgenommen hat, auch wenn der für einen Urlaub ist. Schlussendlich wird sie es sein, die ihn abbezahlt, aber dennoch war es nicht fair von ihr, vom Schlimmsten auszugehen. »Hör mal, es tut mir leid. Wirklich. Aber du kannst doch sicherlich verstehen, wie es ausgesehen hat!«

»Was hat dich dazu gebracht, mir nachzuspionieren und das mit dem Kredit herauszufinden, Natalie?«, fragt er zurück. Seine Stirn legt sich in tiefe Falten, und zusammen mit dem Grau in seinem Haar ähnelt David eher einem Mann Mitte fünfzig als Ende vierzig.

Sie öffnet den Mund, sagt aber nichts. Sie kennen beide die

Antwort: Sie vertraut ihm nicht. Deswegen hat sie nach Beweisen dafür gesucht, dass er wieder um Geld spielt.

Er schüttelt traurig den Kopf. »Wirst du je wieder an mich glauben oder ist es für uns zu spät?«

Das Herz in ihrer Brust beginnt heftig zu schlagen. Es liegt in ihren Händen. Was immer sie als Nächstes sagt, wird darüber entscheiden, ob sie als Paar fortbestehen können. Und es wird Auswirkungen auf die gesamte Familie haben. »Ich werde es versuchen, David. Ich bin von Natur aus misstrauisch. Du weißt das. So bin ich. Der Gedanke daran, dass es noch einmal passiert, macht mir manchmal solche Angst, dass ich nicht mehr rational denken kann. Ich werde versuchen, dir mehr zu vertrauen. Es tut mir wirklich leid, dass ich voreilige Schlüsse gezogen habe.«

Die Antwort scheint ihn zu befriedigen, denn er diskutiert nicht weiter, sondern nickt nur und macht sich auf in sein Arbeitszimmer.

Natalie reihte sich in die Schlange der anderen Taxi spielenden Mütter und Väter ein, die ihre Kinder vor der Schule absetzen wollten. Ihr Handy leuchtete auf, und sie warf einen Blick darauf. Es war eine Nachricht von einem ihrer Sergeants, Murray Anderson. Sie hob das Handy hoch, sodass sie den Bildschirm sehen und die Nachricht schnell lesen konnte, wobei sie die Stoßstange des Volvos vor ihr nicht aus den Augen ließ, für den Fall, dass er abrupt zum Stehen kam. Sie musste dringend im Revier anrufen.

Leigh wurde langsam unruhig. Sie hatte ihre Tasche bereits halb über der Schulter. »Kannst du uns nicht einfach hier rauslassen, so wie Dad das immer macht?«, jammerte sie.

»Wir sind noch nicht im erlaubten Bereich«, antwortete Natalie mit Blick auf die Straßenmarkierungen, laut derer sie erst in fünfzig Metern anhalten durfte. Das neue System war erst kürzlich eingeführt worden. Eigentlich sollte es der Sicherheit der vielen Kinder dienen, die aus den Autos stiegen, es verlangsamte jedoch den gesamten Prozess enorm. Leigh, die neben ihr saß, atmete geräuschvoll aus und verdrehte die Augen. Natalie ignorierte sie. Es dauerte qualvolle fünf Minuten, bis sie endlich an der Reihe waren und Josh und Leigh fluchtartig das Fahrzeug verließen.

»Habt einen schönen Tag!«, rief sie, wurde aber ignoriert, weil Josh sich umgehend einer Gruppe von Jungen anschloss, die gerade auf den Eingang zugingen, und Leigh mit schnellen Schritten und auf dem Rücken wippenden Sportbeutel durch das Tor verschwand.

Natalie warf einen Blick in den Rückspiegel, bevor sie sich wieder in den Verkehr einordnete, und konnte so gerade noch sehen, wie Josh sich das Hemd wieder aus der Hose zog. Sie seufzte. Es war ein andauernder Kampf mit ihren Kindern. Sie wurden immer unabhängiger und hörten kaum noch auf das, was sie ihnen sagte. Sie war in dem Alter nie aus der Reihe getanzt, fand sie. Frances hingegen ... Sie wischte sämtliche Gedanken an ihre Schwester, mit der sie zerstritten war, beiseite.

Als sie endlich weiterfahren konnte, rief sie Murray über die Freisprecheinrichtung an.

»Hi. Ich habe Ihre Nachricht bekommen. Was gibt's?«

»Wir wurden benachrichtigt, dass ein gestern als vermisst gemeldetes Mädchen tot aufgefunden wurde. Melden Sie sich bei Superintendent Melody.«

»Ich bin in zehn Minuten da.« Sie schaltete das Blaulicht ein, das entlang der Vorderseite ihres Kühlergrills verlief und andere Fahrzeuge vor ihrer Anwesenheit warnte, und dann beschleunigte sie in Richtung Samford.

Die Polizeizentrale von Samford, ein hochmodernes Gebäude, das 2016 erbaut worden war, war eins von nur vier Ermittlungszentren im Bezirk und beherbergte die Kriminalpolizei, das Dezernat für den Schutz der Öffentlichkeit, die rechtsmedizinische Abteilung von Nord-Staffordshire sowie die örtlichen Polizeikräfte und Natalies Team. Sie zog ihre Ausweiskarte durch den Scanner, grüßte die Kollegen am Empfang mit einem schnellen Winken und eilte die breite Treppe hinauf in das Büro von Superintendent Aileen Melody, das sich im Obergeschoss befand.

Natalies Schritte wurden vom dicken Teppich gedämpft. Obwohl Melodys Büro direkt über ihrem war und die gleiche Größe hatte, war es offensichtlich, dass auf diesem Stockwerk nur die Vorgesetzten untergebracht waren: Im Flur gab es einen Wasserspender, moderne Kunst zierte die blassblauen Wände, und im geräumigen Eingangsbereich standen mehrere Ledersessel. Natalie blieb vor der Tür stehen und lauschte, ehe sie anklopfte. Drinnen hatte Aileens weiche, südirische Stimme einen harten Tonfall angenommen und schrie jemanden an, der sich entweder bei ihr oder am anderen Ende der Leitung befand. Natalie wartete, bis der Wortschwall abebbte, und klopfte dann.

»Kommen Sie rein.«

Aileen, eine schlanke Frau mit rostrotem, kurzem Haar, das ihr zierliches Gesicht sowie die kräftig grünen Augen einrahmte, blickte von den Akten auf ihrem Schreibtisch auf. Ihre Stirn lag in tiefen Falten, und sie kam gleich zur Sache.

»Die dreizehnjährige Savannah Hopkins ist gestern Nachmittag auf ihrem Nachhauseweg von der Watfield-Mittelschule verschwunden. Das Dezernat für Vermisstenfälle hat nach ihr gesucht. Ihre Leiche ist vor weniger als einer Stunde gefunden worden. Ich weiß, Sie stecken gerade mitten in einem anderen Fall, aber ich weise Ihr Team diesem Fall zu und möchte, dass Sie die Ermittlung leiten.«

Natalie stand mit den Händen auf dem Rücken da. Jede Mordermittlung war eine Herausforderung, aber wenn es um Kinder ging, stellte das eine noch größere Bewährungsprobe dar: Man musste versuchen, seine Emotionen von der Ermittlung zu trennen. Natalie war in etliche solcher Fälle involviert gewesen, und jeder einzelne hatte sie auf die Probe gestellt. Sie wartete auf Anweisungen, die rasch kamen.

»Bringen Sie alle so schnell wie möglich auf den neuesten Stand und fahren Sie rüber nach Watfield. Das ist alles, was wir so weit haben.« Sie schob die Akte in Natalies Richtung. Das Foto eines blassen Mädchens mit blonden, schulterlangen Haaren und kastanienbraunen Augen, die Kummer auszustrahlen schienen, war an die Vorderseite geheftet. Natalie nickte zustimmend, nahm die Akte und las sie rasch durch. Weitere Worte waren unnötig.

Als sie sich umdrehte, um das Büro zu verlassen, warf sie einen Blick auf das Foto, das auf Aileens Schreibtisch stand und ihre zwei Nichten zeigte, die etwa im selben Alter waren wie das bedauernswerte Mädchen. Sie verstand, wieso ihre Chefin so begierig war, den Täter schnell zu finden.

DREI

DIENSTAG, 17. APRIL – MORGEN

Natalies Einheit bestand aus drei engagierten und fähigen Leuten: DS Lucy Carmichael, DS Murray Anderson und PC Ian Jarvis. Ian, der am kürzesten dabei und der jüngste von ihnen war, hatte während einer Ermittlung im März eine schwere Stichverletzung abbekommen und war gerade erst zur Arbeit zurückgekehrt. Sie war entschlossen, ihn nur Schreibtischarbeit machen zu lassen und von jeglicher Gefahr fernzuhalten.

Sie fand ihre Teammitglieder in ihrem Büro versammelt vor, wo sie auf Anweisungen warteten. Vom bisherigen Fall waren sie abgezogen worden, und Lucy sammelte die Informationen zusammen, die sie über eine Autodiebstahlbande zusammengetragen hatten, die in der Gegend ihr Unwesen trieb. Dann setzte sie den Deckel fest auf den Karton und überreichte ihn dem wartenden Kollegen. Der Mann nickte in Natalies Richtung und murmelte »Morgen, Ma'am«, ehe er ging.

Lucy wischte sich die Hände an den Hosenbeinen ab und setzte sich. Natalie verschwendete keine Zeit. Sie reichte das Foto der Schülerin herum und sprach schnell.

»Gestern Abend um siebzehn Uhr dreißig hat Mrs Jane

Hopkins, wohnhaft in der Western Park Road 21 in Watfield, ihre dreizehnjährige Tochter Savannah als vermisst gemeldet. Jane ist der Polizei bereits bekannt, weil sie sie wegen häuslicher Gewalt etliche Male gerufen hat. Ihr Ehemann, Mr Lance Hopkins, wurde im September des vergangenen Jahres wegen Trunkenheit und Erregung öffentlichen Ärgernisses angeklagt. Er ist im Übrigen Savannahs Stiefvater, nicht ihr leiblicher Vater. Kurz danach hat er das Haus der Familie verlassen. Eine aktuelle Adresse von dem Mann liegt uns nicht vor. Gestern Abend hat das Dezernat für Vermisstenfälle die Western Park Road, die unmittelbare Umgebung und das Parkgelände in der Nähe gründlich durchsucht. Savannahs Leiche wurde vor weniger als einer Stunde gefunden, als die Polizei den Bereich des Parks, der sich hinter ihrem Haus befindet, ein zweites Mal durchsucht hat. Superintendent Melody möchte, dass wir augenblicklich zum Tatort fahren. Für die Autodiebstähle sind wir, wie Sie wissen, nicht mehr zuständig. Dieser Fall ist nun unsere Priorität. Gehen wir.«

Watfields einziger Park war etwa sechs Hektar groß und von beinahe quadratischer Form. Er erstreckte sich von der westlichen Seite Watfields bis zur Bahnstrecke und wurde an einer Seite von einem Fluss und auf der anderen von der Hauptstraße, die ins Stadtzentrum führte, gesäumt. Vieles von seiner ursprünglichen Gestaltung aus der Zeit seiner Eröffnung in den 1920er-Jahren war beibehalten worden, und er bestand hauptsächlich aus Rasenflächen, Sportplätzen, einem Fußballfeld und einem Skaterpark sowie aus mehreren kleinen Waldflächen und einem Spielplatz. Als Natalie und Lucy auf den Parkplatz auf der gegenüberliegenden Seite des einzigen Eingangs in der Western Park Road fuhren, war es ihnen kaum möglich, die Übertragungswagen der sich bereits versammelnden Fernsehleute zu übersehen.

Zu beiden Seiten der schmiedeeisernen Tore standen kleine Menschengruppen herum, dicht gedrängt, als suchten sie Körperkontakt. Natalie hatte das bereits an anderen Tatorten erlebt: ein Herdeninstinkt, der Menschen angesichts von Tragödien näher zusammenbrachte. Polizisten mit den Händen im Rücken und ernstem Gesicht standen wie angewurzelt um den gesamten Park herum vor dem Zaun und hielten Wache. Natalie parkte neben dem Streifenwagen, den Murray fuhr. Sie und ihr Team ignorierten die Kameras, schlüpften in die Schutzoveralls und schritten auf die Wachen am Tor zu. Sie hielten ihre Ausweise hoch, damit ihre Namen aufgenommen werden konnten. Hinter Natalie setzte ein Chor aus Stimmen ein.

»Detective, haben Sie Savannah Hopkins gefunden?« Die Rufe und Schreie der Journalisten wurden ignoriert. Natalie hob eine Hand, um zu signalisieren, dass sie nicht bereit war, mit irgendjemandem zu reden, und schlüpfte begleitet von ihrem Team in den Park. Sie brauchte keine Wegbeschreibung. Es gab nur zwei Fußwege: Der zu ihrer Linken führte zum Fluss, aber nach den weißen Ganzkörperanzügen in der Entfernung rechts zu urteilen, würde sie Savannah Hopkins dort finden.

Schwarz-gelbes Tatortabsperrband sicherte einen Bereich in der Nähe des Weges und schloss eine Bank, Büsche und einen großen Weidenbaum ein. Etliche Polizisten samt der vertrauten, massigen Gestalt von Mike Sullivan, dem Chef der Spurensicherung, wuselten außerhalb des provisorischen Zelts herum, in dem sich die Leiche des Mädchens befand. Mike war nicht bloß ein Kollege: Er war Davids bester Freund, und er und Natalie hatten sich vor anderthalb Jahren auf eine kurze Affäre eingelassen, nachdem Natalie herausgefunden hatte, dass ihr Ehemann unter Spielsucht litt. Danach hatte sie versucht, ihre Ehe mit David zu retten, während Mike sich von seiner Frau Nicole getrennt hatte. Grund hierfür war jedoch nicht ihre Affäre gewesen, sondern weil er zu viel arbeitete.

Natalie erreichte mit ihren Leuten das Zelt und begrüßte Mike und dessen Team. »Was hast du bisher?«

Er seufzte leise. »Wir glauben, dass sie erwürgt würde. Sie hat Blutergüsse, die zu Strangulation passen, und der Rechtsmediziner wird unseren ersten Verdacht zweifellos bestätigen.«

»Irgendeine Ahnung, wer der Rechtsmediziner sein wird?«

Mike schüttelte den Kopf. Sein dichtes, schwarzes Haar war zerzaust, als hätte er vergessen, es zu kämmen, so sehr hatte er sich beeilt, zum Tatort zu kommen. »Entweder Ben Hargreaves oder Pinkney Watson. Wir haben noch nichts gehört.«

Natalie bevorzugte Pinkney, mit dem sie bei vielen Fällen zusammengearbeitet hatte, aber auch Ben hatte seine Kompetenz bei einer Ermittlung im vorangegangenen Jahr unter Beweis gestellt. Auch damals war es um Kinder gegangen. Sie seufzte schwer, konnte es nicht länger hinauszögern. Sie musste einen Blick auf Savannah werfen. Also betrat sie das Zelt und betrachtete das Mädchen, das ausgestreckt neben einem blauen Mülleimer lag, wie man sie oft auf Schulhöfen und in Parks sah: oben das Relief eines Kompasses, eine Öffnung an jeder Seite und umlaufende viktorianische goldene Linien und Buchstaben. Savannah war dünn, nur rund einen Meter fünfzig Meter groß, und hatte schlanke Arme und Beine. Ihr Gesicht war so weiß wie Alabaster, mit ein paar hellen Sommersprossen auf den Wangen und einem kleinen Leberfleck über ihrer blassrosa Lippe. Die Blutergüsse, die Mike erwähnt hatte, waren nicht zu übersehen – ein leicht violettes Blau –, und die Knöchel ihrer Hände, beide zu Fäusten geballt, zeigten Schürfwunden. Sie trug eine enge schwarze Jeans, in der sie noch dünner aussah, sowie einen dunkelgrauen Hoodie mit dem Superdry-Logo. Ihre ordentlich gebundenen Converse-Turnschuhe sahen neu aus, die Sohlen waren kaum abgenutzt. Natalies Blick verweilte einen Moment auf dem Gesicht des Mädchens, auf den spitzen Wangenknochen und den natürlich dichten Augenbrauen, die sich über geschlossenen, violetten Lidern wölbten. Ein Funkeln erregte ihre Aufmerksamkeit. Savannah trug einen kleinen silbernen Stern im rechten Ohrläppchen, aber nicht in ihrem linken.

»Habt ihr den anderen Ohrring gefunden?«, fragte sie Mike.

»Noch nicht.«

Natalie wandte den Blick von dem Kind auf der Erde ab.

»Sie trägt keine Schuluniform, und doch ist sie unmittelbar nach der Schule verschwunden. Sieht aus, als hätte sie sich umgezogen.«

»Wir haben weder ihre Uniform, ihre Schultasche noch ihr Handy gefunden, aber selbstverständlich führen wir eine umfassende Suche durch. Im Mülleimer ist nichts, aber wir checken den Inhalt noch mal, nur um sicherzugehen.«

Natalie ging in die Hocke und betrachtete das Mädchen. Die Kleidung sah neu aus. Hatte sie die Uniform ausgezogen, um sich mit jemandem zu treffen? Sie wandte ihren Blick von den Spuren auf dem Hals des Mädchens ab, stand auf und sprach zu ihrem Team. »Auch wenn sie angezogen ist, müssen wir selbstverständlich herausfinden, ob sie vergewaltigt wurde.« Ihre Stimme klang klar und ruhig und stand damit im krassen Widerspruch zum Hämmern in ihrer Brust. Sie wich einen Schritt zurück und redete erneut mit Mike. »Ist es in Ordnung, wenn wir das Gelände mit euch abgehen?«

»Sicher.«

Sie folgten ihm aus dem Zelt in den Park. Natalie warf einen Blick zurück in Richtung der Tore. Weder dort noch sonst wo im Park gab es Überwachungskameras. Ein Mörder hätte ohne gesehen zu werden hereinkommen können, wobei er nicht notwendigerweise den Eingang benutzt haben musste. Er hätte auch über die Bahngleise, den Fluss oder einen der zahlreichen Gärten hereinkommen können. Die Fragen häuften sich bereits: Hatte der Täter Savannah aufgelauert oder war er ihr zufällig begegnet? Hatte er sie vor den Suchtrupps versteckt und sie dann ermordet? Oder hatte er das Mädchen irgendwo anders erwürgt und war dann zurückgekehrt, um ihre Leiche unweit von ihrem Haus abzulegen?

Ein junger Mann in einem schlecht sitzenden braunen Anzug und einer Kamera um den Hals sowie eine Frau in Jeans und kurzer, roter Jacke unterhielten sich mit einem der wachhabenden Polizisten. *Schlagzeilenjäger.*

Der Fluss war schätzungsweise hundert Meter entfernt. Gleich links vom Zelt befand sich eine Holzbank, auf deren Plakette stand, dass Fred hier gerne gesessen hatte, und darunter sein Geburtsdatum und sein Todestag. Jemand hatte *H 4 R* und ein Herz auf die Rückseite gekritzelt.

»Halten Sie den Mülleimer für wichtig?« Murrays Stimme war dem Tatort angemessen leise.

»Vielleicht hat sie versucht, vor ihrem Angreifer wegzulaufen, und er hat zugeschlagen, als sie auf Höhe des Mülleimers war. Zum aktuellen Zeitpunkt ist alles wichtig.«

Seine Worte hatten eine Erinnerung in ihr geweckt. Nicht an einen Fall, an dem sie beteiligt gewesen war, sondern an einen, der sich ereignet hatte, als sie noch in Manchester gearbeitet hatte. Eine Teenagerin war erwürgt und hinter einem Restaurant zwischen Müllsäcken entsorgt worden, nur ein paar Häuser von ihrem Wohnhaus entfernt.

»Murray, machen Sie ein Video, mit dem wir etwas anfangen können. Lucy, Sie und Ian befragen die Bewohner der Häuser um den Park herum. Ich rede mit der Mutter.« Sie zogen ab und ließen Natalie mit Mike allein.

Mike schob eine Hand in die Tasche und holte eine Packung Kaugummi heraus. Er packte eins aus und steckte es sich in den Mund. Natalie betrachtete seine nikotingelben Finger. Das Scheitern seiner Ehe hatte Spuren hinterlassen.

Vermutlich war es jedoch mehr die Abwesenheit seiner Tochter Thea als die seiner Ehefrau, die ihn am tiefsten traf. Seine Vierjährige war sein Ein und Alles.

»Ben«, sagte er, als er das Eintreffen des Rechtsmediziners bemerkte, der mit gesenktem Kopf auf sie zueilte.

»Hab im Stau gesteckt.« Bens Birmingham-Dialekt war unüberhörbar, und er sprach sehr schnell. »Irgendeine Autopanne kurz vor Sandown, die aus dem Weg geräumt werden musste. Sonst wäre ich früher hier gewesen.«

Mike schüttelte den Kopf. »Kein Problem. Jetzt sind Sie ja hier.«

Ben antwortete mit einem Achselzucken, stellte seinen großen Lederkoffer auf den Boden, holte ein Stofftaschentuch aus der Jackentasche und putzte seine Brille damit. Sein langes schwarzes Haar trug er an diesem Morgen in einem stummelartigen Pferdeschwanz, und sein Kinn war glattrasiert, im Gegensatz zu dem von Mike, das zu jeder Tageszeit Stoppeln hatte. Ben setzte seinen Mund-Nasen-Schutz auf, sodass nur seine dunklen Augen zu sehen waren, und betrat das Zelt.

»Was waren deine ersten Gedanken?«, fragte Natalie Mike.

Sein Kiefer bewegte sich beim Kauen auf und ab. »Es gibt keine Anzeichen für einen Kampf – keine zerbrochenen Zweige oder Spuren im Gras. Keine Grasflecke auf ihren Schuhsohlen. Tatsächlich sehen die Schuhe so gut wie unbenutzt aus, und die Schrammen auf ihren Händen stammen von Schlägen auf etwas Hartes, eine Wand oder eine Tür. Hier sehe ich nichts dergleichen. Deshalb glaube ich, dass sie anderswo festgehalten, getötet und dann hier entsorgt wurde. Dabei hat der Mörder sie getragen, denn es gibt keine Schleifspuren.«

Natalie nickte sachlich. Der Mörder hätte sie irgendwo außer Sicht platzieren können, hatte sich aber für diese öffentlich einsehbare Stelle direkt neben einem Mülleimer entschieden. *Ist der Mülleimer von Bedeutung?*

»Schrecklich, einfach schrecklich. So ein Wichser!«, rief Mike aus.

Natalie konnte seinen Ausbruch nachvollziehen. Auch wenn sie beide versuchten, ihre Gefühle außen vor zu lassen, mussten sie an ihre eigenen Kinder und deren Sicherheit denken. Es war Mike anzusehen, so wie er den Kopf hängen ließ und die Augenbrauen zusammenzog, und Natalie musste an Leighs mürrisches, aber hübsches Gesicht denken, als sie vorhin erst in Richtung Schule geeilt war. Savannah hatte gestern früh das Haus verlassen, und das war das letzte Mal gewesen, dass ihre Mutter sie gesehen hatte.

»Ich gehe besser und rede mit ihrer Mutter.«

»Ich halte dich auf dem Laufenden«, antwortete er und blickte zu den zwei Mitgliedern seines Teams, die den Bereich rund um die Bank herum absuchten.

Natalie ging zum Eingang zurück, wo die Frau mit der roten Jacke und dem Mikrofon in der Hand ungeduldig wartete. »Detective, können Sie bestätigen, dass Sie Savannah Hopkins gefunden haben?«

Natalie ignorierte sowohl die Frau als auch den Fotografen, der Fotos von ihr machte, und hielt ihren Blick auf die Straße vor sich gerichtet. Lucy und Ian hatten zusammen mit anderen Kolleginnen und Kollegen die Schaulustigen vertrieben, und abgesehen von ein paar Nachzüglern, die langsam auf den gegenüberliegenden Bürgersteig schlurften, war die Straße frei. Natalie hielt inne, drehte sich um und wandte sich an die Reporterin. »Es wird später eine offizielle Stellungnahme geben. Zeigen Sie in der Zwischenzeit etwas Respekt und verschwinden Sie, damit wir unsere Arbeit machen können.«

Ihr harscher Tonfall war keine Absicht, hatte jedoch den erwünschten Effekt. Die Frau wich zurück. Zweifelsohne hatte sie verstanden, was Natalie angedeutet hatte: Ein junges Mädchen war ermordet aufgefunden worden, und ihrer Familie ging es schlecht.

VIER

DIENSTAG, 17. APRIL – VORMITTAG

Natalie erkannte den alten weißen VW Polo, der vor dem Haus in der Western Park Road 21 stand. Er gehörte Tanya Granger, einer der Opferbetreuerinnen, die in der Gegend arbeiteten. Tanya war einen Meter dreiundsechzig groß, korpulent und hatte leuchtend rotes Haar sowie ein ausdrucksloses Gesicht, aber ein großes Herz und eine sympathische Ausstrahlung. Von ihr ging eine Wärme aus, die den Familien der Opfer half.

Natalie atmete tief durch. Dies war stets der schwerste Teil: in die verzweifelten Gesichter der Personen zu blicken, die eine schreckliche Nachricht über einen Angehörigen erhalten und noch nicht gänzlich verarbeitet hatten, was passiert war. Und sie dennoch auszuquetschen, um Informationen zu bekommen, die vielleicht zu einer Verhaftung führten.

Das Haus stand nicht direkt an der Straße, sondern war das letzte in einer Reihe identischer viktorianischer Reihenhäuser, jedes mit breiter Vorderseite, traditionellem Vordach über der Holztür und Erkerfenstern. Nummer 21 verfügte über eine Rasenfläche, die am Bürgersteig entlang in Richtung Park verlief – abgetrennt durch einen Zaun, der genauso aussah wie der um den Park – und bis zur Rückseite des

Gebäudes reichte. Mittendrin stand ein kleiner Bagger, und neben der Einfahrt befanden sich mehrere Paletten eingeschweißter Bodenplatten. Der Garten war noch weit davon entfernt, fertiggestellt zu sein. Raupenspuren verliefen auf der Erde und Pflanzen in großen Holzkisten warteten darauf, eingepflanzt zu werden. An der Seitenwand des Hauses stand ein Baugerüst.

Natalie näherte sich dem Gebäude und bemerkte eine Bewegung auf der anderen Seite des Erkers. Innerhalb von Sekunden erschien Tanya an der Tür, und Natalie nickte ihr kurz zu. Tanya schüttelte den Kopf, ein Zeichen dafür, dass die Mutter in schlechter Verfassung war. Das war zu erwarten gewesen. Natalie konnte sich nicht mal im Ansatz vorstellen, was sie durchmachte.

»Sie steht unter Schock. Gibt sich selbst und der örtlichen Polizei die Schuld, und sie will sich nicht hinsetzen. Sie geht seit einer halben Stunde auf und ab, wie ein Tier im Käfig«, berichtete Tanya. Sie ging ins Wohnzimmer voraus und stellte Natalie der schlanken Frau vor, deren große Augen in ihrem aschfahlen Gesicht versunken waren und die vor dem Erkerfenster stand und den Kopf schüttelte, sobald Natalie den Mund aufmachte. Ihre Stimme war leise, aber eiskalt.

»Nein. Sagen Sie nicht, dass Ihnen das mit Savannah leidtut. Sagen Sie nichts. Ich will Ihre hohlen Phrasen nicht hören.«

Natalie nickte leicht. »Es tut mir leid, dass ich zu einem so schlechten Zeitpunkt mit Ihnen sprechen muss, aber wir müssen schnell handeln.«

»Aber Sie haben nicht schnell genug gehandelt! Ich habe der Polizei gestern Nachmittag gemeldet, dass sie verschwunden ist. Sie hatten Zeit, sie zu finden, bevor ...«

»Ich kann mich nur aufrichtig dafür entschuldigen, dass sie nicht rechtzeitig gefunden wurde. Ich war an der Suche nicht beteiligt, aber ich leite die Mordermittlung. Ich versichere

Ihnen, dass ich alles tun werde, damit die, die für ihren Tod verantwortlich sind, zur Rechenschaft gezogen werden.«

»Die, die verantwortlich sind? Wen genau meinen Sie, Detective? Wir sind alle verantwortlich – ich, ihre Freundinnen, die Polizei und alle anderen in dieser beschissenen Stadt, die sich nur um sich selbst gekümmert und nichts bemerkt haben, die keinen Gedanken an jemand anderen verschwendet haben als an sich selbst. Ich bin verantwortlich, weil ich ihre Mutter bin und dafür hätte sorgen müssen, dass sie in Sicherheit ist, und Sie hätten auf mich hören sollen, als ich Sie angefleht habe, nach ihr zu suchen und keine Zeit zu verschwenden. Wir alle sind verdammt noch mal verantwortlich, wem also wollen Sie Vorwürfe machen? Savannah sollte hier sein, zu Hause, nicht dort.« Sie winkte mit ihrer Hand in Richtung Park.

»Es tut mir ehrlich leid, dass Sie sich im Stich gelassen fühlen.«

»*Im Stich gelassen?* Ich bin so viel *mehr* als im Stich gelassen«, zischte sie. »Ich bin ... leer ... meine Gefühle sind wie ausgesaugt. Können Sie sich vorstellen, wie es sich anfühlt zu wissen, dass die eigene Tochter tot auf der anderen Seite des Parks liegt? Sie ist dort, ich bin hier und kann nicht begreifen, was passiert ist.«

»Ich verstehe, wie schwer das für Sie ist, aber ich muss meine Arbeit machen und Ihnen ein paar Fragen über Savannah stellen.«

Jane schien nicht zuzuhören. Auf ihrer Stirn hatten sich tiefe Furchen vor innerem Schmerz gebildet.

»Haben Sie Kinder, Detective?«

»Einen Jungen und ein Mädchen. Meine Tochter ist vor Kurzem vierzehn geworden.« Natalie spürte, dass es der Frau helfen würde, eine Verbindung zu ihr aufzubauen, wenn sie solche persönlichen Informationen offenbarte.

Jane blickte sie nun interessierter an und legte die Arme um ihre schlanke Gestalt. »Stehen Sie ihr nahe?«

»Nicht so sehr wie früher. Sie ist in letzter Zeit unabhängiger geworden.«

Die Antwort schien Jane zu gefallen. »Sie werden zu schnell groß. Eben noch ist man ihre beste Freundin, man hält beim gemeinsamen Shopping Händchen, und dann ist man ausgeschlossen aus ihrem Leben. Savannah hat mir früher alles erzählt, hatte keine Geheimnisse vor mir und hat mich bedingungslos geliebt. Die Beziehung zu ihrem Stiefvater stand auf einem anderen Blatt. Lance hat nie wirklich zum Vater getaugt. Ich schätze, deswegen sind sie und ich so gut miteinander ausgekommen – wir waren gegen ihn verschworen und Verbündete, wenn er schlechte Laune hatte. Ich habe gedacht, uns würde immer noch etwas verbinden ... ein Mutter-Tochter-Band. Trotz meiner gescheiterten Ehe und ihren üblichen Pubertätsproblemen habe ich gedacht, dass sie mir erzählt hätte, wenn sie in Schwierigkeiten gewesen wäre oder vor etwas Angst gehabt hätte. Das habe ich wirklich geglaubt, Detective.«

Natalie war sich nicht sicher, wohin Jane dieser Monolog führen würde, aber sie ließ sie reden. Es war offensichtlich etwas, das ihr wichtig war.

»Savannah hat nichts zu mir gesagt, was mir Sorgen gemacht oder erklärt hätte, warum sie gestern nicht wie sonst nach Hause gekommen ist. Sie hätte Bescheid gesagt, wenn sie sich verspätet hätte. Sie hatte nicht viele Freundinnen und hätte es mir gesagt, wenn sie sich mit einer von ihnen getroffen hätte. Sie ist sonst immer auf direktem Weg nach Hause gekommen. Natürlich hatte sie ihre kleinen Geheimnisse, aber sie wusste, dass ich mir Sorgen mache, wenn sie nicht Hause kommt. Deshalb war ich mir gleich so sicher, dass sie jemand entführt hat, habe aber keine Ahnung, wer das gewesen sein könnte. Das habe ich gestern schon der Polizei gesagt, weil ich wusste, dass etwas Schlimmes passiert war, aber die haben nur versucht, mich zu beruhigen, und ich sollte erst all ihre Mitschülerinnen anrufen, bevor sie eine Suchmeldung rausgeben. So eine Zeitverschwendung! Hätten sie gleich auf mich gehört, hätten wir sie vielleicht lebend gefunden. Eine Mutter weiß so was, oder? Eine Mutter spürt, wenn etwas Schlimmes passiert ist.«

Natalie wollte gerade antworten, als Jane ohne Vorwarnung auf die Knie sank und auf dem gemusterten Teppich in sich zusammensackte. Als Nächstes kam das Schluchzen – gewaltige, würgende, schmerzvolle Laute, die das Zimmer erfüllten –, dann folgten Angstschreie. Tanya eilte zu ihr und tröstete sie. Natalie musste warten, bis Jane wieder sprechen konnte, damit sie ihr die Erlaubnis geben konnte, sich Savannahs Zimmer anzusehen. Sie ließ die verzweifelte Frau in Tanyas fähiger Obhut, zog sich in den Eingangsbereich zurück und ging nach oben ins Kinderzimmer des Mädchens.

Das Zimmer war eindeutig kunstvoll eingerichtet, mit weißen Wänden und dunklen Holzmöbeln, folkloristisch bedruckten Vorhängen, farbenfroher Bettwäsche und einem dazu passenden provisorischen Baldachin, der an zwei an der Decke befestigten Stangen hing. In einem weißen Regal waren Kuscheltiere neben Schulbücher sowie eine Sammlung von Suzanne Collins' *Die Tribute von Panem* und Ally Carters Gallagher-Girls-Reihe gestopft. Ein Spielzeug-Einhorn lächelte sie fröhlich an, und farbenfrohe Halsketten hingen am Spiegel eines weißen Spiegeltisches, der von Stoffschachteln übersät war, in denen sich Schmuck befand: kleine Ohrringe, Halsketten und Freundschaftsbänder.

Leighs Zimmer war ein chaotisches Durcheinander von Kleidern und Schuhen, achtlos auf jede freie Stelle geworfen. Savannah war weniger schlimm, obwohl das Bett nicht gemacht war und im Kleiderschrank, der von Kleidungsstücken fast überquoll, etliche auf demselben Kleiderbügel aufgehäuft und mehrere Kartons aufeinandergestapelt waren. Natalie zog einen Bügel heraus. Darauf hing ein nagelneues, glitzerndes Top aus einer trendigen Boutique in der Stadt zusammen mit einem Paar Jeans aus einem anderen Geschäft. An beiden hingen noch die Preisschilder. Savannah hatte einen schlabberigen Wollpullover darüber gehängt, was Natalie seltsam vorkam, da es freie Kleiderbügel gab. Sie zog eine Tasche heraus, die hinten in den Kleiderschrank gestopft worden war, und warf einen Blick hinein. Sie enthielt alle möglichen Arten von Plastik- und Schreibwaren, Radiergummis in Form von Tieren, Schlüsselringe, Armbänder, selbstklebenden Gesichtsschmuck in Form von Edelsteinen sowie Handyhüllen. Unter dem Bett waren noch mehr randvolle Schachteln, jede von ihnen gefüllt mit Make-up – einiges unbenutzt –, Nagellack, Stiften und Gegenständen, die einer Teenagerin wichtig waren, willkürlich in jede hineingeworfen. *Aus den Augen*, dachte Natalie.

Sie durchsuchte Savannahs Schubladen und förderte ein ungetragenes mit Pailletten besetztes T-Shirt zutage, das zusammengeknüllt in einer Plastiktüte unter Unterwäsche versteckt war. In einer anderen Schublade fand sie ein Einwegfeuerzeug und eine halb leere Schachtel Zigaretten. Vor ihrem inneren Auge begann sich ein Bild des Mädchens zu formen. Egal was Jane glaubte – Savannah hatte Geheimnisse vor ihrer Mutter gehabt.

Unten hatte eine etwas ruhigere Jane ein Glas Wasser akzeptiert und saß jetzt am Küchentisch. Natalie ließ sich auf den Stuhl ihr gegenüber fallen.

»Was können Sie mir über Ihre Tochter erzählen?«

Jane seufzte erschöpft. »Sie war ein gutes Mädchen. Nach Watfield zu kommen, ist ihr nicht leichtgefallen. Es dauerte eine Weile, bis sie sich eingelebt hatte, und nachdem Lance abgehauen war, musste sie noch etwas mehr Mist von den anderen Kindern in ihrer Klasse ertragen. Es war für uns beide eine schwere Zeit.«

Janes Gesicht hatte den erschöpften, hageren Ausdruck von jemandem, dessen Leben nicht leicht gewesen war. Sie zupfte an ihrem dürftigen Top, das auf ihrer linken Brust das Tattoo einer Rose entblößte. Sie hatte sich wieder unter Kontrolle, obwohl ihre Wangen jetzt von dem dicken Mascara verschmiert waren, den sie getragen hatte. »Die Leute haben es nicht allzu gut aufgenommen, dass Fahrende in die Gegend gezogen sind«, fuhr Jane fort. »Nicht dass wir echte Fahrende wären. Lance' Familie sind welche, und sie ziehen im ganzen Land umher, aber ich wollte ein richtiges Haus für uns alle, und als dieses Haus versteigert wurde, haben wir ein Gebot abgegeben. Wir mussten eine Menge Arbeit reinstecken, aber es war unser erstes richtiges Zuhause.«

Natalie wartete darauf, dass Jane fortfuhr. Was immer sie sagte, könnte ihr dabei helfen, sich ein Bild des Mädchens zu machen. Jane rutschte auf ihrem Stuhl herum. »Lance hat es hier nicht gefallen und er konnte sich nicht einleben. Schließlich ist er ausgezogen, aber Savannah und ich sind geblieben. Ich habe mein gesamtes Erbe darauf verwendet, dieses Haus zu kaufen, weil ich dachte, es wäre das Richtige für uns beide. Ich dachte, Savannah würde es guttun, in einer Gemeinschaft zu leben, in einer Stadt. Gott, wie sehr wünschte ich, wir wären nie hergezogen. Wenn wir nicht hergekommen wären, wäre das nicht passiert. All das ist meine Schuld.« Sie ließ ihren Kopf in die Hände sinken.

»Hat Savannah je ihren leiblichen Vater besucht?«

Jane stieß einen Seufzer aus. »Sie hat ihn nie kennengelernt. Er ist bei einem Motorradunfall gestorben, kurz nachdem ich festgestellt habe, dass ich schwanger war. Ich bin in Dudley aufgewachsen. Dort haben Savannah und ich bei meiner Mutter gelebt, bis sie 2015 starb. Da war Savannah fast zehn. Kurz nachdem sie gestorben war, habe ich Lance kennengelernt. Seine Familie war auf eine freie Fläche in der Nähe meiner Wohnung gezogen, und dort sind wir uns über den Weg gelaufen. Er war hilfsbereit und hat meine Einkäufe nach oben getragen, weil der Fahrstuhl kaputt war und ich im obersten Stock wohnte. Wir haben uns gut verstanden. Die Fahrenden sind ein paar Monate geblieben, bis sie weiterziehen mussten, und als dem so war, haben Savannah und ich sie begleitet.«

»Haben Sie irgendeine Ahnung, wo Lance ist?«

Jane schüttelte den Kopf. »Er wollte seine Familie suchen. Er könnte überall sein.«

»Haben Sie eine Telefonnummer von ihm?«

»Nein. Die Nummer seines alten Prepaid-Handys funktioniert nicht mehr. Ich nehme an, er hat ein neues Handy und mir die neue Nummer nicht gegeben. Wir hatten es nicht leicht, seit wir hier sind. Ich hatte gehofft, weit weg von den Fahrenden zu leben, würde uns einander näherbringen, aber wie sich herausstellte, war das Gegenteil der Fall. Lance fand es ganz furchtbar, und am Ende wussten wir, dass wir die Kurve nicht mehr kriegen. Wir sind zu verschieden. Ich wollte Stabilität für Savannah und für mich selbst. Er wollte nur sein altes Leben zurück. Ich hatte keinen Grund, mit ihm in Kontakt zu bleiben.«

»Nicht einmal um Savannahs willen?«

»Lance konnte nicht gut mit Kindern, schon gar nicht mit Teenagern. Er hat sie nie angefasst, falls Sie das denken. Das hätte er nicht getan.«

»Wie ich hörte, wurde er wegen Gewalttätigkeit verwarnt.«

»Er hat ihr nie wehgetan, das schwöre ich. Er hat mich ein paarmal geschlagen, einmal hatte ich nach einer heftigen Auseinandersetzung eine aufgeplatzte Lippe, aber ich habe damals keine Anzeige erstattet. Er fing an, viel zu trinken, hat in der Stadt andere Leute belästigt und wurde wegen einer Schlägerei in einem Pub festgenommen. Ich musste ihn auf Kaution rausholen. Das war echt peinlich. Ich habe versucht, ein neues Leben für uns aufzubauen, und er hat es uns immer wieder versaut. Irgendwann hatte ich genug von ihm.« Die Wörter kamen wie automatisch aus ihr heraus, als hätte sie die Geschichte schon viele Male erzählt und sie satt.

»Und nachdem er weg war, hat Savannah nicht versucht, ihn zu kontaktieren?«

»Nein. Sie war die Streitereien ebenfalls leid. Es hat ihr nichts ausgemacht, dass er abgehauen ist. Sie haben sich nie nahegestanden. Das Leben in einer fahrenden Gemeinschaft ist anders. Da lebt man nicht als Individuum oder einzelne Familie. Alle kommen miteinander aus, nur ich konnte das nicht, und auch Savannah hatte damit zu kämpfen. Die anderen Kinder haben sie schlicht nicht akzeptiert. Sie waren alle in dieses Leben hineingeboren worden und miteinander verwandt – wir waren Außenseiter, obwohl wir mit Lance zusammengewohnt haben. Es gab Probleme: Seine Ex-Freundin und sein Kind haben mit einem anderen Mitglied der Gruppe zusammen auf demselben Gelände gelebt, und Lance' Mutter mochte mich nicht. Irgendwann wurde es anstrengend zwischen Lance und mir, also habe ich darauf bestanden, dass wir nach Watfield ziehen. Dieses Haus war ein Schnäppchen und wir konnten es uns leisten. Seine Familie schien nicht traurig zu sein, als wir gingen. Ich nehme an, sie wussten, dass er eh wieder zurückkommt. Sie haben ihn viel besser verstanden als ich.«

»Was ist mit Savannah? Hat sie die Leute gar nicht vermisst?«

»Anscheinend nicht. Wir haben ein paarmal darüber geredet, und ich glaube, sie war erleichtert, etwas Stabilität in ihrem Leben zu haben. Sie hatte es satt, dass wir nie an einem Ort geblieben sind, und konnte auch weder Lance' Mutter noch die anderen Kinder in der Gruppe leiden.«

»Sie glauben nicht, dass sie zu irgendjemandem Kontakt gehalten hat?«

»Nicht dass ich wüsste. Unwahrscheinlich.«

»Hat sie sich hier eingelebt?«

»Es dauerte lange, bis sie an der Watfield-Mittelschule akzeptiert wurde – Sie wissen ja, wie ignorant die Leute sein können. Es gab Aufs und Abs, für uns beide. Sie war ein so stilles Mädchen, aber ich hatte den Eindruck, dass sie in den letzten paar Monaten aus ihrem Schneckenhaus herausgekommen ist, und sie hat echte Freundinnen gefunden.« Sie schluckte einen Schluchzer herunter.

»Können Sie mir deren Namen nennen?«

»Sie war hauptsächlich mit Sally Gilmore und Holly Bradshaw befreundet – die waren in ihrer Klasse. Ich habe beide gefragt, ob sie gestern mit ihr zusammen waren, aber sie haben sie nicht gesehen. Holly hat erzählt, Savannah und Sally hätten sich gestritten und Savannah wäre daraufhin weggegangen.«

Natalie schrieb sich die Namen der Mädchen auf. Sie könnten ihr vielleicht mehr über Savannah erzählen und erklären, wieso sie neue Anziehsachen in ihrem Kleiderschrank versteckt hatte. »Haben Sie Savannah Taschengeld gegeben?«

»Fünf Pfund in der Woche. Sie hat zwar gemeckert, dass das nicht genug ist, aber ich bin kein Goldesel. Ich muss Rechnungen zahlen.«

Natalie nickte. Es war ausgeschlossen, dass Savannah sich all die Kleider und Zigaretten von diesem Geld hätte leisten können.

»Savannah trug ein Oberteil von Superdry, schwarze Jeans und Converse-Turnschuhe, als wir sie gefunden haben, nicht ihre Schuluniform. Hätte sie nach Hause kommen, sich umziehen und wieder weggehen können?«

Jane legte die Stirn in Falten. »Ich glaube nicht. Ihre Uniform hätte auf der Rückseite der Tür gehangen, wo sie sie normalerweise hinhängt. Ich habe ihr das Outfit zu ihrem letzten Geburtstag geschenkt. Hat mich ein Vermögen gekostet, aber sie hat sich so darüber gefreut.« Sie schluckte schwer. »Auch ihre Schultasche war nicht zu Hause. Sie könnte alleine nach Hause gekommen und wieder weggegangen sein, aber das hätte sie mir gesagt. Sie hätte mir eine Nachricht hinterlassen oder mich angerufen. Sie wäre nicht einfach weggegangen.«

»Sie hatten keinen Streit wegen irgendetwas?«

»Nein. Wirklich nicht. Natürlich hatten wir so unsere Schwierigkeiten, aber welche Mutter gerät nicht mit ihrer Tochter aneinander? Sie wäre nicht weggegangen, ohne mir Bescheid zu sagen, wohin. Das hätte sie nicht getan. Und sie hätte ihr Handy nicht ausgeschaltet.« Sie schüttelte fassungslos den Kopf.

»Was ist mit anderen Verwandten? Gibt es irgendjemand anderen, der Kontakt zu ihr hatte?«

»Mein Vater hat sich aus dem Staub gemacht, als ich ein Kind war. Seitdem hat er sich nicht gemeldet. Es gibt niemand anderen. Es gab nur Lance.«

»Sind Sie mit irgendwelchen Ihrer alten Freunde in Dudley in Kontakt geblieben?«

»Diese Brücken habe ich abgerissen, nachdem ich mit Lance' Familie weggegangen bin. Danach wollte niemand mehr etwas mit mir zu tun haben.« Sie presste die Augen zusammen. Traurigkeit umgab sie wie ein unsichtbarer Schild. Natalie fragte sich, was Savannah über das Einsiedlerleben ihrer Mutter gedacht hatte. Das hatte doch bestimmt zu Spannungen geführt.

»Besitzt Savannah ein Paar Ohrringe in der Form silberner Sterne?«

Jane wischte sich über die Augen und verschmierte dabei ihren Zeigefinger mit silberblauem Lidschatten. »Ja.«

»Hat sie die gestern früh getragen?«

»Man darf in der Schule keinen Schmuck tragen. Wieso? Hatte sie sie an?«

»Ja.«

»Sie hat diese Ohrringe geliebt. Es waren ihre Lieblingsohrringe. Ich verstehe das alles nicht. Wieso hat sie ihre Uniform ausgezogen?«

»Das ist eine der Fragen, auf die wir versuchen müssen, eine Antwort zu finden. Hat sie je einen Freund erwähnt?«

Jane starrte den leuchtenden Lidschatten auf ihrem Finger an, als könnte sie nicht ergründen, wo er hergekommen war. »Freund? Nein. Soweit ich weiß, hat sie sich nicht für Jungs interessiert.«

»Wofür hat sie sich interessiert?«

»Das Übliche: Make-up, Klamotten, Shopping, Onlinegames, Filme, Bücher und Singen. Sie hat andauernd Singen geübt. Sie hat sich sogar eigene Tanznummern ausgedacht. Sie wollte Popstar werden.«

»War sie online unterwegs? Ich nehme an, sie hatte Accounts bei sozialen Netzwerken. Besitzen Sie einen Computer?«

»Solche teuren Sachen kann ich mir nicht leisten. Das Geld reicht auch ohne nur gerade so. Sie hatte ein Handy. Haben das nicht alle in dem Alter? Sie war damit im Internet, hauptsächlich bei Snapchat oder Instagram, und sie hat Spiele gespielt. Für Hausaufgaben hab sie den Schulcomputer benutzt.«

Natalie bohrte weiter nach und gab sich größte Mühe, die Frau nicht zu beunruhigen oder zu verärgern. »Ich nehme an, Sie haben ihre Online-Aktivitäten überwacht.«

»Selbstverständlich habe ich das getan. Alle Spiele und Apps mussten über meinen Account gekauft werden, und es war ein Prepaid-Handy, also hatte sie begrenztes Datenvolumen. Außerdem war die Kindersicherung aktiviert. Ich gucke durchaus Nachrichten und weiß, was schutzlosen Teenagerinnen passieren kann. Ich wollte sie in Sicherheit wissen.« Sie schluckte wieder schwer, und erneut stiegen ihr Tränen in die Augen.

»Mir ist aufgefallen, dass Sie Arbeiten am Haus machen lassen.«

Jane nickte. »Ein bisschen Gartengestaltung und etwas Streichen. Lance hat damit angefangen, den Garten aber halb fertig zurückgelassen. Er sah chaotisch aus. Ich habe eine Firma aus dem Ort damit beauftragt, das in Ordnung zu bringen.«

»Haben die Leute gestern gearbeitet?«

»Ja, aber nicht mehr, als ich nach Hause kam. Sie hätten bis fünf Uhr arbeiten sollen, haben aber früher Feierabend gemacht.«

»Welche Firma haben Sie beauftragt?«

»Tenby House and Garden Services.«

Natalie machte eine Notiz. »Und die Namen der Männer, die hier arbeiten?«

»Stu und Will. Ihre Nachnamen weiß ich nicht.«

»Wann sind Sie gestern nach Hause gekommen?«

Ein Muskel in Janes Kiefer zuckte. »Viertel nach vier. Normalerweise bin ich vor Savannah zu Hause, die immer um vier heimgekommen ist – ich wollte nicht, dass sie in ein leeres Haus kommt –, aber ich stand im Stau.« Janes Stimme wurde schwächer. Ihr Gesicht hatte einen Ausdruck angenommen, den Natalie schon mal gesehen hatte – den eines Menschen, dessen Leben plötzlich in Trümmern lag.

»Wo arbeiten Sie?« Natalie versuchte, die Frau zu beschäftigen. Es würde nicht mehr lange dauern, bis sie wieder zusammenbrach.

»Wilton's Baubedarf, auf der Hauptstraße von Ashbourne.«

Natalie schrieb die Adresse auf.

»Ich wurde aufgehalten. Ich hätte um Viertel vor vier hier sein sollen.«

Es war nicht ihre Schuld, dass sie im Stau gestanden hatte, und doch veranlasste etwas in Janes Tonfall Natalie, Savannahs Mutter genau zu beobachten, die mit gesenktem Blick ein Taschentuch in den Händen drehte und von Gewissensbissen geplagt wurde.

»Ich lasse Sie fürs Erste in der Obhut von PC Granger, aber ich komme bald wieder. Haben Sie irgendjemanden, der bei Ihnen bleiben könnte?«

Jane schüttelte den Kopf.

»Keine Freundinnen?«

Jane schluckte schwer. »Es gibt einen Freund – einen Arbeitskollegen.«

»Ich glaube wirklich, dass Sie Hilfe brauchen.«

Jane nickte, verstummte aber.

»PC Granger wird sämtliche Fragen beantworten, falls Sie noch welche haben. Nochmals mein aufrichtiges Beileid.«

FÜNF

DIENSTAG, 17. APRIL – VORMITTAG

Natalie holte tief Luft, ehe sie die Straße rauf- und runterblickte. Die Befragung von Jane Hopkins war sehr unangenehm gewesen. Ein Teil von ihr hatte die Frau trösten wollen, aber alles, was sie hatte anbieten können, war das Versprechen gewesen, ihr Bestes zu geben, um Savannahs Mörder zu finden. Das würde zwar kaum ausreichen und Janes Tochter auch nicht zurückbringen, aber es war Natalies Pflicht, Antworten zu finden. Ihr Team war hier irgendwo. Sie mussten so viele Informationen zusammentragen wie möglich. Diese ersten Stunden waren entscheidend, wenn die Erinnerungen am frischsten waren und sie die größten Chancen hatten, Hinweise zu finden. Sie musste sich schnell an die Arbeit machen.

Sie erspähte Murray vor sich, ging in seine Richtung und holte ihn auf dem Bürgersteig vor einem weiteren baufälligen Haus ein. Sie gab ihm die Details bezüglich der Arbeiter. »Ich fahre aufs Revier zurück, um mit dem Kollegen zu sprechen, der gestern Abend im Dienst war. Sie müssen die beiden Arbeiter bei Tenby House and Garden Services aufspüren. Sie hätten auf der Baustelle sein sollen, als Jane gestern Nachmittag nach Hause kam, das waren sie aber nicht. Finden Sie die Nachnamen raus und bringen Sie sie für eine Befragung aufs Revier.«

Ian und Lucy erschienen aus dem Nichts und schlossen sich ihnen an. Lucy zuckte mit den Schultern. »Ich habe nichts. Die meisten Leute waren gestern Nachmittag bei der Arbeit. Die, die zu Hause waren, haben nichts gesehen, und heute früh scheint auch niemand hier gewesen zu sein.«

»Das Gleiche bei mir. Niemand hat etwas gesehen«, sagte Ian.

»Okay, Ian. Sie kommen mit mir. Ich möchte, dass Sie ein paar Leute überprüfen, nämlich Lance Hopkins, seine Familie und Savannahs Mutter Jane. Mir ist da etwas aufgefallen – sie hat gezögert, als wir darüber gesprochen haben, dass sie zu spät nach Hause gekommen ist. Ich bin mir sicher, dass die Fahrt höchstens fünfzehn Minuten hätte dauern sollen, aber sie ist erst um Viertel nach vier zu Hause gewesen. Sie hat behauptet, im Stau gestanden zu haben, aber das ist seltsam zu der Tageszeit. In dieser Gegend gibt es nicht gerade Berufsverkehr. Lucy, Sie versuchen es bei Savannahs Lehrern und Freundinnen – besonders bei Sally Gilmore und Holly Bradshaw. Ich habe einen Blick in ihr Zimmer geworfen, und da sind neue Sachen. An einigen hängt noch das Preisschild, und ich glaube nicht, dass sie das Geld dafür von ihrer Mutter bekommen hat. Vielleicht hat ihr jemand die Sachen geschenkt oder sie hat sie gestohlen. Irgendwann hat sie ihre Uniform aus- und sich umgezogen und sogar ihre Lieblingsohrringe angelegt. Es ist unwahrscheinlich, dass sie nach Hause gegangen ist, weil sie weder ihre Uniform noch ihre Schultasche dort gelassen hat. Ihre Mutter hat behauptet, sie trägt ein Outfit, das sie zum Geburtstag bekommen hat, und ich vermute, dass sie es angezogen hat, weil sich mit jemandem verabredet war. Wir müssen herausfinden, ob es jemanden gibt, mit dem sie sich hinter dem Rücken ihrer Mutter getroffen hat – einen Freund vielleicht. Im Moment haben wir keine Ahnung, wo ihre Uniform, ihre Tasche oder ihr Handy sein könnten. Oh, und Ian, versuchen Sie, Ihr Handy zu orten oder zumindest herauszufinden können, wo es das letzte Mal ein Signal gesendet hat. Wir treffen uns um zwölf Uhr wieder.«

Zurück auf dem Revier verlor Natalie keine Zeit, sich von DI Graham Kilburn, der die erste Suche nach Savannah geleitet hatte, ins Bild setzen zu lassen. Graham war Anfang sechzig, hatte ein hageres Gesicht mit grauen, buschigen Augenbrauen und eine Glatze. Er sah aus wie ein Mann, der von seinem Leben und seinem Job die Nase voll hatte. Er zog eine Schachtel Zigaretten aus der Tasche, bot Natalie eine Zigarette an – die ablehnte –, klopfte eine heraus und steckte sie sich mit der Expertise eines starken Rauchers zwischen die Lippen.

»Macht es Ihnen was aus, wenn wir nach oben gehen? Es war eine höllische Nacht.«

»Kein Problem.« Natalie rauchte seit anderthalb Jahren nicht mehr. Sie hatte es am selben Tag aufgegeben, an dem sie mit Mike geschlafen hatte, aber sie mochte den Geruch einer frisch angezündeten Zigarette immer noch. An manchen Tagen war es schwer, nicht wieder anzufangen, besonders da viele ihrer Kolleginnen und Kollegen rauchten, aber sie war entschlossen durchzuhalten. Sie hatten zu Hause schon genug Ausgaben, noch mehr konnte sie wirklich nicht gebrauchen. Ihre Gedanken wanderten zu den Zigaretten, die Savannah in ihrer Schublade versteckt hatte, sowie zu ihrer Mutter, die keine Ahnung hatte, was ihre Tochter in ihrer Freizeit getan hatte. *Hat das überhaupt irgendeine von uns?* Sie wusste nicht wirklich, was Leigh tat, wenn sie nicht zu Hause war.

Vom Dach aus beobachtete sie den morgendlichen Verkehr, wie er in Richtung Stadtmitte floss, geschäftig und ohne eine

Ahnung, was innerhalb der Mauern der Polizeizentrale vor sich ging.

Graham zündete die Zigarette an und inhalierte. »Alles, was Sie an Papierkram brauchen, liegt auf Ihrem Schreibtisch. Nachdem Jane Hopkins um halb sechs die Wache betreten hatte, um ihre Tochter als vermisst zu melden, wurden Streifenpolizisten alarmiert und vom Verschwinden des Mädchens in Kenntnis gesetzt. Wir sind erst zwei Stunden später benachrichtigt worden, nachdem Erkundigungen eingeholt wurden. Das Verschwinden wurde als mittleres Risiko eingestuft, weil es wegen der toxischen Beziehung zwischen Mrs Hopkins und ihrem Ehemann Lance, der den Kollegen bekannt ist, Grund zur Sorge gab. Obwohl ihr Ehemann sie im September letzten Jahres verlassen hat, glaubt Amy Stephenson, eine Nachbarin, sie hätte ihn erst vor zwei Wochen vor dem Haus herumlungern sehen. Wir konnten diese Behauptung nicht bestätigen, da er von niemand anderem gesehen wurde.«

»Haben Sie herausgefunden, wohin er gezogen ist?«

»Bedauerlicherweise nicht. Wir haben Jane Hopkins befragt, aber ohne Erfolg. Sie war sich ziemlich sicher, dass Lance Savannah nicht entführt hätte. Es war keine schlimme Trennung, also hätte er sie nicht aus Boshaftigkeit gekidnappt oder um sich an ihr zu rächen. Und ihrer Aussage zufolge hat er Savannah nie sonderlich nahegestanden. Wir haben das Haus und Savannahs Zimmer nach Hinweisen auf ihren Aufenthaltsort durchsucht, aber nichts Hilfreiches gefunden. Ihre Mutter konnte uns nicht sagen, ob in ihrem Zimmer etwas fehlt, und bestand darauf, dass das Mädchen nicht weggerannt ist. Allem Anschein nach war sie nicht sonderlich beliebt und hatte nur zwei Freundinnen – Sally Gilmore und Holly Bradshaw. Mit Sally hat sie sich gestritten, bevor sie ›missgelaunt‹ wegging. Wir haben die Bänder der Überwachungskameras im Stadtzentrum gecheckt und die Mädchen auf der Rückseite des Aldis entdeckt. Savannah aber haben wir aus den Augen verloren, nachdem sie sich gegen zwanzig vor vier von Sally und Holly getrennt hat. Wir haben alle Ladenbesitzer befragt und Informationen von einem Mitarbeiter im Telefongeschäft bekommen. Nick Duffield, bekannt als Duffy, erinnerte sich, dass Savannah gegen Viertel vor vier immer noch in ihrer Uniform und mit einem schwarzen Rucksack am Geschäft vorbeiging. Er hat angenommen, dass sie auf dem Nachhauseweg war.«

»Wie kommt es, dass er sich an sie erinnert?«

»Sie und ihre Freundinnen kommen fast jede Woche in den Laden, in dem Computer repariert und Handys verkauft werden. Außerdem verkauft er Accessoires, Handyhüllen und so was. Und zwei der Mädchen haben Prepaid-Handys und gehen regelmäßig rein, um ihr Datenvolumen aufzuladen.«

Natalie dachte an die Plastikhandyhüllen, die sie im Karton im Kleiderschrank gefunden hatte. Savannah hatte mindestens fünf verschiedene Hüllen gehabt. »Worüber haben die Mädchen gestritten?«

»Es ging um ein Armband, das Savannah Sally geschenkt hatte. Sie wollte es wiederhaben, aber Sally hat es verloren, und dann haben sie sich gestritten. Sally sagte, sie hätte miese Laune, weil sie an dem Tag bereits in der Schule mit einem anderen Mädchen eine körperliche Auseinandersetzung gehabt hätte. Claire Dunbar. Savannah wurde oft wegen ihres Akzents aufgezogen und weil sie der Gemeinschaft von Fahrenden angehört hat, ehe sie hierherkam. Sally hat uns erzählt, dass Savannah die Nase voll hatte von den Beleidigungen. In dem Moment haben wir uns gefragt, ob es nicht wahrscheinlicher ist, dass sie weggerannt ist und nicht entführt wurde. Wir haben uns an das übliche Prozedere gehalten: Wir haben versucht, sie auf ihrem Handy zu erreichen, sind entlang der Western Park Road und dann in benachbarten Straßen von Tür zu Tür gegangen und haben die Anwohner befragt. Einige Nachbarn wollten helfen und haben Suchtrupps gebildet, um die Kolleginnen und Kollegen dabei zu unterstützen, den Park und das

Brachland zu durchsuchen. Um Mitternacht haben wir die Suche abgeblasen und heute früh um acht Uhr einen anonymen Anruf erhalten, dass Savannah im Park gesehen wurde. Ich habe eine Einheit losgeschickt und sie haben ihre Leiche beinahe sofort entdeckt.«

»Wurde der Bereich, in dem sie gefunden wurde, bereits zuvor abgesucht?«

»Ja.«

»Und Sie haben keine Ahnung, wer angerufen hat?«

»Der Anruf kam von einem nicht zu identifizierenden Handy. Ich habe die Informationen an die Technik weitergereicht, aber die waren nicht in der Lage, ihn nachzuverfolgen. Das Handy sendet kein Signal mehr. Das war der schlimmstmögliche Ausgang. Ich hatte wirklich gehofft, dass Savannah sich irgendwo aufhalten und nach Hause kommen würde, sobald sie sie sich beruhigt hat. Die meisten Teenager kommen innerhalb von vierundzwanzig Stunden wieder. Die Informationen – der Streit, die Prügelei, dass sie in der Schule und zu Hause unglücklich war – schienen alle darauf hinzudeuten, dass sie von zu Hause weggelaufen ist, nicht dass sie entführt wurde.«

»Unglücklich zu Hause?«

»Holly hat erzählt, dass Savannah in letzter Zeit viel geweint hat, und wenn sie gefragt wurde, was los ist, hat sie ihnen das nicht erzählt, aber gesagt, dass sie ihre Mum hasst.«

Natalie machte sich in Gedanken eine Notiz, mit Holly darüber zu reden. »Haben Sie versucht, ihr Handy zu orten?«

»Haben wir, aber ohne Erfolg.«

»Danke, Graham. Sie haben mir sehr geholfen.«

Er blies den letzten Rauch aus und drückte den Zigarettenstummel zwischen Daumen und Zeigefinger zusammen, ehe er ihn einsteckte. »Man vergisst sie nie. Die, die man nicht gefunden hat. Sie suchen einen heim.«

Natalie verstand genau, was er meinte. Sie hatte das gleiche

Gefühl in Bezug auf die Opfer in ihrer Vergangenheit. Sie musste die Verantwortlichen zur Rechenschaft ziehen. Die, die sie im Stich gelassen hatte, waren für immer in ihren Gedanken.

———

Sergeant Lucy Carmichael wartete im Türrahmen, während die Sekretärin beim Schulleiter der Watfield-Mittelschule durchrief. Holly Bradshaw und Sally Gilmore waren beide in der Schule, trotz der schrecklichen Nachricht von Savannahs Tod. Lucy verlagerte ihr Gewicht von einem Fuß auf den anderen und sah sich in dem beengten Büro um. Schulen hatten etwas an sich, das die Rebellin in ihr zum Vorschein brachte. Sie war nie eine Überfliegerin gewesen, und wenn ihre beste Freundin Yolande nicht gewesen wäre, die jetzt mit ihrem besten Freund Murray verheiratet war, hätte sie die Schule geschmissen. Der Korridor war in ähnlich trüben Farbtönen von Braun und Cremegelb gestrichen, die Erinnerungen an sie und Murray zurückbrachten, wie sie vor dem Büro des Schulleiters standen und auf eine Strafe fürs Rauchen warteten. Sie schob die Erinnerungen an Schultage voller Kummer und Pflegeeltern, die sie wegen ihres eigenwilligen Charakters abgeschrieben hatten, beiseite. Sie war nicht mehr derselbe Mensch wie damals. Heute hatte sie Bethany, mit der sie ein Kind erwartete, sie war Sergeant bei der Polizei und hatte die Chance, ihre Karriere voranzutreiben. Lucy Carmichael hatte seit diesen schrecklichen Tagen einen weiten Weg hinter sich gebracht.

Lucys Handy klingelte. Es war Natalie, die ihr die Nachricht von Savannahs Prügelei mit Claire Dunbar übermittelte.

»Finden Sie heraus, was Sie können, und reden Sie mit Savannahs anderen Freundinnen über ihre Beziehung zu ihrer

Mutter. Fragen Sie, ob sie sich viel gestritten haben und wie sie wirklich über ihre Mutter gedacht hat«, sagte sie.

»Wäre es Ihnen lieber, wenn ich die Mädchen aufs Revier bringe?«, fragte Lucy.

»Nein. Es ist am besten, wenn sie in vertrauter Umgebung sind. Wenn wir sie hier befragen, fühlen sie sich vielleicht eingeschüchtert. Wir können jederzeit wieder mit ihnen sprechen.«

Lucy beendete den Anruf und steckte das Handy ein. Die Sekretärin sah auf und lächelte sie freundlich an.

»Mr Derry hat jetzt Zeit.«

Der Schulleiter war in seinen Dreißigern und somit nicht viel älter als Lucy, hatte zinngraue Augen und eine dichte Monobraue, die zweifelsohne für Gekicher unter den Schülerinnen und Schülern sorgte. Er schüttelte traurig den Kopf, wobei sein Gesichtsausdruck teilnahmslos blieb. »Schreckliche Nachricht, das mit Savannah.«

»Haben Sie irgendwelche Informationen, die uns dabei helfen können, uns ein Bild von ihr zu machen?«

Er zuckte mit den Schultern, die in einer übergroßen grauen Strickjacke steckten, und öffnete seine ausladenden Hände. »Das ist schwierig, weil ich sie nicht sehr gut kannte. Dies ist eine sehr große Schule und jedes Kind zu kennen ist unmöglich, wobei ich ein paarmal gesehen habe, wie sie allein auf dem Gelände unterwegs war. Sie war sehr schüchtern. Ich erinnere mich, wie ich sie kurz nach ihrer Ankunft im Flur angesprochen und gefragt habe, wie sie sich einleben würde. Sie sah so erschrocken aus wie ein Reh im Scheinwerferlicht, ist meinem Blick ausgewichen und davongelaufen. Kirsty Davies war ihre Klassenlehrerin und wird Ihnen zweifelsohne das Gleiche sagen wie all die anderen Lehrerinnen und Lehrer hier: Savannah war ein stilles Mädchen, eines von denen, die man kaum wahrnimmt. Das ist nicht böse gemeint. Ich versuche bloß zu erklären, wie unauffällig sie war. Sie blieb im Hintergrund und hat nie Aufmerksamkeit erregt.«

»Ich habe gehört, dass sie mit Sally Gilmore und Holly Bradshaw befreundet war. Ich würde gerne mit ihnen reden, und eventuell auch mit anderen Klassenkameraden.«

Er blickte demonstrativ auf seine Armbanduhr. »Ich fürchte, sie sind gerade im Gespräch mit einem Trauerbegleiter. Ich glaube wirklich nicht, dass wir sie stören sollten. Die Nachricht hat sie sehr mitgenommen.«

»Savannah Hopkins wurde ermordet. Ich finde, das geht vor, Mr Derry. Ich muss Sie nicht daran erinnern, dass Eile geboten ist und wir so viele Informationen zusammentragen müssen, wie wir können.« Es fühlte sich seltsam an, dieser Autoritätsperson die Stirn zu bieten, aber Lucy hielt einen stählernen Blick aufrecht, und der Schulleiter bot ihr ein angespanntes, reuevolles Lächeln an.

»Selbstverständlich. Wollen Sie gemeinsam oder einzeln mit ihnen reden?«

»Einzeln. Ich würde gerne erst mit Sally Gilmore reden, dann mit Holly Bradshaw und schließlich mit Claire Dunbar.«

»Claire Dunbar? Sie ist ein Jahr über ihr. Wieso wollen Sie mit ihr reden?«

»Sie und Savannah waren gestern in eine Prügelei verwickelt. Ich würde sie gerne fragen, worum es ging. Gibt es einen Raum, den ich dafür nutzen kann? Und wären Sie bereit, sich dazuzusetzen? Die Mädchen sind minderjährig und haben das Recht auf die Anwesenheit eines Erwachsenen.«

»Natürlich. Wie wäre es, wenn Sie Ihre Fragen hier in meinem Büro stellen?«

»Das wäre überaus hilfreich.«

Mr Derry wechselte draußen ein paar Worte mit seiner Sekretärin und kehrte mit einem extra Stuhl für Lucy zurück. »Wo würden Sie gern sitzen?«

»Macht es Ihnen etwas aus, wenn ich an Ihrem Schreibtisch sitze und Sie auf der anderen Seite des Raums Platz nehmen?«

»Wenn es Ihnen so lieber ist«, antwortete er und stellte den Stuhl vor ein Bücherregal, in dem sich Ablageboxen stapelten. »Sally und Holly sind unterwegs.«

»Danke. Ich würde außerdem gern mit Kirsty Davies reden.«

»Darum kümmere ich mich, wenn Sie mit den Mädchen fertig sind.«

Ein leises Klopfen kündigte Sallys Ankunft an. Ihre Stimme zitterte. »Sir. Mir wurde gesagt, dass ich herkommen soll.«

»Komm rein, Sally. Das ist Sergeant Carmichael. Sie möchte dir ein paar Fragen über Savannah stellen.« Mr Derrys fröhliche Stimme ließ Lucy erschaudern.

Sally schien zurückzuweichen, und ihre rotgeränderten Augen weiteten sich.

Lucy sagte etwas, ehe das Mädchen zu viel Angst bekam. »Hi, Sally. Es dauert nicht lange. Ich brauche deine Hilfe. Ich weiß nicht viel über Savannah und hatte gehofft, dass du mir vielleicht etwas von ihr erzählen kannst.«

Ihr sanfter Tonfall verfehlte seine Wirkung nicht. Sally ging langsam vorwärts und ließ sich auf den Stuhl vor dem Schreibtisch des Schulleiters fallen. Sie hielt ein Taschentuch in der Faust umklammert und hatte den Blick gesenkt. Lucy sprach leise.

»Gestern habt ihr euch gestritten, du und Savannah. Kannst du mir sagen, worum es ging?«

Sally schniefte ein paarmal und nickte. »Sie hat mir ein Armband geschenkt, weil wir Freundinnen sind. Der Verschluss ist aufgegangen, und ich habe es verloren. Ihr ist aufgefallen, dass ich es nicht trug. Sie dachte, ich will nicht mehr ihre Freundin sein, also wollte sie es wiederhaben. Ich habe ihr gesagt, dass ich es verloren habe, aber sie hat mir nicht geglaubt und behauptet, ich würde es ihr nur nicht geben wollen. Sie ist richtig pampig geworden, und dann hat sie gesagt, ich wäre keine richtige Freundin, denn richtige Freundinnen verlieren so was nicht. Dann ist sie wütend weggestampft.«

»Ist sie oft wütend geworden?«

»Nein, aber sie hatte schlechte Laune wegen Claire Dunbar. Claire hat sie eine Gypsy und Diebin genannt und behauptet, dass Savannahs Stiefvater früher Sachen aus den Geräteschuppen anderer Leute gestohlen hat.«

»Ich nehme an, dass sie das verärgert hat.«

Sally zuckte mit den Schultern.

»Ich wäre ziemlich verärgert, wenn jemand behaupten würde, ich würde stehlen, wenn das nicht stimmt.«

Sally zuckte wieder mit den Schultern. Lucy verfolgte das Thema nicht weiter.

»Hat Savannah irgendwie angedeutet, wohin sie wollte?«

Der Kopf des Mädchens bewegte sich nur leicht. »Nein.«

»Ihr müsst gute Freundinnen gewesen sein, wenn sie dir ein Armband geschenkt hat. Ich nehme an, sie hat dir Geheimnisse anvertraut.«

Erneut zuckte sie leicht mit den Schultern, und ihr Blick heftete sich auf einen Füller auf dem Schreibtisch. Ihre Knöchel wurden weiß, als sie das Taschentuch fester packte.

»Ich will nicht, dass du mir alles erzählst, was sie dir erzählt hat. Aber vielleicht weißt du etwas, das mir dabei hilft herauszufinden, wer ihr das angetan hat. Kannst du mir helfen, Sally?«

Noch ein Schniefen, ein Wimpernzucken und ein leises: »Vielleicht.«

»Hatte sie einen Freund oder hat sie sich regelmäßig mit jemandem getroffen?«

»Ich glaube nicht. Davon hat sie nie was erzählt.«

»Aber ihr müsst doch über Jungs und Beziehungen gesprochen haben. Ich rede mit meinen Freundinnen über

Leute, die mir gefallen. Gab es jemanden, den sie wirklich mochte?«

»Justin Bieber. Und einen Jungen in unserer Klasse namens Tony. Aber der hat eine Freundin, und außerdem mag er Savannah nicht.«

»Wieso mag er sie nicht?«

»Weiß nicht genau. Ich glaube, weil sie schüchtern ist, besonders bei Jungs.«

»Sie hat niemand anderen erwähnt, außerhalb der Schule oder vielleicht online?«

»Nein.«

»Hat sie über ihren Stiefvater Lance gesprochen?«

»Sie hat nur gesagt, dass sie froh war, dass er weg ist. Er hat oft sehr viel getrunken und ihre Mum geschlagen.«

»Hat er auch sie geschlagen?«

»Ich glaube nicht. Das hätte sie erzählt.«

»Ich habe gehört, dass sie sauer auf ihre Mum war. Weißt du etwas darüber?«

Das Mädchen zuckte wieder mit den Schultern. »Ich bin auch manchmal sauer auf meine Mum.«

»Hilf mir, Sally. Wieso war Savannah sauer auf ihre Mum?«

Das Mädchen blinzelte mehrere Male, ehe sie weitersprach. »Sie hatte einen Freund, den Savannah wirklich unheimlich fand.«

»Inwiefern unheimlich?«

»Weiß nicht. Er hat sie angestarrt, wenn ihre Mum nicht dabei war. Hat Sachen zu ihr gesagt, war schmierig und hat versucht, sie anzufassen, und dann so getan, als wäre er nur freundlich. Hat auf ihre Brüste geglotzt, so was.«

»Hat er sie angefasst?«

»Wenn, dann hat sie uns nichts davon erzählt. Sie hat nur gesagt, dass sie wünschte, ihre Mum hätte ihn nie kennengelernt.«

»Hat sie dir gesagt, wie er heißt?«

»Ähm, Phil oder so ... Er hat ein paarmal bei ihnen übernachtet. Savannah mochte ihn überhaupt nicht.«

Lucy dachte über das nach, was sie gerade herausgefunden hatte. Savannah war vielleicht nur eifersüchtig auf den neuen Mann im Leben ihrer Mutter und hatte sich einige dieser Anschuldigungen ausgedacht. Andererseits sollte man ihn überprüfen. »Hat sie gestern irgendwie anders gewirkt? Aufgeregt, besorgt oder nervös? Vor der Prügelei mit Claire?«

»Ist mir nicht aufgefallen. Sie war immer sehr still. Sie fiel nicht gerne auf. Manchmal habe ich vergessen, dass sie mit uns im Klassenzimmer war.«

»Hat sie Anziehsachen mit in die Schule gebracht? Vielleicht hat sie sie dir gezeigt – einen Hoodie und eine Jeans?«

Ein weiteres Schulterzucken. »Ich habe keine Anziehsachen gesehen. Sie hat sich gestern ein bisschen komisch aufgeführt. Sie ist nicht wie sonst mit uns zum Mittagessen gegangen, sondern nach der Kunststunde verschwunden, und als ich sie gefragt habe, wohin sie geht, hat sie nur ›Nirgendwohin‹ geantwortet und dass sie im Klassenzimmer bleiben würde.«

»Ist sie oft so verschwunden?«

»Nein, normalerweise hat sie mit uns rumgehangen. Sie war echt nett, wenn man sie erst mal kennengelernt hat. Sie mochte die gleichen Sachen wie wir ... Das ist alles ein bisschen blöd, weil meine Mum Savannahs Mum nicht mag. Ich mochte Savannah, aber ich war echt nicht ihre beste Freundin. Ich habe mit ihr rumgehangen, weil sie sich gut unsichtbar machen konnte.« Plötzlich hörte sie auf zu reden.

»Was meinst du damit, Sally?«

»Nichts. Ich werde sie vermissen.« Ihre Augen füllten sich mit Tränen und sie senkte den Kopf.

Lucy war sich sicher, dass da noch mehr war, aber dass Sally nichts mehr sagen würde.

»Vielen Dank, Sally. Du warst mir eine große Hilfe und Savannah eine gute Freundin.«

»Kann ich jetzt gehen?«

»Natürlich. Es sei denn, es gibt noch etwas, das du mir erzählen willst?«

Sally schob ihren Stuhl zurück und stand auf, um zu gehen. Sie hatte feuchte Augen, aber sie sah Lucy an. »Sie war nett. Und ich habe das Armband wirklich verloren.«

Holly wartete vor dem Büro des Schulleiters und kam herein, kaum das Sally gegangen war. Sie hatte strahlende Augen, ein hübsches rundes Gesicht und schien zu Lucys Überraschung nicht übermäßig bestürzt über den Tod ihrer Freundin zu sein. Sie beantwortete Lucys Fragen, ohne zu zögern, und bestätigte das meiste von dem, was Sally bereits erzählt hatte, einschließlich der Information, dass Savannah den neuen Freund ihrer Mutter nicht gemocht hatte.

»Wieso konnte sie Phil nicht leiden?«

»Sie war wütend auf ihre Mum, weil sie ihn bei sich übernachten lassen hat, ohne sie vorher zu fragen. Das erste Mal wusste Savannah nicht mal, dass er im Haus war, bis er ins Badezimmer kam, als sie gerade unter der Dusche stand. Sie hat erzählt, dass er einfach dringeblieben ist und sie angeglotzt hat. Und er ist auch nicht rausgegangen, obwohl er sich entschuldigt hat. Sie fand ihn echt unheimlich und mochte es gar nicht, wenn er vorbeikam.«

Da war es wieder, dasselbe Wort – unheimlich. Lucy musste diesen Phil finden, und zwar schnell.

Holly starrte Lucy unverwandt an. Sie schien kooperativer zu sein als Sally.

»Hat er sie je angefasst?«

»Ich glaube nicht.«

»Ich habe gehört, dass sie in letzter Zeit viel geweint hat. Weißt du, warum?«

»Sie war unglücklich.«

»Weswegen?«

»Weil die anderen fies zu ihr waren. Und sie war sauer, weil sie dachte, ihre Mutter wieder für sich zu haben, nachdem ihr Stiefvater weg war. So wie am Anfang, als sie herkamen. Aber stattdessen hat sich ihre Mum einfach einen neuen Freund zugelegt.«

»Sie hat ihrer Mutter also nahegestanden?«

Holly verzog das Gesicht. »Nicht *nah*, aber sie war gern mit ihrer Mum allein. Sie hat immer wieder erzählt, wie es war, bevor sie mit den Fahrenden weggegangen sind. Als sie mit ihrer Oma in Dudley gewohnt hat. Ich glaube, damals war sie glücklicher.«

»Hat sie je davon gesprochen, von zu Hause wegzulaufen?«

»Nein.«

»Gar nicht?«

Holly schüttelte den Kopf.

»Holly, Savannah hatte eine Menge neue Sachen in ihrem Zimmer – Anziehsachen und anderes mit Preisschildern dran. Weißt du, woher sie die hatte?«

Das Mädchen senkte den Blick.

»Holly«, drängte Lucy leise. Sie versuchte es noch mal. »Waren es Geschenke von jemandem?«

Wieder schüttelte Holly den Kopf. »Sie hat die Sachen mitgehen lassen.«

»Geklaut?«

»Ja. Sie hat überall Sachen mitgehen lassen: in Supermärkten, Geschäften, eigentlich überall. Sie ist immer ungestraft davongekommen. Ich habe nie etwas gestohlen. Ehrlich«, fügte sie plötzlich hinzu und wirbelte herum, um den Schulleiter anzusehen. »Ich habe ihr gesagt, dass sie das lassen soll, aber das war ihr egal.«

»Sie hat auch geraucht, nicht wahr?«, fragte Lucy.

Hollys Wangen liefen rosa an. »Vielleicht.«

»Hast du sie rauchen sehen?«

»Ein- oder zweimal.«

»Wie konnte sie sich Zigaretten leisten?«

Holly senkte ihre Stimme, bis sie nur ein Flüstern war. »Manchmal hat sie die Sachen, die sie gestohlen hat, verkauft. Um an Geld zu kommen.« Sie hielt den Kopf gesenkt und mied Lucys Blick, was diese vermuten ließ, dass Holly ebenfalls rauchte, wenn sie auch nicht am Ladendiebstahl beteiligt war. Zumindest hatte sie herausbekommen, wie Savannah an die Sachen gekommen war, die Natalie in ihrem Zimmer gefunden hatte.

»Hat sie in der Schule Sachen verkauft?«

Holly warf einen Blick in Richtung Schulleiter und nickte einmal.

Mr Derry räusperte sich, als wollte er etwas sagen, aber Lucy hielt ihm mit einem Blick davon ab.

»Kannst du mir sagen, an wen sie die Sachen verkauft hat?«

»Ich weiß nicht, an wen.«

»Hast du gar keine Idee? Vielleicht können diejenigen mir helfen, mehr über Savannah herauszufinden.«

»Ich weiß es wirklich nicht. Ich habe sie nicht gefragt.«

Es fiel Lucy schwer, das zu glauben. Aber dass der Schulleiter im Zimmer war, hemmte womöglich Hollys Bereitschaft, mehr zu sagen. Trotz weiterer Fragen bekam Lucy nichts mehr aus dem Mädchen heraus, das die Antworten entweder nicht wusste oder nicht preisgeben wollte. Auch sie behauptete nicht zu wissen, wohin Savannah unterwegs gewesen war oder mit wem sie sich vielleicht getroffen hatte. Hollys Ausdruck wurde mit jeder Frage entschlossener. Lucy fragte sich, ob Hollys und Sallys Mütter wussten, was ihre Töchter anstellten, wenn sie nicht zu Hause waren. Sie erlaubte Holly zu gehen und wartete auf das Eintreffen von Claire Dunbar: dem Mädchen, das die Prügelei mit Savannah angefangen hatte. Sie hatte bereits eine ungefähre Vorstellung davon, wie Savannah sich verhalten hatte und wieso, und konnte diese Informationen mit dem Team besprechen. Und sie hatte einen Namen – Phil.

———

Claire Dunbar sah älter aus als vierzehn, hatte kurzes, gewelltes, schwarzes Haar, das ihre scharfen Gesichtszüge betonte, und dunkle, gepflegte Augenbrauen. Sie war nicht besonders groß, aber sie strahlte Selbstbewusstsein aus, als sie auf den Stuhl glitt, den Holly geräumt hatte, und sagte etwas, bevor Lucy beginnen konnte, sie zu befragen.

»Ich weiß, wieso Sie mit mir reden wollen, aber Savannah hat angefangen.«

»Ich nehme an, du beziehst dich darauf, dass du dich gestern Nachmittag mit Savannah Hopkins geprügelt hast.«

»Es war keine richtige Prügelei. Sie hat mich angespuckt, weil ich sie beleidigt habe. Dann hat sie sich plötzlich auf mich geworfen, mich geohrfeigt und an den Haaren gezogen. Ich habe mich gewehrt, und dann haben sich ein paar ältere Kids eingemischt und sie von mir weggezogen.« Ihre dunklen Augen blitzten wütend auf.

»Wieso hat sie sich auf dich geworfen?«

»Sie war am Samstag in der Pretty-Things-Boutique in der Stadt. Ich habe gesehen, wie sie ein Top gestohlen hat. Sie hat es in ihre Tasche gesteckt und ist dann aus dem Laden, ohne zu bezahlen. Ich habe sie eine Diebin genannt, und dann ist sie total ausgeflippt.«

»Wieso hast du nicht einfach einer Mitarbeiterin was gesagt, als du im Laden warst?«

»Ich war mit meiner Mum und meiner Oma da.«

»Das ist keine wirkliche Erklärung, Claire.«

Claire senkte unvermittelt den Blick. »Ich weiß es nicht. Ich hätte was sagen sollen, habe ich aber nicht. Das ging alles so schnell.«

Das ergab keinen Sinn. Wieso hatte Claire in der Situation nichts gesagt? Sie waren nicht miteinander befreundet. Sie hatte keinen Grund, Savannah zu beschützen. »Aber du bist dir sicher, dass du gesehen hast, wie sie gestohlen hat?«

»Definitiv. Ich habe sie gestern deswegen zur Rede gestellt.«

»Vor anderen Leuten?«

Claire wand sich auf ihrem Stuhl. »Ja.«

»Auf dem Schulhof?«

»Ja.«

»Zur Mittagszeit?«

Sie erntete ein Nicken.

»Wie viele Leute waren etwa da, Claire?«

»Eine Menge. Zwanzig vielleicht.« Sie senkte den Blick.

Plötzlich verstand Lucy, wieso Claire Savannah nicht verpetzt hatte. Sie hatte sie vor so vielen Leuten wie möglich bloßstellen wollen.

»Du hast gesagt, du hast sie beleidigt. Was hast du genau gesagt?«

»Daran erinnere ich mich nicht.«

»Komm schon, Claire, ich bin mir sicher, dass du dich erinnern *kannst*. Wir alle sagen im Eifer des Gefechts Sachen, die wir manchmal nicht so meinen.« Lucy wartete und hoffte, dass das Mädchen noch etwas sagen würde, und das tat es.

Claire straffte die Schultern und erklärte trotzig: »Ich habe ihr gesagt, dass sie eine Gypsy und Diebin ist ... aber das stimmt. Ich habe nichts gesagt, was nicht stimmt.«

»Nur dass sie keine Gypsy war.«

»Sie und ihre Mum haben mit Gypsys zusammengelebt und Savannahs Stiefvater war einer. Jeder in der Schule wusste, dass sie eine von denen war und geklaut hat. Und meine Mum hat mir erzählt, dass Savannahs Stiefvater Sachen aus anderer Leute Gartenschuppen gestohlen hat, aber die Polizei hat nie was unternommen. Ich habe nichts Falsches gesagt.«

»Was wusstest du sonst noch über sie?«

Claire schüttelte den Kopf. »Nicht viel. Ich hatte nichts mit ihr zu tun. Samstag war das erste Mal, dass sie mir aufgefallen ist.«

»Du hast gesagt, sie hätte dich angespuckt.«

»Ja. Das war eklig. Die Spucke ist mein Gesicht runtergelaufen. Sie hat gesagt, es würde mir noch leidtun, dass ich sie beleidigt habe.«

»Hat sie noch etwas gesagt?«

»Nein, plötzlich ist sie explodiert und hat versucht, mir die Haare auszureißen.«

»Hat sich eine von euch verletzt?«

»Wir haben uns hauptsächlich angeschrien, geschubst und aneinander gezerrt. Sie hat mich aber am Hals gekratzt.« Claire schob ihren Kragen beiseite und enthüllte eine rote Stelle.

»Und dann ist jemand dazwischengegangen?«

»Jemand hat sie von mir weggezogen. Ich weiß nicht, wer. Sie hat mich angebrüllt, dass es mir noch leidtun würde, und dann ist sie mit Sally Gilmore und Holly Bradshaw weg.«

»Hast du sie gestern danach noch gesehen?«

»Nein. Ich bin in einem anderen Jahrgang als sie. Ich habe sie nicht gesehen.«

»Was hast du nach der Schule gemacht?«

»Meine Mum hat mich abgeholt, und dann haben wir meine Grandma besucht.«

»Du bist danach nicht mehr rausgegangen?«

Claire schüttelte den Kopf. »Nein. Wir haben mit Granddma Abendbrot gegessen und sind dann nach Hause gefahren.«

»Hast du dich vorher schon mal mit ihr geprügelt?«

»Es war das erste Mal. Ich habe bis gestern nicht sonderlich auf sie geachtet.«

»Hat sie sich mal mit anderen geprügelt?«

»Nicht dass ich wüsste.«

»Ich habe gehört, dass sie ziemlich oft beleidigt wurde.«

»Wenn das stimmt, habe ich nichts davon gehört.«

Lucy hakte weiter nach, aber es war wenig mehr aus ihr herauszubekommen. Sie würde das, was sie wusste, mit aufs Revier nehmen und schauen, ob es ihnen half.

———

Um Punkt zwölf waren alle im Büro versammelt und tauschten Informationen aus. Natalie hatte sich Grahams Bericht durchgelesen, den er auf dem Dach zusammengefasst hatte, und zusammen mit Ian begonnen, sich ein Bild von Savannahs Leben zu machen. Sie krempelte sich die Ärmel ihres weißen Hemds hoch und beugte sich über ihren Schreibtisch, um alle anzusprechen.

»Es gibt einige Unstimmigkeiten hinsichtlich Savannahs Leben. Das Gegenteil von dem, was ihre Mutter mir erzählt hat, scheint zuzutreffen: Sie war unglücklich, sowohl in der Schule als auch zu Hause. Lucy, was haben Sie herausgefunden?«

»Dass das zu stimmen scheint. Ich habe mit Sally und Holly gesprochen, und beide haben bestätigt, dass Savannah nicht mit vielen Leuten auskam. Etliche Schülerinnen und Schüler haben sie pausenlos mit Sticheleien gequält und sie mit herabwürdigenden Worten beleidigt. Claire Dunbar hat sie gestern eine Gypsy und Diebin genannt, eine Äußerung, die sie für gerechtfertigt hielt, weil sie beobachtet hat, wie Savannah am Samstag in einer Boutique in der Stadt ein T-Shirt hat mitgehen lassen. Es kam zu einer Prügelei, die von älteren Schülern aufgelöst wurde, ehe irgendwelche Lehrer sich einmischten. Claire hat behauptet, Savannah hätte sie angespuckt und gemeint, was sie gesagt hätte, würde ihr noch leidtun, dann sei sie weggegangen. Claire wusste nicht, was sie damit meinte. Ihre Klassenlehrerin Kirsty Davies hat bestätigt, dass Savannah eine schüchterne Schülerin war. Ihr ist auch aufgefallen, dass Savannah in den letzten Wochen etwas streitlustiger wurde als zuvor, hat das aber auf ihr Alter geschoben. Es ist vielleicht ein Zufall, aber es sieht so aus, als fiele Savannahs verändertes Verhalten mit der Ankunft von Janes neuem Freund zusammen, der begann, in ihrem Haus zu übernachten. Er heißt Phil.«

Natalie hob eine Augenbraue. »Phil?«

»Er ist ins Badezimmer reingeplatzt, als Savannah geduscht hat, und sie hat ihren Freundinnen erzählt, dass sie ihn unheimlich fand. Außerdem hat sie erwähnt, dass er sie oft angestarrt und sie sich unwohl gefühlt hat, wenn er da war. Könnte simple Eifersucht sein, oder es ist mehr dran.«

»Spüren Sie ihn auf und befragen Sie ihn.« Natalie nickte in Ians Richtung. »Ian?«

Ian räusperte sich. »Die Telefongesellschaft kann Savannahs Handy nicht orten. Es wurde ausgeschaltet. Der letzte Anruf ist von Freitagmittag, da hat sie ihre Mum angerufen. Die Telefongesellschaft hat uns eine Liste Nachrichten und Anrufe geschickt, aber ganz ehrlich ist nichts Erwähnenswertes dabei. Savannah hat das Handy offenbar nur genutzt, um mit ihrer Mutter in Verbindung zu bleiben. Mit ihren Freundinnen hat sie wohl über Snapchat kommuniziert, aber da ist die Technik noch dran. Bisher haben sie nichts.

Was Jane Hopkins uns über ihr früheres Leben erzählt hat, stimmt. Ihre Mutter ist tot und Jane verschwand Ende 2015 vom Radar, als sie mit Lance und dessen Familie wegging. Es gibt eine Kopie einer Heiratsurkunde – vom Juli 2016. Laut Lance Hopkins' Verdienstbescheinigung ist er Hilfsarbeiter. Seine Steuererklärungen sind aktuell, die letzte wurde vergangenes Jahr in Watfield eingereicht. Ich habe noch keine Information über seinen gegenwärtigen Aufenthaltsort. Es gab vier Anzeigen gegen ihn, wegen Trunkenheit und Erregung öffentlichen Ärgernisses – eine in Manchester, eine in Newcastle upon

Tyne und die zwei jüngsten letztes Jahr in Watfield. Das Haus wurde Ende 2016 bei einer Auktion für sechsundfünfzigtausend Pfund gekauft. Es war als ›ausgesprochen renovierungsbedürftig‹ beschrieben worden. Jane hat sechzigtausend Pfund geerbt, als ihre Mutter 2015 starb. Davon hat sie das Haus gekauft, das allein auf ihren Namen läuft, nicht auf den von Lance'. Und es gibt einen Widerspruch in ihrer Aussage. Sie behauptet, sie hätte die Arbeit zur üblichen Zeit um kurz nach halb vier verlassen und im Stau gestanden. Selbst wenn sie hinter einem Fahrrad hätte hinterherschleichen müssen, hätte es von Wilton's Baubedarf in der Hauptstraße von Ashburn bis zu ihrem Haus in der Western Park Road keine fünfundvierzig Minuten gedauert. Es sind nur sechs Kilometer. Das ergibt keinen Sinn. Entweder hat sie sich mit der Zeit geirrt, oder sie hält Informationen zurück.«

»Darüber müssen wir noch mit ihr sprechen«, sagte Natalie. Sie warf Murray, der mit vor seiner breiten Brust verschränkten Armen neben der Tür gestanden hatte, einen Blick zu. »Okay, weiter zu den beiden Arbeitern, die in Janes Garten tätig sind. Murray, was haben Sie über sie?«

»Ihre Namen sind Stu Oldfields und Will Layton. Sie sind unten und warten. Beide beharren darauf, Savannah gestern Nachmittag nicht gesehen zu haben. Aber Ian hat die Aussagen durchforstet, die Sie von DI Graham Kilburn bekommen haben, und eine Zeugin gefunden. Mrs Margaret Mullens hat erwähnt, sie hätte sie letzten Mittwoch gegen fünf Uhr mit Savannah und einer anderen Schülerin gesehen, die vor Savannahs Haus geraucht hätten. Ich habe sie angerufen und gefragt, ob sie darüber nachgedacht hätte, Savannahs Mutter davon zu erzählen. Sie behauptete, es gehe sie nichts an, obwohl sie überzeugt ist, dass alle geraucht haben. Ich habe den Eindruck, dass sie Angst vor der Konfrontation hatte und die Familie ganz allgemein mied. Sie wusste nicht viel über sie, abgesehen davon, dass die Polizei ein paarmal zum Haus gerufen wurde. Und sie hat Savannah ein paarmal zum Haus laufen oder davon weggehen sehen.«

»Okay. Wir reden bei Notwendigkeit noch mal mit ihr. Ah, da ist Mike.«

Mike schritt zielstrebig mit einer Akte in der Hand auf das Büro zu. Murray öffnete ihm die Tür.

»Hallo noch mal. Ich dachte, ihr hättet gern ein Update. Ich fange mit den schlechten Nachrichten an: Wir haben weder Savannahs Schuluniform noch ihre Tasche, ihr Handy oder ihren sternförmigen Ohrring, der in ihrem linken Ohrläppchen fehlte, gefunden. Das könnte bedeuten, dass der Mörder die Sachen hat, oder dass sie in der Nähe des Tatortes verloren gegangen sind. Jetzt zu dem, was wir wissen. Wir sind uns sicher, dass sie woanders ermordet und dann in den Park gebracht und neben dem Mülleimer abgelegt wurde. Der Rechtsmediziner Ben Hargreaves hat bestätigt, dass Savannah erwürgt wurde und die Schrammen auf ihren Knöcheln sehr wahrscheinlich davon stammen, dass sie wiederholt gegen etwas Hartes schlug. Er vermutet, der Todeszeitpunkt liegt irgendwann zwischen elf Uhr gestern Abend und vier Uhr heute Morgen.

Wir haben auf ihren Händen Spuren von etwas gefunden, das Farbe zu sein scheint, und untersuchen es gerade. Auf den ersten Blick sieht es so aus, als wären es Farbspuren auf Holz. Vermutlich von einer Holztür, einer Kiste oder einem Verschlag, aber das werde ich erst bestätigen, wenn wir uns sicher sind. Sie wurde nicht missbraucht, und abgesehen von den Schrammen auf ihren Händen und den Hämatomen an ihrem Hals gibt es keine Anzeichen für einen Kampf oder eine Verletzung. Ben untersucht sie gerade und schickt den Bericht direkt an euch. Entschuldigung, dass ich mich so kurzfasse, aber ich muss zurück ins Labor.« Er reichte Natalie die Akte, lächelte sie schief an und verschwand.

Natalie wandte sich wieder ihrem Team zu. »Ian, Sie

müssen weitergraben. Finden Sie Lance Hopkins. Lucy, reden Sie mit Jane Hopkins und bekommen Sie diesen Phil in die Finger, wer immer er ist. Murray, Sie helfen mir, die beiden Männer zu befragen, die Sie aufs Revier gebracht haben. Ich nehme Stu, Sie nehmen Will.«

Sie warf die Akte auf den Schreibtisch. Wenn Savannah gestern Abend um elf Uhr getötet worden war, war sie seit dreizehn Stunden tot. Die Presse hatte die Geschichte mittlerweile vermutlich veröffentlicht, mit Schlagzeilen in jeder Zeitung, und Jane Hopkins war im Medienrummel um den Tod ihrer Tochter gefangen. Wenn sie gedacht hatte, dass es schwer gewesen war, sich in einer neuen Stadt niederzulassen, nachdem sie mit Fahrenden gereist war, würde sie nun feststellen müssen, dass es noch härter war, im Mittelpunkt der Kritik anderer Leute zu stehen. Abgesehen davon, dass sie mit der Schuld leben musste, nicht zu Hause gewesen zu sein, als sie es hätte sein sollen.

SECHS

DIENSTAG, 17. APRIL – VORMITTAG

Die Schlange glitt hin und her, während er mit den Hanteln Seitheben machte. Er stand vor einen Ganzkörperspiegel und hinter ihm ein weiterer, sodass er zusehen konnte, wie sie sich lautlos bewegte: Wie sie sich über die Muskeln in seinem Rücken schlängelte, wenn er die Hantel hob, methodisch wieder senkte und die Bewegung wiederholte.

Das Reptil war gefüttert worden, aber nach so langem Fasten war sein Hunger unverhältnismäßig gewachsen, und es verlangte bereits Nachschub, um seinen unersättlichen Appetit zu stillen. Die Jagd, das Töten und der letzte Akt, seine Beute leblos zurückzulassen, hatten nur dazu gedient, die Bestie zu beleben. Das Verlangen, erneut zu töten, und zwar bald, war überwältigend, und doch musste er sich geschickt anstellen. Er spielte ein gefährliches Spiel. Savannah Hopkins war gerade erst entdeckt worden, und schon plante er, sich eine andere zu schnappen, um seiner Passion zu frönen. Seine Augen funkelten bei der Vorstellung. Zu lange hatte er auf diese wundervolle Gelegenheit gewartet.

Er stellte die Gewichte auf den Boden und spannte seine Brustmuskeln an. Der Kiefer der Schlange öffnete sich weiter, ihre Augen hielten Ausschau, beobachteten und warteten. *Bald.* Er griff nach dem Öl und führte sein vertrautes Ritual aus: Er goss es sich in die Hand, verrieb es sanft in kontrollierten Kreisbewegungen und bedeckte beide Handflächen mit der Mandelessenz, ehe er sie auf der schwarzen Boa constrictor verteilte. Dann bewunderte er das dunkelgraue Dreieck zwischen ihrer Nase und ihren Augen sowie das feine Sattelmuster in der Nähe ihres Schwanzes. Er verrieb das Öl auf seiner Brust, und die Schlange sperrte ihr Maul weiter auf und entblößte winzige hakenförmige Zähne, mit denen sie ihre Beute packen konnte. Die Boa hat keine Fänge. Sie ist ungiftig und tötet ihre Beute durch Würgen. Dabei quetscht sie den Blutkreislauf so fest zusammen, dass kein Blut mehr das Gehirn des Opfers erreichen kann und es innerhalb von Sekunden an Ischämie stirbt. Seine rosafarbene Zunge zuckte über seine Lippen. *Wie Savannah.*

Bald würde es ein weiteres Opfer geben, um den Hunger zu stillen. Die Schlange würde wieder zuschlagen.

SIEBEN

DIENSTAG, 17. APRIL – NACHMITTAG

Natalie ließ sich vor dem jungen Mann mit dem zotteligen dunkelblonden Haar und einem dazu passenden schaufelförmigen Bart auf einen Stuhl fallen. Er war groß und hatte die Beine unter dem Tisch ausgestreckt, sodass seine Stiefel beinahe Natalies Stuhl berührten. Seine muskulösen Hände mit dicken Fingern und brüchigen Nägeln umschlossen ein blaues Einwegfeuerzeug. Das war Stu Oldfields, der vierundzwanzig Jahre alte Bauarbeiter, eine Hälfte des Teams von Tenby House and Garden Services, das zur Arbeit an Jane Hopkins' Haus eingeteilt war.

Er sprach sofort. »Ich habe dem Detective gestern Abend gesagt, dass ich sie nicht gesehen habe, weder vor noch nach der Schule.«

»Das habe ich gehört. Aber ich habe auch gehört, dass Sie gestern früher Feierabend gemacht haben. Wieso das?«

Seine Hand krampfte sich um das Feuerzeug und ließ wieder locker. »Wir mussten Material holen. Der Laden hat um halb fünf zugemacht. Montags macht er früher zu.«

»Wo ist dieser Laden?«

»Im Fachmarktzentrum auf der anderen Seite von Watfield – KSC Baubedarf.«

»Was genau mussten Sie holen?«, fragte sie betont beiläufig und stellte mit Interesse fest, dass er zögerte, ehe er antwortete.

»Zement ... vier Säcke. Regenrinnen, zehn Dreimeterstücke, und ... etwas Gips der Marke Thistle Multi Finish.« Das war eine ziemlich genaue Antwort auf ihre Frage. Sie hatte nicht nach den Mengen gefragt.

»Was haben Sie nach dem Materialkauf gemacht?«

»Wir sind zurück zum Hof.«

»Welchen Hof meinen Sie?«

»Den Hof von der Arbeit.«

»Von Tenby House and Garden Services?«

»Ja. Wir haben das Material hingebracht, also ... Ich nicht. Will hat das gemacht. Es war beinahe offizieller Feierabend, also hat er mich zuerst an meiner Wohnung abgesetzt. Ich wohne in der Nähe, in der Mulberry Close.«

»Ich nehme an, Sie haben einen Kassenzettel, der bestätigt, was Sie gekauft haben und wann?«

»Wir haben es auf Rechnung geholt, die der Boss, Noel Reeves, erhalten hat. Eine Uhrzeit wird da aber nicht drauf sein. Es war so um kurz vor halb fünf.«

»Wie lange hat es gedauert, das Material zu holen, es in den Van zu laden und dann zum Hof zu fahren?«

Er kratzte sich am Kinn und wandte einen Moment den Blick ab. »Nicht lange.«

»War außer Ihnen noch jemand anderes im Laden, als Sie dort waren?«

Ein weiteres Kratzen und ein nachdenkliches Warten, ehe er antwortete: »Ich habe niemanden gesehen. Ich habe aber auch nicht sonderlich drauf geachtet, um ehrlich zu sein.«

Natalie hielt ihren Blick unverwandt auf ihn gerichtet. »Wann sind Sie nach Hause gekommen?«

Er verzog das Gesicht. »Kann ich nicht mit Sicherheit

sagen. Will hat mich vor meinem Haus abgesetzt, und ich bin gleich nach oben, um zu duschen. Dann habe ich Xbox gespielt, bis meine Mutter nach Hause gekommen ist. Ich habe nicht auf die Uhr gesehen.«

Er schien sich unwohl zu fühlen, und Natalie war sich sicher, dass er die Unwahrheit sagte.

»Kann Ihre Mutter bezeugen, dass Sie zu Hause waren, als sie eintraf?«

»Ich weiß es nicht. Ich war in meinem Zimmer. Aber sie wusste bestimmt, dass ich da bin. Gegen halb sieben bin ich nach unten gegangen, um was zu essen.«

»Aber sie hat Sie nicht gesehen?«

Er nahm das Feuerzeug wieder in die Hand. »Ich weiß, was Sie

andeuten, aber ich *war* zu Hause. Fragen Sie Will.«

»Werde ich. Haben Sie sich oft mit Savannah unterhalten?«

»Hin und wieder. Ich war die meiste Zeit beschäftigt.«

»Worüber haben Sie geredet?«

»Musik, Filme, Zeugs.«

»Hatten Sie ähnliche Interessen?«

»Nicht wirklich. Wir haben nur so gequatscht, nichts Ernstes. Einmal habe ich mitgepfiffen, als das Radio lief, und sie hat gesagt, dass sie den Song mag. Ich wollte nur nett sein und hab sie manchmal irgendwas gefragt, zum Beispiel, was es zum Abendessen gibt oder ob sie *Isle of Dogs* gesehen hat. So bin ich. Ich bin nett zu den Leuten, für die ich arbeite. Ich war auch nett zu Jane.«

»Ich habe einen Zeugen, der Sie mit Savannah und einem anderen Mädchen hat rauchen sehen, vor Savannahs Haus, letzten Mittwoch gegen siebzehn Uhr.«

»Sie irrt sich.«

Natalies Mund verzog sich zu einem Lächeln. »Ich habe Ihnen nicht gesagt, dass es sich um einen weiblichen Zeugen handelt.«

»Das war nur geraten«, antwortete er. Er verriet sich durch seine Hand, die seinen Mund bedeckte, während er sprach.

»Nein, war es nicht. Sie wussten, wen ich meine.«

Er ließ seine Hand fallen und trommelte mit den Fingern einen leichten, zusammenhanglosen Rhythmus auf den Tisch. Er stieß sein Kinn vor. »Einmal. Es war einmal. Jane war kurz weg, um was zu besorgen, und Savannah hing mit einer ihrer Freundinnen im Haus rum. Sie ist nach draußen gekommen und hat gefragt, ob wir Lust auf eine Zigarette haben. Sie hatte eine Schachtel, und wir haben jeweils eine genommen. Es war nur eine heimliche Zigarette hinter dem Haus, aber dann ist irgendeine Frau in ihren Fünfzigern vorbeigekommen und kurz stehen geblieben, als sie uns gesehen hat. Savannah hat ihre Zigarette versteckt, aber wir haben uns schon gedacht, dass sie uns bemerkt hat. Savannah hatte Angst, die Frau würde es ihrer Mutter erzählen, aber ich habe ihr gesagt, dass sie sich keine Sorgen machen soll. Ich habe nicht gedacht, dass sie uns verpetzt, so schnell, wie sie abgerauscht ist. Das ist alles. Nur das eine Mal.«

»Und Sie finden es okay, von minderjährigen Mädchen Zigaretten anzunehmen und sie zum Rauchen zu ermutigen?«

»Es war keine große Sache. Ich habe auch so jung mit dem Rauchen angefangen. Savannah hat uns erzählt, dass sie seit zwei Jahren raucht. Sie war keine von diesen jungen Dreizehnjährigen, sondern irgendwie schon echt erwachsen. Recht ruhig und nicht so kindisch und albern wie andere in ihrem Alter.«

»Sie mag auf Sie erwachsen gewirkt haben, aber sie war trotzdem immer noch minderjährig. Ich komme direkt auf den Punkt: Hatten Sie irgendeine Art von Beziehung mit ihr?«

»Nein!«

»Haben Sie Annäherungsversuche unternommen?«

»Was, sie angemacht? Auf keinen Fall! Ich bin doch nicht doof. Stellen Sie sich mal vor, mein Boss erfährt von so was. Der würde mich sofort feuern. Ich habe sie nicht angemacht, und sie hat auch nicht mit mir geflirtet oder so. Fragen Sie Will. Er weiß, dass nichts passiert ist. Abgesehen davon ist sie überhaupt nicht mein Typ.«

»Was ist mit ihrer Freundin?«

»Die habe ich auch nicht angemacht.«

Natalie bemerkte seine Entrüstung und auch, dass er sein Feuerzeug nicht in Ruhe lassen konnte. Seine Finger rieben auf dem Plastik herum, während er sprach. Sie änderte ihre Taktik. »Gestern Nachmittag haben Sie und Will früher Feierabend gemacht, um Baumaterialien zu holen.«

Sein Kopf wippte auf und ab, während sie sprach. »Der Boss hat Will eine Nachricht geschickt und uns gebeten, das Material zu holen, also mussten wir früher aufhören.«

»Sie wurden zu Hause abgesetzt und haben Savannah weder gesehen noch gehört? Ist das korrekt?«

»Das ist richtig. Gestern Abend ist ein Polizist vorbeigekommen und hat mir erzählt, dass sie verschwunden ist, und mir Fragen über sie gestellt. Er wollte wissen, ob sie mir vielleicht etwas erzählt hat, ob mir jemand anderes beim Haus aufgefallen ist, ob sie unglücklich aussah ... solche Sache.«

»War das so?«

»Vor ein paar Tagen sah sie niedergeschlagener aus als sonst. Ich hab sie gefragt, ob sie okay ist, und sie hat gesagt, dass sie die Leute in ihrer Klasse und die ganze Stadt satthätte. Und dass sie am liebsten raus aus Watfield würde.«

»Hat sie erwähnt, wohin sie gehen wollte?«

»London. Sie wollte Sängerin werden und dachte, dafür müsste sie da hin. Solche beknackten Ideen hatten wir doch alle mal. Ich wollte in ihrem Alter Fußballer werden. Als der Polizist mir erzählt hat, dass sie verschwunden ist, habe ich gedacht, sie wäre von zu Hause weggelaufen.«

»Wann haben Sie Savannah zuletzt gesehen?«

»Freitagnachmittag. Jane hat sie mit zwei Bechern Tee rausgeschickt. Jane hat immer darauf geachtet, dass wir genug Tee und Kekse bekommen.«

»Wie ging es ihr?«

»So wie immer – sie war still, ein bisschen schüchtern.«

»Sie war ein stilles, schüchternes Mädchen, aber kam nach draußen und bot Ihnen Zigaretten an. Und sie hat Ihnen, einem völlig Fremden, ihr Herz ausgeschüttet und erzählt, dass sie Sängerin werden wollte.«

»Vielleicht mochte sie mich einfach und hatte das Gefühl, dass sie mir Sachen erzählen kann. Mädchen mögen mich halt.«

Diese Selbstgefälligkeit bewirkte lediglich, dass Natalie sich ärgerte. Sie musste seine Version der Ereignisse bestätigen. Murray war im angrenzenden Zimmer und befragte Stus Arbeitskollegen Will. Sie musste prüfen, ob ihre Geschichten übereinstimmten.

»Ich lasse Sie kurz allein. Könnten Sie bitte hier warten?«

»Kann ich noch nicht gehen? Ich habe doch nichts getan.«

Seine Gefühllosigkeit war ermüdend. »Sie helfen uns bei unseren Ermittlungen zum Mord an einem dreizehnjährigen Mädchen, also bleiben Sie erst mal hier.«

Sie klopfte an die Tür von Vernehmungszimmer B, und Murray kam heraus. Sie sprachen leise miteinander.

»Stu sagt, sie hätten gestern Nachmittag Material geholt und er wurde zu Hause abgesetzt. Savannah hat er nicht gesehen«, berichtete sie.

»Genau wie Will. Sie sind Zement und Regenrinnen holen gefahren, und er hat sie auf den Hof zurückgebracht. Dafür waren seinen Angaben nach keine zwei Personen notwendig. Und da sie an Stus Haus vorbeikamen, hat er Stu dort rausgelassen und ist dann ohne ihn weitergefahren. Will war bis beinahe Viertel nach fünf auf dem Hof. Der Besitzer, Noel Reeves, war zu der Zeit vor Ort und hat eine Weile mit ihm geplaudert: über ihren gegenwärtigen Job und wie wahrscheinlich es ist, ihn bis Monatsende abzuschließen, sodass sie mit einem anderen Auftrag in Watfield weitermachen können.«

»Haben Sie sich das von Mr Reeves bestätigen lassen?«

»Ich habe ihn vor ein paar Minuten angerufen. Will ist gegen Viertel vor fünf aufgetaucht und bis lange nach fünf geblieben. Er hat ebenfalls bestätigt, dass er sie gebeten hat, das Material vom Baumarkt zu holen, ehe der um halb fünf schließt.«

»Okay. Was hat er zum Rauchen mit den Mädchen gesagt? Hat Will das zugegeben?«

»Er sagte, die Mädchen wären albern gewesen und hätten gefragt, ob sie eine Zigarette wollen. Er wusste, dass sie minderjährig waren, aber da er ihnen keine Zigaretten angeboten hat, fand er nichts Falsches daran. Er hat nicht viel mit Savannah gesprochen, sagte aber, sie hätte Stu gut gefunden und ein paarmal mit ihm geredet.«

»Macht es Ihnen was aus, wenn ich kurz mit ihm spreche? Ich werde das Gefühl nicht los, dass Stu nicht ehrlich zu mir ist. Mit seiner Körpersprache stimmt was nicht.«

»Vielleicht ist er nervös.«

Natalie verzog das Gesicht. »Nein, es ist mehr als das.«

Will Layton, der von Murray befragt wurde, war älter als Stu, ein stiernackiger Mann Ende zwanzig, der seine Lippen zu einem schmalen Strich zusammenpresste. Er hatte seine Ellbogen auf den Tisch gestützt und verengte die Augen, als sie eintrat. »Guten Tag, Will. Ich bin DI Ward und habe mich mit Ihrem Kollegen Stu über Savannah Hopkins unterhalten. Nun würde ich gerne Ihre Darstellung der Ereignisse hören. Sie haben gestern früher Feierabend gemacht, und ich würde gerne mit Ihnen durchgehen, wohin Sie dann gefahren sind.«

»Das habe ich alles schon DS Anderson gesagt.«

»Und ich würde es gerne noch mal mit Ihnen durchgehen.«

»Wir mussten Zement und Regenrinnen vom Baumarkt am anderen Ende der Stadt holen. Ich habe eine Nachricht von Noel bekommen, dass wir die Sachen abholen und auf den Hof bringen sollen – vor halb fünf, also vor Ladenschluss. Gegen vier sind wir von Janes Haus weg und zu KSC Baubedarf, haben das Zeug abgeholt und sind zurück zum Hof. Da haben wir den Van wie jeden Abend stehen gelassen – vor dem Büro. Vorher habe ich Stu bei ihm zu Hause ein paar Straßen weiter abgesetzt und dann die Ware abgeliefert. Ich wusste nicht, dass Savannah vermisst wird, das habe ich erst später im Pub erfahren. Da habe ich auch gehört, dass die Bullen nach ihr suchen.«

»Fahren Sie denn nicht zu Wilton's Baubedarf für Ihre Baumaterialien?«

»Da haben wir kein Konto, und außerdem verkaufen sie hauptsächlich an Privatpersonen. Wir sind Gewerbetreibende. Also gehen wir zu KSC.«

»Wie viele Säcke Zement haben Sie gekauft?«

»Was?«

»Wie viele Säcke Zement haben Sie erworben?«

»Vier Säcke Universal-Zement.«

»Gewicht?«

»Äh, jeweils fünfundzwanzig Kilo.«

»Und was für Regenrinnen? Plastik? Stahl? Länge?«

»Die von Galeco, galvanisierter Stahl, zehn Stück à drei Meter. Wieso wollen Sie das alles wissen?«

Natalie ignorierte seine Frage. »Noch irgendetwas?«

»Nein. Das war's.«

»Was ist mit Gips?«

Sein Blick schoss von Natalie zu Murray. »Sie hatten den, den wir brauchten, nicht da, also haben wir keinen gekauft. Der Boss hat gesagt, er würde heute früh nach Stoke-on-Trent fahren und da welchen holen.«

»Und welches Marke Gips war das?«

»Thistle Multi Finish. Davon hatten sie keinen mehr da.«

»Ich könnte all diese Details beim Baumarkt überprüfen.«

Sie neigte ihren Kopf und lächelte ihn freundlich an. Stus Version hatte leicht anders geklungen.

Will schwieg.

»Und Stu war die ganze Zeit bei Ihnen?«

Will wandte den Blick ab. Sie hatte ihn in die Enge getrieben.

»Sie wissen, dass der Baumarkt Überwachungskameras hat, anhand derer wir beweisen können, dass Sie alleine reingegangen sind? Muss ich die Aufzeichnungen wirklich anfordern?« Er senkte das Kinn. Ein Zeichen für Resignation. Sie hatte richtig geraten. Stu hatte behauptet, sie hätten Gips gekauft, aber es hatte keinen gegeben, was er gewusst hätte, wenn er Will begleitet hätte. »Sie lügen uns nicht nur an, Sie behindern durch ihre unkooperative Haltung auch die Ermittlung. Wir ermitteln in einem Mordfall, dem kaltblütigen Mord an einem jungen Mädchen, und können Leute wie Sie nicht gebrauchen, die unsere Zeit verschwenden. Mir ist egal, aus welchen Gründen Sie für ihn lügen. Ich will die Wahrheit. Stu war nicht bei Ihnen, stimmt's?«

Er blickte sie mit funkelnden Augen finster an, ehe er schließlich sagte: »Nein, ich bin alleine zum Baumarkt gefahren.«

———

Lucy befand sich in der Western Park Road 21 und gab sich größte Mühe, Jane zum Reden zu bringen. Die Frau war ein schluchzendes Durcheinander, die Haaren waren strähnig und klebten ihr am Kopf, und die Augen lagen hohl in ihrem grauen Gesicht. Tanya Granger war bei ihr und hatte einen Arm um ihre Schultern gelegt. Das Festnetztelefon klingelte. Tanya tätschelte sanft Janes Arm und stand dann auf. Lucy schaute zu, wie Janes Blick der Opferbetreuerin folgte, die den Anruf entgegennahm und dem Reporter am anderen Ende untersagte, jemals wieder anrufen.

»Noch einer?«, fragte Jane und schniefte. Tanya nickte.

»Jane, ich muss Ihnen wirklich ein paar Fragen stellen. Bekommen Sie das hin?«

Jane atmete abgehackt und zu schnell.

»Jane. Ich muss Sie nach Phil fragen.«

Aus dem Atmen wurden erneut leise Schluchzer.

»Wir wissen, dass Sie mit jemandem namens Phil befreundet sind. Helfen Sie mir, Jane. Ich muss ihn aus dem Kreis der Verdächtigen ausschließen.«

»Er war es nicht ... Er hat sie nicht getötet.« Jane rang um Fassung und verdrehte mit den Händen die Fließdecke auf ihren Knien.

»Jane, wenn Sie mir nichts sagen, muss ich ihn selbst suchen und zur Befragung aufs Revier bringen.«

Ihre Augen weiteten sich. »Tun Sie das nicht. Bitte ... nicht.«

»Dann sagen Sie mir, was ich wissen muss. Wer ist Phil?«

»Phil Howitt. Ihm gehört Wilton's Baubedarf, wo ich arbeite.«

Lucy hatte Janes Vorgeschichte überprüft und dabei festgestellt, dass der Besitzer Wyn hieß, nicht Phil Howitt.

Jane erklärte es ihr. »Er wird nicht gerne Wyn genannt und war schon immer für alle Phil. Den Spitznamen hat er, weil er aussieht wie Phillip Schofield, der Fernsehmoderator.«

»Seit wann haben Sie ein Verhältnis mit ihm?«

»Seit der Betriebsweihnachtsfeier letztes Jahr«, antwortete sie und zupfte mit den Fingern am Rand der Decke herum. »Er ist verheiratet und hat zwei kleine Kinder. Sie dürfen ihn nicht befragen. Seine Frau darf das mit uns nicht erfahren. Er hat nichts mit Savannahs Verschwinden oder ihrer Ermordung zu tun.«

»Ich fürchte, es ist an uns, das zu untersuchen und eine Entscheidung zu treffen.«

»Er hat nichts damit zu tun.«

»Was macht Sie da so sicher?«

Tränen liefen ihre Wangen hinab. Sie hob ihren ruhelosen Blick. »Ich war mit Phil zusammen, als Savannah verschwunden ist. Wir hatten im Hinterzimmer Sex. Deshalb bin ich nicht zur üblichen Zeit los, sondern erst fast eine halbe Stunde später.«

»DI Ward gegenüber haben Sie angegeben, im Stau gestanden zu haben.«

»Das stimmt auch ein bisschen. Ich hing in einer langen Schlange hinter einem Traktor fest und niemand von uns konnte überholen, aber wenn ich pünktlich losgefahren wäre, wäre das vermutlich nicht passiert. Die ganze Sache ist meine Schuld.«

———

Natalie und Murray saßen vor Stu Oldfields. Murray hatte seinen Blick auf den Mann geheftet, der die Arme verschränkt hielt und seinen Stuhl mit seinem gewaltigen Körper ausfüllte.

»Was ist passiert? Wieso schauen Sie mich so an? Was hat Will Ihnen erzählt?« Die Selbstgefälligkeit war verschwunden.

»Ich glaube, Sie haben eine ungefähre Vorstellung davon, was er uns erzählt hat«, sagte Murray.

»Der Arsch. Er hat versprochen, mich zu decken.«

Natalie übernahm. »Ich fürchte, unsere neuen Informationen ändern einiges, Stu. Nun haben Sie kein Alibi für gestern Nachmittag mehr. Sie waren nicht mit Will Material kaufen, sondern haben Janes Haus fünfzehn Minuten vor ihm verlassen, um Viertel vor vier. Er hat uns erzählt, dass Sie in Richtung Stadt gegangen sind. Das ist genau der Weg, den

Savannah genommen hätte, um nach Hause zu kommen. Sie müssen sie gesehen haben, als sie Ihnen entgegenkam.«

Stu schüttelte heftig den Kopf. »Es ist nicht so, wie Sie denken.«

»Und was denke ich wohl?«, fragte Natalie scharf.

»Ich habe Savannah nicht getötet.«

»Ich sage Ihnen, was ich tatsächlich denke, Stu. Ich denke, Sie haben eine Menge meiner wertvollen Zeit verschwendet, indem Sie mir die Wahrheit verheimlicht haben. Savannah wurde ermordet. Sie haben dem für die Untersuchung ihres Verschwindens verantwortlichen Polizisten erzählt, dass sie angedeutet hätte, von zu Hause weglaufen zu wollen, und damit womöglich seine Ermittlung erschwert.« Sie hob eine Hand, um ihn zum Schweigen zu bringen, als er zu antworten ansetzte. »Halten Sie die Klappe. Jetzt rede ich. Sie haben gelogen, Informationen zurückgehalten und ungenaue Antworten gegeben. Und jetzt erzählen Sie mir, dass Sie Savannah nicht gesehen haben, obwohl Sie etwa zu der Zeit ihr Haus verlassen und in die Stadt gegangen sind, als sie nach Hause gekommen wäre? So wie ich das sehe, brauchen Sie ein wasserdichtes Alibi, sonst steigen Sie zu unserem Hauptverdächtigen auf. Wohin sind Sie gegangen?«

»Ich habe Sie nicht getötet.«

»Das war nicht meine Frage«, blaffte Natalie ihn an.

Er hob das Feuerzeug und drehte es in den Fingern.

»Ich habe mich mit jemandem getroffen.«

»Mit wem?«

»Kann ich nicht sagen.«

Natalie schlug mit der flachen Hand auf den Tisch. »Verdammt noch mal! Wollen Sie wegen Mordes angeklagt werden?«

»Ich habe sie nicht getötet.«

»Mit wem haben Sie sich getroffen?«

Er starrte das Feuerzeug an. Natalie wartete mit

geschürzten Lippen und musterte ihn eindringlich. Als er ihrem Blick nicht erwiderte, lehnte sie sich in ihrem Stuhl zurück.

»In Ordnung, Stu. Ich habe keine Zeit für Ihre dummen Spielchen. Wir können das auch auf die harte Tour machen. Ich könnte die wertvolle Zeit meines Teams dafür verschwenden, Ihre Bewegungen nachzuverfolgen, indem wir Ihre Handydaten anfordern, Aufnahmen von Überwachungskameras auswerten ... all das wird Zeit in Anspruch nehmen. Aber schlussendlich werden wir herausfinden, welchen Weg Sie genommen haben, wohin Sie gegangen sind und mit wem Sie zusammen waren. Wenn Sie Savannah weder entführt noch getötet haben, können Sie mir eine Menge Ärger ersparen und mich meinen eigentlichen Job machen lassen, der da wäre, ihren Mörder aufzuspüren. Falls Sie nicht kooperieren, kann ich Ihnen eine ganze Reihe von Straftaten zur Last legen. Und wenn Sie gelogen haben und Savannah begegnet oder mit ihr weggegangen sind, kann ich Sie am Ende für ihrem Mord belangen. Wie hätten Sie es denn gern? Ich geb Ihnen einen Hinweis – eine der beiden Optionen wird mich so wütend machen, dass ich Sie innerhalb von Minuten in eine Zelle sperren lasse. Die andere könnte dazu führen, dass Sie vielleicht heute noch nach Hause können. Was darf es sein?«

Er weigerte sich, aufzusehen.

»DS Anderson, nehmen Sie Stu wegen Justizbehinderung fest und stecken ihn unten in eine Zelle. Stu, suchen Sie sich einen Anwalt.« Ihr Stuhl schrammte über den Boden, als sie ihn zurückschob, dann marschierte sie zur Tür. Sie hatte darauf spekuliert, dass ihre Strenge ihn zum Reden brachte, aber er schwieg eisern weiter. Nun stand sie draußen auf dem Flur und blickte zur Decke. *Verdammter Stu Oldfields.*

ACHT

DIENSTAG, 17. APRIL - NACHMITTAG

Natalie warf die Tür zu ihrem Büro auf und schleuderte die Akte auf den nächstbesten Tisch. »Dieser Scheißkerl redet nicht. Er verschwendet nur unsere Zeit!«

Ian sah zu, wie sie im Zimmer auf- und abging, ehe er etwas sagte. »Vielleicht haben wir noch eine andere Spur. Ich habe mir die Akten durchgelesen, die DI Graham Ihnen gegeben hat, zusammen mit den Zeugenaussagen, die wir heute Morgen aufgenommen haben. Und eine der letzten Personen, die Savannah in der Nähe des Aldis gesehen haben, war ein Typ namens Anthony Lane. Ich habe seinen Namen durch die Polizeidatenbank gejagt und Sie werden es nicht glauben: Er ist in der Datei. Er ist aktenkundiger Sexualstraftäter und wurde 2008 angeklagt, weil er sich vor jungen Mädchen entblößt hat.«

»Okay, reden wir mit ihm.«

Das interne Telefon klingelte. Es war Murray. »Stu hat mir gerade verraten, wo er gestern Nachmittag gewesen ist.«

»Wo?«

»Im Park hinter Savannahs Haus. Er war bis halb sieben mit einem Mädchen dort und ist dann nach Hause gegangen, hat mit seiner Mum zu Abend gegessen und ferngesehen.«

»Mit wem war zusammen?«

»Er will uns ihren Namen nur ungern geben. Sie geht wohl noch zur Schule.«

»Auf dieselbe Schule wie Savannah?«

»Nein. Sie geht auf die Lincoln-Fields-Mittelschule am anderen Ende der Stadt.«

»Er muss uns sagen, wer sie ist. Vermutlich ist sie minderjährig, sonst wäre er kooperativer. Setzen Sie ihn unter Druck, Murray.«

Sie legte den Hörer auf und sah Ian an. »Falls Stus Alibi sich bestätigt, ist er aus dem Schneider und wir haben einen Verdächtigen weniger. Haben Sie die Adresse von Anthony?«

Ian kritzelte sie auf einen Klebezettel. Während er das tat, klingelte Natalies Handy.

Lucys Stimme knisterte, als hätte sie schlechtes Netz. »Jane hat zugegeben, dass sie eine Beziehung mit Phil Howitt hat, dem Besitzer von Wilton's Baubedarf. Sie hatten gestern Nachmittag Sex in seinem Büro, weswegen sie das Firmengelände verspätet verlassen hat. Sie sagt, er kann mit Savannahs Verschwinden nichts zu tun haben.«

»Wir müssen trotzdem mit ihm reden. Wir wissen nicht, ob sie entführt wurde, als sie von der Schule nach Hause kam oder viel später. Vielleicht wurde sie gar nicht entführt. Sie war wie für eine Verabredung angezogen. Nur weil er um vier mit ihrer Mutter zusammen war, heißt das nicht, dass er Savannah nicht später getroffen hat.«

»Genau mein Gedanke, weswegen ich draußen vor dem Büro von Wilton's Baubedarf stehe, gleich reingehe und ihn befrage.«

»Gut. Savannah hat Sally gegenüber angegeben, Phil unheimlich zu finden. Vielleicht gibt es dafür einen Grund. Finden Sie heraus, wie gut sie miteinander ausgekommen sind, wenn überhaupt.«

»Roger. Bin dran.«

Die Leitung war tot und Natalie wandte ihre Aufmerksamkeit der Adresse zu, die Ian ihr gegeben hatte. Anthony wohnte ein paar Minuten vom Supermarkt entfernt. »Noch nichts von Lance?«

»Nichts.«

»Sagen Sie mir Bescheid, sobald Sie ihn aufspüren. Ich rede so lange mit Anthony. Wie hieß noch der andere Typ, der sie auf ihrem Nachhauseweg gesehen hat?«

»Nick Duffield, aber er wird Duffy genannt. Arbeitet im Telefonladen in Watfield.«

»Den befrage ich ebenfalls, wenn ich schon in der Stadt bin. Bitten Sie Murray, Stus Alibi zu überprüfen, sobald er ausspuckt, wer sie ist.«

»Sie glauben also, er wird Murray sagen, mit wem er sich getroffen hat?«

»Mit Sicherheit. Deswegen habe ich Murray allein mit ihm gelassen. Ich hatte den Eindruck, dass Stu Angst vor ihm hat. Wenn irgendjemand diese Information aus ihm herausbekommen kann, dann Murray.«

———

Phil Howitt war Mitte vierzig, hatte aber dichtes, platinblondes Haar, das überhaupt nicht zu seinen dichten, dunklen Brauen passte. Er musterte Lucy vorsichtig und schüttelte traurig den Kopf. Jane hatte recht gehabt, als sie sagte, dass er dem Fernsehmoderator Phillip Schofield ähnelte. »Was für eine wirklich schreckliche Sache. Ich habe gestern Abend mit Jane gesprochen. Die Arme war verzweifelt. Ich kann mir kaum vorstellen, wie sie sich fühlen muss. Savannah war so ein liebes Mädchen. Ich kann nicht glauben, dass ihr das passiert ist. Haben Sie schon einen Verdacht, wer sie getötet haben könnte?« Seine Augenbrauen zogen sich vor Unbehagen und Kummer zusammen.

Lucy war Leuten wie ihm schon begegnet – übermäßig besorgt. Er zog vornehm einen Stuhl für sie zurück, sodass sie sich setzen konnte, und machte Geräusche, die sein Missfallen zum Ausdruck brachten. »Wir waren alle bestürzt, als wir die Nachricht erhalten haben. Jane ist eine beliebte Mitarbeiterin.«

Lucy warf einen Blick auf den digitalen Bilderrahmen auf seinem Schreibtisch, auf dem nacheinander Bilder erschienen – ein Baby in einem weißen Taufkleid, zwei Kleinkinder, die für die Kamera strahlten, dieselben zwei Kinder, die sich an den Händen hielten, beide mit zueinander passenden Pudelmützen, und ein Kind auf einem Fahrrad. Alle Fotos bewiesen, dass Phil Howitt ein Familienmensch war. Er folgte ihrem Blick und bestätigte ihre Gedanken. »Das sind Izaak und India. Izaak ist vier und India fast drei. Die Zeit verfliegt so schnell. Haben Sie Kinder?«

Lucy und Bethany erwarteten ihr erstes Kind, das in ein paar Monaten zur Welt kommen würde, aber sie wollte diese Information nicht mit einem Mann teilen, den sie nie zuvor gesehen hatte. »Nein.«

Er ging hinter den Schreibtisch und setzte sich. »Wie kann ich Ihnen helfen?«

Lucy beschloss, nicht um den heißen Brei zu reden. »Ich habe gehört, dass Sie und Jane Hopkins eine Beziehung haben.«

Er presste die Fingerspitzen aufeinander und drückte sie gegen seine prallen, pinken Lippen.

»Es ist nichts Ernstes.«

»Aber Sie haben ein Verhältnis mit ihr?«

»Ich verstehe wirklich nicht, welche Bedeutung meine Beziehung zu Jane für Ihre Ermittlung hat. Und ich hoffe doch, dass Sie das, was Sie an Wissen zusammentragen, diskret behandeln. Natürlich mache ich Fehler, aber ich liebe meine Frau und meine Kinder und möchte nicht, dass sie in irgendeiner Form verletzt werden.«

Lucy erschauderte innerlich. Andererseits war sie nicht

hier, um seine Ehe zu zerstören. »Meine Intention ist es lediglich, Sie aus dem Kreis der Verdächtigen auszuschließen. Sie standen mit dem Opfer und seiner Mutter in Verbindung, also muss ich Sie befragen.«

»Das verstehe ich.«

»Sie haben ein paarmal in Janes Haus übernachtet.«

»Ist das eine Frage oder eine Aussage?«

Lucy ignorierte die Flapsigkeit. »Haben Sie?«

»Ja, ich habe ein paar Nächte bei Jane verbracht.«

»Das zu arrangieren, muss schwierig gewesen sein, ohne dass Ihre Frau misstrauisch wurde.«

»Eigentlich nicht. Es gibt zahlreiche Fachveranstaltungen und Konferenzen, von denen sie glaubt, dass ich hingehe. Aber das geht Sie wirklich nichts an. Wieso wollen Sie wissen, ob ich bei Jane übernachtet habe?«

»Wann haben Sie Savannah zuletzt gesehen oder mit ihr gesprochen?«

»Letzte Woche. Donnerstagmorgen. Beim Frühstück. Ehe Sie fragen, ich kam gut mit ihr aus. Sie war ziemlich verschlossen, aber es gab keine Feindseligkeiten. Wir haben ein paarmal geplaudert, als ich dort war, aber wie Sie sich vorstellen können, habe ich nicht viel von ihr gesehen. Ich habe meine Zeit mit Jane verbracht und hatte nicht den Eindruck, dass Savannah unglücklich mit der Situation ist. Jane hat nichts Derartiges gesagt, und das Mädchen war mir gegenüber immer freundlich.«

»Wusste Savannah, dass Sie verheiratet sind?«

»Ich habe es ihr ganz sicher nicht gesagt.«

»Es gab mal eine Situation, da sind Sie ins Badezimmer gekommen, als sie gerade duschte.«

Er nahm seine Finger vom Mund und lachte schwach. »O Gott, ja. Das war schrecklich peinlich – für uns beide. Ich war vollkommen überrascht, habe mich natürlich entschuldigt und augenblicklich zurückgezogen.«

»Das hat Savannah ihren Freundinnen anders erzählt. Sie hat behauptet, Sie wären im Badezimmer geblieben und hätten sie angestarrt.«

Seine Kinnlade klappte runter. »Das ist absurd! Selbstverständlich habe ich das nicht. Was für eine lächerliche Aussage.«

Lucy fielen die großen Gesten auf, die seine Worte begleiteten, und die Blicke, mit denen er das Zimmer absuchte. Er war nervös. »Sie hat ihren Freundinnen außerdem Grund zur Annahme gegeben, dass die Situation zwischen Ihnen nicht so entspannt war, wie Sie eben behauptet haben.«

»Warum sollte sie das tun? Hat sie Aufmerksamkeit gesucht? Ich habe gewiss nichts getan, um so eine Reaktion hervorzurufen.«

»Sie hat ihren Freundinnen erzählt, dass Sie sie oft angestarrt haben und sie sich Ihretwegen unwohl gefühlt hat.«

»Das ist *kompletter* Unsinn.«

»Haben Sie sie je angemacht, auf welche Weise auch immer?«

»Um Gottes willen! Für was halten Sie mich? Ich habe eine Frau und zwei kleine Kinder. Ich bin kein schmieriger Typ, der gerne Teenagerinnen anstarrt.« Er fuhr mit einem schlanken Finger um den Kragen seines weißen Hemdes.

Lucy befragte ihn weiter. »Gestern Nachmittag waren Sie und Jane in Ihrem Büro ...«

»Die intimen Details müssen wir nicht besprechen, aber ja, wir waren in diesem Büro.« Er warf einen Blick auf das schwarze Ledersofa hinter Lucy, das sie bei Ihrer Ankunft bemerkt hatte.

»Wann ist Jane gegangen?«

»Kurz vor vier.«

»Und Sie?«

»Nicht vor halb sechs. Ich hatte Papierkram zu erledigen.«

»Hat irgendjemand Sie gesehen, nachdem Jane weg war und ehe Sie das Büro verlassen haben?«

»Nein. Meine persönliche Assistentin Maisie hatte gestern frei, und wie Sie sehen können, befindet sich mein Büro im obersten Stock. Niemand kommt hier hoch, der nicht explizit zu mir möchte.«

»Niemand hat Sie gesehen, nicht mal, als Sie gegangen sind?«

»Wieder nein. Ich benutze stets die Hintertreppe, die direkt zum Angestelltenparkplatz führt. Ihnen wird auffallen, dass er von keinem der Fenster aus zu sehen ist. Die meisten Angestellten waren entweder im Warenhaus oder im Laden, den man über den öffentlichen Parkplatz auf der Vorderseite dieses Gebäudes erreicht. Niemand hätte mich sehen können.«

»Vielleicht hat Sie jemand dabei gesehen, wie Sie mit Ihrem Auto wegfuhren.«

»Nur, wenn der- oder diejenige zufällig zu der Zeit auf dem Parkplatz war, und das ist höchst unwahrscheinlich. Die Leute werden sich drinnen aufgehalten haben. Der Laden schließt nicht vor acht.«

»Um wie viel Uhr waren Sie zu Hause?«

»Ich bin nicht direkt nach Hause gegangen, sondern habe mir im Büro Laufsachen angezogen und bin dann in den Jubilee Park gefahren, wo ich fast eine Stunde lang Joggen war. Danach bin ich nach Hause gefahren.«

Der Jubilee Park lag außerhalb von Watfield – eine riesige Fläche mit zahlreichen Joggingstrecken, beliebt sowohl bei ambitionierten Athleten, die für Marathons trainierten, als auch bei hart gesottenen Hobbyläufern.

»Sind sie auf der Strecke jemandem begegnet?«

»Ein oder zwei Läufern. Ich habe nicht sonderlich drauf geachtet. Ich hatte meine Musik aufgedreht und war mit den Gedanken woanders.«

»Ihre Frau kann also bestätigen, dass Sie gegen halb sieben zu Hause waren?«

Er legte sein Gesicht entschuldigend in Falten und zuckte

leicht mit den Schultern. »Unglücklicherweise kann sie das nicht. Sie und die Kinder haben gestern bei meiner Schwiegermutter in York übernachtet. Ich erwarte sie später am Tag zurück.«

»Hat jemand Sie an Ihrem Haus eintreffen sehen? Ein Nachbar vielleicht?«

»Ist mir nicht aufgefallen. Sie glauben doch nicht etwa, dass ich da irgendwie mit drinhänge, oder? Ich habe absolut nichts mit Savannahs Tod zu tun. Jane hat erzählt, sie wäre auf dem Heimweg von der Watfield-Mittelschule verschwunden, und zu dieser Zeit war ich hier, bis halb sechs.«

»Wir glauben, dass Savannah sich mit jemandem getroffen hat und später ermordet wurde – gegen elf. Da Sie für diese Zeit kein Alibi haben, müssen wir wissen, wo Sie waren.«

Er stand abrupt auf und presste sich die Fingerspitzen gegen den Kopf. »Nein. Nein. Das ist nicht richtig. Ich hatte nichts damit zu tun. Entlang der Straße gibt es mehrere Überwachungskameras. Vielleicht könnten Sie die Aufnahmen nach meinem Auto durchsuchen. Das würde mich entlasten, oder nicht?«

»Nennen Sie mir die Route, die Sie genommen haben, und ungefähre Zeiten, wann Sie wo waren. Und ich brauche außerdem eine DNA-Probe von Ihnen.«

»Sie können unmöglich glauben, dass ich sie getötet habe.«

»Wie ich bereits erklärt habe, müssen wir alle, die das Opfer kannten, ausschließen.«

»Das verstehe ich. Schauen Sie, wegen vorhin. Ich will nicht herzlos erscheinen. Jane und ich ... Es ist kompliziert.«

»Da bin ich mir sicher, Sir.«

»Nein. Das ist es wirklich. Jane arbeitet für mich und, nun, sie kann recht überzeugend sein.«

»Das geht mich nichts an. Ich bin nur an Ihren Bewegungen von gestern interessiert, beginnend gestern Nachmittag. Hatten Sie sonst Kontakt zu Savannah?«

»Wie meinen Sie das?«

»Haben Sie ihre Handynummer?«

»Ähm, nein.«

»Sie scheinen sich nicht sicher zu sein.«

»Ich habe sie definitiv nicht. Warum sollte ich ihre Nummer haben? Ich habe Ihnen alles gesagt, was ich weiß. Ich habe nichts mit ihrem Tod zu tun.«

»Da aber niemand bezeugen kann, wo Sie waren, müssen wir das prüfen und brauchen Belege, dass Sie sich gestern weder mit Savannah getroffen noch in der Nähe des Hauses aufgehalten haben.«

Erneut hob er seine Finger und rieb sich den Nacken. »Ich bin vielleicht am Haus vorbeigefahren.«

Lucy hielt ihr Pokerface aufrecht. »Wann war das?«

»Spät. Gegen elf. Jane hat mich angerufen, nachdem die Polizei angefangen hat, nach Savannah zu suchen. Sie war offensichtlich verzweifelt und hat mich gebeten, vorbeizukommen – um für sie da zu sein. Ich hielt es für keine gute Idee, Aufmerksamkeit auf unsere Beziehung zu lenken. In Wahrheit dachte ich, Savannah wäre einfach mit Freundinnen unterwegs oder war zickig und würde schon wiederkommen. Da Jane mich aber immer wieder angerufen hat, bin ich doch bei ihr vorbeigefahren und wollte sie zu trösten, aber als ich den Polizeieinsatz in der Nähe des Parks gesehen habe, bin ich wieder abgehauen.«

»Wie sind Sie darauf gekommen, dass Savannah mit Freundinnen unterwegs wäre? Soweit ich gehört habe, hatte sie nicht viele Freundinnen.«

»Sie war manchmal launisch. Ich behaupte nicht, Teenagerinnen zu verstehen. Ich nahm an – fälschlicherweise, wie sich herausstellte –, dass sie mit Freundinnen unterwegs war und wieder nach Hause kommen würde. Traurigerweise war dem nicht so.«

»Vorhin haben Sie gesagt, sie wäre ein verschlossenes

Mädchen gewesen, das Ihnen gegenüber immer freundlich war. Jetzt behaupten Sie, sie wäre launisch gewesen.«

»Teenagerinnen sind in der Lage, manchmal freundlich und manchmal launisch zu sein«, blaffte er.

»Und haben Sie sie ab und zu launisch erlebt?«

»Sie reißen meine Worte aus dem Zusammenhang. Ich habe Ihnen lediglich gesagt, was ich dachte. Ich dachte, Jane reagiert über, weil ihre Tochter verschwunden war, und ich lag falsch. Okay?«

»Dürfte ich einen Blick auf Ihr Handy werfen, Sir, um zu bestätigen, dass Jane Sie angerufen hat?«

Er seufzte dramatisch und reichte ihr ein silbernes iPhone. Sie sah flüchtig die Anrufliste durch. Es gab etliche Anrufe von einer Nummer, die wohl die von Jane war, von achtzehn Uhr bis in die frühen Morgenstunden, und keinen Anruf von einer anderen Nummer. Augenscheinlich sagte er die Wahrheit. Andererseits könnte er Savannah über Social Media kontaktiert haben. »Ich würde Ihr Handy gern mitnehmen. Ich lasse es Ihnen so bald wie möglich zurückbringen.«

Phil legte die Stirn in Falten und stand auf. »Moment mal. Sie haben kein Recht, mein Handy zu konfiszieren. Ich brauche es für die Arbeit, und es ist nichts darauf, das Ihnen bei Ihren Ermittlungen helfen könnte. Ich habe Ihnen bereits gesagt, wo ich war. Ich habe Ihnen bei Ihren Ermittlungen geholfen und verlange, dass Sie mir mein Eigentum augenblicklich zurückgeben. Sonst melde ich Sie bei Ihren Vorgesetzten.«

Seine Haltung hatte sich verändert. Der freundliche Ausdruck war verschwunden und durch eine finstere Maske ersetzt worden. Wieso hatte er plötzlich so eine Angst wegen seines Handys? Lucy fiel nur ein möglicher Grund ein: Darauf befand sich etwas, das ihn belasten könnte. Sie hakte nach. »Wenn Sie das Gefühl haben, dass ich mich unangemessen verhalte, müssen Sie mich melden. Aber angesichts der Tatsache, dass Sie kein konkretes Alibi haben, während Savannahs

Mord in der Nähe ihres Hauses waren und ich begründete Zweifel habe, was Ihre tatsächliche Beziehung zu Savannah betrifft, habe ich das Recht, dieses Gerät zu untersuchen. Sie bekommen es zeitnah zurück. Außerdem hätte ich gern Ihren Laptop.«

»O nein. Jetzt ist aber Schluss. Den nehmen Sie nicht mit!«

»Sie können mich nicht davon abhalten, Sir.«

»Und wie ich das kann. Es ist mein Laptop.«

»Sir, ich bestehe darauf, dass Sie sich hinsetzen und mich nicht von meiner Arbeit abhalten. Ich möchte Sie nicht festnehmen müssen.«

Seine Augen funkelten wütend, aber er trat zurück, presste seine Knöchel für einen Moment an den Mund und beherrschte sich wieder. »Ich habe absolut nichts mit Savannahs Tod zu tun. Ich will, dass das vermerkt wird. Rein gar nichts.«

»Verstanden.« Lucy nahm den Laptop und klemmte ihn sich unter den Arm.

»Ich tendiere immer noch dazu, Sie zu melden. Es gefällt mir gar nicht, wie Sie Ihre Befragung durchgeführt und dass Sie mein Eigentum beschlagnahmt haben, als wäre ich ein Krimineller.«

»Es tut mir leid, dass Sie das so empfinden, Sir. Allerdings bin ich davon überzeugt, dass ich meine Ermittlungen durchaus professionell durchgeführt habe. Ich sorge dafür, dass Sie Ihre Sachen so bald wie möglich zurückbekommen.«

Lucy drehte sich auf dem Absatz um. Ihr Herz pochte, und ihre Intuition sagte ihr, dass sie etwas auf der Spur war. Sie brannte darauf herauszufinden, wieso er so dagegen gewesen war, dass sie sein Handy und seinen Laptop mitnahm. Sie musste die Sachen augenblicklich ins Labor bringen.

NEUN

DIENSTAG, 17. APRIL – NACHMITTAG

Zur selben Zeit, als Lucy Phil Howitt befragte, stand Natalie vor einem unscheinbaren, zweistöckigen Backsteingebäude und klingelte bei der Nummer vier, einer Wohnung im Erdgeschoss. Anthony Lane, ein aktenkundiger Sexualstraftäter, öffnete in Jogginghose und lockerem Longsleeve bekleidet und mit einem halb gegessenen Toast in der Hand die Tür.

»Ja?«

Natalie hielt ihm ihren Ausweis hin. »DI Natalie Ward. Ich bin hier wegen Savannah Hopkins. Ich würde Ihnen gern ein paar Fragen zu gestern stellen und darüber, was Sie tatsächlich gesehen haben.«

Er steckte seinen Kopf zur Tür hinaus und blickte die Straße rauf und runter, ehe er sagte: »Kommen Sie rein.«

Als die Tür hinter ihr geschlossen war, stieg Natalie der Duft nach Toast und Bacon in die Nase. Anthony winkte sie in die Küche und zu einem kleinen quadratischen Tisch in der Ecke. Er räumte einen mit Tomatenketchup verschmierten Teller beiseite und kaute dabei auf dem Rest seines Toasts herum. Natalie wartete darauf, dass er ihr einen Platz anbot, ehe sie einen abgewetzten Holzstuhl herauszog und sich auf dessen glänzende Sitzfläche fallen ließ.

Anthony tat es ihr gleich. Er wischte sich Krümel vom Mund und sagte: »Ich habe sie auf dem Aldi-Parkplatz gesehen, hinter dem Haupteingang, mit zwei anderen Mädchen. Ich weiß nicht, worüber sie gesprochen haben, aber sie hat plötzlich die Arme in die Luft geworfen und ist abmarschiert. Die anderen Mädchen haben sich gegenseitig angestupst und gelacht.«

»Was haben Sie danach getan?«

»Ich bin in den Supermarkt gegangen, um einzukaufen, und dann bin ich nach Hause gelaufen. Ich habe ein bisschen ferngesehen und dann beschlossen, in den Pub zu gehen – der Spread Eagle, in der Nähe des Denkmals. Auf meinem Weg dorthin sind mir in der Fußgängerzone Polizisten aufgefallen, und ich habe einen davon gefragt, was los ist. Er hat geantwortet, dass sie nach Savannah suchen, und ich habe angegeben, dass ich sie gesehen hätte. Das war's. Ich habe sie ihm beschrieben und erzählt, was ich vor dem Supermarkt gesehen habe, und er hat sich Notizen gemacht.« Er kaute auf einem ungepflegten Daumennagel herum und ignorierte die überlange, fettige Haarsträhne, die vor in die Augen gefallen war.

»Kannten Sie Savannah oder ihre Freundinnen?«

»Ich habe sie ab und zu in der Stadt gesehen. Eine Menge Schülerinnen und Schüler von der Watfield-Mittelschule gehen nach Schulschluss in die Stadt. Ich sehe sie manchmal herumlaufen, wenn ich unterwegs bin.«

»Sind Sie oft ›unterwegs‹?«

»Auch ich muss was essen, und dafür muss ich irgendwo einkaufen, und ich wohne in der Nähe des Stadtzentrums. Ich arbeite in der Brauerei und komme gegen halb vier nach Hause. Meist kaufe ich dann ein, je nachdem, worauf ich zum Abendessen Lust habe.« Er hob seinen Daumen wieder an die Lippen und nagte an einem Stück Nagelhaut.

»Sie wissen gar nicht, wieso ich Sie befrage, oder?«

»Lassen Sie mich raten: wegen meiner Vergangenheit. Sobald einem Kind irgendetwas passiert, denkt man sofort an mich. Ich bin der mutmaßliche Kinderfummler, dem die Leute aus dem Weg gehen, und zufälligerweise habe ich auch einen Eintrag in der Datei für Sexualstraftäter. Das ist es doch, nicht wahr? Leute wie Sie geben einem Kerl wie mir nie eine zweite Chance. Ich habe nie eins der Mädchen angefasst. Ich wurde angeklagt, weil ich mich entblößt habe. Ich habe niemandem ein Haar gekrümmt, und außerdem ist die ganze Sache zehn Jahren her.«

»Sie haben da ja einen ziemlichen Komplex, Anthony. Tatsächlich wollte ich mit Ihnen reden, weil Sie einer der wenigen Leute sind, die sich daran erinnern, Savannah gestern Nachmittag gesehen zu haben, bevor sie verschwunden ist.« Sie ließ ihre Worte wirken. Er grunzte zur Antwort.

»Trug sie eine Schuluniform?«

»Ja. Trugen sie alle.«

»Haben Sie irgendetwas von ihrer Unterhaltung mitbekommen?«

»Nein. Ich habe mich darauf konzentriert, einen Einkaufswagen zu kriegen, und deshalb habe ich nicht gehört, was sie gesagt haben.« Er heftete den Blick auf seinen Daumen.

»Waren die Mädchen immer noch da, als sie herausgekommen sind?«

»Nein, und ich habe weder sie noch Savannah auf meinem Heimweg gesehen. Ich bin an der Kirche vorbei zurück nach Hause gegangen.«

»Anthony, ich glaube, Sie wissen mehr, als Sie mir sagen.«

»Wieso sollte ich Ihnen etwas verschweigen?«

»Spucken Sie's aus.«

Seine Augen weiteten sich und entblößten orangefarbene Flecken in seiner Iris. »Sie sind eine von den Polizistinnen, die glauben, dass Leute wie ich nie wieder in die Gesellschaft integriert werden sollten, stimmt's?«

»Da ist der Komplex ja wieder. Nein. Ich bin eine der Polizistinnen, die glauben, dass jemand, der nur für eine Person Lebensmittel einkauft, keinen großen Einkaufswagen für den Supermarkt braucht.« Sie lehnte sich im Stuhl zurück und verschränkte die Arme.

»Also kaufen Singles nur kleine Mengen, ja?«, höhnte er.

»Das meine ich nicht. Aber Sie haben was immer Sie gekauft haben vom Supermarkt nach Hause getragen, insofern nehme ich an, dass es nicht allzu schwer gewesen sein kann. Und für einen so kleinen Einkauf hätten Sie keinen Einkaufswagen benutzt.«

Sie hatte ihn am Haken. Er blinzelte etliche Male wütend, weil sie ihn erwischt hatte. Dann stand er auf und ging zur Spüle. »Ich habe Savannah nicht noch mal gesehen, okay?«

»Was haben Sie sonst gehört oder gesehen? Worüber haben die Mädchen sich unterhalten?«

»Ich habe nichts gehört.«

»Anthony, Sie können mir jetzt alles erzählen und sich das Leben leichter machen, oder ich befragte Sie auf dem Revier. Haben Sie wirklich Lust, unter den Augen Ihrer Nachbarn in mein Auto zu steigen? Die Leute werden tratschen, wenn sie sehen, wie Sie abgeführt werden, und alle möglichen Gerüchte in Umlauf setzen. Das wollen Sie doch nicht, oder?«

»Verdammt noch mal. Das ist nicht fair. Ich habe jahrelang den Kopf eingezogen. Ich versuche, niemanden zu verärgern und ein normales Leben zu führen. Ich war nur zufällig am Supermarkt ...«

»Anthony, nun aber Klartext. Was haben Sie die Mädchen sagen hören?«

Ihr scharfer Ton zeige Wirkung. Er zog die Nase kraus und dann sprach er weiter: »Alle drei haben geraucht. Um diese Zeit halten sie sich normalerweise auf der Rückseite des Supermarkts auf. Ich sehe sie die meisten Tage dort rumhängen. Savannah war wegen irgendetwas wütend. Sie hat mit ihrer Zigarette rumgewedelt und ›Arschloch!‹ gerufen. Dann hat sie mich bemerkt. Jedenfalls nannte sie mich einen Perversling, und danach habe ich mich sofort verkrümelt. Ich bin schnell in den Supermarkt gegangen und habe etwas Käse gekauft. Während ich an der Kasse stand, habe ich gesehen, wie sie wegmarschiert ist, wie ich es Ihnen schon erzählt habe. Auf meinem Weg nach draußen habe ich gehört, wie eins der anderen Mädchen jemanden eine dumme Kuh nannte. Vermutlich meinte sie Savannah. Das ist alles. Ehrlich.«

»Sie haben Savannah mehrfach gesehen?«

»Für gewöhnlich im Supermarkt oder in der Seitenstraße. Sie war immer mit denselben zwei Freundinnen zusammen.«

»Wie kommt es, dass Sie sie besser kennen als die anderen Mädchen? Die haben sie nicht namentlich erwähnt.«

»Es gibt keinen besonderen Grund.«

Ein Muskel in Natalies Kiefer zuckte. »Sie müssen ehrlich zu mir sein, Anthony. Ich habe es ernst gemeint, als ich sagte, dass ich Sie mit aufs Revier nehme. Das werde ich, wenn Ihre Antworten mich nicht zufriedenstellen. Ich bin mir sicher, dass Ihre Nachbarn richtig scharf darauf sind, allen zu erzählen, dass man Sie zu einem Polizeiauto geführt hat. Also, versuchen wir's noch mal. Wieso war Savannah von größerem Interesse für Sie als ihre Freundinnen?«

Er ließ die schmalen Schultern sinken. »Vor ein paar Monaten habe ich gesehen, wie sie im Aldi Klamotten gestohlen hat. Sie hat ein Top in ihren Rucksack gestopft, ist nach draußen geschlendert, und niemand hat sie aufgehalten. Ich war irgendwie neugierig, ob sie es wieder tun und ob man sie erwischen würde, also begann ich, auf dem Supermarktplatz rumzuhängen, bis sie wieder reingegangen ist. Dann bin ich ihr gefolgt und habe beobachtet, was sie mitgehen lässt. Was eine ganze Menge war. Hat mich einfach nur interessiert.«

»Sie haben einer Teenagerin beim Stehlen zugesehen? Das klingt für mich höchst verdächtig. Haben Sie sie deswegen zur Rede gestellt oder sich sonst wie ein verantwortungsvoller Erwachsener verhalten und Sie gemeldet, so wie Sie es hätten tun sollen?«

»Ich weiß, das hätte ich, aber irgendwie wollte ich auch, dass sie damit davonkommt. Immerhin sind Supermärkte reich und können es sich leisten, ein paar Sachen zu verlieren. Ich habe ihre Dreistigkeit bewundert.«

Natalie blieb cool. »Dann waren Sie meiner Auffassung nach an den Diebstählen beteiligt.«

»Nein, das war ich nicht. Ich war lediglich Beobachter. Sie war außerdem echt gut – blitzschnell. Hat direkt vor der Nase der Leute gestohlen. Es war, als wäre sie für alle um sie herum unsichtbar. Ich wünschte, ich könnte mich so unbemerkt bewegen. Das würde das Leben erträglicher machen.«

»O bitte, Sie brechen mir das Herz mit Ihrer Rührseligkeit. Ich untersuche den Mord an Savannah, und die Tatsache, dass Sie Freude empfunden haben, sie beim Stehlen zu beobachten, ist offen gesagt krank. Haben Sie noch irgendetwas anderes, das mir dabei hilft herauszufinden, wohin sie gegangen ist?«

Als er den Kopf schüttelte, fiel ihm sein strähniges Haar ins Gesicht und bedeckte einige seiner Aknenarben, die seine Jugend ihm beschert hatte.

»Ich komme wieder, wenn ich weitere Informationen von Ihnen brauche. Ich empfehle Ihnen dringend, hierzubleiben, wo wir Sie finden können. Verlassen Sie die Stadt nicht.«

»Sehen Sie, Sie sind wie die meisten Leute hier. Sie würden nicht in diesem Ton mit mir reden, wenn ich nicht in der Datei für Sexualstraftäter wäre.«

»Wie Sie meinen«, sagte Natalie ermüdet und stand in einer schnellen Bewegung auf.

———

In der Polizeizentrale von Samford war Lucy ins Büro zurückgekehrt und instruierte eine Frau aus dem Technik-Team, die jetzt im Besitz von Phil Howitts iPhone und Laptop war.

»Wie schnell können Sie die Sachen untersuchen?«, fragte Lucy.

Die Frau zuckte leicht mit den Schultern. »Mike hat uns gesagt, dass wir alles von Ihrem Team priorisieren sollen, also melde ich mich bei Ihnen, sobald wir etwas finden.«

»Großartig, danke.«

Als die Technikerin gegangen war, blickte Murray von seinem Bildschirm auf. »Du hängst dich ganz schön rein, Lucy. Hoffst du auf eine schnelle Beförderung?«

Sie zeigte ihm schweigend den Mittelfinger, was ihn zum Schmunzeln brachte.

»Geht es dir gut, Ian? Du siehst etwas blass aus. Du übertreibst es nicht, oder?«, fragte sie.

Ian murmelte etwas Unverständliches.

»Er ist tapfer und trägt heute seine Große-Jungs-Hose«, sagte Murray.

Lucy lächelte. »Wohl eher Superman-Hose. Immerhin hat er dir das Leben gerettet. Oder zumindest verhindert, dass du zerstückelt wirst.«

»Haltet beide die Klappe«, blaffte Ian.

»Oh, okay.« Murrays Augenbrauen hoben sich in Richtung Stirn. »Die Hose ist wohl zu eng«, fügte er mit einem fiesen Grinsen hinzu.

Lucy formte tonlos mit den Lippen: »Was ist los mit ihm?«

Murray hob beide Hände und verzog das Gesicht.

»Ich versuche mich zu konzentrieren, das ist alles. Also hört auf, mich abzulenken«, schimpfte Ian.

Murray drehte sich wieder zu seinem Schreibtisch u. Der Spaß war vorbei. Vor dem Vorfall im März, bei dem Ian bei einer Verhaftung für Murray eingesprungen war und mit einem

Messer verletzt wurde, waren die beiden nicht auf Augenhöhe gewesen. Nun war Ian erst ein paar Tage zurück, und schon tauchten die Risse in ihrer Beziehung wieder auf. Lucys Meinung nach war es eher eine Art Fußballrivalität, die sie streiten ließ – beide Männer wollten das Alphamännchen sein. Ian war in ihrer Anerkennung gestiegen. Er hatte kein Aufhebens um die Verletzungen gemacht, derentwegen er ein paar Wochen im Krankenhaus gewesen war und seitdem Schmerzmittel nahm. Er hatte darauf bestanden, zur Arbeit zurückzukehren, sobald er konnte, und was Lucy betraf, zeigte das Schneid.

Konzentriert arbeitete das weiter. Kurz darauf rief Natalie an und sprach mit Murray, um ihm ein Update zu geben. »Anthony Lane hat Savannah auf dem Parkplatz hinter dem Aldi rauchen gesehen, mit zwei Mädchen, von denen ich annehme, dass es sich um Holly Bradshaw und Sally Gilmore handelte. Er hat außerdem ein paarmal beobachtet, wie sie Ladendiebstahl beging. Können Sie versuchen, ihn auf irgendeiner Überwachungskamera in der Stadt zu finden? Er behauptet, den Supermarkt verlassen zu haben und an der Kirche vorbei zurück in die Stadt gegangen zu sein. Bitte überprüfen Sie das für mich. Ich rede jetzt mit Duffy vom Telefonladen. Was haben wir sonst?«

»Lucy hat Phils Laptop und Handy mitgebracht. Sie meint, er hätte sich ausweichend verhalten, also hat sie das Technik-Team gebeten, die Sachen zu untersuchen.«

»Interessant. Ich bin zurück, sobald ich mit Duffy gesprochen habe. Sollte nicht allzu lange dauern.«

———

Natalie beendete den Anruf und öffnete die Tür zum hell erleuchteten Telefonladen. Er sah aus wie der, in dem sie mit Josh und Leigh gewesen war, als sie darauf bestanden hatten, die neuesten Smartphones auszuprobieren. Schlussendlich jedoch hatten sie, sehr zu ihrem Verdruss, erschwingliche Modelle bekommen. Rechts auf der gesamten Länge des Ladens erstreckte sich eine mit Accessoires und gebrauchten Laptops gefüllte Glasvitrine. An der gegenüberliegenden Wand reihten sich Regale aneinander, in denen verschiedene Handys lagen, von denen jedes mit einem spiralförmigen Kabel verbunden war, der verhinderte, dass sie gestohlen wurden. Hinter dem Tresen stand ein athletisch gebauter Mann Ende zwanzig mit gewelltem, blondem Haar, markanten Wangen-knochen, sauber rasiertem Gesicht und einem aufrichtigen Lächeln. Er erinnerte Natalie an einen Schauspieler, in den Leigh mal verknallt gewesen war, nachdem sie die Harry-Potter-Filme gesehen hatte. Er untersuchte gerade einen Laptop und stocherte vorsichtig mit einem Schraubenzieher darin herum. Er sah auf.

»Kann ich Ihnen helfen?« Natalie ging auf ihn zu und zeigte ihren Ausweis. Das Lächeln verschwand. »Sie sind wegen Savannah hier, nicht wahr?«

»Das stimmt. Sie waren eine der letzten Personen, die sie gesehen haben. Wie ich hörte, waren sie und ihre Freundinnen oft hier im Laden.«

Er lächelte traurig. »Wir sind der einzige Laden für Handys in Watfield, außerdem reparieren wir Computer, also kommen eine Menge Kids aus der Gegend aus dem ein oder anderen Grund her – um etwas reparieren zu lassen oder ihr Guthaben aufzuladen.«

»Guthaben aufladen? Ich dachte, das geschieht heutzutage hauptsächlich online.«

Er schüttelte den Kopf. »Nicht hier in der Gegend. Wir haben viele Kunden, die pro Monat Fünf- oder Zehn-Pfund-Karten für ihre Prepaid-Handys kaufen. Und ich meine nicht nur Schülerinnen und Schüler.«

Natalie nickte. »Was können Sie mir sonst noch über

Savannah sagen? Ich weiß, dass sie ein paarmal hier war. Hat sie bei diesen Gelegenheiten oft mit Ihnen geredet?«

»Savannah war eine der Stilleren. Ich arbeite seit über drei Jahren hier, seit Januar 2015, und an manchen Tagen kann man sich im Laden kaum bewegen, weil so viele Schülerinnen hier sind. Sie plaudern alle mit mir. Savannah ist vor etwas über einem Jahr nach Watfield gezogen. Es gab eine Menge Gerüchte darüber, woher sie kam – irgendetwas darüber, dass sie eine Fahrende ist –, und ihr Stiefvater Lance war wirklich schwierig. Ich hatte ein paarmal Streit mit ihm.«

»Weswegen?«

»Er hat mich beschuldigt, ihm ein fehlerhaftes Second-Hand-Handy verkauft zu haben. Das stimmte aber nicht. Wir verkaufen zwar Second-Hand-Handys, aber sie funktionieren alle gut. Wir überholen sie, ehe sie wieder rausgehen.«

»Haben Sie ihn in letzter Zeit gesehen?«

»Nicht seit er die Stadt verlassen hat.«

»Und wie oft, würden Sie sagen, kam Savannah in den Laden?«

»Mindestens einmal die Woche. Das ist nicht ungewöhnlich. Handys und Gadgets sind für Teenager, was funkelnde Gegenstände für Elstern sind. Sie wollen wissen, was das neueste Smartphone kann, was für Apps und sonstiges Zeug drauf ist, selbst wenn sie kein eigenes haben. Manchmal kommen sie rein und stellen Fragen über ihre eigenen Handys, besonders, wenn es Probleme damit gibt, oder um neue Hüllen zu kaufen – wir haben ein paar coole Plastikcases hier. Ich habe einen Freund, der sie herstellt«, erklärte er und deutete auf einen gut gefüllten Plastikkorb auf dem Tresen.

»Weswegen ist Savannah hergekommen?«, fragte Natalie und versuchte, den Mann so wieder zum Thema zurückzubringen.

»Sie hatte ein altes Samsung-Handy. Es war nicht so aktuell wie die Smartphones der anderen. Sie hat sich mit den neuen

Modellen beschäftigt, um zu schauen, was sie können, und um hin und wieder eine Guthabenkarte zu kaufen.«

»Hat sie mit Ihnen über irgendetwas Besonderes gesprochen?«

»Eigentlich nicht. Gelegentlich hat sich mich nach den Smartphones gefragt oder welche Spiele ich spiele. Ich bin Gamer und manche Kids kommen her, um zu fragen, wie sie in den beliebten Spielen Level aufsteigen können.«

»Hat sie Sie nach irgendeinem besonderen Spiel gefragt?«

»Nur was ich spiele und ob das Spiel gut ist.«

»Haben Sie je irgendetwas mitangehört, das uns einen Hinweis geben könnte, wohin sie gestern Nachmittag unterwegs war?«

»Ich habe nichts gehört, das Ihnen helfen würde. Tut mir leid. Ich habe sie gegen Viertel vor vier am Laden vorbeigehen sehen. Sie ist am Schaufenster stehen geblieben und hat mir zugewunken. Ich war gerade damit beschäftigt, die Vitrine zu sortieren, deshalb bin ich nicht raus, um Hallo zu sagen.«

»Sie sah nicht unglücklich aus?«

»Nein. Nicht mehr als sonst.«

»War sie allein?«

»Ja.«

»Ihnen ist niemand aufgefallen, der ihr folgte?«

»Niemand.«

»Sind Sie sich sicher, was die Zeit betrifft?«

Er legte die Stirn leicht in Falten. »Ganz sicher. Ich hatte gerade auf die Uhr gesehen, ehe sie am Laden vorbeilief. Keine Ahnung, was anschließend mit ihr passiert ist. Ich habe mich neben einigen anderen Anwohnern freiwillig gemeldet, um nach ihr zu suchen, aber – na ja, Sie wissen ja, was passiert ist. Wir haben sie nicht gefunden. Ich habe die schrecklichen Neuigkeiten heute früh erfahren und fühle mich wirklich schlecht, weil ich einer der letzten Menschen war, die sie gesehen haben. Wenn ich am Tresen gewesen wäre, wäre sie vielleicht reingekommen, um Hallo zu sagen, und dann wäre das nicht passiert. Ich fürchte, ich kann Ihnen nicht mehr sagen.«

»Okay. Danke. Eine letzte Sache noch: Waren Sie gestern Nachmittag allein im Laden?«

»Ja. Wobei mein Boss Mitchell oben in seiner Wohnung gearbeitet hat. Er kam fast augenblicklich, nachdem ich sie gesehen hatte, runter, um mich abzulösen. Ich musste früher gehen, weil ich einen Zahnarzttermin hatte.«

»Ist er im Moment hier?«

»Nein, er musste ein paar Teile für die Reparatur eines defekten Laptops besorgen. Er sollte jeden Augenblick zurücksein, aber ich weiß ganz sicher, dass er Savannah nicht gesehen hat. Sein Büro liegt auf der Rückseite des Gebäudes, also hätte er sie gar nicht vorne vorbeigehen sehen können.«

»Wohnt er allein?«

»Ja. Seine langjährige Freundin ist vor ein paar Jahren gestorben, kurz bevor er hierherzog und diesen Laden übernahm.«

Natalie machte sich eine Notiz und dankte dem jungen Mann erneut.

Als sie sich schon umgedreht hatte und den Laden verlassen wollte, räusperte er sich und sagte: »Savannah war ein nettes Mädchen. Ich glaube, sie fühlte sich missverstanden. Die anderen – ihre Freundinnen – haben über sie hergezogen, wenn sie nicht dabei war.«

Natalie schwang wieder herum. »Wieso?«

»Sie war anders als die meisten von ihnen. Nicht von hier. Ihre Mum hatte einen ziemlichen Ruf, und natürlich kannte jeder in der Stadt ihren Stiefvater. Sie waren als ungehobelte Familie verschrien. Savannah wurde mit über einen Kamm geschert.«

»Was meinen Sie damit, dass die Mutter einen ziemlichen Ruf hatte?«

Duffy senkte den Blick für einen Moment zu Boden. »Ein bisschen freizügig. Nuttig. In einer Stadt wie dieser verbreiten sich Nachrichten schnell. Sie waren Außenseiter und haben nicht viel dagegen unternommen. Mehr weiß ich nicht.«

Natalie dankte ihm noch einmal und machte einen Schritt zur Seite, damit ein Mann eintreten konnte, der aussah wie in seinen Vierzigern und der einen großen Karton trug.

»Das ist mein Boss«, rief Duffy.

Sie sah den Mann an. »Ich bin DI Ward, Sir. Ich habe Ihrem Mitarbeiter Fragen über Savannah Hopkins gestellt.«

Der Mann stellte den Karton auf den Boden ab und streckte eine schlanke Hand aus. Sie fühlte sich warm an. »Mitchell Cox. Mir gehört der Laden. Es ist so schrecklich, dass das passiert ist. Duffy und ich hatten uns dem Suchtrupp angeschlossen.« Er schüttelte traurig den Kopf.

»Sie haben sie nicht gesehen, oder?«

»Nein. Ich habe in meinem Büro etwas repariert, bis ich nach unten kam, um den Laden zu übernehmen. Duffy hatte um vier Uhr einen Termin. Ich habe nichts gesehen.«

»Kannten Sie Savannah?«

»Nicht sehr gut. Normalerweise kümmert sich Duffy um die Kunden, es sei denn, es ist sehr viel los. Ich kümmere mich lieber um die technische Seite. Ich habe sie im Laden gesehen, aber sie nur einmal bedient, glaube ich.«

»Haben Sie je ihre Eltern bedient?«

»Nicht dass ich wüsste. Tut mir leid, dass ich nicht behilflicher sein kann. Es ist wirklich eine schreckliche Sache – es ist eine so schöne Stadt. Die Leute sind wirklich nett. So etwas ist nie zuvor passiert.«

»Haben Sie Videoüberwachung? Vielleicht haben Sie sie auf Band.«

»Wir haben eine Überwachungskamera, aber die Aufnahme umfasst nur vierundzwanzig Stunden. Sie läuft in einer Schleife. Wir haben sie hauptsächlich zur Verhinderung von Ladendiebstählen. Einige der Handys sind ziemlich wertvoll. Die Kamera ist dort.« Er deutete auf die Stelle.

»Mehr haben Sie nicht?«

»Nein. Normalerweise haben wir keinen Ärger, und jeder wertvolle Gegenstand ist elektronisch gesichert. Wir haben ein Gitter, das wir vor dem Fenster runterlassen können, der Laden ist komplett alarmgesichert, und ich wohne direkt darüber. Da reicht eine Kamera aus.«

»Sie haben nie mit Savannah gesprochen?«

»Nur um sie zu bedienen. Die jüngere Generation betrachtet mich als eine Art Dinosaurier. Ich fürchte, ich bin nicht allzu gut auf dem Laufenden, wenn es darum geht, was sie mögen. Duffy weiß alles über die neuesten Handy-Trends und darüber, was die jüngere Generation anspricht, also mehr als ich. Ich bleibe bei den älteren Kunden, die ein Upgrade oder technischen Rat brauchen.« Er lächelte halbherzig.

»Und Sie waren den ganzen Nachmittag im Laden?«

»Ich habe um sechs zugesperrt, oben zu Abend gegessen und wurde von der Polizei beim Fernsehen aufgescheucht. Es gab ziemlichen Aufruhr und viele der Anwohner kamen raus, um bei der Suche nach ihr zu helfen. Ich habe mich ihnen angeschlossen. Bis dahin war ich hier.«

Natalie ging zur Seite, um ein paar junge Mädchen in den Laden zu lassen. Duffy warf ihnen ein gewinnendes Lächeln zu, als sie sich dem Tresen näherten. Sie dankte Mitchell für seine Zeit und eilte zum Auto. Es war fast fünf Uhr und Savannah somit schon mehr als einen ganzen Tag verschwunden. Sie musste sich einen Überblick über die Informationen verschaffen, die sie zusammengetragen hatten.

ZEHN

DIENSTAG, 17. APRIL – FRÜHER ABEND

Natalie traf wieder im Revier ein und fand ihr Team in einer Diskussion vertieft. Lucy blickte auf, sobald sich die Tür öffnete. »Natalie, wir haben etwas Besorgniserregendes auf Phil Howitts Laptop gefunden. Es war in verschlüsselten Dateien versteckt.«

Natalie warf ihre Umhängetasche auf den nächstbesten Stuhl und durchquerte den Raum, um sich dem Team anzuschließen, das sich um den Laptop herum versammelt hatte. Sie stieß einen schweren Seufzer aus, als sie die Fotografien nackter Mädchen auf dem Bildschirm sah. Einige waren nicht älter als acht oder vielleicht zehn Jahre. »Bringen Sie ihn zur Vernehmung her. Hatte er ein Alibi, Lucy?«

»Kein konkretes. Ian hat versucht, sein Auto auf einer der Überwachungskameras zu finden, aber bisher haben wir es nicht entdeckt. Phil ist gestern Abend an Jane Hopkins' Haus vorbeigefahren, hat aber nicht angehalten. Er sagt, das Polizeiaufgebot hätte ihn abgeschreckt.«

Natalie schnaubte verächtlich. »Darauf wette ich. Hat jemand Lance Hopkins gefunden?«

Ian schüttelte den Kopf. »Der ist von der Bildfläche

verschwunden. Ich habe noch mal mit Amy Stephenson gesprochen. Sie ist die Nachbarin, die behauptet gesehen zu haben, dass er in der Nähe herumhing, aber jetzt räumt sie ein, dass sie sich auch geirrt haben könnte.«

Natalie stieß ein verzweifeltes Zischen aus. »Es würde uns das Leben erleichtern, wenn die Leute sich sicher wären, was sie gesehen haben und was nicht. Okay, suchen Sie weiter nach ihm. Er muss über Savannahs Tod informiert werden, und außerdem müssen wir herausfinden, wo er gestern war. Murray?«

»Stu Oldfields, der Arbeiter, sagt, er habe sich mit der vierzehn Jahre alten Harriet Long getroffen. Sie geht nicht auf dieselbe Schule wie Savannah, sondern auf die Lincoln-Fields-Mittelschule auf der anderen Seite von Watfield, an der Hauptstraße A50. Sie treffen sich seit ein paar Wochen, aber er besteht darauf, dass er nie Sex mit ihr hatte. Wirklich überzeugend finde ich das nicht. Er war definitiv nervös, als er einräumte, gestern mit ihr zusammen gewesen zu sein. Wenn es eine platonische Beziehung wäre, hätte er keinen Grund gehabt, uns das zu verheimlichen. Harriet habe ich noch nicht erreicht. Er hat mir ihre Handynummer gegeben, aber sie geht nicht ran. Ich habe es auch unter der Nummer ihrer Mutter versucht, aber auch da ging niemand ran. Dann bin ich bei ihnen zu Hause vorbeigefahren, aber es war niemand dort. Kate Baldwin, eine Nachbarin, hat mir erzählt, dass Harriets Mutter im Schichtdienst bei einem Logistikunternehmen am East Midlands Airport arbeitet und nicht vor Mitternacht nach Hause kommt. Kate sagte außerdem, das Mädchen sei ungezähmt und könne überall sein. Sie geht mit Freundinnen aus, hängt viel auf der Straße herum, stiftet Unruhe.«

»Ungezähmt?«

»So hat sie es ausgedrückt. Mehr wollte sie nicht sagen.«

»Haben Sie eine Nachricht auf Harriets Mailbox hinterlassen?«

Murray nickte. »Und eine auf der von ihrer Mutter.«

»Ach, verdammter Mist. Wir versuchen es später noch mal, und in der Zwischenzeit hoffen wir, dass eine von den beiden Kontakt zu uns aufnimmt. Das Problem ist nur: Falls Stu bereits mit Harriet gesprochen hat, könnte sie ihn decken. Ian, haben Sie was Positives für mich?«

Er schüttelte den Kopf. »Ich bin die Aufnahmen der Überwachungskameras durchgegangen und habe Anthony Lane wie von Ihnen vermutet vor dem Aldi auf dem Parkplatz gesehen, aber er ist auf keiner Aufnahme in der Nähe der Kirche, wie er behauptet hat. Die Kamera dort spielt verrückt und wir haben bis neunzehn Uhr nur sporadisch Aufnahmen von Leuten. Danach ist sie komplett tot.«

»Gibt es keine anderen Kameras in der Nähe?«

»Leider nicht.«

Natalie blies die Wangen auf und stieß die Luft langsam heraus, ehe sie weitersprach. »Das bedeutet, dass Anthony, Phil und Stu momentan alle dünne Alibis haben. In Ordnung, dann arbeiten wir halt mit dem, was wir bis jetzt haben. Übrigens hatte Familie Hopkins den Ruf, etwas *ungehobelt* zu sein. Ich habe keine Ahnung, wie viele Menschen sie verärgert hat, aber es besteht die Möglichkeit, dass Lance oder Jane jemandem ans Bein gepisst haben. Könnte sich lohnen, dieser Möglichkeit nachzugehen. Ah, Mike!«

Mike Sullivan wedelte mit einer Akte in ihre Richtung. »Das kommt direkt aus dem Labor. Die Blutergüsse und Schrammen auf Savannahs Knöcheln wurden von wiederholten Schlägen auf eine harte Oberfläche verursacht, und zwar Holz. Der Splitter, den wir entdeckt haben, stammte von dunkelgrau lackiertem Eichenholz. Ich glaube, sie war eingesperrt und hat versucht zu entkommen.«

»Indem sie auf eine verschlossene Tür einschlug?«, mutmaßte Ian.

Lucys schwere Augenbrauen hoben sich und begegneten ihrem schwarzblauen Pony. »Oder auf eine sargähnliche Kiste.«

»Könnte beides sein, aber wir haben keine anderen Fragmente auf ihrer Kleidung gefunden. Wenn sie in einer Kiste gelegen hätte, bin ich mir ziemlicher sicher, dass wir noch anderswo etwas gefunden hätten. Ihre Kleidung war sauber, abgesehen von ein paar sehr leichten Grasspuren von der Fundstelle. Ben mailt seinen Bericht jeden Moment. Er ist sicher, dass sie erwürgt, dann in den Park gebracht und dort abgelegt wurde, wo wir sie gefunden haben.«

»Neben dem Mülleimer. Als wäre sie Abfall«, sagte Lucy leise.

Natalie fasste sich ans Kinn und verdaute die Neuigkeiten. »Der Park ist von Bedeutung. Ganz bestimmt. Der Mülleimer ... die Tatsache, dass ihr Zuhause auf der anderen Seite des Parks lag. Vor ein paar Jahren gab es in Manchester einen ähnlichen Fall. Ein vierzehn Jahre altes Mädchen wurde erwürgt und die Leiche in der Nähe von Müllsäcken zurückgelassen, auf der Rückseite des Restaurants der Eltern. Niemand wurde wegen des Mordes angeklagt. Ian, können Sie Informationen über diese Ermittlung einholen? Ich hätte gerne eine Liste von Verdächtigen und sämtliche Einzelheiten.«

Mike meldete sich wieder zu Wort. »Wir haben zwar eine große Menge Beweise zusammengetragen und gehen alles durch, bisher aber scheint leider nichts davon etwas mit Savannahs Tod zu tun zu haben. Der Park ist riesig und beliebt dazu, also haben wir Mühe herauszufinden, was relevant sein könnte und was nicht. Ihr Handy konnten wir nicht orten. Vermutlich wurde die SIM-Karte entfernt. Der Mobilfunkanbieter hat uns eine Liste von Anrufen und Kurznachrichten übermittelt. Die Details sind in der Akte, aber sie hat kaum Anrufe getätigt, und wenn, dann waren sie ihrer Mutter vorbehalten. Die Mehrheit ihrer Unterhaltungen geschah via Snapchat und hauptsächlich mit ihren beiden Freundinnen – Sally und Holly. Es findet sich nichts Besorgniserregendes darin und auch kein Hinweis darauf, dass sie vorhatte, von zu Hause wegzulaufen. Sie benutzte die App regelmäßig, selbst tagsüber, besonders aber abends. Das letzte Mal hat sie sie am Sonntagabend um einundzwanzig Uhr benutzt, und mit Sally darüber gesprochen, was sie den ganzen Tag über gemacht hatten. Wieder findet sich nichts in ihrer Unterhaltung, das wir weiterverfolgen könnten. Am Montag, dem Tag, an dem sie verschwand, hat sie ihr Handy gar nicht benutzt.«

»Und ich dachte, dass Teenager immerzu am Handy hängen«, sagte Murray.

Ian tippte auf seinen Bildschirm und sagte: »Ich habe nach anderen Online-Accounts gesucht, aber sie hat nicht mal Facebook. Sie hat einen Instagram-Account und der enthält eine Menge Fotos von Make-up und Klamotten. Sonst nichts. Sie schien wirklich eine ziemliche Einzelgängerin gewesen zu sein.« Er drehte den Bildschirm zu Natalie, sodass sie die Bilder sehen konnte.

Mike warf ebenfalls einen Blick darauf und sagte dann: »Ich lasse euch den Bericht da, dann könnt ihr herausfinden, warum sie ihr Handy gestern nicht benutzt und mit wem sie sich getroffen hat. Ich bin im Labor, wenn ihr mich braucht.«

»Danke, Mike«, sagte Natalie, nahm ihm die Akte ab und blätterte sie durch. Savannah war eindeutig ein seltsames Mädchen gewesen. Welche Dreizehnjährige hatte nur zwei Freundinnen und benutzte ihr Handy kaum zur Kommunikation? Leigh redete fast pausenlos mit ihren Freundinnen und tauschte Fotos aus. Natalie hatte schon wiederholt mit ihr darüber gesprochen, dass sie vorsichtig sein müsse, mit wem sie Informationen teilte.

Mike ging, und es ertönte ein Ping, das eine eintreffende E-Mail meldete. »Der Bericht der Forensik ist da«, verkündete Murray.

»Was besagt er?«, fragte Natalie.

Murray überflog das Dokument. »Zusammengefasst, dass es Blutergüsse und Würgemale gibt, was auf Erwürgen hindeutet – Weichteilgewebeverdünnung verursacht durch Flüssigkeitsverdrängung aufgrund mechanischer Kompression, Schilddrüsen- und Zungenbeinfrakturen, Blutungen an den Stimmbändern und Lymphknoten, Speicheldrüsen-Kongestion und außerdem Stauungsblutungen in den Bindehäuten. Es gibt keine Abwehrverletzungen, und die einzigen anderen Hämatome finden sich auf ihren Händen.«

Lucy stieß einen Seufzer aus. »Klingt, als wäre Savannah überwältigt und unter Anwendung von großer Gewalt erwürgt worden.«

Natalie starrte für einen Moment ins Leere. »Sie wollte sich mit jemandem treffen. Dessen bin ich mir sicher. Wieso sollte sie sonst die Schuluniform gegen ein neues Outfit tauschen?«

Lucy nickte. »Das klingt logisch. Die Spurensicherung hat weder ihre Schulsachen noch ihre Schultasche gefunden.«

Ian meldete sich zu Wort. »Vielleicht hat der Mörder sie noch. Als eine Art Trophäe.«

Natalie hielt das ebenfalls für möglich. Sie warf einen Blick auf die Uhr des Büros. Es war erst kurz nach sechs, und sie hatte ihren Mann noch nicht angerufen, um ihm zu sagen, dass es später werden würde. »Lucy, ich glaube, es ist an der Zeit, noch mal mit Phil Howitt zu reden.«

»Ich bestelle ihn her.«

Natalie las sich Bens Bericht über Savannahs Tod durch und stand dann abrupt auf. Sie sollte es nicht länger aufschieben. David war ihre unschönen Arbeitszeiten gewöhnt, aber dennoch musste sie ihm Bescheid sagen, wen es später wurde. Sie ging nach oben und beobachtete den abendlichen Verkehr unter sich. Sein ununterbrochenes Rauschen war wie ein Soundtrack, der bis zur Dachterrasse, auf der sie mit dem Handy am Ohr stand, hinaufschwebte. Auf diesem Dach hatte sie schon so viel nachgedacht. Die Raucher kamen für ihre Dosis Nikotin hierher und andere für eine Pause von der stressigen Arbeit. Gelegentlich trafen sie und Mike sich für private Gespräche hier, in denen sie über ihre Familien sprachen.

In letzter Zeit jedoch waren sie sich hier oben nicht mehr begegnet. Sie hatte das Dach bewusst gemieden. Sie kannte die Zeiten, zu denen es wahrscheinlich hier oben war und an einer Zigarette zog, und doch war sie die Stufen nicht hinaufgestiegen, um zu plaudern, weil sie nicht riskieren wollte, das volle Ausmaß ihrer Sorge um David zu offenbaren. Es war manchmal schwer genug, einfach nur Kollegin und Kollege zu sein, nachdem sie das Bett miteinander geteilt hatten. Und obwohl beide die Affäre hinter sich gelassen hatten, war die Anziehung manchmal noch da. Mike war ein gut aussehender Mann, und im Moment war sie verwundbar. Sein Charme könnte sie mühelos umstimmen, also war es besser, ihm aus dem Weg zu gehen. Sie war so in Gedanken versunken, dass sie kaum mitbekam, wie David sich meldete:

»Hallo, Schönheit. Alles okay?« Seine Stimme klang heiter. Im Hintergrund lief der Fernseher.

»Hey. Es tut mir leid, aber ich werde aufgehalten. Ich hänge in einer Mordermittlung fest.«

»Mist! Das ist hart. Mach dir keine Sorgen um uns. Ich habe für die Kinder Essen mitgebracht und eine Flasche Wein in Arbeit.«

»Wein? Feierst du etwas?«

»Könnte man sagen. Aber diese Neuigkeiten können warten, bis du zu Hause bist. Ich stelle den Wein beiseite – klingt, als bräuchtest du ein Glas oder zwei.«

»Lief die Konferenz gut?«

»Großartig. Davon erzähle dir, wenn ich dich sehe. Ich warte bis elf, dann gehe ich vielleicht ins Bett.«

»Sind die Kinder zu Hause?«

»In ihren Zimmern. Sie haben das bestellte Essen hinuntergeschlungen und sind verschwunden, bevor sie den Müll wegräumen mussten.« Er lachte.

»Ich versuche, vor elf zu Hause zu sein. Ich muss noch einen Verdächtigen befragen, dann schicke ich das Team nach Hause.«

»Okay. Viel Glück. Ich liebe dich, Nat.«

»Ich liebe dich auch.«

Die Erwiderung war ihr leichtgefallen. Es war schön und erleichternd, David optimistisch zu erleben. Die letzten Wochen waren so voller Spannungen zwischen ihnen gewesen, dass es sie psychisch belastet hatte. Endlich waren sie wieder der alte David und die alte Natalie. Hoffentlich betrafen die Neuigkeiten seine Arbeit, und er hatte neue Aufträge an Land gezogen. Sie könnten das Einkommen gebrauchen, aber noch viel mehr brauchte David sie für sein Selbstwertgefühl.

Sie ging zur Tür. Zeitgleich kam Mike mit einer unangezündeten Zigarette zwischen den Lippen nach draußen. Er klopfte seine Jackentasche nach seinem Feuerzeug ab, nahm die Zigarette aus dem Mund und sagte: »Schön, dich hier zu sehen.«

»Ich musste David anrufen.«

Er lächelte. »Ich habe ihn seit über einem Monat nicht gesehen. Zu viel Arbeit, und jede freie Minute habe ich mit Thea verbracht. Es wird höchste Zeit, dass er und ich einen trinken gehen.« Sie blieb stehen und öffnete den Mund, um etwas zu sagen, und seine Augenbrauen hoben sich daraufhin. »Es geht ihm gut, oder?«

»Ja. Er ist beschäftigt. Ich glaube, er hat ein paar neue Kunden. Ich muss los, einen Verdächtigen vernehmen.«

Er musterte sie. »Du siehst müde aus. Bist du sicher, dass alles okay ist?«

»Passt schon. Arbeitsleben und Privatleben neigen dazu, einen in alle Richtungen zu zerren. Ich musste die Kinder heute früh aus dem Bett kriegen und sie zur Schule bringen, und das war verdammt stressig. Ich bin froh, dass David das normalerweise macht. Am liebsten hätte ich die Schülerlotsen angeschrien. Sie haben uns Schlange stehen und Ewigkeiten warten lassen, bis wir die verdammte Ausstiegsstelle erreicht hatten.«

Mike lachte und zupfte sich ein winziges Stück Tabak von den Lippen. »Auf mich wartet all dieser Spaß noch. Hast du irgendeinen Rat?«

»Kauf dir einen wuchtigen Geländewagen, damit du die anderen Eltern aus dem Weg räumen kannst, sonst schaffst du es nie rechtzeitig zur Arbeit.« Sie lächelte ihn an, und er hielt ihren Blick einen Moment lang. Dann nickte sie rasch, drehte sich auf dem Absatz um und ging die Stufen wieder hinunter. Es war besser für sie beide, wenn sie nicht allzu viel mit Mike Sullivan plauderte.

Phil Howitt war ein gebrochener Mann. Tränen liefen über seine Wangen und tropften auf den Tisch, während sein Kopf sich wie ein Pendel von links nach rechts bewegte.

»Bitte, bitte«, flehte er.

Sein Anwalt saß schweigend neben ihm und behielt seine Meinung für sich.

Natalie lehnte sich in ihrem Stuhl zurück und blickte Phil kühl und unberührt von seinem plötzlichen Ausbruch an.

»Ich muss Ihnen das nicht erklären. Sie haben illegale Bilder auf Ihrem Laptop, die nicht nur verstörend sind, sondern die außerdem gewisse Fragen aufwerfen. Sie haben zwei eigene Kinder, Mr Howitt, und Sie haben Zeit im Haus Ihrer Freundin verbracht – einer Frau mit einer Tochter im Teenageralter, die ihren Freundinnen gegenüber gesagt hat, dass sie Ihretwegen besorgt ist.«

Er wandte sich an seinen Anwalt. »Ich bin das schon mit DS Carmichael durchgegangen. Ich habe Savannah nicht angefasst. Ich war immer nett zu ihr. Fragen Sie Jane. Es gab eine

Situation, in der ich versehentlich ins Badezimmer gegangen bin, als sie geduscht hat, aber da bin ich sofort wieder rausgegangen.«

Lucy, die neben Natalie saß, meldete sich zu Wort. »Da hat Savannah aber etwas anderes erzählt. Das wissen Sie. Das habe ich Ihnen erzählt, als wir uns das letzte Mal unterhalten haben.«

»Sie hat gelogen!« Seine Stimme schwoll an und sein Anwalt senkte den Blick.

Natalie unterbrach seinen Ausbruch. »Beruhigen Sie sich, Sir. Wir können unmöglich mit Sicherheit wissen, was im Badezimmer vorgefallen ist, ganz einfach, weil Savannah tot ist. Sie haben offen zugegeben, gestern Abend zur ungefähren Tatzeit in der Nähe ihres Hauses gewesen zu sein.«

»Ich hatte nichts ... nichts mit ihrem Mord zu tun. Ich wollte zu Jane. Sie hat mir immer wieder geschrieben, und schließlich habe ich beschlossen, zu ihr zu fahren und sie zu trösten. Das ist alles. Bitte. Glauben Sie mir. Ich schwöre beim Leben meiner Kinder. Ich habe sie nicht getötet.«

Natalie zuckte ob seiner Aussage zusammen. »Ich hätte gern Zugang zu Ihrem Auto, um es untersuchen zu lassen.«

Seine Kinnlade klappte herunter. »Nein. Das geht nicht. Sie suchen doch nur nach Beweisen, dass sie in meinem Auto war. Und die werden Sie finden und mich einbuchten. Savannah war in meinem Auto, aber nur, weil ich sie letzten Donnerstag zur Schule gebracht habe, nachdem ich die Nacht bei Jane verbracht hatte. Es hat in Strömen geregnet, also habe ich ihr angeboten, sie zu fahren, obwohl die Schule nicht allzu weit weg ist. Sie hat das Angebot angenommen, mich aber gebeten, sie ein Stück vor der Schule rauszulassen. Also habe ich sie in der School Lane abgesetzt.«

»Wieso wollte sie dort aussteigen?«

»Das weiß ich nicht. Vielleicht wollte sie nicht, dass irgendwer sie mit mir sieht. Ich weiß es wirklich nicht. Ich habe sie nicht gefragt. Ich wollte nur nett sein. Deuten Sie da nichts hinein. Was passiert nun mit mir?«

»Wir müssen sichergehen, dass Sie nicht für Savannahs Tod verantwortlich sind.«

»Das bin ich nicht. Was ist mit den Fotos?«

»Wir leiten sämtliche Informationen an das Team für Kinderpornografie weiter, das sich um solche Angelegenheiten kümmert und Sie zweifelsohne belangen wird.« Natalie blickte den Anwalt an, während sie sprach, um ihn einzubeziehen. Er nickte rasch.

»Aber es waren nur ein paar Bilder. Ich habe sie nicht selbst runtergeladen. Sie kamen als Anhang von einem Freund. Ich wollte die gar nicht.«

»Warum haben Sie sie dann auf Ihrem Computer behalten, in einem verschlüsselten Ordner?«, fragte Lucy schnell.

»Ich habe vergessen, dass sie da sind.« Seine Worte klangen kraftlos und seine Unterlippe zitterte.

Natalie war überzeugt, dass er log. Aber darum ging es hier nicht. Sie musste herausfinden, ob er etwas mit Savannahs Tod zu tun hatte.

Plötzlich heulte er auf. »O Gott. Was soll ich bloß meiner Frau erzählen? Und den Kindern?« Wieder fielen Tränen.

Natalie wurde verärgert und umging die Frage. »Das kann ich Ihnen nicht beantworten. Meine einzige Mission ist es festzustellen, ob Sie irgendwie in Savannahs Verschwinden und darauffolgenden Tod verwickelt sind.«

»Nein, nein, nein! Ich hatte nichts damit zu tun. Bitte.« Das Schluchzen wurde lauter, und Natalie beendete die Vernehmung.

Natalie marschierte allein zum Büro zurück. Ein gewisses Feierabendgefühl war über die Dienststelle gekommen, jetzt, da der Großteil des geschäftigen Treibens vorüber war. Ein leises Husten ertönte aus einem Büro im Erdgeschoss und hallte durch das leere Foyer. Heute konnten sie nicht mehr viel stemmen, und sie alle brauchten eine Pause. Natalie war völlig erschöpft und musste nun mal wieder in ihre andere Rolle der Ehefrau und Mutter schlüpfen. Die mehrfarbige Couch vor ihrem Büro mit Glasfront, war wie gewöhnlich leer, und im Büro machte sie die Umrisse von Murray und Ian aus, die beide an Schreibtischen arbeiteten. Sie zog ihre Karte durch das Kartenlesegerät, öffnete die Tür und trat ein.

»Phil Howitt behauptet, nichts über Savannahs Verschwinden zu wissen, und wenn ich wetten müsste, würde ich vermutlich sagen, dass er nicht verantwortlich ist. Er ist ein charakterloser Schweinehund, aber ich halte ihn nicht für einen Mörder. Haben Sie irgendwas?«

»Ich habe noch mal versucht, Harriet Long und ihre Mutter zu erreichen, lande aber immer wieder auf der Mailbox. Soll ich bei ihnen vorbeifahren?«, fragte Murray.

»Morgen. Vermutlich deckt sie Stu, selbst wenn er lügt, was seinen Aufenthaltsort betrifft. Glauben Sie, er war mit ihr zusammen?«

Murray nickte. »Ja. Ich glaube, er hatte mehr Angst, dass ich ihm Sex mit einer Minderjährigen vorwerfe, und weniger wegen etwas anderem.«

»Wir sollten lieber auf Nummer sicher gehen. Wir schauen bei ihren vorbei, wenn auch ihre Mutter zu Hause ist. Ian, wie kommen Sie voran?«

»Ich habe wegen der erwürgten Teenagerin eine Anfrage nach Manchester geschickt, wie Sie mich gebeten haben, und warte auf eine Rückmeldung. Derweil durchkämme ich immer noch Aufnahmen von Überwachungskameras. Über Lance Hopkins habe ich noch nichts, obwohl ich seine Familie zur Fahndung ausgeschrieben und Polizeikräfte gebeten habe, mich wissen zu lassen, falls die Fahrenden in ihrem Zuständigkeitsbereich auftauchen. Er könnte durchaus bei ihnen sein.«

»Gut. Danke Ihnen beiden. Machen wir für heute Abend Schluss und morgen früh weiter.« Sie nahm ihre Tasche und wünschte beiden eine gute Nacht.

Während sie über den Parkplatz marschierte, setzte leichter Regen ein, und sie dachte daran, dass Savannah das Angebot einer Mitfahrgelegenheit von Phil angenommen hatte, obwohl sie ihren Freundinnen erzählt hatte, dass er unheimlich war. Konnte er etwas mit ihrem Tod zu tun haben? Sie warf ihre Tasche ins Auto und atmete tief ein. Sie war müde. Zu müde, um eine gute Entscheidung zu treffen. Sie hatte geglaubt, dass Phil verzweifelt war, weil sie die kinderpornografischen Bilder auf seinem Laptop entdeckt hatten. Aber was, wenn er daraus absichtlich mehr machte, um zu verschleiern, was wirklich passiert war? Natalie legte einen Gang ein und fuhr davon. Sie brauchte Schlaf – ein Glas Wein und eine Tüte Schlaf.

ELF

DAMALS

Sie nennen es das Wasteland. Eine weite, hügelige Fläche, auf der Kinder mit ihren Fahrrädern Wettrennen machen, draufgängerisch steile Hügel hinunterrasen oder in kleinen Gruppen umherwandern, auskundschaften oder einfach herumschleichen, bis sie wieder nach Hause müssen. Die größeren Kinder haben die andere Seite des Wastelands an sich gerissen, kauern in Gruppen zusammen, rauchen Zigaretten, nehmen Drogen oder trinken illegalerweise Gebräue, die sie entweder aus Geschäften oder aus den Geheimvorräten ihrer Eltern gestohlen haben. Dieser besondere Bereich ist für jüngere Kinder tabu. Jeder unter dreizehn ist auf den grüneren Bereich beschränkt, der von den elf riesigen Wohnblocks überschattet wird.

Er liebt das Wasteland – es ist ein geheimer Garten der Lüste. Einmal hat er die Schule geschwänzt und aus einem Flur in einem der Wohnblocks ein BMX-Fahrrad gestohlen. Er fuhr mit Vollgas, flog über die Hügel, tat so, als wäre das Fahrrad ein Pferd, das mit den Hufen scharrt, begierig darauf zu galoppieren, ehe er es im sumpfigen Teil des Wastelands loswurde und zurück nach Hause schlenderte, beschwingt vom Rausch der Geschwindigkeit.

Ein anderes Mal fand er im höheren Gras eine große, braune Kröte. Er staunte darüber, wie gelassen die Kreatur schien, selbst als er ihr wiederholtes Quaken satthatte und sie anstupste, damit sie wegsprang, und sie dann, gelangweilt von dem Spiel, mit einem großen, grauen Stein plattmachte. Die Kröte hatte sich keine Mühe gegeben zu entkommen, hatte ihr Schicksal im Wissen akzeptiert, dass sie ihren Meister gefunden hatte. Ein warmes Gefühl durchflutet seine Adern: Es ist dem Gefühl ähnlich, das er an jenem Tag verspürte, als er das zerquetschte Tier sah und wusste, dass er es war, der sein Leben ausgelöscht hatte. Er muss lächeln, und seine Zehen krümmen sich vor Freude. Danach jagte er nach weiteren Kröten, fand aber keine, also wandte er seine Aufmerksamkeit den anderen Kreaturen im Wasteland zu: dem bedauernswerten rotbraun-weißen Kätzchen, das sich ihm bereitwillig näherte, ermutigt von seiner ausgestreckten Hand und sanften, lockenden Geräuschen. Es kam zu ihm, vertrauensvoll, ließ sich von ihm streicheln, wand seinen buschigen Schwanz um seine nackten Waden. Den Stein, der ihm gegen den Schädel krachte, hatte es nicht erwartet. Selbst jetzt ist er noch erstaunt, wie winzig der Kopf der Katze und wie mühelos er geborsten war. Es war wie die Oberseite eines gekochten Eis aufzuschlagen.

Nach der Schule wird das Wasteland das Zuhause von Teenagern und Kindern aus den umliegenden Hochhäusern: riesige, graue Ungeheuer, gebaut in den Sechzigerjahren, um der Überbevölkerung Herr zu werden. Er wohnt im dritten Stock des Blocks, der dem Wasteland am nächsten ist, zusammen mit seiner Mutter und seinem kleinen Bruder. Von seinem Schlafzimmerfenster aus kann er fast alles sehen: Von der langen Grasfläche, wo manchmal Teenies miteinander rummachen, bis zur anderen Seite, dem Teil, der von einem hohen Zaun geschützt wird und ihn wirklich fasziniert – eine Müllhalde. Von seinem Aussichtspunkt entgeht ihm nichts, und kürzlich sind ihm Gestalten aufgefallen, die unter dem Maschendrahtzaun hindurchschlüpfen und in der Entfernung verschwinden, um die Sachen zu erkunden, die dort abgeladen wurden. Seine Mutter hat ihm verboten, zu diesem Teil des Wastelands zu gehen, hat behauptet, es sei zu gefährlich, aber ihre Worte bewirken lediglich, dass sein Verlangen, sich den älteren Kids anzuschließen, noch größer wird. Sie kehren von ihren Ausflügen mit Schätzen zurück – kaputte Metalltoaster, riesige Holzstücke, Gummireifen und andere Freuden, die er unter die Lupe nehmen will.

Er ist ein Außenseiter, ein für sein Alter zu kurz geratener Junge, der mit seinem gespenstisch weißen Gesicht und den dünnen Armen für keines der anderen Kinder eine Bedrohung darstellt. Entweder ignorieren sie ihn, als wäre er unsichtbar, oder lachen ihn wegen seiner hohen Stimme und seiner stockartigen Glieder aus.

Heute ist er wieder nicht in der Schule. Dieses Mal war es eine Mandelentzündung, die ihm einen rauen Hals bescherte und ihn für über eine Woche ausgeknockt hat. Aber heute fühlt er sich gut genug, um etwas zu essen und in dem Zimmer zu sitzen, das sie zum Essen und Fernsehen benutzen. Seine Mutter hat den Fernseher angestellt, und er sieht zu, wie He-Man seinen Erzfeind Skeletor angreift, dessen gelber Schädel unter einer Kapuze verborgen ist, was ihn noch furchterregender macht als ohnehin schon. Er zieht den blauhäutigen Skeletor, der zaubern kann, gerissen und ein Experte in Kampfkunst ist, dem Helden des Cartoons vor.

»Ich muss für eine Stunde weg. Kommst du alleine klar?«, fragt seine Mutter.

»Ja.«

»Bleib in der Wohnung. Es geht dir nicht gut genug, um rauszugehen. Ich will nicht, dass du noch eine Woche ausfällst.«

Wieder nickt er, bekommt kaum mit, wie seine Mutter seinen kleinen Bruder in die Babytragetasche tut und wie sich die Wohnungstür mit einem lauten Klicken schließt. Der Cartoon endet, und er geht zum Fenster, das das Wasteland überblickt. Ein paar Mädchen aus seinem Hochhaus rennen herum und kreischen. Sie sind oft in ihrer Clique zusammen, angeführt von der burschikosen dreizehnjährigen Faye Boynton, die mit ihren zwei älteren Brüdern und seinem Vater auf demselben Stock lebt wie er. Sie ist taff. Er hat sie schon mehrmals kämpfen sehen und miterlebt, welchen Schaden sie anrichten kann. Einmal hat sie einem Jungen die Nase gebrochen und eine aufgeplatzte Lippe beschert. Sie musste mit mehreren Stichen genäht werden.

Die Mädchen sind in Richtung Müllhalde unterwegs. Er verengt die Augen und beobachtet, wie Faye Schmiere steht und ein anderes Mädchen die Unterseite des Zauns hochzieht und dann darunter hindurchschlüpft. Faye geht als Letzte durch, und das Trio eilt davon, außer Sicht. Er kann nicht verstehen, warum seine Mutter nicht will, dass er auf die Müllhalde geht. Dort kann man sich offensichtlich richtig gut die Zeit zu vertreiben. Eines Tages wird er sie erkunden, egal was seine Mutter sagt.

ZWÖLF

Er lauschte den Schreien und lächelte vor sich hin. Harriet war ihm nicht gewachsen gewesen. Er hatte sie einfach überwältigt – zu einfach. Ein köstliches Gefühl der Wärme durchflutete seine Adern, und er spürte, wie die Schlange sich über seine Haut schlängelte. Bald würde sie ihre Belohnung bekommen.

Sie bettelte darum, herausgelassen zu werden, und trommelte mit den Fäusten gegen die Tür. In ihrem Gefängnis war es stockdunkel und sie hatte Angst. *Gut!*

Er weigerte sich, ihr zu antworten. Sie sollte leiden in dem Wissen, dass niemand ihr zu Hilfe kommen würde, und vor Furcht zittern, wissend, dass sie, wenn sie endlich freigelassen wurde, ihr Ende finden würde. Die Schlange würde sich um ihren Hals winden und das Leben aus ihr herauspressen. Er hatte noch eine Sache zu tun – ein kleines Bonbon für die Detectives, die nach dem Mädchen und nach ihm suchten. Falls sie clever genug waren, würden sie es finden, wobei dann für jede Hilfe zu spät käme.

Ein perverses Grinsen hob seine Mundwinkel, als er nach ihrem Handy tastete und es aus der Tasche nahm. Er suchte nach der Kamera-App, wählte die Videofunktion aus und begann dann, die Schreie aufzunehmen.

———

Die Vordertür öffnete sich, kaum dass Natalie sich näherte, und sie wurde von ihrem Ehemann in die Arme genommen. Der Geruch nach Knoblauch und Rotwein wehte ihr entgegen, und ihr Gesicht wurde von Bartstoppeln gestreift. Seine Lippen trafen während einer kurzen Umarmung auf ihre, und ehe sie sich versah, würde sie nach drinnen geführt, in die Wärme und zu den gehaltvollen, würzigen Aromen eines indischen Currys.

Die Flurlampe glomm einladend, verströmte sanfte Lichtstrahlen auf den Tisch, auf den sie ihren Autoschlüssel fallen ließ. Die Tür zum Wohnzimmer stand offen, und schallendes Gelächter kam aus dem Fernseher. In weichen Plüschpantoffeln, gegen die sie ihre Arbeitsstiefel ausgetauscht hatte, tapste sie ins Zimmer, in dem David mit einem Lächeln im Gesicht auf sie wartete. Er drehte die Lautstärke des Fernsehers runter.

»Das nenne ich ein schönes Nachhausekommen«, sagte sie freudig überrascht.

»Und ich bin noch nicht fertig damit, dich angemessen zu begrüßen.« Eine Flasche Wein und zwei Gläser standen auf dem Couchtisch vor dem abgewetzten Sofa. »Setz dich.«

Sie tat wie geheißen und sah ihm zu, wie er Wein einschenkte und ihn ins Licht hob, um nach Weingeläger zu schauen. Das war der David, den sie geheiratet hatte – ein Mann mit einem Gespür für Spaß, intensiv lodernden Augen und einem schlanken Körper, der immer noch gut in Form war für einen Mann Ende vierzig. Mit einem Zwinkern reichte er ihr das Glas. Sie roch am Wein – ein kerniger, eichiger Duft.

»Komm schon, probier ihn«, forderte er sie auf, hob die Flasche und verbarg das Etikett mit der Hand.

Natalie führte das Glas an die Lippen, trank einen Schluck

und erlaubte den vollen, fruchtigen Aromen ihre Geschmacks-
knospen zu überspülen. Der Wein war gut – sehr gut und teuer.
Sie machte ein anerkennendes Geräusch, das ihn noch breiter
grinsen ließ.

»Was ist es für einer?«

»Rate.«

»Kann ich nicht. Ich bin keine Weinkennerin. Er ist gut,
fruchtig und schmeckt. Muss ein Vermögen gekostet haben.«

»Korrekt. Es ist 2008er Masi Costasera, Amarone della
Valpolicella Classico.« Er enthüllte das Etikett wie ein Magier,
der ein Kaninchen aus dem Hut zaubert.

Sie erinnerte sich an den Namen. Es war ein italienischer
Wein, den sie an ihrem fünfzehnten Hochzeitstag getrunken
hatten – ein Geschenk von Eric, Davids Vater.

»David! Der muss dich um zwanzig Pfund ärmer gemacht
haben!«

»Dreißig«, korrigierte er selbstzufrieden und hob sein
eigenes Glas. »Auf meine fabelhafte Frau!«

»Was genau feiern wir?«, fragte sie vorsichtig.

»Einen Vorschuss auf meinen Auftrag – tausend Pfund.«
Natalie sah seine erröteten Wangen und freute sich aus vollem
Herzen für ihn. Fort war der mürrische Mann, der monatelang
zu Hause gesessen, Trübsal geblasen, sich in seinem Büro
versteckt und die Welt gehasst hatte, weil sie ihm keine Chance
gab. Er hatte diesen Erfolg verdient. Vergnügt hob sie ihr Glas.
»Auf meinen talentierten Ehemann.«

»Prost.«

Sie trank noch einen Schluck und behielt den Wein lange
genug im Mund, um seine Süße zu genießen, ehe sie ihn sanft
die Kehle hinuntergleiten ließ. Müdigkeit und Enttäuschung
machten einer Art Zufriedenheit Platz. Es war hart gewesen,
weil David so um Übersetzungsaufträge gekämpft hatte. Das
waren gute Neuigkeiten.

»Wie viel verdienst du insgesamt?«

»Noch einen Riesen, also insgesamt zwei«, sagte er mit einem Schulterzucken, »und weitere Aufträge, falls der Kunde zufrieden ist und mich weiterempfiehlt.«

»Ich freue mich wirklich für dich«, sagte sie und meinte jedes Wort ernst.

»Ja. Ich freue mich auch. Endlich bringe ich etwas Geld nach Hause und fühle mich wieder wie ein Brotverdiener.« Er stürzte sein Glas hinunter, leckte sich die Lippen und griff sofort nach der Flasche, um sich nachzuschenken.

Natalie genoss ihren Wein langsamer und entspannte bewusst die Muskeln in ihrem Nacken und den Schultern. »Ist mit den Kindern alles gut?«

»Die sind wie immer. Josh hat beim Abendessen ein paar Grunzer und beinahe einen kompletten Satz herausgebracht. Ich dachte eigentlich, jetzt, wo er seine Spange los ist, zeigt er ständig seine Zähne, aber jetzt ist er sogar noch schweigsamer als sonst.«

»Hormone.«

»Höchstwahrscheinlich. Vermutlich ist auch ein Mädchen im Spiel. Heute Abend konnte er die Augen kaum von seinem Handy losreißen, und Leigh hatte keinen großen Hunger. Sie hat behauptet, sie hätte schwierige Mathe-Hausaufgaben zu erledigen, aber als ich ihr meine Hilfe angeboten habe, sagte sie, sie komme klar.«

»Sie werden erwachsen, David. Sie waren nicht allzu glücklich darüber, dass ich sie heute zur Schule gefahren habe. Ich hätte wohl nicht in der verdammten Schlange vor der Ausstiegsstelle warten sollen. Ich muss schon sagen, dieses neue System ist dämlich. An dem, wie es vorher war, war doch nichts verkehrt!«

»Stimmt. Mittlerweile sitzt man da manchmal Ewigkeiten fest. Einige der Eltern regen sich ganz schön darüber auf. In der ersten Woche nach der Umstellung aufs neue System habe ich einen ausgewachsenen Streit zwischen zwei Müttern beobachtet, die beide dieselbe Lücke für sich beansprucht haben. Sie haben sich gegenseitig und die Schülerlotsen so lange angebrüllt, dass wir alle zu spät zur Schule gekommen sind! Normalerweise setze ich Josh und Leigh vorher ab und sie laufen die letzten paar Hundert Meter.«

»Das hat Leigh mir auch erzählt, nachdem sie die Augen verdreht und so lästig-gelangweilt geseufzt hat, wie sie es in letzter Zeit gerne tut.«

»Aber du hast es nicht getan?«

Natalie schüttelte den Kopf. »Nein. Immerhin bin ich bei der Polizei und muss mich an Regeln halten. Also habe ich bis zur tatsächlichen Ausstiegsstelle gewartet. Davon abgesehen lasse ich mir von einer übellaunigen Vierzehnjährigen nichts vorschreiben.«

David schmunzelte. »Und du warst selbstverständlich nie übellaunig.«

»Nicht in diesem Alter. Ich hätte mich nicht getraut, den Mund aufzumachen, geschweige denn, mich so danebenzubenehmen.«

Er beobachtete sie einen Moment lang. Ein Lächeln breitete sich auf seinen Lippen aus. »Mann, wie du dich verändert hast.«

Sie konnte nicht anders, als sein Lächeln zu erwidern. Seine gute Laune war ansteckend.

Er stellte sein Glas ab und sprach weiter. »Es ist etwas vom bestellten Essen übrig, wenn du Lust hast.«

»Das wäre toll. Ich habe seit einem Sandwich zum Mittag nichts gegessen. Was hast du für mich aufgehoben?«

»Dein Lieblingsessen – Butterhuhn und ein Naan.«

Sie lächelte, weil er so aufmerksam war. Das könnte der Wendepunkt sein, auf den sie gewartet hatten. Wenn David mehr Arbeit bekäme, konnte es in Zukunft nur besser laufen.

Er stand auf. »Ich mache es dir noch mal warm.«

»Das musst du nicht. Auch du hattest einen langen Tag. Immerhin bist du im Morgengrauen aufgebrochen.«

»Ich bin nicht müde, sondern viel zu aufgedreht.«

Sie lauschte seinem leisen Pfeifen, während er das Curry in die Mikrowelle stellte, und dachte über diesen Wendepunkt in ihrer Beziehung nach. Es hatte Momente der Enttäuschung und der Ungewissheit gegeben, seit sie herausgefunden hatte, dass David einen Kredit aufgenommen hatte, aber nun ließen die nagenden Zweifel endlich nach. Wenn David sich wieder auf die Arbeit konzentrierte, käme er nicht in Versuchung zu spielen, und sie musste zugeben, dass er ein guter Vater war. Manchmal hielt sie alles, was er tat, für selbstverständlich. Sie genehmigte sich den Rest Wein in ihrem Glas und schenkte sich ein weiteres ein. Ihr Job war stressig, aber zu einer glücklichen Familie nach Hause zu kommen, die in Sicherheit war, machte ihn erträglich.

Kurz darauf kam David mit einer Schale dampfenden Essens und flachem, weißem Brot auf einem kleinen Teller zurück. »Voilà.« Er reichte ihr beides und sie atmete die köstlichen Aromen ein. Dann spießte sie ein besonders saftiges Stück Hühnchen auf und steckte es sich in den Mund, während sie genüssliche Geräusche von sich gab. David setzte sich wieder und wandte seine Aufmerksamkeit dem Fernseher zu. Nach ein paar Bissen sagte sie: »Mike hat gesagt, dass er dich seit Ewigkeiten nicht gesehen hat und ihr mal wieder ausgehen müsst.«

»Stimmt. Ich rufe ihn mal an und kläre ...« Das sanfte Läuten der Türklingel unterbrach ihn. »Wer kann das zu dieser späten Stunde sein?«

Natalie Laune sank. Sie konnte sich denken, wer da vor der Tür stand, und ihr Verdacht wurde bestätigt, als sie Murrays Stimme hörte. Er kam hinter David ins Wohnzimmer geschlurft.

»Sorry, Natalie. Ich wäre nicht gekommen, wenn es nicht dringend wäre«, sagte Murray.

»Was gibt es?«

»Harriet Longs Mutter Melissa hat mich während ihrer Pause angerufen. Sie hat meine Nachricht bekommen und versucht, ihre Tochter zu erreichen, aber sie war nicht zu Hause. Melissas Partner Kyle dachte, Harriet wäre über Nacht bei einer Freundin – Emily Rowley. Aber das stimmt nicht. Emily hat sie nicht zu sich eingeladen. Auf Harriets Handy geht direkt die Mailbox dran, und Melissa weiß nicht, wo sie ist. Sie hat es bei allen Freundinnen ihrer Tochter versucht. Sieht so aus, als wäre Harriet verschwunden.«

Natalie schob ihr Essen beiseite.

»Wir müssen noch mal mit Stu Oldfields reden. Wenn sie ein Paar sind, ist sie vielleicht bei ihm.« Sie blickte zu David hinüber. »Tut mir leid.«

»Schon okay. Wir sehen uns, wenn du nach Hause kommst.«

Natalie eilte in den Flur, während Murray zum Auto vorausging. Hastig stieg sie in ihre Stiefel und drehte sich zu David um, der ihr gefolgt war. »Das mit deinem Auftrag sind gute Neuigkeiten.«

»Ja.« Dieses Mal erreichte das Lächeln seine Augen nicht. Stattdessen hielt er sich an der Tür fest und sah zu, wie sie und Murray sich mit dem Auto vom Bordstein entfernten.

»Tut mir leid, dass ich Sie weg...«, setzte Murray an.

»Sie müssen sich nicht entschuldigen. Sie haben richtig gehandelt, dieser Sache nachzugehen. Was ist mit Harriets Mutter? Ist sie zu Hause?«

»Sie war auf dem Weg dorthin, als sie mich anrief. Sie hat auch beim Dezernat für Vermisstenfälle angerufen.«

Natalie schüttelte den Kopf. »Wir sprechen mit ihr, sobald wir es bei Stu versucht haben.«

»Seltsam, oder? Wir wollen wegen Stus Alibi mit Harriet reden und *puff*: Weg ist sie.«

»Ich weiß. Das verheißt nichts Gutes.«

Die Straße wurde wie eine riesige, schwarze Zunge von Murrays Jeep Renegade verschlungen, als er in Richtung Watfield raste. Auf unbeleuchteten Straßen kamen sie an schattenhaften Formen und unscharfen Umrissen von Büschen und Bäumen vorbei. Natalie war tief in Gedanken versunken. Sie musste schnell handeln. Ein vermisstes Mädchen gab Anlass zur Sorge. Ein vermisstes Mädchen, das lose mit der Mordermittlung eines anderen Mädchens in Verbindung stand, gab nur noch mehr Anlass zur Sorge. Natalie glaubte nicht an Zufälle. Es gab eine Verbindung zwischen Harriet Long und Savannah Hopkins, und in diesem Augenblick war die einzige Verbindung, von der sie wussten, Stu Oldfields.

Der Ortseingang von Watfield war mit einem gemalten Schild und einem Hinweis auf eine Partnerschaft mit einer deutschen Stadt versehen, von der Natalie nie gehört hatte. Nachdem sie einen großen Kreisverkehr in Richtung Stadtmitte überquert hatten, erreichten sie ein Wohngebiet mit Laubbäumen und großen Einfamilienhäusern, die in einiger Entfernung von der Straße und den breiten Bürgersteigen standen. Nach und nach machten sie dichteren Siedlungen kleinerer Häuser Platz, und schließlich erreichten sie ein Einkaufszentrum. Natalie erblickte ein großes Schild, auf dem ›Tenby House and Garden Services‹ stand, Stus Arbeitgeber. Das Navi zeigte an, dass sie beinahe sein Haus erreicht hatten, und innerhalb von Minuten hielten sie vor einem schmucklosen Reihenhaus in der Straße Mulberry Close an.

Murray begleitete Natalie zur Tür, und ein Bewegungsmelder schaltete automatisch ein Außenlicht an, als sie sich dem Haus näherten. Ein Flackern blauen Lichts hinter Vorhängen, die nicht ganz zugezogen waren, deutete darauf hin, dass oben jemand fernsah. Natalie klingelte und wartete. Dem Gleiten einer Türkette ging ein schlurfendes Geräusch voraus, dann öffnete sich die Tür leise. Stu Gesicht mit einer tiefen Falte zwischen den Augen erschien.

»Ja?«, fragte er.

»Hallo, Stu. Wir sind wegen Harriet Long hier.«

Er warf einen Blick hinter sich und sprach im Flüsterton. »Meine Mum ist im Bett. Ich will sie nicht wecken.«

»Können wir reinkommen?«

»Eigentlich nicht. Ich will nicht, dass sie plötzlich nach unten kommt und Sie hier vorfindet.«

»Sie verstehen nicht ganz. Ich *bestehe* darauf, dass wir reinkommen.« Natalie ging voran, und von ihrer Bewegung überrascht trat Stu einen Schritt zurück.

»Okay, aber wecken Sie bitte nicht meine Mutter.«

Murray folgte den beiden in die Küche, wo er die Tür hinter sich zuzog.

»Was wollen Sie wissen?«, fragte Stu.

»Ist Harriet hier?«

»Nein, warum sollte sie hier sein?«

»Sie ist nicht zu Hause, und niemand weiß, wo sie sich aufhält. Sie sind zusammen, also hielt ich es für logisch, dass sie vielleicht bei Ihnen ist. Ist dem so?«

Er schüttelte langsam den Kopf. »Nein. Ich habe seit gestern nicht mit ihr gesprochen. Sie hat meine Nachrichten nicht beantwortet. Ich dachte, sie ghostet mich.«

»Sie dachten, sie hätte die Sache zwischen Ihnen beendet, ohne es Ihnen zu sagen?«, fragte Natalie.

»Ja … ghosten«, wiederholte er.

»Können Sie das beweisen?«

»Ich kann Ihnen die Nachrichten zeigen, die ich ihr geschickt habe und auf die sie nicht geantwortet hat. Normalerweise antwortet sie sofort.«

»Würden Sie Ihr Handy holen, damit wir das überprüfen können? Am liebsten wäre es mir, wenn DS Anderson Sie nach oben begleitet.«

»Er muss nicht mit nach oben kommen. Harriet ist nicht hier«, sagte Stu.

»Wenn Sie nichts zu verbergen haben, sollte es kein Problem für Sie darstellen, dass er Sie begleitet.«

»Doch. Es ist spät und meine Mutter schläft. Brauchen Sie keinen Durchsuchungsbefehl, um in Häusern von Leuten rumzuwühlen?«, fragte er und nahm unvermittelt eine aggressivere Haltung ein.

»Wir wühlen nicht rum. DS Anderson würde Sie lediglich gern begleiten, während Sie uns bei unseren Ermittlungen helfen. Also dürfen wir?« Sie sah ihn unverwandt an, und er gab unter ihrem eiskalten Blick nach.

»Ist ja gut«, murmelte er, ging voraus und Murray folgte ihm.

Ein paar Minuten später kamen beide zurück, und Stu hielt ihr sein Handy hin. Natalie warf einen Blick auf die Anrufliste, blätterte durch die Apps und bemerkte, dass es in der Tat keine Nachrichten von Harriet gab. Was jedoch auch bedeuten könnte, dass er sie gelöscht hatte. Die Technik musste das Gerät untersuchen. Eine Bodendiele knarzte, und Stu stieß einen Seufzer aus, als sich die Küchentür leise öffnete.

»Stu, was ist hier los?«

»Nichts, Mum. Die Polizei wollte mir noch weitere Fragen über Savannah stellen.«

Eine Frau in einem dunkelblauen Nachthemd, das ihre winzige Gestalt umhüllte, blickte Natalie finster an. »Es ist nach Mitternacht.«

»Es tut mir sehr leid, Sie so spät zu stören. Ihr Sohn hat uns bei unserer Ermittlung geholfen.«

»Sie haben bereits vorhin mit ihm gesprochen. Wieso sind

Sie zu dieser späten Stunde wieder hier? Kann das nicht bis zu einer zivileren Uhrzeit warten?«

»Eine weitere Teenagerin wird vermisst, und wir müssen schnell handeln, um sie zu finden.«

»Oh, das ist ja schrecklich. Noch ein Mädchen. Es tut mir leid, aber ich verstehe nicht, was das mit Stu zu tun hat.«

»Ich kannte auch sie, Mum.« Stu rieb sich den Kopf mit einer Hand und hatte seinen Blick zu Boden gerichtet.

»Ach so! Woher denn? War auch sie die Tochter eines Kunden?«

Stu schüttelte den Kopf und warf Natalie einen flehenden Blick zu, den sie ignorierte. Seine Mutter hatte keine Ahnung von seiner Liebschaft mit Harriet, aber das konnte er ihr selbst erklären. Natalie steckte das Handy ein.

»Ich sorge dafür, dass Sie das hier so schnell wie möglich wiederbekommen«, versprach sie.

Stus ließ die Schultern hängen, widersprach aber nicht.

Seine Mutter trat vor. »Wieso haben Sie sein Handy eingesteckt? Stu, was geht hier wirklich vor?«, fragte sie scharf.

Murray meldete sich zu Wort. »Ihr Sohn ist mit dem vermissten Mädchen Harriet Long befreundet. Wir haben sein Handy konfisziert, um zu überprüfen, worüber sie sich ausgetauscht haben, für den Fall, dass uns irgendetwas einen Hinweis auf ihren Aufenthaltsort gibt. Haben Sie sie je kennengelernt, Mrs Oldfields?«

Eine tiefe Falte erschien auf ihrer Stirn. »Ich höre zum ersten Mal von ihr.«

»Sie ist nie in diesem Haus gewesen?«, fragte Natalie.

»Soweit ich weiß nicht. Wer ist dieses Mädchen, mit dem du befreundet bist, Stu?«

Stus Gesicht war leichenblass. »Eine Freundin, Mum, das ist alles.« Wieder sah er Natalie an. »Ich schwöre, ich habe keine Ahnung, wo sie ist. Ehrlich.«

»Wenn sie hier auftaucht, lassen Sie es uns augenblicklich

wissen.« Natalie warf dem jungen Mann einen strengen Blick zu, bevor sie gingen.

Am Auto angekommen, glitt Murray hinters Steuer. »Ich glaube nicht, dass er weiß, wo Harriet ist. Oben kann sie sich nicht versteckt haben. Sein Schlafzimmer ist gerade groß genug für ein Einzelbett und er hat einen offenen Kleiderschrank – keine Türen, nur ein Vorhang. Da gibt es kein Versteck. Die Badezimmertür stand offen, und das einzige andere Zimmer ist das Schlafzimmer seiner Mutter«, sagte er.

»Verdammt! Ich hatte gehofft, sie wäre da. Versuchen wir es bei ihrer Familie.«

Harriets Zuhause befand sich außerhalb von Watfield in einem Vorort namens Bramshall, der an ein Waldgebiet grenzte. Es war das dritte von mehreren Reihenhäusern und das einzige, in dem Licht brannte. Melissa Long kam zur Tür. Ihr hageres Gesicht war tränenüberströmt.

»Haben Sie sie gefunden?«, fragte sie mit weit aufgerissenen Augen.

Natalie schüttelte den Kopf und stellte sich und Murray vor. Dann wurden sie in ein Wohnzimmer geführt, das voll war von Kindersachen: ein kleines Trampolin, ein Babystuhl, ein Trettraktor, eine Spielmatte und eine Kiste voller Bücher, Autos und leuchtenden Plastikgegenständen. Ein Baby mit laufender Nase und feuchten Augen saß auf dem Knie eines Mannes und verbarg sein Gesicht an dessen Brust, als Natalie und Murray hereinkamen.

»Ich bin DI Ward, und das hier ist DS Anderson. Sie müssen Kyle Yates sein.«

Der Mann mit schwarzen Haaren und Stirnfransen, die ihm vor den pechschwarzen Augen hingen, streichelte den Kopf des Babys. Das Kind schniefte geräuschvoll, steckte einen

Daumen in den Mund und wandte den Kopf von den Besuchern ab. »Das stimmt.«

»Wir würden Ihnen gern ein paar Fragen stellen, falls das in Ordnung ist.«

»Sind Sie auch vom Dezernat für Vermisstenfälle? Die haben uns bereits eine Menge Fragen gestellt«, sagte er.

»Wir kümmern uns um eine andere Ermittlung, und Harriets Name tauchte als potenzielle Zeugin für ein Alibi auf. Deshalb versuchen wir, sie aufzuspüren.«

»Ich habe Harriets Mutter gestern Nachmittag angerufen und ihr eine Nachricht hinterlassen«, sagte Murray.

Der Mann nickte, sein Blick war nicht ganz konzentriert.

Melissa meldete sich zu Wort. »Hat Harriet etwas angestellt? Ist sie deshalb verschwunden?«

Natalie antwortete. »Nein. Wir müssen nur herausfinden, ob sie am Montagnachmittag mit jemandem zusammen gewesen ist, sodass wir diese Person von unserer Ermittlung ausschließen können. Sie ist unseres Wissens in nichts verwickelt gewesen.«

»Aber Sie *helfen* bei der Suche nach ihr?«

»Das tun wir.«

Melissa kaute an einem Daumennagel und ging zum Fenster, durch das sie auf die dunkle Straße hinausblickte.

Natalie wandte sich noch einmal an Kyle. »Ich verstehe, dass dies eine schwierige Situation ist und Sie die Fragen vermutlich bereits beantwortet haben, aber wir benötigen dennoch Ihre Hilfe. Wann haben Sie Harriet zuletzt gesehen?«

»Heute Morgen, ehe ich zur Arbeit bin.«

»Wann hat sie Ihnen gesagt, dass sie bei einer Freundin übernachten würde?«

»Erst als wir aufgebrochen sind. Sie hat gesagt, sie würde nicht nach Hause kommen, weil Melissa ihr erlaubt hätte, bei ihrer besten Freundin Emily zu übernachten. Sie wollten an einem Wissenschaftsprojekt arbeiten. Außerdem hat sie gesagt, dass Melissa sie gebeten hätte, mir das auszurichten, weil sie es vergessen hätte. Ich habe mir nichts dabei gedacht. Ich habe ihr geglaubt.«

»Aber Sie haben sich die Vereinbarung nicht von Melissa bestätigen lassen?«

Er streichelte dem Kind wieder über die Haare und sah Melissa an, die sich umgedreht hatte, um sie anzusehen. »Es tut mir so leid, Liebling.«

Melissa schüttelte den Kopf und hielt die Tränen zurück. »Es ist nicht deine Schuld.«

Er richtete seine Erklärung an Natalie und Murray. »Es war hier heute Morgen wie in einem Affenhaus. Wir haben drei Kinder. Harriet, das Baby hier und einen Dreijährigen, Jack. Der wollte seinen Spiderman-Schlafanzug nicht ausziehen, als es in die Kindertagesstätte ging. Melissa hat sich darum gekümmert, und Harriet und ich waren beide spät dran. Wir sind gleichzeitig aufgebrochen und erst, als sie davonlief, um den Bus zu erwischen, hat sie erwähnt, dass sie nicht nach Hause kommen würde.«

»Und Sie haben den ganzen Tag nicht mit Melissa gesprochen oder ihr eine Nachricht geschickt, um sich die Vereinbarung bestätigen zu lassen?«

»Nein.«

»Sie wollten sich doch sicher vergewissern, oder nicht?« Natalie ließ ihre Stimme ungezwungen klingen und hatte ihren Blick aber auf den Mann gerichtet, der nicht aufsehen wollte.

Er wand sich unbehaglich. »Der Kleine hier zahnt gerade und hat uns die ganze Nacht wachgehalten. Wir waren alle müde. Ich habe Melissa nicht angerufen, weil ich wusste, dass sie sich um die Kinder kümmert und vielleicht versuchen würde, vor ihrer Schicht sogar ein kleines Nickerchen zu machen. Es ist mir nie in den Sinn gekommen zu überprüfen, ob Harriet gefragt hatte, ob sie bei Emily übernachten darf. Sie hat ein zuvor schon paarmal bei ihr übernachtet, insofern war das nicht ungewöhnlich.« Er warf einen Blick in Melissas Richtung und ließ dann den Kopf wieder hängen.

Melissa schniefte mit Tränen in den Augen.

Murray, der sich Notizen gemacht hatte, meldete sich wieder zu Wort. »Sie haben Melissa weder gesehen noch gesprochen und ihr auch keine Nachricht geschickt, selbst als Sie Feierabend gemacht hatten?«

»Erst als sie mich vorhin angerufen hat.«

Nun brachte Melissa sich ein: »Ich arbeite an drei Tagen in der Woche von Mittag bis Mitternacht drüben am East Midlands Airport, also muss ich spätestens um Viertel nach elf zu Hause los. Die Kleinen sind so lange bei Kyles Mum. Bei der Arbeit dürfen wir unsere Handys nur in den Pausen benutzen. Kyle ruft mich normalerweise nicht an.«

Kyle fuhr fort. »Ich habe die Jungs gegen fünf von meiner Mum abgeholt und bin direkt nach Hause gekommen. Ich wusste nicht, dass Harriet nicht bei Emily übernachtet, bis Melissa mich angerufen und erzählt hat, dass die Polizei mit Harriet reden will.«

»Sie haben Harriet weder eine Nachricht geschickt noch sie angerufen? Oder sich vergewissert, dass sie gut bei Emily angekommen ist? Sie gefragt, wie das Projekt läuft?«, fragte Natalie.

Kyle hielt den Kopf gesenkt. »Harriet ist nicht die Sorte Mädchen, die man kontrolliert. Sie wäre vermutlich nicht mal rangegangen, wenn ich sie angerufen hätte«, sagte er.

Natalie war schnell mit ihrer Reaktion auf diese Aussage. »Wie meinen Sie das?«

»Sie ist recht unabhängig, findest du nicht auch, Melissa? Davon abgesehen bin ich nicht ihr Vater.«

»Er meint, dass Harriet manchmal schwierig sein kann, das ist alles. Sie weiß, was sie will, und macht nicht immer, worum Kyle sie bittet. Ich kann nicht verstehen, wieso sie gelogen und behauptet hat, sie würde bei Emily übernachten. So was hat sie nie zuvor getan«, erklärte Melissa. Mit zitternden Fingern zog sie eine Zigarette aus einer Schachtel.

»Hat sie irgendwelche Anziehsachen oder irgendetwas Persönliches mitgenommen?«, fragte Natalie.

Melissa schüttelte den Kopf. »Die anderen Polizisten haben uns dieselbe Frage gestellt. Ich habe in ihrem Zimmer nachgesehen, sobald ich zu Hause war. Glauben Sie, ich hätte nicht daran gedacht, dass sie vielleicht von zu Hause weggelaufen ist? Ich glaube nicht, dass irgendetwas fehlt. Sie hat einen Plüschelefanten – den hat sie seit Jahren –, aber der ist noch da, und eine Kette, die sie zum Geburtstag bekommen hat. Wäre sie von zu Hause weggelaufen, hätte sie beides mitgenommen. Nichts davon ergibt einen Sinn. Ich glaube, ihr ist etwas zugestoßen.«

»Hat Harriet Ihnen gegenüber einen Freund erwähnt?«, fragte Murray.

»Nein. Sie hat keinen Freund, oder, Kyle?«

Kyle zuckte mit den Schultern. »Mir gegenüber hat sie keinen erwähnt.«

Natalie lächelte Melissa ermutigend an. »Sagt Ihnen der Name Stu etwas?«

Melissa blinzelte ein paarmal und schüttelte den Kopf. »Definitiv nicht. Kyle?«

»Nein. Nie von ihm gehört«, antwortete er.

»Fällt Ihnen irgendjemand ein, bei dem sie sein könnte? Ein Verwandter, eine Freundin?«

Melissa starrte ihre unangezündete Zigarette an. »Mir fällt niemand ein. Meine Eltern wohnen in Glasgow, und wir haben sie seit ein paar Jahren nicht gesehen; ihr Vater ist im Gefängnis. Mit ihm und seiner Familie hat sie nichts zu tun. Kyles Mum lebt in der Nähe, aber sie hat Harriet heute nicht gesehen. Ich habe es bei ein paar ihrer Freundinnen versucht. Zu dieser Uhrzeit sind nicht viele Leute wach, aber die, die ans Telefon gegangen sind, hatten sie nicht gesehen. Emilys Mum hat mir erzählt, dass Emily sie nicht zu sich eingeladen hatte.«

Natalie beobachtete, wie Kyle die hochrote Wange des Babys mit einem Finger streichelte. Er hielt seinen Blick ununterbrochen auf das Kind gerichtet und wich ihrem Blick beharrlich aus. »Ich hätte gerne eine Liste ihrer engsten Freundinnen, damit ich sie kontaktieren kann.«

»Wir haben den anderen Polizisten sämtliche Namen gegeben.«

»Das ist gut. Dann besorge ich sie mir von ihnen. Hat Harriet Zugang zu einem Laptop oder iPad?«

»Kyle hat eine Spielkonsole und wir haben Handys, aber wir keinen Computer.« Melissa ließ die Zigarette zwischen ihre Lippen gleiten und zog ein Feuerzeug aus der Hosentasche.

»Hat Harriet zu irgendeinem Zeitpunkt Savannah Hopkins erwähnt?«, fragte Murray.

Melissa betätigte das Feuerzeug ein paarmal, aber es ging nicht an. Sie nahm die Zigarette wieder aus dem Mund. »Das ist das Mädchen, das am Montag getötet wurde, nicht wahr? Nein. Sie hat nie von ihr gesprochen.«

»Sie kannte Savannah nicht?«, fragte Natalie.

»Nein, aber wir kennen ihren Stiefvater, Lance Hopkins, stimmt's, Kyle?«

Kyles Blick war auf den Scheitel seines Babys gerichtet. »Ja. Er war auf der Suche nach Arbeit – Gärtnern, Heimwerken, so was in der Art.«

Natalie spürte, wie Murray sich angesichts dieser Neuigkeit versteifte. Sie hatten eine Verbindung gefunden.

»Hat er für Sie gearbeitet?«, fragte er.

»Er hat eine tropfende Dachrinne repariert. Er war nur einen Vormittag lang hier«, sagte Kyle.

»Wann war das?«

»Letztes Jahr. Anfang Juli.«

»Und Sie haben gewusst, dass er Savannahs Stiefvater ist?« Natalie fand es seltsam, dass sie das wussten, wenn Lance nur einen Vormittag für sie gearbeitet hatte. Kyle meldete sich zu Wort.

»Es gab viel Gerede in meinem Pub, als sie hergezogen sind.«

»Wieso?«

»Weil sie Fahrende waren«, antwortete Kyle mit einem Schulterzucken. »Die Leute im Ort lieben Gerüchte über Außenseiter.«

»Und seit Lance an Ihrem Haus gearbeitet hat, haben Sie ihn nicht wieder gesehen?«, fragte Natalie.

Melissa schüttelte den Kopf. »Er hat uns zu viel berechnet, und wir haben ihm gesagt, dass er Leine ziehen soll. Er war nicht sehr glücklich darüber, aber er hat miese Arbeit geleistet, und wir wollten ihm nicht zahlen, was er verlangt hat. Kyle hat ihm einen Betrag gegeben, den er für angemessen hielt, und gesagt, er solle verschwinden, und das hat er getan. Seitdem haben wir ihn nicht gesehen.«

Das Baby wand sich in Kyles Armen und begann sich zu beschweren. Er beruhigte es. »Ich fühle mich ziemlich scheiße wegen dieser ganzen Sache. Es fühlt sich an, als wäre es meine Schuld.«

»Es ist nicht deine Schuld, okay?«, antwortete Melissa bestimmt.

»Ich wünschte, ich hätte dir früher was gesagt, dann hätten wir früher gewusst, dass sie verschwunden ist.«

»Wir wissen nicht, wann sie verschwunden ist, Kyle. Sie ist vielleicht nicht mal in die Schule gegangen. Vielleicht hat sie geschwänzt. Du weißt, wie sie sein kann.«

Das stimmte. Bis sie wussten, wo genau Harriet gewesen war und wann, wusste niemand von ihnen, wann sie verschwunden war.

Natalie richtete ihre nächste Frage an Melissa. »Hat sie schon mal die Schule geschwänzt?«

»Nur zweimal. Das erste Mal hatte sie einen Test, für den

sie nicht gelernt hatte, und das zweite Mal ist sie mit einer Freundin in die Stadt gegangen. Ich habe es herausgefunden und ihr die Leviten gelesen. Sie kann manchmal ganz schön stur sein, aber sie ist kein ungezogenes Kind, ganz und gar nicht. Vielleicht hat sie gestern geschwänzt. Immerhin kann ich sie nicht rund um die Uhr überwachen! Nicht mit zwei kleinen Kindern, um die ich mich kümmern muss, und einem Job«, sagte Melissa. Sie schaffte es schließlich, sich ihre Zigarette anzuzünden, und inhalierte, ehe sie damit in Natalies Richtung wedelte. »Ich wette, ich kann erraten, was Sie von mir halten, aber lassen Sie mich Ihnen etwas sagen: Ich liebe meine Tochter und würde alles für sie tun. Ich kümmere mich um sie und habe sie gut erzogen. Dass ihr Vater im Gefängnis ist, macht es nicht einfach, aber es geht uns allen gut, und Kyle ist gut zu ihr. Sie ist glücklich zu Hause. Sie ist nicht weggelaufen.« Ihre Stimme zitterte nun. Sie hob ihren Kopf in Richtung Decke, stöhnte und rieb sich den Nacken. »Das ist der reinste Albtraum. Bitte finden Sie sie.«

Das Baby begann wieder, sich zu winden, und fing an zu schluchzen.

Kyle ergriff erneut das Wort. »Ich muss diesen kleinen Kerl ins Bett bringen. Haben Sie noch weitere Fragen?«

»Nicht im Moment. Wir tun alles, was wir können, um sie ausfindig zu machen«, sagte Natalie. Sie mussten das Mädchen finden, und zwar schnell.

Als Kyle aus dem Zimmer war, kämpfte Melissa mit den Tränen und wandte sich an Natalie. »Es tut mir leid, dass ich Sie angefahren habe. Ich weiß nicht, was sie veranlasst hat zu verschwinden, und ich mache mir große Sorgen um sie.«

»Ich verstehe das voll und ganz. Bitte versuchen Sie, sich nicht zu sehr zu sorgen.«

Oben nahmen die Schreie des Babys zu, und Melissa fuhr sich mit einer Hand übers Gesicht. »O Gott. Ich hoffe, es geht ihr gut.«

Ein Klopfen an der Tür brachte sie wieder zur Besinnung, und Natalie nahm das zum Anlass zu gehen. »Ich öffne für Sie. Bleiben Sie hier«, sagte Natalie. Sie gab Murray ein Zeichen und sie ließen die Frau zurück, die wieder aus dem Fenster starrte.

Graham und ein weiterer Polizist standen vor der Tür. Sein Gesicht war so ernst wie beim ersten Mal, als sie sich begegnet waren.

Natalie sprach kurz mit ihm, bevor er das Haus betrat. »Wissen Sie zufällig, ob Harriet heute in der Schule war?«

»Ja. Ich habe mit ihrem Schulleiter gesprochen. Sie war in allen Unterrichtsstunden. Anscheinend ist sie gleich nach Schulschluss verschwunden. Wir glauben nicht, dass sie den Schulbus nach Hause genommen hat. Der Fahrer erinnert sich nicht, sie gesehen zu haben. Er macht den Job noch nicht lange und kennt keines der Kinder beim Namen, aber als wir ihm ihr Foto gezeigt haben, konnte er sich nicht an sie erinnern. Er ist sich sicher, dass er sie erkannt hätte, wenn sie mit dem Bus gefahren wäre.«

»Es ist also dasselbe Muster wie gestern?«

»Sieht so aus, obwohl ich hoffe, dass wir falschliegen und sie einfach von zu Hause weggelaufen ist.«

»Ich auch«, antwortete sie, während Graham an ihr vorbei in den Hausflur ging.

Natalie und Murray kehrten zum Auto zurück. »Was jetzt?«, fragte er.

»Wir sind davon ausgegangen, dass Savannah sich ihre Schuluniform ausgezogen hat, um sich mit jemandem zu treffen, und jetzt wissen wir, dass Harriet sich eine Geschichte über ihre Freundin Emily ausgedacht hat und vorhatte, über Nacht wegzubleiben. Sie kann nicht vorgehabt haben, die ganze Nacht durch die Straßen zu ziehen, also wette ich, dass auch sie vorhatte, sich mit jemandem zu treffen. Vielleicht handelt es sich sogar um dieselbe Person. Es gibt zwei Personen, die mit beiden Mädchen in Verbindung stehen: Stu Oldfields und Lance Hopkins. Wir haben keine Ahnung, wo Lance ist, was uns allein schon Grund zur Sorge gibt, und die Tatsache, dass sein Name erneut aufgetaucht ist, beunruhigt mich. Wir müssen ihn wirklich finden. Im Moment ist Stu unser wahrscheinlichster Verdächtiger. Er hat beide Mädchen gekannt, und Harriet war sein Alibi.«

»In diesem Fall würde er wollen, dass sie am Leben ist, um das zu bestätigen, oder nicht?«

Natalie nickte. »Aber nur, wenn sie ihm den Rücken decken könnte. Was, wenn sie das nicht kann, weil sie nicht ihm zusammen war?«

»Ein verschwundenes Mädchen kann so oder so nicht aussagen«, sagte Murray.

»Exakt.«

Während sie zurück in die Dienststelle fuhren, ließ Natalie sich die Unterhaltung mit Kyle Yates und Melissa Long durch den Kopf gehen. Die Tatsache, dass Kyle beharrlich vermieden hatte, auch nur in ihre Richtung zu sehen, nagte an ihr. Er hatte sich bewusst auf das Baby konzentriert, selbst während der Befragung, und Natalie konnte sich des Eindrucks nicht erwehren, dass er etwas verheimlichte.

Lucy war schnell ans Telefon gegangen, als Natalie sie angerufen hatte, während sie mit Murray nach Samford zurückfuhr. Kurz vor drei Uhr morgens war sie in der Polizeizentrale eingetroffen. Ian hatte bisher nicht geantwortet, aber Natalie ging davon aus, dass er wegen seiner Medikamente schläfrig war und vermutlich sein Handy nicht gehört hatte.

Der Schlafmangel schien Lucy nicht beeinträchtigt zu haben. Sie sah frisch und munter aus, als sie sich ihren langen blauschwarzen Pony aus der Stirn schob und konzentriert auf den Bildschirm blickte. Während der letzten Stunde hatten sie sich Aufnahmen von Überwachungskameras besorgt, die sich entlang der Route befanden, die Harriet vielleicht nach Hause genommen hatte, und sie hatten sie entdeckt, wie sie in einen Bus in Richtung Stadtzentrum gestiegen war. Jetzt durchsuchten sie weitere Aufnahmen aus demselben Einkaufsviertel, durch das am Montag auch Savannah gegangen war.

Die Forensik hatte Stus Handy untersucht und bestätigt, dass er die Wahrheit über die von Harriet ignorierten Anrufe und Nachrichten gesagt hatte. Sie hatte keine seiner Nachrichten vom Dienstag beantwortet, und obwohl er sie am

Montag dreimal angerufen hatte, gab es keine Beweise dafür, dass sie sich zu einem Treffen nach der Schule verabredet hatten. Natalie hatte der Technik Anweisungen gegeben, Harriets Online-Accounts nach Hinweisen zu durchsuchen. Sie leerte ihren Kaffeebecher und lehnte sich auf ihrem Stuhl zurück. Trotz des Koffeins vernebelte die Müdigkeit ihren Verstand, und sie hatte immer noch keine Informationen darüber, wo sich Lance aufhielt. Sie hatte Lance' Familie zur Großfahndung ausgeschrieben, in der Hoffnung, dass wenn sie die Fahrenden lokalisieren konnten, sie Lance vielleicht auch zu fassen kriegen.

Murray deutete plötzlich auf den Bildschirm. »Da. Das ist sie.«

Sie beugten sich vor und betrachteten das Mädchen mit dem schwarzen Haar, das es in zwei Knoten trug, einen auf jeder Seite des Kopfes. Harriet war etwa eins dreiundsiebzig groß und ein sehr gut aussehendes Mädchen, das viel älter aussah, als es war, und das die Schuluniform der Lincoln-Fields-Mittelschule bestehend aus schwarzer Jacke, weißem Hemd und grauem Rock mit flachen, schwarzen Stiefeln modisch wirken ließ. Lucy zeigte auf den roten Rucksack, den sie lose auf einer Seite baumelnd trug, während sie vom Bus über den Parkplatz beim Aldi und in den Durchgang lief, der zur Fußgängerzone führte, und übersah dabei beinahe die Gestalt, die sich hinter dem Mädchen bewegte, bis Murray rief: »Stopp!«

Natalie kam herüber gerannt, um zu sehen, was sie gefunden hatten.

Murray deutete auf den Bildschirm. »Wir haben noch eine Verbindung gefunden – das ist Anthony Lane. Er war einer der Letzten, die Savannah gesehen haben.«

»Der Kerl, der in der Datei für Sexualstraftäter ist?«, fragte sie.

»Genau der.«

Natalie schwang herum und griff nach ihrer Jacke. »Murray, Sie kommen mit mir. Lucy, Sie machen weiter. Schauen Sie, ob Sie sie auf weiteren Bändern finden ... und wenn noch irgendetwas auftaucht, lassen Sie es mich sofort wissen.«

Anthony Lane kratzte sich am mit Bartstoppeln übersäten Kinn. »Ich habe nicht die leiseste Ahnung, wer dieses Mädchen ist, DI Ward, und ich nehme es Ihnen übel, dass Sie mich um halb fünf Uhr morgens aus dem Bett holen. Das ist schlicht und ergreifend Schikane.«

Sie standen in der Küche, und Murray trat näher an Anthony heran, was ihn dazu zwang, einen Schritt zurückzuweichen. Er hielt ein Foto von Harriet Long direkt vor Anthonys Gesicht.

»Das ist keine Schikane. Sie wurden von einer Kamera erfasst, wie sie *diesem* Mädchen gestern Nachmittag um halb fünf gefolgt sind. Sie wird vermisst. Wenn Sie uns also eine vernünftige Erklärung geben können, warum Sie ihr gefolgt sind, gehen wir wieder. Wenn nicht, führen wir diese Unterhaltung auf dem Revier weiter«, zischte er.

Natalie ließ ihm diesen Moment. Murray mit seinem massigen Körperbau und der Fähigkeit, zu jedem beliebigen Zeitpunkt wütend auszusehen, war in solchen Angelegenheiten sehr hilfreich und erzielte den erwünschten Effekt.

Anthony antwortete schnell. »Ich hatte keine Ahnung, wer vor mir lief. Ich bin im Aldi gewesen, um Lebensmittel zu kaufen, dann bin ich die Straße runter, um eine Glückwunschkarte zum Geburtstag einzuwerfen. Ich kann Ihnen nicht sagen, wer vor mir gelaufen ist. Ich war mit dem Kopf woanders.«

»Für wen war die Karte?«, fragte Natalie.

»Wieso wollen Sie das wissen?«

»Damit ich mich mit dieser Person unterhalten und überprüfen kann, ob die Karte einen Poststempel von gestern Abend trägt, von dem Zeitpunkt also, zu dem sie Watfield hätte verlassen müssen.«

»Ach so, natürlich. Sie war für meine Großmutter. Sie wohnt auf der Isle of Wight.«

»Ihre Großmutter?«, spottete Murray.

»Ja, meine Großmutter. Sie wird morgen fünfundneunzig.« Anthony zupfte an der Kordel seines Bademantels herum und wirkte abweisend.

Sie hatten keine Beweise, dass sich noch jemand in der winzigen Wohnung befand, aber Natalie bat Murray dennoch, sich umzusehen. Anthony hob an, sich zu beschweren, besann sich dann jedoch.

Natalie führte die Vernehmung fort. Sie hielt ihm die Fotografie von Harriet vors Gesicht. »Erkennen Sie sie, Anthony?«

Er verengte die Augen und betrachtete das Foto genauer. »Kann ich nicht behaupten.«

»Sie haben vielleicht gesehen, wie sie mit anderen Schülern von der Watfield-Mittelschule herumhing.«

»Nein.« Er schüttelte den Kopf und stieß einen gelangweilten Seufzer aus, der Natalie verärgerte.

»Anthony, Sie haben kein konkretes Alibi für Montag, als Savannah verschwunden ist, und jetzt sind Sie in das Verschwinden dieses Mädchens verwickelt, weil sie direkt hinter ihr durch Watfield gelaufen sind.«

»Ich habe Ihnen erzählt, wo ich am Montag war, und ich kenne dieses Mädchen nicht«, sagte er und tippte mit einem Finger auf das Bild.

»Sagt der Name Harriet Long Ihnen irgendetwas?«

»Nie gehört.« Er verschränkte die Arme und starrte auf seine nackten Füße.

Murray tauchte wieder auf. Harriet war nicht in der Wohnung. Natalie könnte den Mann mit aufs Revier nehmen, konnte ihm aber nichts vorwerfen. Fürs Erste war das hier eine Sackgasse. Eine plötzliche Welle der Müdigkeit überkam sie und erinnerte sie daran, dass sie seit einundzwanzig Stunden nicht geschlafen hatte. Sie bekämpfte das Verlangen zu gähnen und sagte Anthony, dass sie wiederkommen würde, wenn sie weitere Fragen hätte.

»Wenn Sie mich weiter schikanieren, werde ich mich ernsthaft bei Ihren Vorgesetzten beschweren. Und über Ihren Kollegen hier habe ich auch was zu sagen. Er ist ein Tyrann.«

Murray schnaubte verächtlich.

»Beschweren Sie sich, wenn Sie das Gefühl haben, ungerecht behandelt worden zu sein«, antwortete Natalie. Sie hatte keine Energie mehr, um zu streiten. Sie stapfte zum Jeep zurück und ließ sich auf den Beifahrersitz fallen. Der Wein, den sie mit David getrunken hatte, sorgte inzwischen für einen trockenen Mund und Kopfschmerzen. Sie stieß einen schweren Seufzer aus. »Verdammter Mist. Es ist zu früh am Morgen, um in Sackgassen zu landen und auf streitlustige Zeugen zu treffen. Ich hätte ihn beinahe mit aufs Revier geschleift, weil er mir ans Bein gepisst hat. Halten Sie auf dem Rückweg zum Revier bitte beim Drive-in von Costa an. Ich brauche dringend Koffein und schlage vor, Sie fahren nach Hause und ruhen sich ein paar Stunden aus, nachdem Sie mich am Revier abgesetzt haben.« Sie wühlte in ihrer Tasche nach Pfefferminzbonbons oder Kaugummis, um ihren Mund zu erfrischen, als ihr Handy vibrierte. Sie hob es ans Ohr.

Lucy war dran. »DI Graham Kilburn hat sich gemeldet, um uns mitzuteilen, dass sie einen Suchtrupp nach Bramshall geschickt haben, der bis ins Waldgebiet hinein sucht, und dass er die Medien informiert hat. Er bittet alle, die Harriet gesehen haben, sich zu melden. Der Beitrag läuft im nächsten Bericht des örtlichen Nachrichtensenders. Und noch etwas: Ich glaube, ich habe sie auf einer Kamera in der Nähe des Telefonladens entdeckt, in dem Nick ›Duffy‹ Duffield arbeitet. Ich versuche gerade, ein besseres Bild zu bekommen, um sicherzustellen, dass sie es wirklich ist. DI Kilburn habe ich bereit von meinen Funden unterrichtet.«

»Danke, Lucy. Ich bin jetzt auf dem Rückweg.«

———

Es war 5.10 Uhr morgens, als Natalie bewaffnet mit Coffee to go und zwei Muffins wieder im Büro eintraf. Sie schob Lucy einen Becher und eine Tüte hin. »Milch, kein Zucker, und ich glaube, der Muffin ist mit Kirschen«, sagte sie, setzte sich neben ihre Kollegin und zog vorsichtig das Papier von dem klebrigen Gebäck. Dann zupfte sie ein großes Stück ab und stopfte es sich in den Mund. Es war köstlich süß, zweifelsohne voller Zucker, den sie angesichts ihrer etwas breiter werdenden Taille nicht hätte essen sollen, aber zu dieser Tageszeit brauchte sie jede Kalorie und allen Zucker, den sie kriegen konnte. Lucy murmelte ein Dankeschön und nahm einen raschen, schlürfenden Schluck von ihrem Getränk. Sie hatte das Bild, das sie von einer der Kameras extrahiert hatte, vergrößert und versuchte, es schärfer zu bekommen. Anschließend drehte sie den Bildschirm in Natalies Richtung.

»Das ist die Originalaufnahme der Überwachungskamera vor dem WHSmith. Da ist eine Frau, die einen Kinderwagen schiebt, aber wenn Sie das Bild genauer betrachten, können Sie sehen, dass sie eine weitere Person verdeckt, die in dieselbe Richtung geht, direkt neben ihr, beinahe wie ihr Schatten. Wenn Sie aufmerksam hingucken, können Sie das Bein einer Person in einem schwarzen Stiefel sehen. Wenn Sie das vergrößerte Bild betrachten, erkennen Sie außerdem einen Umriss, von dem ich sicher bin, dass es ein roter Rucksack ist. Ich glaube, das ist Harriet.«

Natalie sah auf die Uhrzeit in der Ecke des Bildes: 16.50 Uhr. »Wann ist sie aus dem Bus gestiegen?«

»Um halb fünf.«

Natalie wedelte mit ihrem halb gegessenen Muffin herum, während sie sprach. »Sie hat zwanzig Minuten gebraucht, um da hinzukommen. Das kommt mir lange vor. Es dauert nur fünf Minuten von der Bushaltestelle bis zu WHSmith. Sie muss irgendwo in der Straße angehalten haben – am wahrscheinlichsten wäre ein Laden.«

»Das war auch mein Gedanke, also habe ich eine Liste der Läden entlang des Weges zusammengestellt und stieß auf den Telefonladen. Noch ein Zufall?«

»Sie wissen, was ich darüber denke. Wir reden noch mal mit Duffy.« Sie aß den Muffin auf und wischte die Krümel von ihren Händen an den Oberschenkeln ab. »Nichts von Ian?«

Lucy blickte auf. »Er ist vielleicht bei Scarlett. Ihm ist gestern was rausgerutscht, aber Sie wissen ja, wie verschlossen er ist, wenn es um sein Privatleben geht.« Scarlett war Ians Ex-Freundin und die Mutter seines Babys. Sie hatte ihn verlassen, kurz nachdem das Baby zur Welt gekommen war.

Natalie wusste, dass das Privatleben ihrer Leute geschützt werden musste, und Ians war keine Ausnahme. Nachdem er bei einer Ermittlung vor gerade mal ein paar Wochen beinahe tödlich mit einem Messer verwundet worden war, war Scarlett plötzlich wieder auf der Bildfläche aufgetaucht, aber niemand von ihnen wusste, ob das von Dauer war. Es war wirklich schwer, mit zwei Welten zu jonglieren, besonders angesichts der entsetzlichen Arbeitszeiten, denen sie zuweilen unterworfen waren.

»Wir checken alle Ladenbesitzer, aber wir fangen mit Duffy im Telefonladen an.« Sie gähnte und streckte sich. Eine Dusche würde ihr helfen, sich wieder zu konzentrieren. Sie konnte entweder auf dem Revier duschen oder nach Hause fahren und sich umziehen. Sie entschied sich für Letzteres. Mit frischen Sachen würde sie sich gleich besser fühlen. »Ich rede mit DI Kilburn und dann fahre ich nach Hause, um zu duschen.«

»Ich hätte nichts gegen ein paar Stunden Schlaf einzuwenden und bin um acht wieder da«, sagte Lucy.

»Kein Problem. Murray ist bald wieder im Dienst und das Dezernat für Vermisstenfälle Personen sucht nach Harriet.«

———

Emily Rowley starrte das Display ihres Smartphones an. Sie hatte die ganze Nacht mit Freundinnen in WhatsApp-Gruppen über Harriet gechattet. In allgemeiner heller Aufregung hatten sie über sie gelästert und gerätselt, wo sie sein könnte. Emily kannte Harriet besser als die meisten. Harriet war durch und durch eine Selbstdarstellerin. Ständig probierte sie alle möglichen verrückten Sachen aus, um zu beweisen, dass sie die Tochter eines abgebrühten Verbrechers war – jemand, der es mit allem aufnehmen konnte –, und jetzt hatte sie zweifelsohne die Aufmerksamkeit von allen.

Wenn Emily ehrlich war, hatte sie ein wenig Ehrfurcht vor ihrer Freundin, die sich nicht um Regeln und Vorschriften scherte und wann immer möglich gegen sie verstieß. Und dann waren da noch die Mutproben, für die sie sich seit Kurzem interessierte. Mit der Ice Bucket Challenge hatte es angefangen. Sie hatte Emily dazu gebracht, ihr einen Eimer Eiswasser überzugießen, während sie nur mit einem Bikini bekleidet war, und das Video davon dann auf Facebook gepostet. Das hatte Spaß gemacht, aber dann hatte sie andere Mutproben ausprobiert, von denen Emily einige ein bisschen zu dämlich fand, wie Car Surfing oder gar diese furchtbare Blackout Challenge. Bei Letzterer hatte Emily ihr helfen sollen, sich jedoch geweigert, also hatte Harriet sie allein gemacht: Mit einer Schlinge hatte sie sich die Luft abgeschnürt und dabei selbst gefilmt. Sie kannte keine Furcht.

Emily hatte eine ziemlich gute Vorstellung davon, was ihre Freundin im Schilde führte. Sie hatten darüber geredet, und sie hatte am Leuchten in ihren Augen gesehen, dass Harriet es unbedingt ausprobieren wollte. Wenn Emily richtiglag, versteckte Harriet sich irgendwo und würde die nächsten zwei oder drei Tage verschwunden bleiben. Harriet machte die Disappear-Mutprobe.

Emily hatte die ganze Nacht nicht geschlafen, war hin- und hergerissen, ob sie der Polizei von ihrer Vermutung berichten oder ob sie sie vertraulich behandeln sollte, um ihre beste Freundin zu schützen. Harriet würde es ihr übel nehmen, wenn sie die Mutprobe ruinierte, und ihr es vielleicht nie verzeihen, wenn sie allen davon erzählte. Dann gab es noch die Möglichkeit, dass Harriet wirklich in Gefahr schwebte. Wenn sie der Polizei erzählte, dass sie sich wegen einer Mutprobe versteckte, würden sie vielleicht nicht nach ihr suchen. Emily seufzte schwer und loggte sich erneut auf der Disappear-Website ein. Während der Nacht hatte sie es immer wieder versucht, aber nichts gesehen. Falls Harriet die Mutprobe machte, würde sie ein Video auf der Seite hinterlassen. Dann wüsste Emily zumindest, dass sie sich versteckte und nicht in Gefahr war.

Sie klickte auf die Seite der Teilnehmerinnen und Teilnehmer und stellte fest, dass ein neues Video hochgeladen worden war. Sie drückte auf Play. Es war nicht das grinsende Gesicht eines Jugendlichen, der flüsterte, dass er an einem geheimen Ort war, und es war nicht ihre Freundin. Es gab kein Bild, nur Dunkelheit, aber dennoch verschlug ihr die Aufnahme den Atem. Jemand hämmerte gegen eine Tür. Eine Stimme schrie, dass sie rauswollte, und Emily erkannte sie sofort: Es war Harriets. Sie sah sich das Video noch mal an. Harriet weinte, schrie und klang verängstigt. Was sollte Emily jetzt tun? Es war erst sechs Uhr morgens, und ihre Mum schlief noch. Sie wäre wütend auf Emily, weil sie um diese frühe Uhrzeit schon online war, aber sie musste es jemandem erzählen. Sie dachte an andere Freundinnen, die vielleicht online waren. Ihnen könnte sie davon erzählen und sie um Rat fragen.

Nein, das hier war ernst. Sie musste die Polizei darüber informieren, die bereits nach Harriet suchte. Harriet steckte in Schwierigkeiten, und Emily musste ihrer Freundin helfen. Ohne weiter nachzudenken, schwang sie die Beine aus dem Bett. Sie eilte aus ihrem Zimmer und klopfte an die Tür ihrer Mutter.

———

Auf Zehenspitzen schlicht Natalie durchs Schlafzimmer. Sie war daran gewöhnt, in der Dunkelheit nach Sachen zu suchen, wegen der vielen Male, die sie zu unchristlichen Zeiten zu einem Fall gerufen wurde. Das Nachtlicht, das in einer Steckdose im Flur steckte, verströmte ausreichend Helligkeit, dass sie eine Bluse und Unterwäsche fand, dann begab sie sich ins Badezimmer, das direkt vom Schlafzimmer abging und häufiger von David als von ihr genutzt wurde. An diesem Morgen war eher eine Dusche angebracht als ein Bad, und wenn sie sie nur halb aufdrehte, würde sie ihren Ehemann schon nicht wecken. Es gab nicht viel, was Davids Schlaf stören konnte. Natalie beneidete ihn um die Fähigkeit, nach Belieben einschlafen zu können und erst aufzuwachen, wenn der Wecker klingelte. Sie hatte unter schlimmen Episoden der Schlaflosigkeit gelitten, die sie anfangs auf ihre stressige Arbeit geschoben hatte, aber jetzt schienen sie Teil einer körperlichen Veränderung zu sein.

Im Badezimmer schälte sie sich die Kleider vom Körper, die sie seit dem Morgen davor anhatte. Es schien eine Ewigkeit her zu sein, dass sie zur Schule gefahren war und mit den anderen Eltern im Stau gestanden hatte. Es war diese Art von Normalität, die sie vermisste. Seit sie DI geworden und nach Samford versetzt worden war, hatte sie viel weniger Zeit für die Familie. Sie hatte Kyle gefragt, ob er Harriet eine Nachricht geschickt hatte, um zu erfahren, wie es mit ihrem Wissenschaftsprojekt voranging, dabei schaffte sie selbst es kaum, ihrer eigenen

Tochter und ihrem eigenen Sohn Nachrichten zu schicken. Sie sollte sich mehr Zeit dafür nehmen, tröstete sich selbst jedoch mit dem Wissen, dass David immer für die beiden da war. Sie kamen nie heim in ein leeres Haus. David sorgte dafür, dass sie zur rechten Zeit aßen, dass sie ihre Hausaufgaben machten und keine Dummheiten anstellten, wenn sie nicht anwesend war.

Warmes Wasser rann ihr über die Schultern. Seufzend seifte sie sich ein. In letzter Zeit hatte sie zugenommen. Unregelmäßige Arbeitszeiten und schlechte Ernährung, für gewöhnlich aus dem Snackautomaten auf der Arbeit, forderten ihren Tribut. Das war noch etwas, das sie in Angriff nehmen musste. Im letzten Jahr hatte sie über fünf Kilo zugelegt. Sie war nicht mehr dieselbe Frau, die eine Affäre mit Mike Sullivan gehabt hatte. Die jetzige Frau war plötzlich mittleren Alters und außer Form.

Sie trocknete sich ab, als ihr Handy vibrierte, und war überrascht, Grahams Stimme zu hören. Sie hielt den Atem an. Waren sie zu spät?

»Es ist etwas Wichtiges ans Licht gekommen, dass Sie sich sofort ansehen müssen. Kann ich es Ihnen mailen? Es handelt sich um ein Video von einer Website namens Disappear. Harriets Freundin Emily hat es entdeckt und ihrer Mutter davon erzählt, und die hat uns alarmiert. Ich bleibe in der Leitung.«

»Es entdeckt?«

»Sie hatte die Vermutung, dass Harriet die Disappear-Mutprobe macht – bei der Jugendliche ein paar Tage verschwinden, nur um ihrer Familie Angst zu machen –, und ist immer wieder auf die Website gegangen, um zu sehen, ob neue Videos gepostet wurden. Und so hat sie es gegen sechs Uhr heute früh gefunden.«

Natalie gab ihm ihre E-Mail-Adresse und wartete auf das Eintreffen der Nachricht. Sie öffnete sie und klickte sich durch zur Website und zum geposteten Video. Es war pechschwarz und man konnte nichts deutlich erkennen, aber es wurde bald klar, dass es ein Video von einem Mädchen war, das gefangen gehalten wurde, an eine Tür hämmerte und schrie, dass es freigelassen werden wollte. Es dauerte zwanzig Sekunden, aber diese zwanzig Sekunden gingen Natalie bis ins Mark.

Grahams Stimme war leise und brachte sie ins Hier und Jetzt zurück. »Haben Sie es gesehen?«

»Ist das …?«

»Emily sagt, es ist definitiv Harriets Stimme.«

»Wusste sie, dass Harriet vorhatte zu verschwinden?«

»Sieht so aus.«

»Und sie hat Ihnen nichts gesagt!« Natalie war fassungslos.

»Sie war sich nicht sicher. Sie hatten nur darüber geredet. Sie behauptet, nicht gewusst zu haben, dass Harriet es wirklich durchgezogen hatte.«

Natalie biss sich auf die Zunge. Das Mädchen war ihrer Freundin gegenüber loyal gewesen und hatte aus allen möglichen Gründen, die nur sie kannte, geschwiegen. Wut darüber, dass sie nicht kooperiert hatte, half nun auch nicht weiter. Immerhin hatte sie sie jetzt alarmiert, und sie wussten, dass Harriet irgendwo festsaß. Zumindest war es das, was Natalie hoffte, denn über die Alternative wagte sie nicht nachzudenken.

»Wie sind sie auf die Website gestoßen?«

»Über die sozialen Medien. Harriet mochte Social-Media-Mutproben, hatte davon gehört und Emily die Website gezeigt. Was halten Sie von dem Video? Glauben Sie, dass sie wirklich in Schwierigkeiten steckt, oder erlaubt sie sich einen Spaß?«, fragte Graham.

»Vielleicht hatte sie eine Komplizin, die gefilmt hat, und sie selbst hat nur gespielt, aber mir scheint echte Angst in ihren Schreien zu stecken. Wir können es uns nicht leisten, das Video als Streich abzutun, nicht angesichts der Parallelen zwischen ihrem Verschwinden und dem von Savannah.«

»Das Video gibt uns nicht viel, mit dem wir arbeiten können, aber ich habe die Alarmstufe auf höchste Priorität gesetzt, und wir führen in der Umgebung Suchen aus der Luft und am Boden durch.«

»Wir schauen uns diese Website namens Disappear näher an und finden heraus, wann und von wem das Video hochgeladen wurde. Versuchen den Standort genau zu bestimmen. Gleich danach und nachdem ich mein Team auf den neuesten Stand gebracht habe, würde ich gerne mit Emily reden.«

»Ich bitte sie, zu Hause zu bleiben, bis Sie mit ihr gesprochen haben.«

»Danke. Ich melde mich.«

Natalie griff nach ihren Sachen und zog sich rasch an. Sie konnte das Hämmern ihres Herzens in der Brust nicht beruhigen. War das Video ein Fake? Sie hoffte es. Sie hoffte, dass Harriet eine lächerliche Mutprobe machte und in Sicherheit war. Denn wenn das nicht der Fall war, konnte Natalie nur annehmen, dass der Mörder das Mädchen gefilmt hatte.

Natalie polterte ins Büro und sprach in das Handy, das sie an ihr Ohr gepresst hatte. »Das ist alles, was Sie mir sagen können? Es ist ziemlich dringend«, zischte sie und warf dann, wütend über die negative Antwort, das Handy auf ihren Schreibtisch. Alles, was sie herausgefunden hatte, war, dass die Website von Disappear in Deutschland saß und es ein langwieriges Verfahren brauchte, um sagen zu können, wer sie betrieb und wer das Video von Harriet hochgeladen hatte. Vor ein paar Wochen wäre sie in der Lage gewesen, die Technik-Abteilung in der Polizeizentrale einzubeziehen und sie dazu zu bringen, die Sache zu priorisieren. Aber es hatte eine große Umstrukturierung gegeben, und jetzt wurden all diese Angelegenheiten in Staffordshire bearbeitet, in einem brandneuen IT-Kompetenzzentrum, das in Zusammenarbeit mit einem Hightech-Unternehmen für Luft- und Raumfahrttechnik aufgebaut worden war. Es beschäftigte eine große Zahl Mitarbeiter – Techniker und Spezialisten für digitale Forensik –, alle bestens ausgebildet und sehr beschäftigt. Natalie wollte schnelle Ergebnisse. Mike hatte bereits eng mit der Technik-Abteilung zusammengearbeitet, ehe sie umquartiert worden war; er wusste sicherlich, wen man am besten fragte. Mike war sehr angesehen und konnte vielleicht sogar seine Beziehungen spielen lassen, um schnell an die gewünschten Informationen zu gelangen. Sie wählte seine Nummer.

»Hey. Du bist ja früh wach.« Seine Stimme klang schläfrig.

»Ich war noch gar nicht im Bett. Eine weitere Teenagerin aus der Gegend von Watfield ist verschwunden, und auf einer Website namens Disappear ist ein Video von ihr aufgetaucht, auf dem es so aussieht, als wäre sie irgendwo gefangen. Die Seite ist wohl in Deutschland registriert, und ich kann nicht herausfinden, wer dahintersteckt oder wer das Video hochgeladen hat. Ich muss das IT-Center um Hilfe bitten, aber du kennst die Jungs dort besser als ich. Wen würdest du für eine solche Sache empfehlen?«

»Bart Kingsley. Der ist ein Genie, wenn es um Websites geht. Versuch es bei ihm.«

»Ich nehme nicht an, dass du ihn für mich fragen könntest?«

»Kann ich machen. Ich kümmere mich sofort drum. Schick mir eine E-Mail mit den Details der Website und ich schaue, was ich für dich regeln kann.«

»Danke, Mike. Das weiß ich zu schätzen.«

»Ich muss aufstehen und ins Labor. Wir durchforsten immer noch all die Beweise, die wir im Park zusammengetragen haben. Noch eine vermisste Teenagerin, hm? Das klingt gar nicht gut. Ich hoffe, das steht nicht mit der Savannah-Hopkins-Ermittlung in Verbindung. Wer ist sie?«

»Harriet Long. Ich glaube nicht, dass sie Savannah gekannt hat. Wir versuchen, sie aufzuspüren, weil sie am Montagnachmittag anscheinend mit einem unserer Verdächtigen zusammen war. Wir haben versucht, das zu bestätigen, aber sie ist verschwunden, ehe wir sie befragen konnten.«

Sie hörte, wie Mike Luft einsog. »Also hat es damit zu tun. Ich hoffe, du findest sie, Nat.«

Nur zwei Menschen nannten sie Nat – einer war David und der andere Mike.

»Das Dezernat für Vermisstenfälle kümmert sich, aber ich habe ein wirklich schlechtes Gefühl bei der Sache, Mike.«

Es entstand eine Pause. Mike wusste von einigen ihrer vergangenen Fälle, in die Teenager und Kinder involviert gewesen waren, und auch davon, wie schlimm ein paar davon geendet hatten. Nach einer besonders entsetzlichen Ermittlung, bei der Teenagerinnen erwürgt aufgefunden worden waren, ihre Leichen mit Blütenblättern bestreut, hatte Natalie eine Therapie gemacht. Sie litt deswegen aber immer noch unter Albträumen. Zwar war David zu Hause immer an ihrer Seite, doch da Mike den gleichen Beruf ausübte sie sie, verstand er die Panik, die sie jedes Mal verspürte, wenn ihr eine ähnliche Ermittlung zugewiesen wurde. Und er begriff, wie verzweifelt sie versuchte, sie aufzuklären, ehe die Sache ein grausiges Ende nahm.

»Einen Schritt nach dem anderen, Nat. Du wirst sie finden.« Seine Worte hatten den gewünschten Effekt.

Sie zwang sich, langsam durchzuatmen. Die Bürotür öffnete sich und Ian erschien.

»Danke, Mike. Bis später.« Sie beendete den Anruf.

Für jemanden, der geschlafen hatte, sah Ian schlimmer aus, als sie sich fühlte. Er begann mit einer Entschuldigung. »Ich habe Ihre Nachricht erst gesehen, als mein Wecker klingelte. Ich habe Schmerzmittel genommen, sobald ich zu Hause war, und die haben mich ausgeknockt. Sorry, Natalie.«

Sie war nicht verärgert. Er hätte vermutlich sowieso nicht so bald nach der Messerstecherei wieder arbeiten sollen. Er war schwer verwundet worden. Dennoch war er ihr nicht von Nutzen, wenn er es ihm nicht gut ging. »Fühlen Sie sich fit genug, um heute zu arbeiten?«

»Definitiv. Es geht mir gut.«

»Okay.« Sie wollte ihn gerade auf den neuesten Stand bringen, als Murray eintraf. Schwungvoll stieß er die Tür auf und sagte: »Melissa Long war gerade im Lokalradio und hat einen dringenden Appell an ihre Tochter gerichtet, in dem sie sie angefleht hat, nach Hause zu kommen.«

»Dann weiß die Öffentlichkeit jetzt Bescheid«, stellte Natalie fest.

Ian sah verwirrt aus. »Was hab ich verpasst?«

»Einiges«, antwortete Murray.

»Sie können ihn gleich auf den neuesten Stand bringen. Es hat eine Entwicklung gegeben. Erstens hat Harriets Handy um Viertel vor sechs heute früh ein Signal gesendet. Es wurde geortet und zu einem Bereich in der Nähe ihres Zuhauses in Bramshall zurückverfolgt, also ist das Dezernat für Vermisstenfälle wieder dorthin zurück, um nach ihr zu suchen. Zweitens wurde auf einer Website namens Disappear ein Video gepostet. Kennt die einer von Ihnen?«

Niemand hatte davon gehört. Ian setzte sich und begann augenblicklich zu tippen. Er war der Beste von ihnen, wenn es um Internetangelegenheiten ging. Murray und Natalie rückten näher an ihn heran und sahen zu, wie sich ein schwarzer Bildschirm aufbaute.

»Ist sie das?«, fragte Murray.

»Nein, warte«, antwortete Ian, während in einer großen Schrift nach und nach Wörter auf dem Bildschirm erschienen:

Traust ... du ... dich ... zu ... verschwinden?

Die Wörter verschwanden und ein neuer Bildschirm erschien, diesmal mit einer längeren Nachricht.

Bist du klug und mutig genug, alle zu überlisten?
Kannst du im Verborgenen bleiben und selbst deine
besten Freunde täuschen?

*Zwölf … vierundzwanzig … achtundvierzig … oder sogar
zweiundsiebzig Stunden lang?
Wie lange kannst du von der Bildfläche verschwinden?
Bist du clever genug, unterzutauchen?
Dann fordern wir dich heraus … zu verschwinden.
Disappear.*

Ian klickte auf das Wort ›Disappear‹, das jetzt aufleuchtete, und wurde auf eine Informationsseite geführt, auf der Hinweise von denen aufgelistet waren, die die Mutprobe gemacht hatten.

Ian las ein paar der Tipps vor. »Dieser Typ – Erik aus Stuttgart – sagt, man soll sicherstellen, nichts von sentimentalem Wert mitzunehmen, sonst denken deine Eltern, dass du von zu Hause weggelaufen bist. Du willst, dass alle glauben, dass du komplett von der Erdoberfläche verschwunden bist. Diese Person, KJ, sagt, es ist wichtig, dass dein Handy ausgeschaltet ist, wenn du dich nicht gerade filmst, weil man es sonst orten kann. Am besten kaufst du ein Wegwerfhandy und lässt dein richtiges zu Hause.«

Natalie rieb sich über die Stirn. »Was verdammt noch mal soll dieser Unsinn?«

Murray meldete sich zu Wort. »Es ist eine Mutprobe. Die Website fordert Leute heraus zu verschwinden. Gab es nicht vor einer Weile eine Welle, bei der Kids vierundzwanzig Stunden verschwunden sind? Das hier ist so ähnlich.«

»Scheiße, ja. Davon habe ich gehört.«

Ian klickte auf einen Bereich, der ›Hall of Fame‹ genannt wurde und eine Tabelle mit den Höchstplatzierten aufführte, die es geschafft hatten, für die längste Zeit zu verschwinden. Dann gab es einen anderen Bereich: ›Wie hast du es angestellt?‹ Diese Seite enthielt Videos von Teenagern, die sich selbst dabei gefilmt hatten, wie sie sich versteckten, und das neueste Video war das, zu dem Natalie von Graham den Link bekommen hatte.

»Wir glauben, dass es sich hierbei um Harriet handelt«, sagte sie.

»Also versteckt sie sich absichtlich.«

Natalie schüttelte den Kopf. »Nein. Das glaube ich nicht. Es ist nicht wie die anderen Videos auf der Seite. Sicher hätte sie eins gepostet, auf dem zu sehen ist, wie sie sich versteckt, nicht wie sie hinter einer Tür schreit. Das ist anders. Jemand will uns glauben machen, dass sie sich versteckt. Ich glaube, sie ist in Gefahr.«

————

Harriet spürte, dass der Tag angebrochen war. Nicht dass sie irgendetwas sehen konnte, sie war ja immer noch in der Finsternis des beengten Raums eingesperrt. Es war das Gezwitscher von Vögeln, das sie geweckt hatte – das erste wie ein Ton aus einer Flöte, gefolgt von einem anderen, das ein wenig klang wie Schlüsselklimpern. Zuerst dachte sie, die Geräusche kämen von Menschen, aber als sie zahlreicher und lauter wurden, verstand sie, dass sie von Vögeln kamen, die nur tagsüber sangen. Ihre Zehen waren eingeschlafen, und sie versuchte, sie aufzuwecken, indem sie mit ihnen wackelte. Ihr war kalt, ihr Körper klamm und feucht von Schweiß.

Sie war weggedöst. Wie lange hatte sie geschlafen? Stunden? Minuten? Sie strengte sich an, irgendwelche Bewegungen oder Geräusche zu hören, die darauf schließen ließen, dass sie nicht allein war. Der Klang rauschenden Wassers oder eines entfernten Wasserfalls verwirrte sie einen Moment lang, aber bald erkannte sie, dass ihr Blut so schnell durch ihren Körper gepumpt wurde, dass sie sich der Ohnmacht nahe fühlte. War sie allein oder war ihr Peiniger noch in der Nähe?

Sie schluckte schmerzhaft. Ihre Kehle war ganz trocken von

der Schreierei. Sie hatte stundenlang geschrien, aber niemand hatte sie gehört. Niemand war gekommen, um sie zu retten. Sie kämpfte die Tränen zurück, die ihr nun in die Augen stiegen. Sie wollte nach Hause. Sie wollte ihre Mum sehen, mit dem Baby kuscheln, das sie anlächelte, wenn sie es kitzelte, und ihren kleinen Bruder in den Arm nehmen, der sie Hattie nannte und ihr sagte, dass er sie lieb hat, auch wenn sie so tat, als wäre er ihr egal.

Sie wollte, dass dieser Schrecken ein Ende nahm. Es war so furchtbar, im Dunkeln eingesperrt zu sein. Harriet mochte die Dunkelheit gar nicht. Vor ihren Freundinnen würde sie niemals zugeben, dass sie Angst vor der Dunkelheit hatte – sie hielten sie für die mutige Tochter eines Kriminellen, und sie wurde diesem Bild gerecht. Harriet war immer die Erste, die eine Mutprobe machte – diejenige, zu der andere wegen ihrer Sorglosigkeit aufschauten, die es nicht kümmerte, wenn Lehrer sie zurechtwiesen, die mit den älteren Kids herumhing, die Dope geraucht, E genommen und einen richtigen Freund hatte. In Wahrheit trug sie permanent eine Maske. Sie war nicht gerne eine Angeberin, aber es war die einzige Rolle, von der sie wusste, wie man sie spielte.

Wenn ihre Klassenkameradinnen und Klassenkameraden sie jetzt sehen könnten, sie würden sie auslachen. Ohne ihr gewagtes Make-up, die falschen Nägel und ihre Attitüde war sie nicht mehr sie selbst. Sie war Harriet Long, die Halbschwester zweier fordernder Blagen, und der Mensch, der zu Hause am meisten ignoriert wurde. Sie war die Nervensäge, die Streits vom Zaun brach, auch wenn sie es nicht darauf anlegte. Plötzlich wollte sie ihrer Mutter sagen, dass es ihr leidtat, dass sie ihr so auf die Nerven gegangen war. Sie wusste nicht, wieso sie Ärger machte. Sie konnte nicht anders. Vielleicht wollte sie die Aufmerksamkeit und machte deswegen Dummheiten und ging ihrer Mum auf die Nerven. Jede Aufmerksamkeit war besser als keine.

Ihre Mum wusste nicht mal, dass sie hier festsaß. Vermutlich glaubte sie die Geschichte, dass sie bei Emily war. Harriet entkam ein Schluchzen. Sie hatte in ihrem Leben einige Dummheiten gemacht, aber das hier war die dümmste. Wieso hatte sie Kyle gesagt, dass sie bei Emily übernachten würde? Jetzt suchte ihre Mum nicht mal nach ihr. Sie schniefte geräuschvoll, versuchte sich darauf zu konzentrieren, wie sie entkommen könnte, obwohl sie tief in ihrem Inneren wusste, dass es hoffnungslos war. Sie würde ihre Mum nie wiedersehen.

Ein Knarren!

Panik füllte ihre Brust wie unsichtbarer Nebel, verstopfte ihre Atemwege und ließ sie stoßweise keuchend atmen. Es ertönte ein weiteres Knarren, diesmal lauter. Harriet zitterte und ihr Verstand setzte aus. Alle Gedanken wurden verschlungen von einem urzeitlichen Sinn, der ihr sagte, dass etwas noch Schrecklicheres passieren würde.

Ian rief Natalie an, die zusammen mit Murray auf dem Weg zu Harriets Freundin Emily Rowley war.

»Ich habe einen Anruf von der West Midlands Police bekommen, dass eine Gruppe Fahrende in ihrem Zuständigkeitsbereich eingetroffen ist. Es sind Kollegen unterwegs, um herauszufinden, wer sie sind und ob Lance Hopkins unter ihnen ist.«

Sie dankte ihm und beendete die Textnachricht an ihre Tochter Leigh, in der sie schrieb, dass sie hoffe, sie habe ihre Mathehausaufgaben gut hinbekommen. Sie las sie noch mal durch und fand, dass sie schrecklich förmlich klang. Sie stieß einen Seufzer aus, fügte ein ›Hab dich lieb‹ hinzu und schickte sie trotzdem ab. Immerhin würde Leigh wissen, dass ihre Mum an sie dachte. Sie tippte eine weitere an Josh – eine kurze Nachricht, dass sie ihn später sehen würde und liebe Grüße schicke – und drückte auf Senden. Wieso war es plötzlich so schwierig geworden, mit ihren beiden Teenagern zu kommunizieren? Es fiel ihr schwer, sich daran zu erinnern, wie es sich angefühlt hatte, in diesem Alter zu sein. Wenn sie ehrlich war, versuchte sie erst gar nicht, an jene Jahre zu denken. Sie waren zu sehr erfüllt von Erinnerungen an ihre Schwester Frances. Sie ließ das Handy wieder in ihre Tasche gleiten.

»Wie waren Sie als Teenager, Murray?«

»Ich war ein richtiger Halbstarker. Hab mir einen Arsch voll Schwierigkeiten aufgehalst.«

»Hätten Sie eine Mutprobe wie diese hier gemacht?«

»Vermutlich. In dem Alter hat man keine Angst. Alles ist nur zum Spaß. Man will vor seinen Freunden angeben, und wenn die auf etwas stehen, tut man es vermutlich auch. Ich habe allen möglichen verrückten Unsinn gemacht. Einmal habe ich versucht, vom Dach eines Gebäudes auf das Nachbardach zu springen. Na ja, das war der Plan, bis wir entdeckt wurden und ein Wachmann uns vom Gelände geführt hat. Rückblickend betrachtet weiß ich nicht, was wir uns dabei gedacht haben. Aber diese Phase muss man als Teenager wohl durchmachen.«

Murray hielt seinen Blick auf die Straße gerichtet. Natalie fand, dass er nicht ganz unrecht hatte. Teenager hatten wenig Angst oder Verstand, wenn es um solche Mutproben ging. Dank der sozialen Medien hatte es in den vergangenen Jahren eine Flut davon gegeben, einschließlich einer Feuer-Mutprobe, bei der man Teile seines Körpers mit einer brennbaren Flüssigkeit tränkte, sie anzündete und dann in einen Pool oder unter die Dusche sprang, um die Flammen zu löschen, während man das Ganze für Instagram filmte. Außerdem eine Zimt-Mutprobe, bei der die Teilnehmer einen Löffel voll von dem Gewürz ohne Wasser in den Mund nahmen, was dazu geführt hatte, dass einige von ihnen Erstickungsanfälle bekamen und ins Krankenhaus gebracht werden mussten. Natalie machte sich Sorgen, dass ihre eigenen Kinder von solchen Mutproben beeinflusst wurden. Falls Harriet sich dieser speziellen Disappear-Mutprobe gestellt hatte, hatte sie vielleicht bereits andere ausprobiert.

Emily Rowley war für die Schule angezogen, saß auf einem Küchenhocker und hatte die Hände im Schoß.

»Danke, dass du mit uns sprichst, Emily«, sagte Natalie.

Das Mädchen zuckte locker mit den Schultern.

»Du machst dir sicherlich Sorgen um Harriet.«

»Mehr oder weniger. Ja. Ich habe das Video online gesehen und hatte Angst, dass ihr etwas zugestoßen ist.«

Emilys Mutter griff ein. »Sie hat mir sofort gesagt, dass es Harriet ist, und ich habe die Polizei angerufen. Sie macht sich zweifellos Sorgen, nicht wahr, Schatz?«

Das Mädchen zuckte zusammen, ehe es seine Mutter zurechtwies. »Mum!«

»Hat Harriet dir gegenüber irgendwas darüber gesagt, dass sie die Disappear-Mutprobe machen wollte?«

»Sie hat vor ein paar Wochen darüber geredet. Ich hatte noch nie davon gehört, aber sie hat mir von der Disappear-Website erzählt und wir haben sie uns angeschaut und überlegt, wie man für einen Tag oder länger verschwinden könnte. Außerdem haben wir uns ein paar der Videos angeguckt. Sie fand sie cool. Ich hätte nie gedacht, dass sie das mal selbst versuchen würde. Ich meine, sie macht alle möglichen Sachen, aber ich hätte nie gedacht, dass sie versuchen würde zu verschwinden. Nachdem Harriets Mum angerufen und uns erzählt hat, dass sie verschwunden ist, habe ich mich gefragt, ob sie vielleicht die Challenge macht, und deswegen bin ich auf die Website gegangen – für den Fall, dass sie ein Video hochgeladen hat. Das hat sie, aber es war nicht wie die anderen Videos dort. Ich hätte erwartet, dass sie ein Selfie-Video macht – Sie wissen schon, wo man mit der Kamera redet.«

»Wie ist sie auf die Website gestoßen, Emily?«

»Bei einem Online-Chat. Sie steht wirklich auf Social Media Challenges, hat mit anderen darüber diskutiert, und dann hat jemand die Disappear-Website erwähnt.«

»Kennst du irgendjemand anderen, der die Mutprobe gemacht hat?«

Emily schüttelte den Kopf. »Nein. Harriet und ich haben nur darüber geredet, sie zu machen. Wir diskutieren über alle möglichen Challenges, aber wir machen sie nicht. Wir schauen uns nur Videos von Leuten an, die sie gemacht haben.«

»Du sagst, sie hat andere Sachen gemacht – was genau war das?«

Die Wangen des Mädchens wurden rot. »Albernes Zeug. Eine Menge Kids machen so was. Challenges. Mutproben.«

Natalie hatte den Eindruck, dass Emily bei einigen mitgemacht hatte, aber vor ihrer Mutter nicht zu viel offenbaren wollte.

»Wann hast du das letzte Mal mit Harriet geredet?«

»Gestern Mittag.«

»Und da hat sie nichts darüber gesagt, dass sie verschwinden wollte?«

»Nein.«

»Hat sie je irgendwas über ihr Leben zu Hause gesagt? Vielleicht, dass sie unglücklich ist?«

Emily schüttelte den Kopf. »Nicht wirklich. Sie vermisst ihren Dad. Sie sieht ihn nie und ärgert sich manchmal über ihre kleinen Brüder, besonders über Jack.«

»Hat sie je etwas über Kyle gesagt?«

Sie errötete. »Nur Gemeinheiten. Sie hält ihn für einen Idioten.«

»Sie kommt nicht mit ihm zurecht?«

»Sie kommt mit ihm zurecht, hält aber nicht viel von ihm.

Er ist kein bisschen wie ihr Vater, und von dem hält sie eine Menge.«

»Hat sie sich irgendwie anders verhalten als sonst?«

»Sie hatte richtig gute Laune, weil sie einen Freund hatte. Sie wollte uns nicht sagen, wer er ist, nur, dass er wirklich gut aussieht und ein Auto hat. Ich dachte, sie geht vielleicht zu ihm, weil sie mittags ihre Nägel gemacht hat. Sie hat falsche Nägel mit in die Schule gebracht und sie angeklebt, obwohl wir keine tragen dürfen. Sie hat gelacht und gesagt, den Lehrern würde es nicht auffallen. Sie wollte, dass ihre Hände für später schön aussehen, hat sich aber geweigert, uns zu sagen, wieso. Sie hat nur gezwinkert. Deswegen dachte ich, es wäre für ihren Freund. Sie steht auf Nägel.«

»Hat sie mittags irgendetwas zu dir gesagt, dass sie die Disappear-Mutprobe machen will?«

»Nein. Nachdem wir uns die Seite angesehen haben, habe ich sie gefragt, ob sie die Mutprobe machen würde. Sie hat gelacht und gesagt, es gäbe bessere Wege, seine Zeit zu verbringen, als sich vor allen anderen zu verstecken.«

»Habt ihr darüber gesprochen, wo ihr euch verstecken würdet, falls ihr die Mutprobe macht?«

»Ja. Ich habe gesagt, ich würde zu ihr gehen und mich in ihrem Zimmer verstecken, und sie sagte, das wäre dämlich, weil es zu offensichtlich wäre. Sie wollte irgendwo hin, wo sie niemand erwarte. Sie meinte, sie kennt einen geheimen Ort in Watfield, an dem sie mit ihrem Freund war, und dass sie dorthin gehen würde.«

Ein eiliger Anruf bei Tenby House and Garden Services ergab, dass Stu sich gegenwärtig mit seinem Arbeitskollegen Will Layton auf der Fernstraße M6 befand. Natalie rief Stu unter der Handynummer an, die sein Boss ihr gegeben hatte.

»Stu, wir müssen mit Ihnen reden.«

»Ich bin unterwegs.«

»Es geht um Harriet Long und ist einigermaßen dringend.«

Es folgte eine unverständliche Unterhaltung, dann sagte er: »Hier ist keine Tankstelle in der Nähe und die nächste Abfahrt ist gut und gerne fünfzehn Kilometer entfernt. Geht das nicht auch telefonisch?« Seine Stimme klang ängstlich. Natalie wollte lieber von Angesicht zu Angesicht mit ihm reden, aber die Zeit drängte.

»Harriet hat ihrer Freundin Emily erzählt, dass Sie ihr einen geheimen Ort gezeigt haben. Wo war der?«

»Ein geheimer Ort? Ich weiß nicht, was Sie meinen.«

Natalie verlor plötzlich die Geduld. »Ich kann Ihr Fahrzeug jederzeit anhalten und Sie zur Befragung aufs Revier bringen lassen, also machen Sie es sich nicht schwerer als nötig.«

»Tue ich nicht!« Stus verärgerte Stimme stieg um eine Oktave.

Natalie packte ihr Telefon fester. »Stu, wo haben Sie und Harriet sich so getroffen?«

»Unterschiedlich. Mal vor ihrer Schule, mal an der Pommesbude bei mir in der Nähe oder im Einkaufszentrum. Einmal hat sie einen Bus in die Stadt genommen und ist mir zu Fuß entgegengekommen, als ich mit der Arbeit am Haus der Hopkins fertig war. Wir sind dann in den Park hinter dem Haus. Der Park hinter dem Haus ... Moment mal. Das muss es sein, was sie gemeint hat. Es ist eigentlich kein Geheimnis. Es ist ein Gebäude im Park. Es ist mit Brettern vernagelt, aber wir saßen eine Weile auf der Veranda. Es steht außer Sicht hinter ein paar Büschen.«

Natalie sah Murray an, und der nickte.

»Um was für ein Gebäude handelt es sich?«

»Keine Ahnung ... sieht aus wie ein Haus, mit einer langen Terrasse davor und einer Uhr auf dem Dach. Die Fenster sind mit Brettern verrammelt.«

Murray formte tonlos die Worte ›Cricket Pavillon‹.

»Könnte es ein Cricket Pavillon sein?«

»Was ist das? Ich weiß nicht, was ein Pavillon ist. Will?« Es war Gemurmel zu hören, dann war er wieder am Handy. »Das könnte es sein. Hört sich zumindest so an. Haben Sie sie nicht gefunden?« Seine Stimme klang verunsichert.

»Noch nicht.«

»Glauben Sie, dass sie dort ist?«

»Ich hoffe es.«

Sie dankte ihm, beendete den Anruf und rief Graham an, der immer noch die Suche nach Harriet leitete, um ihm diese neue Information mitzuteilen. Er kannte den Pavillon.

»Mein Team hat ihn durchsucht, als wir nach Savannah gesucht haben. Es ist höchst unwahrscheinlich, dass Harriet dort ist. Er ist wirklich heruntergekommen.«

»Es ist unsere einzige Spur, also werfen wir einen Blick drauf, nur für den Fall, dass sie sich tatsächlich dort versteckt.«

Er klang erschöpft. »Okay. Wir konzentrieren uns auf die Gegend um Bramshall. Wir haben die gesamte Siedlung und die umliegenden Straßen durchsucht und fächern uns jetzt auf. Viel Glück.«

Blumengrüße lagen neben dem Zaun des Parks, zusammen mit Plüschtieren, Fotos und Nachrichten für Savannah, die sie nie sehen oder lesen würde. Ein Schild an den Parktoren informierte darüber, dass der Park vorübergehend geschlossen sei. Natalie suchte nach Lebenszeichen im Park, und als sie keine erblickte, sagte sie: »Es gibt nur eins: über den Zaun klettern.«

Der Zaun war nicht sehr hoch, aber sie mussten vorsichtig vorgehen, um sich nicht an den goldenen Spitzen der verzierten, bemalten Stangen zu verletzen. Murray landete mit einem heftigen Aufprall neben ihr. Ein Lastwagen rumpelte an ihnen vorbei die Hauptstraße entlang, doch der Fahrer nahm sie nicht wahr.

Auf dem Weg zum Park hatte Natalie auf ihrem Handy nach Informationen über den Pavillon gesucht und herausgefunden, dass sich darin irgendwann mal der Boule-Club getroffen hatte. Sie drehte sich um hundertachtzig Grad. »Wo ist dieser Pavillon?«

Murray spähte auf die Karte auf seinem Handy und deutete nach links. »Wenn ich das richtig sehe, ist er in dieser Richtung.«

»Es muss andere Wege in diesen Park geben«, kommentierte sie, während sie den Pfad entlang joggten.

»Man müsste über die Bahnstrecke und durch eine Lücke in der Hecke. Es gibt nur einen Eingang. Hier abbiegen.«

Er schwenkte nach rechts und eilte einen Hang hinauf. Natalie war dicht hinter ihm. An der Spitze des Hangs wurde er langsamer und blickte auf die Häuser unter sich und die Gärten dahinter, die an den Park grenzten. Eines der Häuser gehörte Jane Hopkins. Jedes hatte eine Weißdornhecke, die eine Barriere zwischen dem jeweiligen Garten und dem Park bildete. Es war überaus unwahrscheinlich, dass jemand von einem dieser Häuser aus in den Park gekommen war. Falls Harriet hierhergekommen war, musste sie wie sie und Murray über den Zaun geklettert und das Risiko eingegangen sein, von jemandem in einem vorbeikommenden Fahrzeug gesehen zu werden. Das war nicht sehr wahrscheinlich. Falls Harriet sich hätte verstecken wollen, hätte sie keinen Weg gewählt, bei dem sie Aufmerksamkeit auf sich gezogen hätte.

Murray hatte seinen Vorsprung ausgebaut, also erhöhte sie ihre Geschwindigkeit. Sie kamen an einem Kinderspielplatz mit drei Schaukeln vorbei. Murray blieb stehen und blickte noch mal genau auf sein Smartphone. Natalie holte ihn ein und war zu ihrer Freude nicht außer Atem. Er wandte seinen Kopf nach links, dann nach rechts. »Dort.« Er schoss auf dichte Büsche zu und kämpfte sich hindurch. Natalie folgte ihm und quetschte sich durch die mit der Zeit verwilderten Pflanzen, die einen Sichtschutz boten für das, was dahinterlag – ein Gebäude, stilistisch einer kleinen Holzhütte ähnlich, mit zwei Stufen, die zu einer hölzernen Terrasse führten, die entlang der gesamten Länge verlief. Dies war der alte Boule-Pavillon.

Murray ging auf die Rückseite des Gebäudes und ließ Natalie auf der Vorderseite zurück. Sie bewegte sich lautlos die Stufen hinauf und den lamellierten Holzboden entlang, der wegen Moos und Feuchtigkeit glitschig war. Die Stelle vor der vernagelten Tür zeigte Spuren von kürzlicher Aktivität, zweifelsohne Fußspuren von Polizisten, die nach Savannah gesucht hatten. Graue Spinnweben übersät von dunklen Flecken schwebten vor dem einzigen Fenster, das von dickem Staub und Dreck bedeckt war. Sie machte Schmierflecken aus, wo andere vor ihr in die Düsternis gespäht hatten, und einen Namen, der in den Staub gekritzelt war: *Savannah*. Sie fragte sich, wer das geschrieben hatte. Drinnen war nichts zu sehen außer Dunkelheit.

Murray tauchte wieder auf und winkte ihr zu. »Es gibt einen Hintereingang.«

Sie folgte Murray zu einer verrotteten Tür, die schief in einem geborstenen Türrahmen hing.

Sie betraten den staubigen Raum, wurden vom plötzlichen Geruch nach Verwesung überkommen und blieben regungslos stehen. Etwas mit Klauen krabbelte in die Dunkelheit davon. Murray holte seine Polizeitaschenlampe hervor und leuchtete den großen Raum ab, der von der Zeit gezeichnet war. Zerfetztes Papier hing an einer alten Pinnwand, stockfleckige Bodendielen hatten sich gehoben und enthüllten ein großes Loch in der Nähe der Tür. Sie rümpfte die Nase. Der stechende, säuerliche Geruch kam von Mäusen, die sich hier breitgemacht hatten. Seit Jahren hatte kein Mensch einen Fuß hier hereingesetzt.

»Hier ist niemand«, stellte Murray fest, nachdem er den Lichtstrahl noch einmal durch den Raum hatte wandern lassen.

Natalie musste ihm zustimmen. Sie hatten Harriet nicht gefunden, und das Adrenalin, das sie mit Energie versorgt hatte, verebbte plötzlich und ließ weiche Knie zurück. Savannah war tot, Harriet wurde immer noch vermisst, und die Zeit wurde knapp. Sie riss sich zusammen und rief noch einmal bei Stu an.

»Haben Sie sie gefunden?«

»Sie ist nicht hier.«

»Ach, Scheiße. Ich hatte gehofft, sie wäre dort.«

»Stu, woher wussten Sie von diesem Ort? Es ist beinahe unmöglich, ihn zu finden, es sei denn, man weiß davon.«

»Savannah hat mir davon erzählt.«

Das würde den in den Staub geschriebenen Namen erklären. Savannah hatte ihn vermutlich selbst geschrieben. »Savannah?«

»Ja. Sie hat gesagt, sie wäre dorthin gegangen, wenn sie sauer auf ihre Mum war, und hat allein dort rumgehangen, bis sie sich wieder beruhigt hatte. Es gefiel ihr, dass niemand sie dort stören konnte.«

»Wie oft waren Sie dort?«

»Nur das eine Mal.«

»Hat Harriet Ihnen gegenüber je von einer Website namens Disappear gesprochen?«

»Nein.«

»Hat sie davon gesprochen, irgendwelche Social Media Challenges zu machen?«

»Nein. Was für Challenges?«

»Egal. Wie sieht es mit einer Mutprobe aus, bei der man für eine Weile verschwindet?«

»Definitiv nicht. Wir haben nicht über solche Sachen gesprochen.«

»Sind Sie sich absolut sicher?«

»Zu einhundert Prozent sicher.«

Sie legte auf und bat Murray, in die Stadt zu fahren. Falls Harriet hier vorbeigekommen war – und laut Überwachungska-

meras war sie das vielleicht –, wäre sie am Telefonladen vorbeigekommen. Es war nur eine Ahnung, aber es war möglich, dass
sie dort angehalten hatte, vielleicht, um ein Wegwerfhandy zu
kaufen, so wie die Disappear-Website es vorgeschlagen hatte.

Sie fuhren ans Ende der Fußgängerzone und parkten auf
der Straße in der Nähe des Telefonladens. Es war zehn vor
neun und das ›Geschlossen‹-Schild war immer noch nach
außen gedreht, aber Natalie hämmerte an die Tür und weckte
so den Besitzer, der oben wohnte. Mitchell Cox trug Morgen-
mantel und Pyjama und hatte einen besorgten Ausdruck im
Gesicht.

»Ich habe gerade im Radio gehört, wie eine Mutter einen
Appell an ihre vermisste Tochter Harriet Long gerichtet hat.«

»Das ist korrekt. Wir hatten gehofft, dass Sie sie gestern
Nachmittag gegen halb fünf vielleicht gesehen haben.« Sie
zeigte ihm ein Foto von Harriet.

»Ich kenne dieses Mädchen«, sagte er langsam. Sein Kopf
wippte auf und ab. »Sie ist mal hier gewesen.«

»Haben Sie sie bedient?«

»Nein. Das war Duffy.«

»War sie gestern Nachmittag hier?«

»Tut mir leid. Ich habe keine Ahnung, wer in den Laden
gekommen ist. Ich habe oben gearbeitet. Da müssen Sie Duffy
fragen. Er wird jeden Moment hier sein, wenn Sie auf ihn
warten wollen.«

»Wenn es Ihnen nichts ausmacht.«

»Ganz und gar nicht. Ich ziehe mich kurz an.«

Er ließ Natalie und Murray im Laden zurück, wo Murray
ein paar der Plastikhandyhüllen hochhob, sie geistesabwesend
umdrehte und die Illustrationen betrachtete. »Die sind ungewöhnlich.« Natalie warf einen Blick auf die leuchtenden
Farben. Das war genau die Sorte Hüllen, die Kinder für ihre
Handys haben wollten. Sie wechselten die Handyhüllen regelmäßig, weil sie die alten sehr schnell satthatten. Sie dachte

zurück an Savannahs Handyhüllen, die sie eingelagert hatte. »Harriet und Savannah sind beide in diesen Laden gekommen.«

»Es ist der einzige Telefonladen in Watfield«, sagte Murray und legte eine schwarze Hülle mit einem seltsamen weißen Motiv zurück in die Schale. »Sie wissen doch, wie Teenager sind, wenn es um Handys und Technik geht. Yolandes Neffe ist erst drei und weiß bereits, wie man mit einem Smartphone umgeht.«

Die Tür öffnete sich, und Duffy streifte sich seine glänzenden braunen Budapester auf der Fußmatte ab, ehe er eintrat. Es hatte angefangen zu nieseln, und auf seiner grauen Hose waren glänzende Tropfen gelandet.

Mit leicht in Falten gelegter Stirn begrüßte er sie beide.

»Hi. Wissen Sie, was auf der anderen Seite von Watfield los ist? Ich wurde umgeleitet, um die Stadt herum. Da ist eine Menge Polizei unterwegs.«

Murray antwortete. »Haben Sie heute früh nicht die Nachrichten gehört? Eine Teenagerin namens Harriet Long ist seit gestern Nachmittag verschwunden.«

Ein Muskel in Duffys Kiefer zuckte. »Deswegen wurde ich also den langen Weg um die Stadt herum umgeleitet. Sie suchen nach ihr?«

»Das ist richtig.«

»Mist. Hoffentlich geht es ihr gut.« Er zog seine Lederjacke aus und warf sie auf den Tresen. Darunter trug er einen beigefarbenen Pullover über einem weißen, offenen Hemd. Ihm stand das trendige Ensemble gut. Natalie war sich sicher, dass viele der Mädchen nur in den Laden kamen, um mit Duffy zu flirten, dessen lockere Art so attraktiv war wie sein Äußeres. Sie übernahm die Befragung und ließ Murray Notizen machen.

»Kennen Sie sie?«

»Ich kenne ein Mädchen, das Harriet heißt. Sie kommt hin und wieder in den Laden. Geht es um sie?«

Natalie zeigte ihm das Foto und er nickte. »Das ist sie. Sie war gestern Nachmittag hier.«

»Um wie viel Uhr war das?«

»Es war nach dem anfänglichen Nachmittagsansturm, der für gewöhnlich immer dann einsetzt, wenn in der Watfield-Mittelschule der Unterricht vorbei ist. Es war nichts los, als sie reinkam, also war es vermutlich gegen halb fünf.«

»Was wollte sie?«

»Der Bildschirm ihres Handys war eingefroren und sie hat mich gefragt, ob ich es reparieren kann. Ich habe es aus- und dann wieder angeschaltet und der Fehler war behoben. Sie hat gesagt, das hätte sie auch versucht, aber bei ihr hätte es nicht funktioniert. Sie meinte, ich hätte ein Händchen dafür.«

»Das war alles, was sie wollte? Sie hat nichts gekauft oder sich mit Ihnen unterhalten?«

Er lächelte entschuldigend. »Das war alles. Wir haben eine Weile geplaudert.«

»Worüber?«

»Hauptsächlich über Spotify, über Musik, die sie mochte, und Handy-Apps. Sie hat erzählt, wie sehr sie Snapchat mochte und wie bescheuert Facebook sei.«

»Hat sie eine Website namens Disappear erwähnt?«

Er schüttelte den Kopf. »Nein.«

»Haben Sie schon mal davon gehört? Vielleicht hat eine der Schülerinnen sie erwähnt.«

Er verzog nachdenklich sein Gesicht. »Ich kann nicht behaupten, dass mir der Name je untergekommen ist. Disappear? Nein. Was ist das? Eine Art Spiel?«

Natalie lenkte die Unterhaltung zu Harriet zurück. »Ist Harriet je zusammen mit Savannah Hopkins in den Laden gekommen?«

»Savannah? Nein. Ich habe sie nie mit Savannah zusammen gesehen. Wieso? Glauben Sie, ihr Verschwinden steht in Verbindung mit dem von Savannah?«

Natalie fiel auf, wie seine Augen besorgt aufleuchteten, und machte weiter. »Hat Sie Ihnen erzählt, wo sie hinwollte oder ob sie vorhatte, sich mit jemandem zu treffen?«

»Sie hat kein Wort gesagt.« Er schüttelte energisch den Kopf, um seine Aussage zu unterstreichen.

»Wirkte sie durcheinander oder ängstlich?«

Der Muskel in seinem Kiefer zuckte erneut, und er brauchte einen Moment zum Antworten. »Nicht im Geringsten. Sie hat über ein paar meiner miesen Jokes gelacht. Sie schien gut drauf zu sein.«

»Können Sie uns sagen, um wie viel Uhr sie den Laden verließ?«

Duffy senkte den Blick, und der Muskel zitterte mehrmals. »Könnte fünf oder zehn Minuten später gewesen sein. Ich habe nicht auf die Uhr gesehen.«

»Ist irgendjemand anderes in den Laden gekommen, während Sie sich unterhielten?«

»Keine Menschenseele. Es war absolut ruhig. Kurz nachdem sie gegangen war, kam ein Kerl rein, und gegen fünf wurde es dann voll.«

»Und Sie waren die ganze Zeit allein?«

»Ich war nicht komplett allein. Mein Boss war oben.«

Da war etwas an Duffys übermäßig entspannter Art, das Natalie beunruhigte. »Sie haben Harriet nie außerhalb des Ladens getroffen?«

»Natürlich nicht. Sie war nur eine Kundin. Ich wusste fast nichts über sie, nur welche Musik sie gerne hört. Glauben Sie, Ihr ist etwas zugestoßen?«

»Sie ist verschwunden, und wir machen uns Sorgen um Ihre Sicherheit. Falls Sie sie wiedersehen oder von ihr hören, müssen wir das wissen.«

»Natürlich.«

»Wenn Sie noch etwas anderes wissen, wäre jetzt ein guter

Zeitpunkt, uns davon zu erzählen, Duffy. Sie ist erst vierzehn. Sie wird schon die ganze Nacht über vermisst.«

Duffy schüttelte den Kopf.

»Sind Sie sich darüber im Klaren, dass Savannah unter ähnlichen Umständen verschwunden ist und ermordet wurde?«

Er schluckte schwer und nickte. »Bin ich.«

»Können Sie uns sagen, wohin Sie nach dem Zahnarzttermin gegangen sind?«

»Nach Hause.«

»Gibt es jemanden, der das bestätigen kann?«

»Meine Mutter.«

»Sie wohnen bei Ihren Eltern?«

»Zurzeit ja. Ich spare für eine eigene Wohnung.«

»Und Sie waren den ganzen Abend zu Hause?«

»Bis ich bei der Suche nach Savannah geholfen habe, ja.«

»Noch mal, kann das jemand bestätigen?«

Er seufzte dramatisch. »Ja. Meine Tante und mein Neffe sind vorbeigekommen und ich habe mit ihm Computerspiele gespielt, bis wir von Savannah erfahren haben.«

»Danke. Und was ist mit gestern Abend?«

»Ich war hier, bis der Laden zugemacht hat, und dann bin ich zu einem Kumpel gefahren.«

Natalie hielt ihren unerschütterlichen Blick auf ihn gerichtet. Der Muskel in seinem Kiefer zuckte schon wieder.

»Hat dieser Kumpel einen Namen?«

»Jaffrey McCarthy. Wir spielen in einer Band. Ich spiele Gitarre und er Schlagzeug. Wir haben bis spät abends in seiner Garage geprobt. Er kann das bestätigen.«

»Wir brauchen die Kontaktdaten der Bandmitglieder. Gibt es noch irgendetwas, das Sie uns sagen wollen?«

Duffys Augenbrauen senkten sich und sein Kinn schob sich nach vorne. Er sah Natalie direkt an. »Ich habe nichts zu hinzuzufügen, aber falls ich Harriet sehe, lasse ich es Sie augenblicklich wissen.«

»Ich kann nicht genau sagen, was, aber etwas an diesem Kerl ist seltsam«, sagte Murray, als sie zum Auto zurückgingen. »Er ist ein bisschen zu perfekt. Ich vermute, er weiß mehr, als er sagt.«

»Den gleichen Eindruck hatte ich auch. Er ist entweder komplett unschuldig, oder er schweigt, weil er irgendwie in das Verschwinden der beiden verwickelt ist. Er ist der Letzte, der beide Mädchen gesehen hat, bevor sie verschwunden sind. Das macht mich misstrauisch, trotz seiner Behauptungen.«

»Aber er ist unmittelbar, nachdem Savannah den Laden verlassen hatte, zum Zahnarzt gegangen. Er hätte ihr weder folgen noch sie entführen und dann nach Hause gehen können.«

Sie dachte einen Augenblick darüber nach. Duffy war eine Verbindung zu beiden Mädchen, und sie wussten nicht viel über ihn. Sie mussten seine Alibis überprüfen. »Wir sind eh in der Stadt, also können wir auch gleich checken, ob er die Wahrheit gesagt hat. Der Zahnarzt ist doch in der Nähe, oder?«

»Ich rufe ihn bei Google Maps auf.«

»Wir klären, ob er wirklich einen Termin hatte, und dann sehen wir weiter und überprüfen den Rest seiner Geschichte.«

Der Zahnarzt war nur ein paar Straßen entfernt, und sie warteten am Empfang, um mit jemandem zu reden, als Natalie den Anruf erhielt. »Natalie, hier ist Graham. Wir sind zu spät. Wir haben sie gefunden. Wir haben Harriet gefunden.«

FÜNFZEHN

MITTWOCH, 18. APRIL – VORMITTAG

Beständiger Regen fiel und unheilvolle graue Wolken zogen über den Himmel. Müdigkeit gemischt mit Feuchtigkeit ließ Natalie erschaudern, und sie steckte ihre Hände tief in die Taschen ihrer Jacke, um sie zu wärmen. Wasser tropfte von ihren Haaren und rann ihren Nacken hinunter, aber sie ignorierte das Unbehagen. Sie standen auf einem kurzen Weg abseits der Hauptstraße, der breit genug war für drei Fahrzeuge, neben einem offenen Tor, hinter dem ein Weg in die Wälder von Bramshall führte. Man hätte den Weg nicht bemerkt, hätten nicht etliche Polizeifahrzeuge die Straße gesäumt und Aufmerksamkeit auf etwas gelenkt, das nicht mehr war als ein Einfahrtspunkt vor einem Tor. Wenn sie die Straße weiter und an den Wäldern vorbeigefahren wäre, wäre sie zu den Reihenhäusern gekommen, die sie nach Mitternacht aufgesucht hatte. Harriets Zuhause lag in unmittelbarer Nähe zu ihrer Leiche. Dort befand sich Melissa Long und versuchte, sich mit der Tatsache abzufinden, dass ihre Tochter nie wieder nach Hause kam. Das Gefühl in Natalies Brust war echt – ihr Herz blutete, weil eine Mutter diesen entsetzlichen Verlust erlitten hatte.

Es herrschte geschäftiges Treiben. Weiß gekleidete

Kollegen entfernten sich vom Fundort, und die Fülle an Polizeiautos war ergänzt worden durch die weißen Vans der Spurensicherung. Natalie bemerkte die Frau in der roten Jacke, die ein wenig entfernt von den anderen Nachrichtenreportern stand und ihren Blick auf Natalie und Graham geheftet hatte. Die arme Harriet würde zweifelsohne Schlagzeilen auf der Titelseite machen.

»Hier entlang. Passen Sie auf, wo Sie hintreten. Teilweise ist es rutschig«, sagte Graham.

Sie bewegten sich lautlos einen leicht plattgetretenen, grasbedeckten Pfad entlang und stiegen über durchnässte Farne und zerbrochene Äste hinweg, auf denen Wassertropfen glänzten. Der Regen klopfte einen Rhythmus auf die Blätter über ihnen, der ihre Schritte begleitete. Natalie und Murray folgten Graham und bahnten sich einen Weg durchs Unterholz, wo es nach etwa fünfzig Metern weniger dicht erschien und Natalie die Leute von der Spurensicherung ausmachen konnte, sich zwischen diverse Müllhaufen hindurchschlägelten.

Graham sah sie an. »Ich habe Mrs Long die Nachricht überbracht und eine Opferbetreuerin hergebeten. Ich weiß nicht, was ich noch sagen soll. Zwei Teenagerinnen in zwei Tagen. Normalerweise werden Teenagerinnen, die von zu Hause weglaufen, schnell gefunden, und das lebendig.«

Natalie spürte seinen Kummer und verstand ihn. Sie alle hatten gehofft, Harriet lebend zu finden.

Er massierte sich den Nasenrücken und seufzte dann schwer. »Ich muss Sie hier verlassen. Ich muss die Suchaktion beenden und Bericht erstatten. Wir sprechen uns später.«

Natalie und Murray gingen auf das Team der Spurensicherung zu, ließen sich vom Diensthabenden ins Sicherheitsprotokoll eintragen und schlüpften in die Schutzoveralls, die man ihnen anbot. Dichter Wald schirmte sie gegen Blicke ab. Wer auch immer nachts hierhergekommen war, hatte sich sicher sein können, dass man ihn nicht sah. Es war kühl, und Tropfen aus dem Blattwerk ploppten in Stakkato-Rhythmen auf Farne, während sie sich anzog. Sie hielt inne, um den Anblick der Teppiche von Waldanemonen und gelbem Großen Schöllkraut in sich aufzunehmen, die die Erde unter den Bäumen bedeckten und sich bis zur Lichtung erstreckten, wo jemand Müll abgeladen hatte, der die Schönheit der Natur erstickte.

Natalie zog die Kapuze über ihr nasser werdendes Haar. »Bereit?«, fragte sie Murray, der mit einem leichten Heben seines Kopfes antwortete. Sie überquerten den moosigen Boden in Richtung der Müllhaufen, gingen um zerbrochene Kacheln, Kunststoffregenrinnen und eine dreckige Matratze herum. Ein cremefarbenes Waschbecken lag kopfüber neben einer gesprungenen und verdreckten Toilette.

Ein Hügel weißen Zements hatte einen reinweißen Kreis auf dem Boden gebildet. Zwischen Bauschutt und Haushaltsgegenständen lagen Säcke voller Hausmüll, zerrissen von Aasfressern, ihr Inhalt verstreut – eine kaputte Puppe, ein Plastikfeuerwehrauto sowie ein einzelner Handschuh, der unter Bananenschalen und leeren Suppendosen lag. Trotz des Regens stank es erbärmlich – ein süßliches Aroma von Verwesung und Unrat. Dann erblickte Natalie das Mädchen in Hose und schmutzig weißer Bluse, die Haare immer noch kunstvoll zu zwei strengen Dutts auf ihrem Kopf zusammengedreht. Sie lag flach auf dem Bauch, die Arme weit von sich gestreckt. Zum Schutz gegen Wettereinflüsse war ein behelfsmäßiges Dach über ihr aufgebaut worden.

Ben Hargreaves, der Rechtsmediziner, war gerade dabei, Harriets Leiche zu untersuchen. Er sah auf das Thermometer, mit dem er ihre Körpertemperatur gemessen hatte, dann schaute er zu Natalie auf.

»Hallo Ben.«

»Guten Morgen, DI Ward ... DS Anderson.«

»Die Frage ist vermutlich offensichtlich: Wurde sie wie Savannah erwürgt?«, fragte sie.

»Es gibt Blutergüsse an ihrem Hals, die darauf hindeuten, dass Erwürgen die Todesursache ist, aber selbstverständlich muss ich das noch bestätigen.«

»Natürlich. Gibt es Hinweise auf den Todeszeitpunkt?«

Er hob das Thermometer und antwortete: »Wie Sie wissen, sinkt die Körpertemperatur nach Eintritt des Todes schätzungsweise um ein bis zwei Grad pro Stunde. Wenn wir das und den Grad der Totenstarre berücksichtigen, können wir davon ausgehen, dass sie vor ein paar Stunden getötet wurde. Einen genaueren Zeitpunkt kann ich Ihnen ohne weitere Untersuchung jedoch nicht nennen.«

»Sonst irgendwelche Hinweise? Ich brauche jede Hilfe, die ich kriegen kann, um den Scheißkerl zu erwischen, der dafür verantwortlich ist«, sagte Natalie. Sie erntete ein mitfühlendes Lächeln.

»Nun, sie wurde in dieser Position auf ihrer Vorderseite gefunden, aber das Vorhandensein von Totenflecken auf ihrem Rücken legt nahe, dass sie woanders getötet und einige Zeit nach dem Eintreten des Todes hierhergebracht wurde, vermutlich ein oder zwei Stunden danach.«

Natalie kannte sich ein wenig mit Totenflecken aus. Sie entstehen dadurch, dass das Blut sich aufgrund der Schwerkraft in den Gefäßen ansammelt und absetzt, wenn das Herz das Blut nicht länger durch den Körper pumpen können. Sie treten als Verfärbung der Haut auf und setzen etwa dreißig Minuten nach dem Tod ein. Nach drei oder vier Stunden konfluieren sie und erreichen nach acht Stunden die volle Ausprägung, ein guter Hinweis darauf, wann das Opfer gestorben und ob die Leiche nach dem Tod bewegt worden ist.

Ben hob Harriets Bluse an und enthüllte milchweiße Haut und die leicht violette Farbe, die sich über ihren Rücken und die Schulter ausbreitete.

Natalie fragte: »Sind die schon voll ausgeprägt?«

»Nein, noch nicht, was meine Theorie stützt, dass sie

irgendwann in den frühen Morgenstunden getötet und anschließend hierhergebracht wurde, eindeutig nachdem die Leichenstarre eingesetzt hatte.«

»Der Mörder hat sie getötet, sie für mindestens eine halbe Stunde versteckt und sie dann hergebracht?«

»Mindestens eine halbe Stunde, vermutlich länger. Da ist noch etwas anderes. Sie trug falsche Nägel. Vier davon sind kürzlich abgebrochen und zwei sind gesprungen, und es gibt leichte Blutergüsse an den Handkanten und der Außenseite ihrer kleinen Finger.«

Murray ballte die Hände zu Fäusten, um sich das Szenario vorzustellen, das solche Blutergüsse verursachen würde, und sagte: »Vom Schlagen gegen eine Tür?«

Ben nickte. »Das würde sicherlich dazu führen.«

»Können Sie noch etwas ergänzen?«

»Traurigerweise nein, aber ich untersuche sie vollständig, sobald sie in der Leichenhalle ist.«

Natalie dankte ihm und entfernte sich vom Schutzdach. Der Regen fiel immer noch auf die schimmernden Blätter und die kleinen gelben Blütenköpfe, die sich unter dem Gewicht der Wassertropfen bogen und wankten, als nickten sie Natalie zu. Sie blieb in einiger Entfernung zum Leichnam stehen und drehte sich zu Murray um. »Es ist die gleiche Vorgehensweise: Ein Mädchen verschwindet und taucht dann erwürgt neben Müll wieder auf. Zuerst wird Savannah neben einem Mülleimer in der Nähe ihres Hauses gefunden, und jetzt wird Harriet erwürgt und auf einer illegalen Mülldeponie in der Nähe ihres Hauses zurückgelassen. Da tritt definitiv ein Muster zutage.«

»Und sie trägt keine Jacke und hat auch nicht den roten Rucksack bei sich, den wir auf den Aufnahmen der Überwachungskameras gesehen haben.«

»Das stimmt. Ich frage mich, ob wir recht hatten und der Mörder die Sachen als Trophäen behält. Meines Wissens hat die Forensik bisher weder Savannahs Schultasche noch ihre Uniform gefunden. Haben Sie Mike irgendwo gesehen?«

»Ist er das dort drüben?« Er zeigte auf ihn.

»Oh, ja. Ich muss mit ihm reden. Wir haben noch nicht alle Fragen wegen Duffy geklärt. Könnten Sie noch mal zum Zahnarzt und seinen Termin am Montag bestätigen? Ich gucke mal, dass mich jemand mit aufs Revier zurücknimmt. Wir sehen uns dort.«

»Einverstanden.« Er machte sich auf den Weg, und sie sah sich auf der Lichtung um. Sie war nicht groß, aber voller Müll, der nicht von einem Menschen allein stammen konnte. Sie näherte sich Mike.

»Hey!«

Mike schaute auf und suchte ihr Gesicht nach Anzeichen für Betroffenheit ab. »Es tut mir leid, Nat. Wirklich leid.«

»Ich hatte das beschissene Gefühl, zu spät zu sein, und wurde es nicht los. Manchmal ... manchmal weiß man einfach, dass man es nicht rechtzeitig schafft.« Für einen Augenblick wandte sie den Blick ab, dann riss sie sich zusammen. »Ihre schwarze Jacke und ein roter Rucksack fehlen. Beides hatte sie bei sich, als sie gestern Nachmittag an einer Überwachungskamera vorbeilief.«

»Okay, wir suchen danach. Aber das wird echt schwierig. Wie die sprichwörtliche Nadel im Heuhaufen. Der verdammte Mörder weiß, wie er uns das Leben schwer macht.« Er ließ seinen Blick über den Unrat um sich herum schweifen.

»Gibt es einen anderen Weg hierher?«

»Einige, wenn du gewillt bist, ein paar Hundert Meter durch Wald und unebenes Gelände zu stapfen, aber kein anderer leichter Zugang wie der, den wir genommen haben. Es ist unwahrscheinlich, dass der Mörder sie bis hierher durch den Wald getragen hat, falls es das ist, was du wissen willst, aber wir untersuchen dennoch die gesamte Umgebung.«

»Es ist hauptsächlich Bauschutt, weniger Hausmüll.«

Mike nickte. »Ja, die Sorte Zeug, das Leute aus Häusern rausreißen, wenn sie sie renovieren. Anständige Bauunternehmen bringen es zu Wertstoffhöfen, haben Container oder nehmen es sogar mit auf ihren eigenen Hof, aber sie laden es nicht einfach irgendwo ab. Es könnten Vollidioten oder Heimwerker gewesen sein, die diesen Ort als illegale Müllkippe verwendet haben.«

Natalie musste an eine Firma denken, die nicht allzu weit von hier entfernt war: Tenby House and Garden Services. Eine weitere potenzielle Verbindung zu Stu Oldfields.

Ein Polizist rief herüber. »Sir, wir haben ein Handy gefunden.«

Mike unterbrach seine Suche, sprang auf die Füße und eilte zu dem Mann, der ihm das Handy hinhielt. Mike nahm es in seine behandschuhte Hand. »Holen Sie mir die Ausrüstung«, befahl er. Natalie wartete, während er es auf Fingerabdrücke untersuchte, aber er stieß nur die Luft enttäuscht aus und sagte: »Es wurde saubergewischt.«

»Können wir es einschalten?«

»Klar.« Er tat es. Ein Foto von Harriet und ihrer Freundin Emily erschien. »Das ist eindeutig Harriets Handy, aber das ergibt keinen Sinn. Ihre Leiche liegt dort drüben, aber ihr Handy ganz woanders Ort und ist saubergewischt. Wieso lässt er es nicht bei ihr oder in ihrer Nähe? Wo genau haben Sie es gefunden?«, fragte sie den Polizisten.

»Bei der Markierung.« Er zeigte mitten auf einen Haufen Ziegel.

Mike schüttelte den Kopf. »Du hast recht. Es kann weder ihr noch dem Mörder aus der Tasche gefallen sein. Er wird wohl kaum über die Ziegel geklettert sein, egal aus welchem Grund.«

Natalie ging auf den Stock zu, der die Stelle markierte, achtete darauf, auf den hochkant stehenden und zerbrochenen

Ziegeln nicht auszurutschen, und kniete sich hin. Die Markierung befand sich genau neben einem schwarzen Beutel, der mit einem Wort gekennzeichnet war: ›Müll‹. Sie war jetzt noch überzeugter davon, dass es dort platziert worden war, damit sie es finden würden. »Der Scheißkerl spielt mit uns. Wer immer es ist, er hat das Handy dort aus irgendeinem Grund für uns abgelegt.«

Mikes Stimme klang vorsichtig. »Das könnte durchaus der Fall sein, Nat. Der Bildschirmschoner ist verschwunden, und ich habe auf ein Video mit dem Titel ›Blackout Challenge‹ getippt. Das musst du sehen.«

Mike stellte sich neben sie und hielt ihr das Handy hin, sodass sie das Display sehen konnte. Ihre Kinnlade klappte herunter beim Anblick von Harriet, die eine Schlinge um den Hals hatte, die wiederum an einem Balken hing. Die Augen des Mädchens wurden immer größer und ihre Pupillen weiteten sich. Natalie hielt den Atem an, während sie zusah, wie dem Mädchen die Luft ausging und sie die Augen verdrehte. Dann trat Harriet unvermittelt auf einen Stuhl, beugte sich vor, atmete hastig ein und hustete etliche Male trocken. Anschließend stand sie auf und stolzierte mit einem breiten Grinsen im Gesicht auf die Kamera zu. Sie lachte und sagte: »Ich habe mich getraut ... Du auch?«

»Was soll das denn?«, fragte Natalie.

»Ich kapier es nicht. Warte. Da ist noch ein Video auf dem Startbildschirm, das ›Mutprobe‹ heißt«, antwortete Mike und tippte darauf. Natalie erkannte es als dasselbe, das auf die Disappear-Website hochgeladen worden war. Sie hörte den wenigen Sekunden, die das Video dauerte, Harriets Schreien zu.

»Es gibt noch eins. ›Ice Bucket Challenge‹. Davon habe ich gehört.« Sie sahen zu, wie Harriet sich vorstellte und ankündigte, die Ice Bucket Challenge zu machen. Dann zog sie ihren Bademantel aus, enthüllte einen Bikini und kreischte geräuschvoll, als von einer unbekannten Person Eiswasser über sie geschüttet wurde.

Natalie meldete sich erneut zu Wort. »Ihre Freundin Emily hat uns erzählt, dass sie begeistert war von Social-Media-Mutproben. Es gibt alle möglichen verrückten Challenges, und manche sind gefährlicher als andere.«

»Auf den ersten Blick gibt es nur drei Videos. Willst du dir das Handy zuerst ansehen und schauen, ob irgendetwas anderes drauf ist, das dir vielleicht von Nutzen ist, oder soll ich es direkt zur Analyse ins Labor schicken?«

»Es ist am besten, wenn du dich drum kümmerst. Kannst du das zweite irgendwie schärfer kriegen? Ich würde gerne wissen, wo es aufgenommen wurde. Im Moment ist es zu dunkel, um zu erkennen, wo sie ist.«

»Wir können es versuchen. Ich fahre in ein paar Minuten ins Labor zurück. Da arbeite ich gerade an ein paar Fasern, die wir im Western Park gefunden haben. Soll ich dich mit aufs Revier nehmen oder kommt Murray deinetwegen wieder hierher zurück?«

»Ich habe ihn losgeschickt, um ein Alibi zu überprüfen. Eine Mitfahrgelegenheit käme mir gelegen.« Sie drückte fest auf den Punkt direkt über ihrer linken Augenbraue. Er war empfindlich, sie verspürte den Beginn stechender Kopfschmerzen, und es war erst zehn vor zehn Uhr morgens. Das alles hatte das Zeug zu einem langen und beschwerlichen Tag.

»Geht es dir gut?«, fragte Mike, während sie die Hauptstraße in Richtung Samford entlangrauschten. Bis zu diesem Zeitpunkt war er seltsam still gewesen, was Natalie durchaus recht gewesen war. Ihre Gedanken waren bei der Ermittlung gewesen.

»Klar.«

»Du siehst ein bisschen ...«

»Alt und fett aus«, beendete sie seinen Satz für ihn.

Er lachte. »Ganz und gar nicht. Ausgepowert. Das ist alles. Sei nicht so hart zu dir selbst, Nat.«

Sie seufzte. Sie war nicht gut darin, mit Komplimenten umzugehen.

»Ich weiß, wir machen diesen ganzen Scheiß hier freiwillig, aber manche Tage sind schlimmer als andere«, fuhr er fort. Er tastete in der Kunststoffschale der Mittelkonsole zwischen ihnen nach einer Schachtel Marlboro. »Macht es dir was aus, wenn ich rauche?«

»Nur zu. Dreh das Fenster aber ein bisschen runter. Ich will nicht zu sehr in Versuchung geführt werden, mir eine zu schnorren.«

Er lächelte gewinnend, nahm geschickt mit einer Hand eine Zigarette aus der Schachtel und steckte sie sich zwischen die Lippen, während die andere Hand am Steuer blieb. Dann tastete er nach seinem Feuerzeug und fluchte. Es war außer Reichweite gerutscht. Natalie beugte sich vor, nahm es hoch, machte es an und hielt es ihm hin, während er sich zur Flamme vorbeugte und sich seine Zigarette anzündete. Sie atmete sein Aftershave ein – ein leichter Zitronenduft, der kurz eine Erinnerung von seinen um sie geschlungenen Armen zurückbrachte.

Er inhalierte und ließ das Fenster auf der Fahrerseite ein paar Zentimeter herunter. Augenblicklich wehte eine eisige Brise herein, kühlte die Seite von Natalies Gesicht und brachte leichten Regen mit sich, der Mike nicht zu kümmern schien.

»Das letzte Mal, als ich David gesehen habe, hat er angedeutet, dass ihr eine schwere Phase habt. Freut mich, dass die vorüber ist«, sagte er.

Natalies Wangen wurden heiß. Sie hätte ahnen müssen, dass David seinem besten Freund von ihren Schwierigkeiten erzählen würde. »Hat er dir gesagt, worum es ging?«

»Nur, dass du voreilige Schlüsse gezogen und geglaubt hast, er spiele wieder, und dass er stinksauer war auf dich.«

»Dann verstehst du ja, warum wir uns gestritten haben.«

»Hat er? Wieder gespielt, meine ich.«

»Nein. Ich hatte was falsch verstanden.« Sie starrte aus dem Fenster und beobachtete die anderen Fahrer in den Fahrzeugen neben ihnen. Sie kamen an einem Mann in malvenfarbigem Hemd und dunkelblauer Krawatte vorbei. Sein Gesicht war rot, und seine Lippen bewegten sich, während er mit einer unsichtbaren Person am anderen Ende des Handys sprach. Dann hob er einen Finger und wedelte wütend damit herum. Die Menschen mussten nicht bis zum Büro warten, um gestresst zu sein, das schafften sie schon auf dem Weg dahin, sinnierte sie. Sie fühlte sich schrecklich leer. Es lag nicht daran, dass David Mike Details über ihrer Ehe erzählt hatte. Es lag daran, dass sie Harriet nicht rechtzeitig gefunden hatte. Hätte sie mehr tun können, um sie zu retten? Sie war die ganze Nacht über wach gewesen, hatte das Mädchen aber trotzdem nicht aufgespürt. Und sie war auch dem Mörder von Savannah oder Harriet keinen Schritt nähergekommen. Die Chancen standen gut, dass es ein und derselbe war.

Ihr Handy vibrierte. »Natalie, ich habe gerade die Zahnarztpraxis verlassen und dachte, Sie wollen sicherlich wissen, dass die Sprechstundenhilfe das Terminbuch gecheckt hat. Duffy hatte definitiv einen Termin um sechzehn Uhr und wurde abgehakt als ›anwesend‹. Außerdem habe ich seinen Freund Jaffrey McCarthy angerufen, der bestätigt hat, dass er von etwa achtzehn Uhr bis beinahe Mitternacht mit Duffy zusammen war. Dienstagabends ist Bandprobe.«

Sie hatte nicht wirklich einen anderen Ausgang erwartet, und doch hatte Duffys Verhalten sie davon überzeugt, dass er Informationen zurückhielt. »Okay. Fahren Sie zurück. Ich berufe eine Einsatzbesprechung ein.« Sie beendete den Anruf, lehnte den Kopf gegen die Kopfstütze und schloss die Augen.

»Ich weiß nicht, wohin ich mich wenden soll, Mike. Ich weiß nicht, ob ich dicht dran oder meilenweit entfernt davon bin, herauszufinden, wer hinter den Morden steckt.«

»Was hast du bisher? Vielleicht bringen wir ja gemeinsam Licht ins Dunkel«, antwortete er.

Sie öffnete die Augen und sagte: »Beide Mädchen waren unmittelbar vor ihrem Verschwinden im Telefonladen in Watfield, aber der Kerl, mit dem sie gesprochen haben, leugnet, sie gut zu kennen, und behauptet, er hätte keine Ahnung, dass sie vorhatten zu verschwinden.«

»Und du glaubst ihm?«

»Ich weiß es nicht. Er wirkt offen und ehrlich, hat aber etwas an sich, das nicht aufrichtig klingt.«

»Professioneller Instinkt«, sagte Mike mit einem Lächeln. Sie erwiderte es.

»Jetzt haben wir das Video, von dem wir glauben, dass es Harriet ist, und eine Website – Disappear. Vielleicht hat sie das Video als Streich hochgeladen, vielleicht war es der Mörder. Ich bin mir nicht sicher. Das Mädchen war bereit, ein Video von sich zu posten, wie sie sich fast erhängt, verdammt, also hat sie vielleicht auch dieses zum Spaß veröffentlicht. Da werde ich erst wissen, wenn wir herausgefunden haben, wer es hochgeladen hat. Dann ist da die Tatsache, dass beide Leichen in der Nähe ihres Zuhauses zurückgelassen wurden und an Orten, die mit Müll zu tun haben. Der Mörder muss etwas über beide Mädchen gewusst haben, wenn ihm bekannt war, wo sie wohnten. Es könnte jemand sein, mit dem sie bekannt waren.«

»Klingt logisch. Und das führt dich vielleicht zurück zu Duffy.«

»Aber da ist ebenfalls Harriets Freund Stu. Harriet war der Schlüssel zu seinem Alibi für das Zeitfenster, in dem Savannah verschwand. Er arbeitet für Tenby House and Garden Services, das sich in der Nähe des Fundorts von Harriets Leiche befindet, und vielleicht nutzt er sogar diese illegale Müllkippe für seinen

Schutt.« Sie ließ sich von Mike nicht unterbrechen, sondern fuhr fort: »Und dann haben wir Anthony Lane, der vor ein paar Jahren festgenommen wurde, weil er sich vor jungen Mädchen entblößt hat, und der auf den Aufzeichnungen der Überwachungskameras zu sehen ist, wie er sowohl Savannah als auch Harriet gefolgt ist. Komme ich der Lösung näher oder verstricke ich mich nur noch mehr?«

»Meiner bescheidenen Meinung nach arbeitest du, wie du es sonst auch tust. Du überprüfst jede Option und findest so früher oder später heraus, wer verantwortlich ist. Das braucht Zeit.«

»Ich habe keine Zeit, Mike.«

»Du kannst es nicht beschleunigen, egal wie sehr du das willst. Du kriegst das schon hin. Manchmal dauert es länger, als uns lieb ist.«

Sie seufzte schwer. »Ich hoffe, du hast recht.«

»Sicher habe ich das. Komm schon. Es sieht dir nicht ähnlich, an dir selbst zu zweifeln.«

Sie rieb sich übers Gesicht. »Das ist die Müdigkeit. Ich kann nicht klar denken.«

»Dann schlaf eine Runde. Wenn auch nur zehn Minuten. Da hilft. Komm schon. Versuch's. Ich wecke dich, wenn wir da sind.«

Sie nickte, verfiel in Schweigen und schloss wieder die Augen. Sie mochte sich geirrt haben, als sie vermutet hatte, dass David wieder spielte, aber sie konnte es sich kaum leisten, in der Ermittlung ähnlich schlechte Urteile zu fällen und falsche, voreilige Schlüsse zu ziehen. Leben standen auf dem Spiel, und das führte sie zu ihrer größten Angst – der, die gegenwärtig an ihren Eingeweiden nagte: dass es ein weiteres Opfer geben würde.

———

Er rieb die Hände aneinander und genoss die dadurch entstehende Wärme. Die Polizei war ahnungslos. Sie rannten herum wie kopflose Hühner. Hatten sie die Hinweise entdeckt, die er für sie zurückgelassen hatte? Er schnaubte verächtlich. Unwahrscheinlich. Er hatte alles minutiös geplant und nichts dem Zufall überlassen. Die Polizei mochte Logik und Ordnung, und es war stets ihr Ziel, ein Gefühl dafür zu bekommen, welche Art Mensch hinter diesen grausamen Verbrechen stecken könnte. Aber er hatte ihnen keine Anhaltspunkte gegeben. Soweit sie wussten, waren die Morde wahllos, und sie konnten unmöglich eine Ahnung haben, wann er wieder zuschlagen würde. Ganz sicher drehten sie schier durch vor Sorge. Welcher Mensch konnte innerhalb von zwei Tagen zwei Entführungen und zwei Morde begehen? Er lächelte breit. Jetzt war er nicht mehr der schüchterne, kleine Angsthase. Jetzt würde er ihnen vielmehr zeigen, wie unverfroren er sein konnte. Er würde wieder zuschlagen. Heute.

SECHZEHN

MITTWOCH, 17. APRIL – SPÄTER VORMITTAG

Natalie las die Informationen aus Manchester über den Mord an Alisha Kumar zu Ende, die erwürgt und in der Nähe von Müllsäcken abgelegt worden war. Sie markierte ein paar Fakten, ehe sie das Wort an die anderen richtete, die gespannt genau darauf warteten. Sie rieb sich die Stirn. Das Pochen in ihrem Kopf nahm zu. Nach der Einsatzbesprechung würde sie ein paar Tabletten nehmen müssen. Sie stand auf, ein Signal dafür, dass sie sprechen würde.

»Wir müssen einen Haufen Informationen durchgehen, was eine ziemliche Herausforderung wird. Fangen wir mit den beiden Opfern an. Sie waren beide weiblich, im Teenageralter und aus der Gegend um Watfield. Savannah ging auf die Watfield-Mittelschule im Stadtsüden und Harriet auf die Lincoln-Fields-Mittelschule im Norden. Zuerst haben wir angenommen, dass beide von zu Hause weggelaufen sind. Wir wussten, dass Savannah zu Hause und in der Schule unglücklich war und sich über ihre Mum ärgerte, wegen ihres neuen Freunds Phil Howitt. Was Harriet betrifft: Sie hat ihren Vater Shane vermisst, der im Gefängnis sitzt, und sich zeitweise über ihre kleinen Brüder geärgert. Allerdings glaube ich, dass wir uns von der Annahme verabschieden sollten, dass sie von zu Hause weggelaufen sind, oder zumindest die Möglichkeit in Betracht ziehen, dass sie anfangs von zu Hause weggelaufen sind und ihre Pläne dann schrecklich schiefgingen. Wenn wir keinen anderen Grund finden, aus dem die Mädchen freiwillig verschwunden sind, sollten wir die Möglichkeit untersuchen, dass sie es für eine Mutprobe getan haben. Also müssen wir herausfinden, ob Savannah die Website von Disappear besucht hat. Vielleicht ist das unsere Verbindung.« Sie rieb sich die Stirn und fuhr fort.

»Soweit wir erkennen können, waren sie keine Freundinnen oder auch nur Bekannte, und sie hatten nichts gemeinsam, abgesehen davon, dass beide Stu Oldfields, einen Arbeiter für Tenby House and Garden Services, und Nick Duffield, besser bekannt als Duffy, aus dem örtlichen Telefonladen kannten.«

Sie hielt inne, um sicherzustellen, dass alle mitkamen. »Diese zwei Männer haben Alibis für die Zeit von Savannahs Verschwinden, wobei Stus Alibi jetzt fraglich ist. Da Harriet tot ist, können wir uns nicht mehr bestätigen lassen, dass er sich am Montagnachmittag mit ihr getroffen hat. Ich würde auch gerne wissen, wann er gestern wo war. Er hat nicht nur ein schwaches Alibi für Montag, er arbeitet außerdem nur die Straße runter vom Fundort von Harriets Leiche. Diese illegale Müllkippe in den Wäldern von Bramshall sieht aus, als würde sie eher von Bauunternehmen genutzt als von Hauseigentümern. Murray, können Sie noch mal mit Stu und Noel Reeves reden, dem Besitzer von Tenby House and Garden Services, und fragen, ob sie je Schutt dort abgeladen haben? Er wird es vermutlich leugnen, aber setzen Sie ihn in der Angelegenheit unter Druck. Wenn sie es nicht waren, müssen wir die Suche auf andere Bauunternehmer ausweiten. Ich kann mir nicht vorstellen, dass jemand von außerhalb der Stadt von dieser Lichtung im Wald weiß. Es muss jemand mit Ortskenntnis sein.«

Sie stand auf und ging zum Fenster. Es gab beinahe zu viele Informationen zu bearbeiten. Ihnen würde alles abverlangt werden. Vielleicht müsste sie Superintendent Aileen Melody um Hilfe bitten, obwohl sie sich die Antwort auf ihre Bitte bereits denken konnte. Die Truppe war im Moment sträflich unterbesetzt und überarbeitet. Sie nahm ihren Gedankengang wieder auf und wünschte, das Pochen in ihrem Kopf würde nachlassen.

»Ich bin mir nicht sicher, wieso Savannah ihre Schuluniform ausgezogen und Harriet sich falsche Nägel angeklebt hat, aber es scheint wichtig zu sein. Vielleicht hatten sie vor, sich mit jemandem zu treffen, oder haben sich lediglich zurechtgemacht, um ein Video auf dieser verdammten Disappear-Website zu posten. Allerdings müssen beide eine Ahnung gehabt haben, wohin sie wollten, und haben möglicherweise Vorkehrungen getroffen, bei jemandem zu übernachten. Die Frage ist: bei wem?

Eine andere Person von besonderem Interesse ist Anthony Lane, den wir auf Überwachungskameras in der Fußgängerzone entdeckt haben, wie er beiden Mädchen gefolgt ist. Dank der Tatsache, dass die Kamera in der Church Road nicht läuft, können wir auch seinen Aufenthaltsort nicht bestätigen.« Sie musste einen Moment unterbrechen. Die Kopfschmerzen schlugen ihr auf den Magen, und plötzlich war ihr ziemlich übel. »Lucy, könnten Sie hier übernehmen? Sie haben doch Infos über Lance Hopkins, Savannahs Stiefvater.«

»Das ist richtig. Die West Midlands Police hat bestätigt, dass es in Erdington einen Platz gibt, an dem Fahrende lagern, und sie hat mit Lance Hopkins' Mutter Christine gesprochen. Sie war nicht sehr hilfsbereit und hat behauptet, sie hätte keine Ahnung, wo er ist. Aber einem der anderen ist rausgerutscht, dass er die letzten Monate auf einer Baustelle in Sutton Coldfield gearbeitet hat. Niemand sonst wusste etwas darüber oder hatte seine Kontaktdaten.«

»Wie überaus praktisch«, sagte Natalie und blickte ob der Neuigkeiten finster drein.

Lucy fuhr fort. »Sutton ist nur vierzig Kilometer von Watfield entfernt, insofern hätte er zurückfahren können. Die Nachbarin, die dachte, ihn in der Nähe von Jane Hopkins' Haus gesehen zu haben, könnte am Ende also doch recht gehabt haben.«

Natalie übernahm wieder das Wort. »Wenn er in der Gegend war, muss jemand anderes ihn gesehen haben. Er war sauer auf die Longs, weil sie ihn für die Arbeit, die er auf ihrem Grundstück verrichtet hat, nicht bezahlt haben. Aber deswegen ihre Tochter zu ermorden oder gar seine Stieftochter zu töten, ergibt überhaupt keinen Sinn. Dennoch müssen wir ihn befragen.« Natalie rieb erneut die Stirn, dann legte sie ihre Handflächen auf den Schreibtisch. Die Übelkeit wurde schlimmer.

Murray warf etwas ein. »Macht Lance Hopkins nicht Bauarbeiten? Gelegenheitsarbeiten und Heimwerkerzeug? Er wusste vielleicht von der illegalen Müllkippe, auf der man Harriet gefunden hat.«

»Guter Punkt. Lucy, setzen Sie sich noch mal mit West Midlands in Verbindung und besorgen Sie eine Liste von Baustellen, auf denen er vielleicht gerade beschäftigt ist.«

Ian räusperte sich. »Ich habe Lance überprüft. Wie wir wissen, wurde er wegen Trunkenheit und Erregung öffentlichen Ärgernisses sowie wegen einer Pub-Schlägerei belangt. Wie sich herausstellte, war die Person, mit der er sich gestritten und geprügelt hat, Kyle Yates. Der Mann, der mit Melissa Long, Harriets Mum, zusammenlebt. Das könnte wichtig sein.«

Natalies Augenbrauen hoben sich. »Das hat Kyle verschwiegen, als wir mit ihm gesprochen haben. Das ist interessant und könnte erklären, wieso er mir nicht in die Augen gucken konnte. Ich werde ihn mit dieser Sache konfrontieren. Okay. Vielleicht hat Lance ein stärkeres Motiv, als wir anfangs angenommen haben.« Sie befeuchtete sich die Lippen, ehe sie fortfuhr. Es gab noch eine Sache, die sie weiterverfolgen wollte.

»Ich will uns keine unnötige Arbeit machen, aber es gibt noch etwas anderes, das wir uns ansehen sollten. Die Akte, die ich aus Manchester angefordert habe, betrifft Alisha Kumar, ein vierzehn Jahre altes Mädchen, das 2014 verschwand. Ihre Eltern haben ein indisches Restaurant geführt und nach allem, was man hörte, waren sie eine beliebte, sehr angesehene Familie. Als Alisha auf ihrem Heimweg von der Schule verschwand, haben ihre Eltern augenblicklich das Dezernat für Vermisstenfälle benachrichtigt. Sie ist in der Nacht verschwunden, und am folgenden Morgen ist ihre Leiche in einer Gasse in der Nähe des Restaurants ihrer Eltern aufgetaucht, neben einem Haufen Müllsäcke. Obwohl etliche Verdächtige vernommen wurden, wurde niemand verhaftet und der Mörder nicht gefunden. Es ist weit hergeholt, aber wir müssen überprüfen, ob einer Verdächtigen in die Gegend um Watfield gezogen ist.«

»Sie glauben, wir haben es mit demselben Mörder zu tun?«, fragte Ian.

»Es könnte immerhin sein. Wir sollten diese Möglichkeit nicht ausschließen, bis wir die gegenwärtigen Aufenthaltsorte der Verdächtigen kennen. Es könnte auch eine Nachahmungstat sein – jemand, der etwas über Alishas Mord gelesen hat. Er stand damals im Fokus der Öffentlichkeit, besonders in der Gegend um Manchester. Vielleicht hat unser Mörder 2014 dort gewohnt. Ian, überprüfen Sie die Verdächtigen. Lucy, sobald Sie mit der West Midlands Police gesprochen haben, reden Sie noch mal mit Savannahs Freundinnen Sally Gilmore und Holly Bradshaw. Versuchen Sie, mehr Informationen über ihre Online-Aktivitäten herauszubekommen. Erwähnen Sie dabei die Disappear-Website und achten Sie auf die Reaktionen. Finden Sie heraus, ob sie oder Savannah Harriet Long kannten, und quetschen Sie sie noch mal darüber aus, mit wem sie sich getroffen haben könnte – mit einem Freund, ihrem Stiefvater, irgendjemandem. Murray, wenn Sie mit Stu und dem Manager von Tenby House and Garden Services gesprochen haben, befragen Sie Harriets engste Freundinnen, besonders Emily Rowley. Ich werde mit den Müttern der Opfer reden und Kyle wegen dieses Vorfalls mit Lance zur Rede stellen. Harriets Handy ist in der Forensik. Sie versuchen herauszufinden, wo das letzte Video gefilmt wurde, und schicken uns bald die Details ihrer Online-Aktivitäten. Ian, sagen Sie mir Bescheid, ob irgendetwas die Alarmglocken schrillen lässt. Schließlich, für den Fall, dass Ihnen das nicht bewusst ist: Die Zeitungen heute früh sind voll von Savannahs Mord. Die Medien werden sich wie die Geier auf diese Sache stürzen, besonders, wenn die Details zu Harriets Tod veröffentlicht werden. Ich muss Sie nicht daran erinnern, der Presse gegenüber Stillschweigen zu bewahren. Es darf nichts durchsickern, was uns daran hindern könnte, diesen Mörder zu schnappen. Das war es für den Moment.«

Ihr Kopf pochte jetzt wie wild. Sie ging zur Tür, marschierte den Flur hinunter und betete, dass niemand sie aufhalten würde. Kaum war sie auf dem Stockwerk darunter, begann sie schneller zu gehen und erreichte die Toiletten gerade rechtzeitig, ehe sie sich übergab. Sie beugte sich über die Toilettenschüssel und würgte, bis ihr Magen leer war, dann presste sie die Handflächen gegen die Wand, um ihren rasenden Herzschlag zu beruhigen. *Verdammter Wein und Schlafmangel.* Sie musste schleunigst wieder auf die Beine kommen. Immerhin hatte sie ein Team zu führen. Sie spülte und ging zum Waschbecken, wo sie sich kaltes Wasser ins Gesicht spritzte und währenddessen ihr Spiegelbild betrachtete. Mike hatte recht gehabt, als er gesagt hatte, wie ausgepowert sie aussah. Sie war in einer Nacht um fünf Jahre gealtert. *Scheiß drauf.* Es gab wichtigere Dinge als Falten und Tränensäcke. Sie ließ ihre Hände automatisch trockenblasen, dann fuhr sie sich mit den Fingern durch die Haare, richtete ihre Jacke und schritt zielstrebig wieder nach oben.

Lucy und Murray verließen die Dienststelle zur selben Zeit. Es regnete nach wie vor. Sie rannten über den Parkplatz und blieben neben Murrays Jeep stehen, der neben Lucys Peugeot stand. »Glaubst du, sie ist der Sache gewachsen?«, fragte Murray.

»Natalie? Natürlich. Warum, glaubst du, dass dem nicht so wäre?«

»Sie scheint heute nicht in Form zu sein, so schnell, wie sie durch die Einsatzbesprechung gejagt ist. Sie hat ja kaum mal Luft geholt. Das sieht ihr nicht ähnlich.«

»Tja, Sherlock, ich fürchte, so ist das, wenn man achtundvierzig Stunden am Stück und ohne was Nennenswertes zu Essen arbeitet. Es ist erstaunlich, dass sie überhaupt noch funktioniert. Ich würde im Stehen einschlafen.«

»Eine der Freuden, wenn man eine Mordermittlung leitet.«

»Eine Mordermittlung zu leiten ist *nie* eine Freude«, sagte Lucy mit plötzlich ernstem Gesichtsausdruck.

»Stimmt. Nebenbei, Yolande lässt ausrichten, dass sie ein paar Outfits für Knöllchen gekauft hat. Sie bringt sie später bei Bethany vorbei.«

Bethany war in der zwanzigsten Woche schwanger, und das Baby hatte den Spitznamen Knöllchen bekommen, nachdem Bethany seine aktuelle Größe mit der einer Ofenkartoffel verglichen hatte, die sie gerade gegessen hatte. Knöllchen hatte inzwischen eher die Größe einer Mango, aber der Name war geblieben.

»Das war doch nicht nötig.«

»Es ist ihr wichtig. Sie will sich verhalten, als wäre es das Kind irgendeiner Freundin und als hätte es nichts mit mir zu tun.«

»Was ist mit dir? Wie geht es dir damit, Vater zu werden?«

»Ich bin entspannt. Du und Bethany brauchtet eine Samenspende, und die habe ich geliefert. Eigentlich bin ich somit kein richtiger Vater, und ich will auch keine Einbeziehung – nur als euer Freund.«

»Es wird aber seltsam werden, oder nicht? Ein Baby zu sehen, zu dessen Entstehung du beigetragen hast.«

»Es wird nur seltsam, wenn man es seltsam sein lässt. Wir waren uns alle einig. Yolande war auch mit an Bord. Wir werden euch als Freunde unterstützen und fertig.«

Lucy blickte ihn lange an, was er ignorierte. Sie hatten wieder und wieder darüber geredet, ehe Murray eine Samenspende angeboten hatte, aber jetzt, da das Baby existierte und in wenigen Monaten auf die Welt kommen würde, fragte sich Lucy, ob er und Yolande es sich vielleicht anders überlegt hatten und mehr Beteiligung am Leben des Kindes wollten.

Er sah sie mit einem breiten Grinsen an. »Mach dir keine Sorgen. Wir werden uns nicht einmischen. Yolande hat ein paar süße Schlafanzüge gekauft. Sie konnte ihnen nicht widerstehen, auch wenn ihr sie die nächsten Monate noch nicht braucht.«

»Das ist sehr aufmerksam.« Lucy beschloss abzuwarten, wie sich die Dinge nach Knöllchens Geburt entwickelten, und darauf zu vertrauen, dass ihre guten Freunde sich an ihr Versprechen hielten.

»Ja, solange sie nicht auf die Idee kommt, dass wir selber Kinder bekommen. Damit käme ich nicht klar. Ich bin für so eine Verpflichtung noch nicht bereit.«

»Wird sie nicht. Sie hat bereits ein großes Kind in ihrem Leben. Mit zweien von euch käme sie nicht klar.«

Murray zeigte ihr den Stinkefinger, aber sie grinste und glitt in ihr Auto, ohne auf die Geste einzugehen.

. . .

Natalie hatte das Gebäude noch nicht verlassen. Superintendent Aileen Melody hatte ein Update bezüglich der Ermittlung erbeten, also war sie pflichterfüllt nach oben geeilt, um es ihr zu geben. Sie war überrascht, ihre Vorgesetzte in Paradeuniform zu sehen, die normalerweise Beerdigungen oder Feierlichkeiten vorbehalten war. Aileen stand hinter ihrem Schreibtisch. Die Jacke mit den Kronen-Insignien auf den Schulterklappen hing über der Stuhllehne. Ihr Haar war aus dem Gesicht zurückgenommen und offenbarte spitze Wangenknochen und einen ernsten Blick. Aileen hatte sich auf diesen Posten gekämpft und ließ sich von niemandem etwas bieten, Natalie eingeschlossen.

Aileen verschwendete keine Zeit, um zum Punkt zu kommen. »Ich habe den Befehl, eine Pressekonferenz abzuhalten und die Unterstützung der Medien einzuholen. Sie sind vielleicht in der Lage, Zeugen zu erreichen, die entweder eines oder beide der Mädchen gesehen haben. Ich kann nicht behaupten, dass ich mich dazu entschieden hätte, weil ich nicht gern zugebe, dass wir kaum Antworten haben. Und ich will nicht, dass der Scheißkerl, der für diese Morde verantwortlich ist, auch nur eine Sekunde denkt, dass wir ihm nicht auf den Fersen sind. Also, sagen Sie mir ... machen Sie Fortschritte?«

Ehrlichkeit war immer die beste Strategie, wenn man mit Aileen zu tun hatte. Sie konnte hart, aber auch fair sein. »Im Moment ist die Situation verfahren. Wir haben ein paar potenzielle Verdächtige, und sobald wir etwas tiefer gegraben haben, bringen wir sie zu Vernehmungen her. Wir verfolgen diverse Ermittlungsansätze, aber es wird weder schnell gehen noch einfach werden.«

Aileen starrte sie ohne zu blinzeln an. »Da liegt das Problem. Dieser Mörder, von dem wir annehmen, dass er beide Mädchen getötet hat, ist immer noch da draußen, und die Öffentlichkeit ist vermutlich außerordentlich verängstigt. Aber bis wir einen Verdächtigen in Haft haben, kann ich den

Menschen auch nicht sagen, dass ihre Kinder in Sicherheit sind. Sie haben nicht den Luxus, Zeit zu haben, Natalie. Der Täter hat ein Kind am Montag und ein weiteres am Dienstag entführt. Wenn heute wieder eines verschwindet, wird es einen riesigen Aufschrei geben. Deswegen muss ich mit der Presse reden und die Nachricht verbreiten.«

Natalie stand da und hielt die Hände hinter dem Rücken. Aileen bekam von ihren Vorgesetzten Druck zu spüren, und Natalie war gezwungen abzuliefern. Aber sie und ihr Team konnten nur so schnell arbeiten, wie es eben ging, und keine noch so große Standpauke würde das ändern. Sie räusperte sich. »Es ist etwas mehr als achtundvierzig Stunden her, seit wir Savannah gefunden haben. Wir haben die Nacht durchgearbeitet, aber die Ermittlungen wurden durch Harriets Verschwinden unterbrochen, das wir angesichts ihrer Verbindung zu einem unserer Verdächtigen ebenfalls untersuchen mussten. Ich habe nur drei Mitarbeiter, wobei einer davon nicht voll arbeiten kann. Wenn Sie Ergebnisse wollen, schlage ich vor, dass Sie mir ein größeres Team oder einen Zauberer besorgen.«

Sie hielt Aileens kühlem Blick stand. Ihre Vorgesetzte schüttelte den Kopf. »Ich habe mehr Kollegen angefordert, aber meine Bitte wurde abgelehnt. Wir haben im Moment einfach nicht genug Personal, und ich kann Ihnen niemanden zuteilen, der im Moment an anderen Fällen arbeitet.«

»Dann können wir nur so schnell und effizient arbeiten, wie es uns eben möglich ist. Ich lasse alle unter Hochdruck arbeiten, und wir haben eine Reihe von Spuren.« Natalie gab nicht nach.

»Okay. Es war ein anstrengender Vormittag. Es hat uns alle sehr mitgenommen, dass in unserem Zuständigkeitsbereich zwei Teenagerinnen ermordet wurden, und ich musste denen da oben eine Menge Fragen beantworten. Ich muss Ihnen nicht sagen, wie ernst das ist. Alle Augen sind auf uns gerichtet,

Natalie. Wir dürfen uns jetzt keine Fehler leisten. Niemand von uns darf das.«

Der Subtext ihrer Worte war offenkundig. Natalie gab nicht vor, die politischen Zusammenhänge zu verstehen, die sich bei der Polizei abspielten, aber sie war davon überzeugt, dass Aileen darin verwickelt war. Falls Natalies Team diese Sache nicht hinbekam, würde das ein schlechtes Licht auf Aileen werfen, aber sosehr sie sie auch respektierte, scherte sie sich einen Dreck um die Gründe, aus denen sie Ergebnisse haben wollte. Natalie hatte ihre eigenen: Sie musste den Mist-kerl schnappen. Niemals würde sie es zulassen, dass er noch einem Kind schadete. Sie schwieg und wartete darauf, gehen zu dürfen.

Aileen entließ sie mit einer abwinkenden Handbewegung und rief dann: »Natalie, wie zur Hölle hat der Täter es hinbe-kommen, Savannah in den Western Park und Harriet in die Wälder von Bramshall zu bringen, ohne gesehen zu werden?«

Natalie hielt mitten in der Bewegung inne und wirbelte herum. »Wir überprüfen Aufnahmen von Überwachungska-meras und aller Fahrzeuge in beiden Gegenden.« Die Antwort schien Aileen zu befriedigen, die rasch nickte und sagte: »Ich will regelmäßige Updates.«

»Ja, Ma'am.« Natalie ging und wünschte, sie hätte ihre Zeit nicht damit verschwendet, Aileens Wut zu besänftigen. Sie hatten sowieso schon zu wenig Personal, da musste sie sich nicht auch noch von den Ermittlungen fernhalten lassen. Sie lief nach unten in den Empfangsbereich und ignorierte die Menschen, die sich dort versammelt hatten.

Sie war bereits in der Mitte des Parkplatzes, als sie hörte, wie jemand ihren Namen rief. Als sie sich umdrehte, sah sie eine Frau in roter Jacke auf sie zu eilen. Natalie ging mit großen Schritten weg und erreichte ihr Auto, ehe die Frau sie einholte.

»DI Ward. Ich bin Bev Gardiner vom *Watfield Herald*. Ich habe Sie in den Wäldern von Bramshall gesehen. Untersuchen

Sie jetzt auch den Mord an Harriet Long, so wie bereits den an Savannah Hopkins?«

Sie winkte ab. »Kein Kommentar. Sie werden auf die Pressekonferenz warten müssen.«

Sie riss die Autotür auf und ließ sich auf den Fahrersitz fallen.

Die Frau redete noch immer. »Wie fühlen Sie sich als Mutter angesichts dieser Entführungen? Sie müssen tief betroffen sein, dass es jemand auf Teenagerinnen abgesehen hat.«

Natalie öffnete den Mund, um Bev zu sagen, dass sie sie von Pontius zu Pilatus verklagen würde, wenn sie in irgendeinem Artikel ihre Familie erwähnte, doch dann schloss sie ihn wieder. Sie ignorierte die Frau, setzte zurück und fuhr davon. *Verdammte Medien!*

———

Er drehte das Radio auf und grinste breit, während er zuhörte, wie Melissa Long einen tränenreichen Appell an ihre Tochter richtete, in dem sie sie bat, sie möge zurückkehren.

»Sie kommt nicht lebend nach Hause, Melissa! Und mittlerweile weißt du das auch«, sagte er.

Das Interview, das sie früher an diesem Tag gegeben hatte, wurde immer noch jede Stunde zu den Nachrichten gesendet. Bald würden die Moderatoren es absetzen und stattdessen die tragische Bekanntmachung senden, dass Harriet Long tot in den Wäldern von Bramshall gefunden worden war.

Er streichelte seine Schulter und liebkoste die Schlange. Sie hatte das Töten genossen: Sich langsam um Harriets Kehle zu winden, sehr langsam, und zu sehen, wie schnell die Panik in ihren Augen zu lesen war, gefolgt von Resignation. Sie hatte sich ohne Widerstand ergeben, wissend, dass es keinen Sinn hatte zu kämpfen. Er hatte ihr zugeflüstert, wieso er sie ausgesucht hatte, und war sich sicher gewesen, eine Träne in ihren Augen entdeckt zu haben, ehe das Licht darin erloschen war.

Die Nachrichten waren zu Ende, und er hatte immer noch Pläne zu schmieden. Es machte ihm Spaß, mit der Polizei zu spielen. Mittlerweile hatten sie sicherlich das Video gefunden, das er gefilmt und auf der Website von Disappear hochgeladen hatte. Er hatte es ihnen leichtgemacht und das Handy neben eine Botschaft gelegt, damit die Polizei es fand. Zu gerne wüsste er, ob das ermittelnde Team die Hinweise verstand, die er für sie zurückgelassen hatte. Er bezweifelte es. Sie waren ihm und der Schlange nicht gewachsen.

———

Erneut saß Lucy mit Holly und Sally im Büro des Schulleiters. Diesmal sprach sie mit beiden gleichzeitig und in Anwesenheit ihrer Klassenlehrerin Kirsty Davies. Mit ihr schienen sie entspannter zu sein als in der Gegenwart des Schulleiters Mr Derry. Kirsty hatte Lucy gewarnt, dass die Mädchen heute noch aufgelöster waren. Die Erkenntnis dessen, was Savannah passiert war, war in ihr Bewusstsein vorgedrungen, und Lucy hatten den Eindruck, dass die Mädchen blasser und viel kleinlauter aussahen. Sallys Augen waren gerötet und Holly hatte dunkle Augenringe – das Zeichen für schlechten Schlaf. Sie waren noch mal alles durchgegangen, was sie Lucy bereits erzählt hatten, und jetzt fragte sie sie nach Harriet.

»Kennt eine von euch Harriet Long?«

Sally warf ihrer Freundin einen Blick zu und schüttelte den Kopf. »Nie von ihr gehört.«

Lucy zeigte ihnen ein Foto von Harriet.

»Wird sie auch vermisst?«, fragte Holly.

»Sie ist gestern verschwunden«, sagte Lucy, die die Mädchen mit der Nachricht über Harriets Tod nicht noch mehr verängstigen oder beunruhigen wollte.

»Kann sein, dass ich sie mal in der Stadt gesehen habe«, meinte Sally.

»Hast du je mit ihr gesprochen?«

»Nein, aber ich bin mir sicher, dass ich sie gesehen habe.«

»Bist du mit Savannah zusammen gewesen, als du sie gesehen hast?«

»Ich glaube nicht. Savannah hätte auch nicht mit ihr geredet.« Plötzlich griff sie nach einem Taschentuch und putzte sich die Nase. Die Erwähnung des Namens ihrer Freundin hatte erneut etwas in ihr ausgelöst, und ihre Augen füllten sich mit Tränen.

»Hat Savannah je über Harriet oder irgendwelche Freundinnen von der Lincoln-Fields-Mittelschule gesprochen?«

»Wir sind mit niemandem von dieser Schule befreundet. Sie ist auf der anderen Seite von Watfield.«

»Aber ihr müsst doch in der Stadt oder in der Umgebung von Watfield Schülerinnen von dort begegnen, in Cafés, im Kino oder beim Bowling. Ihr könnt sie nicht alle meiden«, sagte Lucy.

Sally blickte sie mit großen Augen an. »Wir hängen nicht mit denen rum.«

»Wieso nicht?«, fragte Lucy.

Holly kam ihrer Freundin zu Hilfe. »Sie meint, dass wir was gegeneinander haben.«

»Es gibt eine Rivalität?«

»Nicht direkt, aber wenn man auf die Watfield-Mittelschule geht, hängt man nicht mit jemandem von der Lincoln Fields rum.«

Lucy schüttelte frustriert den Kopf. »Also hatte Savannah eures Wissens keine Freundinnen auf der Lincoln Fields?«

»Zumindest hat sie nie was davon gesagt. Wir waren ihre einzigen Freundinnen«, sagte Holly, und ihre Unterlippe begann vor Rührung zu zittern.

Sally meldete sich zu Wort. »Savannah kannte nicht viele

Leute, weder an unserer Schule noch in Watfield. Sie hat niemanden von einer anderen Schule gekannt. Wir waren ihre einzigen Freundinnen, und sie ist am Montag mit dem Gedanken weggegangen, dass ich *nicht* ihre Freundin bin. Vielleicht ist sie sogar weggelaufen, weil sie wütend auf mich war.« Sie begann zu weinen. Obwohl Kirsty Lucy vorgewarnt hatte, war sie überrascht, dass die Mädchen jetzt so aufgelöst waren. Am Tag zuvor hatten sie deutlich gefasster gewirkt. Die Erklärung ihres Kummers folgte.

Holly legte Sally einen Arm um und warf Lucy einen unheilvollen Blick zu. »Sie ist davon überzeugt, dass das alles wegen diesem bescheuerten Armband passiert ist. Sie glaubt, Savannah wäre weggelaufen, weil sie es verloren hat, und dass Savannah nicht weggegangen wäre, wenn sie es nicht verloren hätte und sie sich deswegen nicht gestritten hätten. Ich sage ihr immer wieder, dass es nicht ihre Schuld ist.«

»Aber sie war wirklich sauer auf mich!«, jammerte Sally.

Lucy lehnte sich vor und sprach leise mit dem Mädchen. »Ich glaube nicht, dass du schuld bist. Ich glaube, zu dem Zeitpunkt hatte sie bereits den Plan gefasst, wegzulaufen.«

Sally schniefte und versuchte, Tränen zurückzuhalten. »Aber ich war schrecklich gemein zu ihr am Montag. Ich habe sie eine blöde Kuh genannt.«

»Sally, es ist nicht deine Schuld«, sagte Lucy entschieden, um den Tränen ein Ende zu setzen.

Es dauerte ein paar Minuten, bis Sally wieder sprechen konnte.

»Fällt euch irgendjemand ein, mit dem sie sich am Montag getroffen haben könntet?«

Sie erntete Kopfschütteln und traurige Blicke.

»Hat eine von euch von einer Website namens Disappear gehört?«

»Worum geht es da?«, fragte Sally.

»Ihr habt nicht davon gehört?«

Holly rutschte auf ihrem Stuhl hin und her. »Ich schon. Es ist eine Seite für so eine Mutprobe. Ich habe davon gehört, aber nicht von Savannah.«

»Wer hat dir davon erzählt?«

»Das weiß ich nicht mehr. Irgendjemand hat über WhatsApp gesagt, dass er das gern mal ausprobieren und verschwinden würde, aber niemandem von uns hatte eine Idee, wie man sich verstecken könnte, ohne gefunden zu werden.«

»Und du hast Savannah gegenüber definitiv nichts gesagt?«

»Nein. Wir haben über die Bananen-und-Sprite-Challenge gesprochen und jemand erwähnte Disappear. Savannah war nicht in der WhatsApp-Gruppe.«

»Sally, hast du davon gehört?«

Sally schüttelte den Kopf, und wieder liefen Tränen über ihr Gesicht.

Lucy bohrte noch ein wenig länger weiter, aber obwohl die Teenagerinnen kooperativ waren, waren sie auch völlig durch den Wind und hatten nichts mehr sagen. Nach einer halben Stunde beendete Lucy die Befragung und fuhr zurück aufs Revier.

›Mr Brightside‹ von The Killers lief im Radio. Sie drehte die Lautstärke auf und trommelte im Takt mit ihren Handflächen auf dem Lenkrad. Bethany liebte den Song. Lucy war halb versucht, ihre bessere Hälfte anzurufen. Sie hatten beide eine harte Nacht gehabt, weil sie so spät nach Hause gekommen und früh wieder aufgestanden war und Bethany nicht mehr hatte schlafen können, nachdem Lucy das zweite Mal nach Hause gekommen war. Sie würden sich an wenig Schlaf gewöhnen müssen. Sobald das Baby geboren war, würden sie nicht im Bett liegen bleiben können oder volle acht Stunden Schlaf kriegen. Jetzt, da Bethany einen sichtbaren Bauch bekam, wurde das Baby Realität. Und obwohl Lucy zeitweise ihre Fähigkeit in Zweifel gezogen hatte, dass sie eine gute Mutter sein würde, musste sie jetzt zugeben, dass sie es kaum erwarten konnte, dass sich in ein paar Monaten neues Leben zu ihnen gesellte.

Ihr Handy klingelte. Sie drehte das Radio leiser und ging dran. Es war ein verärgerter Murray.

»Alles scheiße. Stu war gestern den ganzen Tag auf der Arbeit, ist um halb sieben nach Hause gekommen und dortgeblieben. Seine Mutter hat bestätigt, dass er das Haus nicht verlassen hat. Sie konnte nicht schlafen, also war sie bis in die Morgenstunden wach und hat gelesen. Wenn er es nicht geschafft hat, sich rauszuschleichen, ohne dass sie ihn gehört hat, ist es unwahrscheinlich, dass er Harriet gefilmt, getötet und dann ihre Leiche weggebracht hat. Auch bei Tenby House and Garden Services bin ich nicht weitergekommen. Noel Reeves war schwer beleidigt und meinte, sie würden ihren Schutt nie illegal abladen. Er hat mir sogar die Container gezeigt, mit dem der Bauschutt zu den Wertstoffhöfen gebracht wird, und auch die zugehörigen Rechnungen. Ich habe ein paar ansässige Baufirmen ermittelt und werde das weiterverfolgen, aber es fühlt sich an wie verlorene Liebesmüh. Was ist mit dir? Wie kommst du voran?«

»Genauso schlecht. Savannahs Freundinnen haben mich mit großen Rehaugen angesehen und sind in Tränen ausgebrochen, aber sie wussten nichts. Ich glaube nicht, dass ihre schauspielerischen Fähigkeiten gut genug sind für eine solch überzeugende Darbietung von Verwirrung und Bestürzung. Ich hatte ein ganz schlechtes Gewissen, dass ich sie dennoch nach der Disappear-Website und nach Harriet Long fragen musste. Gut, dass ihre Klassenlehrerin dabei war. Sie hat sie nach der Befragung zur Schulschwester gebracht.«

»Wohin fährst du jetzt?«, fragte er.

»Aufs Revier, Ian helfen, die endlosen Stunden von Überwachungskamera-Aufnahmen zu durchforsten.«

»Besser du als ich. Lässt meine Augen brennen wie Sau.«

»Meine auch, aber ich habe eindeutig eine höhere Schmerztoleranz als du und in solchen Angelegenheiten unendlich viel mehr Geduld – ah, sorry, ich kriege noch einen Anruf, Murray.«

»Okay. Bis später.«

Lucy nahm den zweiten Anruf an. Diesmal war es Ian. »Lance Hopkins ist auf dem Weg ins Revier, und ich kann Natalie nicht erreichen. Bist du in der Nähe oder soll ich ihn in eine Zelle sperren, bis jemand wieder hier ist?«, fragte Ian.

»Ich kann in einer Viertelstunde da sein und ihn befragen.«

»Danke. Bis gleich.«

Lucy schaltete die Musik wieder ein, kaum dass sie den Anruf beendet hatte. Sie trat aufs Gas und hörte dem verletzten Brandon Flowers zu, wie er auf die für ihn typische qualvolle Weise die Worte hinausschmetterte. Dieses Mal dachte sie nicht daran, wie Bethany schief mitsang und in der Küche tanzte oder an das Baby. Sie ging die Fragen durch, mit denen sie Lance befeuern musste, denn gegenwärtig mussten sie ihn als Verdächtigen betrachten. Da Natalie nicht auf dem Revier war, war es ihre Aufgabe, sich angemessen um die Vernehmung zu kümmern. Eine Sache war klar: Sie durfte keine Fehler machen. Das war vielleicht ihre einzige Chance herauszufinden, ob Lance in der Gegend gewesen war, und sie durfte es nicht vermasseln.

SIEBZEHN

MITTWOCH, 18. APRIL – NACHMITTAG

Natalie hatte über eine Stunde mit der Opferbetreuerin Tanya Granger bei Savannahs Mutter Jane verbracht, aber nichts Neues herausbekommen. Jane hatte weder vom Pavillon noch von einer Website gehört, die Teenager zu Verschwinden herausforderte. Es gab keine Worte, um den Schmerz im Gesicht der armen Frau zu beschreiben, während sie damit rang, Natalies Fragen zu beantworten. Ihre Welt war in sich zusammengefallen. Ihr einziges Kind war tot, ihr Liebhaber und Arbeitgeber wurde wegen des Besitzes von Kinderpornografie belangt, und der Bauhof, auf dem sie arbeitete, war vorübergehend geschlossen, wobei es ziemlich wahrscheinlich war, dass daraus eine dauerhafte Schließung werden würde.

Jetzt war Natalie auf dem Weg zu Melissa Long und wünschte, sie könnte einen Durchbruch in diesem Fall verbuchen. Ehe sie die Frau befragte, fuhr sie an ihrem Haus vorbei und auf die Wälder und die Abzweigung zu. Sie war schmal und leicht zu verfehlen. Wer auch immer Harriet hierhergebracht hatte, hatte die Stelle definitiv gekannt. Oder er war darüber gestolpert, als er nach dem perfekten Ort gesucht hatte, um ihre Leiche loszuwerden – irgendwo in der Nähe ihres

Hauses und sowie in der Nähe von Müll. Sie wurde das Gefühl nicht los, dass es irgendeine Verbindung mit dem Fall von Alisha Kumar gab. Es gab Parallelen zwischen Alishas Mord und den Morden, die sich in Watfield ereignet hatten, die sie nicht ignorieren konnte.

Das Tor aus fünf Gitterstäben, das gestern Abend offen gestanden hatte, war jetzt mit einem Vorhängeschloss gesichert, wie es offenbar auch beim Eintreffen der Polizisten am Tatort der Fall gewesen war. Falls der Mörder die Leiche seines Opfers hierhergebracht hatte, hatte er entweder über das hohe Metalltor oder den Holzzaun klettern müssen, um sich Zutritt zu verschaffen. Mikes Team hatte die Umgebung nach Spuren dafür abgesucht, dass die Leiche fallen oder heruntergelassen worden war, aber nichts gefunden, das diese Theorie stützte.

Sie wendete in drei Zügen, fuhr die Strecke zu dem Reihenhaus zurück und klopfte an Melissas Tür. Ein Baby schrie – wütende, qualvolle Schreie, die immer höher wurden und ihr bis ins Mark gingen. Es tat ihr leid für die Mutter im Haus, die angestrengt versuchte, irgendeine Art von Normalität hinzubekommen, während zwei kleine Kinder ihre Aufmerksamkeit forderten und sie gleichzeitig einen so schrecklichen Schock erlitten hatte.

Die Tür öffnete sich und Kyle schlurfte nach draußen. »Es ist ein schlechter Zeitpunkt. Die Kleinen spielen verrückt.«

»Das verstehe ich, aber ich habe weitere Fragen. Ich würde gerne damit anfangen, Ihnen ein paar über Lance Hopkins zu stellen.«

»Was ist mit ihm?«

»Ich habe gehört, dass es letztes Jahr einen Vorfall im Pub gab.«

Er sah sich um, um sicherzustellen, dass sie allein waren, und zog dann die hinter sich Tür zu. »Melissa weiß nichts davon. Sie würde ausrasten, wenn sie herausfindet, dass ich mich mit Lance geprügelt habe.«

»Worum ging es bei der Prügelei?«

»Er hat mich übers Ohr gehauen. Er hat die Arbeit an der Regenrinne gemacht, von der ich Ihnen erzählt habe, und ich habe ihm das gezahlt, was ich bereit war, ihm zu zahlen. Aber seine Arbeit war scheiße, und ich meine wirklich scheiße. Die verdammte Regenrinne hatte eine beschissene Qualität, und drei Tage, nachdem er sie angeblich repariert hatte, war sie wieder undicht. Und da mich der Spaß eine Stange Geld gekostet hat, bin ich los, um es wiederzukriegen. Allerdings hat er abgestritten, mich beschissen zu haben, und wurde tierisch wütend, als ich ihn vor allen im Pub runtergemacht habe. Er ist auf mich losgegangen, und ich habe mich gewehrt, wofür ich eins auf die Nase bekommen habe. Dann hat jemand die Polizei gerufen, und wir sind abgeführt worden. Melissa wäre stinksauer, also habe ich ihr nichts davon erzählt.«

»War das das einzige Mal, dass Sie sich geprügelt haben?«

»Das einzige Mal. Der Mann ist ein verdammter Gorilla. Wenn er mir was tun wollen würde, hätte ich keine Chance. Abgesehen davon hätte er mir das Geld eh niemals zurückgezahlt. Ich wollte nur, dass die anderen wissen, dass er ein Betrüger ist. Ich hab gedacht, dass er keine Aufträge mehr kriegt, wenn sich rumspricht, dass er Leute bescheißt.«

»Und Savannah kannten Sie nicht?«

»Nein.« Eine kühle Brise umwehte sie beide. Er wippte auf seinen Fußballen auf und ab, um sich aufzuwärmen.

»Ich würde sehr gern mit Melissa reden. Ich weiß, Sie machen beide eine schreckliche Zeit durch, aber ich brauche Ihre Hilfe, um die Person zu fassen, die Harriet getötet hat.«

»Es geht ihr schlecht. Sie will weder mit mir noch mit jemand anderem reden. Sie hat sogar die Opferbetreuerin angebrüllt, dass sie verschwinden soll, und wir haben alle Handys ausgeschaltet, weil uns immer wieder Journalisten anrufen. Blutsauger. Die sollten uns in Ruhe lassen.« Er rieb sich die Hände und schob sie dann unter seine Achseln.

»Ich würde sie trotzdem gerne sehen.«

Er stieß die Tür weit auf und sagte: »Sie ist oben.«

Die Schreie des Babys hatten nachgelassen und waren jetzt nur noch Schluchzer, während Natalie die Treppe hochstieg und auf das Geräusch zuging. Das Schluchzen kam aus der ersten offenen Zimmertür. Sie klopfte behutsam an. »Melissa, hier ist DI Ward. Kann ich reinkommen?«

Sie betrat ein Zimmer, das förmlich ›Teenagerin‹ schrie und genauso unordentlich war, wie sie es auch von ihrer eigenen Tochter kannte. Es war jedoch vollkommen anders eingerichtet als Leighs Zimmer. An einer Wand stand eine Découpage-Kommode, von der jede Schublade mit verschiedenfarbigen Stoffstücken beklebt war, und darüber hing ein eindeutig selbst gemaltes weißes Leinwandbild, auf dem in goldener Tinte stand: ›Lache so viel du atmest. Liebe so viel du kannst.‹ Etliche Schulbücher lagen wahllos auf dem Boden neben einer hellroten Lampe aufgestapelt, die wiederum auf einem Wissenschaftslehrbuch stand. Ein rosa Nachthemd hing halb in einem Weidenkorb in der Ecke des Raumes. Das Regal neben dem Bett enthielt eine Sammlung Plüschtiere: einen rosa Affen, dessen lange Beine vom Regalbrett baumelten, einen fetten, fröhlichen Igel und ein pummeliges Kaninchen. Ihr Blick landete auf einem Foto einer jungen Harriet und einem Mann, den Natalie nicht kannte, aber von dem sie annahm, dass es sich um ihren Vater handelte. Sie warf einen Blick auf eine weitere weiße Leinwand, auf der ›Aufwachen und Make-up auftragen‹ stand, und die über einem halb gemachten Bett hing, auf dem Melissa Long saß. Sie hatte den Blick ins Leere gerichtet, während sie mit dem Baby im Arm hin und her schaukelte. Neben ihr saß ein großer blauer Spielzeugelefant – Harriets wertvollster Besitz.

Die Nase des Babys lief, und es schniefte geräuschvoll. »Meine waren auch so, als sie gezahnt haben. Bei meinem Sohn war es am schlimmsten. Er hat sieben Zähne gleichzeitig bekommen. Ich habe monatelang nicht geschlafen. Wie ich gehört habe, sind Kristalle fürs Zahnen recht hilfreich«, sagte Natalie. Ihre sanften Worte hatten den gewünschten Effekt.

»Ich habe welche gekauft, aber sie helfen nicht. Er ist quengelig. Heute war es schlimmer als je zuvor.«

»Gibt es jemanden, der kommen und Ihnen fürs Erste helfen kann? Kyles Mum vielleicht?«

»Sie kümmert sich bereits um Jack. Diesen kleinen Kerl konnte ich nicht auch noch bei ihr abladen. Er ist im Moment zu anhänglich. Meine Eltern haben angeboten herzukommen, aber ich kann nicht ... ich kann nicht mit ihnen reden. Ich kann ihnen nicht gegenübertreten. Sie werden verständnisvoll und mitfühlend sein, aber sie werden mir auch die Schuld geben. Sie werden sagen, dass ich mehr auf sie hätte aufpassen sollen. Das weiß ich jetzt schon.«

»Das können Sie nicht wissen. Sie sind auch in Trauer, und sie sind *Ihre* Eltern. Sie wollen für Sie da sein und Sie unterstützen. Sie wollen keine Schuldzuweisungen machen. Melissa, es ist im Moment wirklich schwer für Sie, wieso lassen Sie sich nicht von der Opferbetreuerin helfen? Es gibt eine Menge Unterstützung für Sie. Sie müssen das nicht alleine durchmachen.«

Melissa hielt Tränen zurück. »Doch, das muss ich. Ich fühle mich so verantwortlich. Ich hatte keine Ahnung, was in ihrem Kopf vor sich ging. Das ist falsch. Das ist so falsch.«

»Teenager vertrauen sich ihren Eltern nicht gern an. Harriet war nicht anders als die meisten anderen in dem Alter.«

Melissa hörte auf, das Baby zu wiegen, dessen Augen sich endlich geschlossen hatten. »Ich weiß nicht, was ich denken soll. Ich weiß nicht, was ich tun soll.«

»Helfen Sie mir. Helfen Sie mir, den zu finden, der das Ihrer Tochter angetan hat, wer immer es war.«

»Wie?«

»Erzählen Sie mir, *was* Sie über sie wissen. Über was für Sachen hat sie geredet?«

»Schule, Freundinnen, Klamotten, Make-up ... Sie liebte Nagellack. Sie hatte so viel, sie hätte ihr eigenes Studio aufmachen können. Und genau das hatte sie auch vor. Sie wollte Nageldesignerin werden.«

»Sie haben mir erzählt, dass sie zuweilen etwas wild sein konnte.«

»Sie hatte einen rebellischen Zug, wie ihr Vater.« Bei dieser Erinnerung huschte der Anflug eines Lächelns über ihr Gesicht.

»Was hat sie zum Beispiel angestellt?«

»Hauptsächlich hat sie sich mit Lehrern gestritten. Ich bin ein paarmal wegen ihres störenden Verhaltens in die Schule zitiert worden – sie hat Widerworte gegeben, sich gerauft sich, hat geraucht. Sie war keine Heilige, aber sie war auch keine Dämonin. Sie war ein echtes Papakind, und als Shane in den Knast ging, hat sie geglaubt, die Behörden wären im Unrecht, nicht er. Sie hat ihn vor ihren Freundinnen gern verherrlicht und durch ihre gelegentlichen Eskapaden auf ihr Art bewiesen, dass sie seine Tochter war.«

»Hat sie je etwas getan, das Sie wirklich besorgt hat? Sich selbst verletzt, Drogen genommen?«

»Keinesfalls. Sie trieb gern Sport, ist regelmäßig ins Fitnessstudio im Watfield-Sportzentrum gegangen und hat sogar eine Weile Fußball gespielt. Ich weiß, dass man sie in der Schule beim Rauchen erwischt hat, aber es war nur das eine Mal und nur, weil ihre Freundinnen sie herausgefordert hatten, als Mutprobe. Es hat ihr überhaupt nicht geschmeckt. Trotz all ihrer Fehler hatte sie auch Stärken, und vor allem hielt sie jeden, der Drogen nimmt, für einen Idioten.«

Da war es – das Wort, auf das Natalie gewartet hatte: Mutprobe.

»Hat Harriet je davon gesprochen, andere Mutproben zu

machen, oder davon, dass ihre Freundinnen welche gemacht haben?«

Melissa schüttelte den Kopf. »Mir fällt nichts ein. Oh, sie hat zusammen mit Emily die Ice Bucket Challenge gemacht. Emily hat eiskaltes Wasser über sie gegossen. Ich bin nach Hause gekommen und habe gesehen, wie sie über das Video gekichert haben, das sie aufgenommen hatten. Aber diese Challenge haben irgendwie alle gemacht – Promis, einige meiner Arbeitskollegen, alle. Es war nicht gefährlich.«

»Was ist mit Ihren Online-Aktivitäten? War sie auf vielen sozialen Medien aktiv?«

»Sie hat viele Onlinespiele gespielt, und sie mochte die App, bei der man zu Musik die Lippen bewegt, als ob man selbst singt. Vor allem fand sie Instagram toll. Ständig hat sie da Fotos von ihren Nägeln gepostet. Wenn ich Zeit hatte, hat sie auch mir die Nägel gemacht, aber nicht in letzter Zeit. Wenn man kleine Kinder hat, um die man sich kümmern muss, kann man seine Nägel nicht immer hübsch halten. Das war unsere Mutter-Tochter-Zeit – dann saßen wir fröhlich am Küchentisch, und sie hat mir die Nägel gemacht.« Sie schluckte schwer. Das Baby schnarchte und regte sich. Sie streichelte sanft seine Wange.

»Was hat sie über ihre Stiefbrüder gedacht?«

»Sie tat so, als gingen sie ihr auf die Nerven, aber insgeheim hat sie sie geliebt. Ich habe gehört, wie sie Jack vorgelesen und mit ihm zusammen mit seinen Brummis gespielt hat. Er hat sie abgöttisch geliebt und ich glaube, sie hat beide gemocht.«

»Und Kyle?«

»Sie hatte keine Abneigung gegen ihn. Sie ist ganz gut mit ihm zurechtgekommen, aber manchmal hat es etwas Spannung gegeben, weil sie so viel für ihren Vater empfunden hat. Niemand konnte Shane in ihrer Zuneigung ersetzen.«

»Hat sie ihren Vater im Gefängnis besucht?«

»Shane wollte nicht, dass wir ihn besuchen. Er hat den

Kontakt zu uns abgebrochen, als er eingesperrt wurde, und ich bin meiner Wege gegangen. Harriet hat ihn zu einer Art romantischer Figur gemacht, die eines Tages wieder in ihr Leben zurückkehren würde. Was anderes wollte sie nicht hören.«

»Hat Harriet je eine Website namens Disappear erwähnt?«

Melissa wechselte das Baby auf den anderen Arm und bewegte ihre Finger, um die Durchblutung wieder anzuregen. »Nie gehört. Ist es eine Gaming-Seite?«

»Es ist eine Seite, auf der Teenager aufgefordert werden, von Familien, Freunden und Angehörigen zu verschwinden – sich stundenlang oder gar mehrere Tage zu verstecken.«

»Glauben Sie, das hat sie getan? Hat sie versucht, sich vor uns zu verstecken?«

»Es ist möglich. Sind Sie sich sicher, dass sie nie etwas davon erwähnt hat?«

»Mir gegenüber nicht, und ich bezweifle, dass sie Kyle gegenüber etwas gesagt hat. Sie haben nicht viel miteinander geredet.«

Natalies Handy vibrierte in ihrer Tasche. Mehr Fragen an Melissa, die mit der freien Hand den blauen Elefanten hochhob, fielen ihr nicht ein.

»Wieso hätte sie sich verstecken wollen?«, fragte Melissa.

»Es ist eine Challenge – eine Art Mutprobe. Halten Sie es für möglich, dass sie so etwas ausprobiert hätte?«

»Wieso hätte sie mir Angst machen wollen? Sie wusste doch, dass ich außer mir vor Sorge sein würde. Wieso hätte sie so etwas in Betracht ziehen sollen? Wissen Sie, DI Ward, ich frage mich, ob ich meine Tochter überhaupt gekannt habe.«

Melissa kehrte in ihre eigene Welt zurück und heftete den Blick auf den Elefanten. Für weitere Fragen war sie nun nicht mehr zugänglich. Kyle kam mit in tiefe Falten gelegter Stirn nach oben. Natalie sprach leise mit Melissa. »Ich muss Sie jetzt wieder verlassen, werde aber dafür sorgen, dass die Opferbetreuerin wiederkommt. Reden Sie mit ihr, Melissa. Sie kann

Ihnen Ratschläge geben, wie Sie mit der Presse umgehen sollen, und Ihnen bei allem beistehen, was als Nächstes passiert.«

Als Natalie wieder im Auto saß, checkte sie ihr Handy. Es war nach siebzehn Uhr, und Lance Hopkins wurde auf dem Revier befragt. Sie ließ die Reihenhäuser hinter sich und fuhr an der Abzweigung zur illegalen Müllkippe vorbei. Es gab noch so viel mehr zu tun, aber ihr Magen fühlte sich an, als wäre er voller Säure, und Müdigkeit zerrte an ihren Augenlidern. Ohne Schlaf konnte sie nicht weitermachen. Sie rief auf dem Revier an und bat, die Opferbetreuerin für Melissa Long zu kontaktieren und sie wissen zu lassen, wenn es irgendwelche Entwicklungen gab. Dann rief sie Graham an, um sicherzugehen, dass es keine weiteren Meldungen über vermisste Kinder gab, und fuhr schließlich in Richtung Castergate und nach Hause, um sich den dringend benötigten Schlaf zu holen.

———

Während Natalie mit den Verwandten der Opfer sprach, befanden sich Lucy und Ian mit Lance Hopkins im Vernehmungszimmer. Er saß breitbeinig da und hatte den Kopf in den Händen.

»Wir haben eine Zeugin, die behauptet, Sie in den letzten Wochen in Watfield gesehen zu haben.«

»Ich war nicht mehr hier, seit Jane und ich uns getrennt haben. Ich habe keinen Grund, hier zu sein. Ich habe noch nicht einmal gerne hier gewohnt. Ich habe nie dazugehört.«

»Woran lag das, Mr Hopkins?«

»Daran, dass Menschen kleinkarierte Fanatiker sind. Nur weil wir Fahrende gewesen sind, sind sie davon ausgegangen, dass wir alle diebische, betrügerische Gauner sind. Sie haben uns keine Chance gegeben. Mir definitiv nicht.«

»Ging es Savannah genauso?«

»Das arme Ding. Sie musste einige Schläge einstecken, als

sie auf dieser Schule kam. Ich habe Jane immer gesagt, dass es eine dumme Idee war, an einen Ort wie Watfield zu ziehen. Die meisten Einwohner leben seit ihrer Geburt hier. Wir waren nicht nur Außenseiter, wir waren *verhasste* Außenseiter. Ich habe es für Jane getan. Sie ist nicht mit meiner Familie zurechtgekommen, und als sie sagte, dass sie genug Geld hätte, um das Haus zu kaufen, war ich bereit, der Sache eine Chance zu geben – die letzte Chance, um zu schauen, ob wir das mit uns hinkriegen. Aber meine Mum hatte recht. Sie hat die ganze Zeit gesagt, dass wir nicht zueinander passen. Wir wollen unterschiedliche Dinge und unser Leben anders leben. Jane hat es ausgehalten, hat sich einen Job besorgt und versucht, Freundinnen zu finden. Savannah schien sich ein wenig einzugewöhnen, aber ich konnte es nicht. Es war unmöglich, Arbeit zu finden, und ich habe mein altes Leben vermisst. Mir hat meine Familie gefehlt.«

»Und waren definitiv nie wieder in Watfield, seit Sie weggezogen sind?«

»Der Tag, an dem ich Jane verlassen habe, war auch mein letzter Tag in Watfield. Ich habe eine Weile in einer Bude in Sutton gewohnt und auf einer Baustelle gejobbt. Ich musste eine Zeit lang meine Wunden lecken. Dann habe ich Kontakt zu meiner Mum aufgenommen und herausgefunden, dass die Familie in die Gegend kommen würde, also habe ich gesagt, dass ich mich ihnen anschließen würde, wenn die Arbeit in ein oder zwei Wochen abgeschlossen ist.«

»Sie sind telefonisch in Verbindung geblieben?«

»Ja.«

»Und doch hatte Jane keine Kontaktnummer von Ihnen.«

»Das lag vermutlich daran, dass ich mein Handy geschrottet habe. Ich musste mir ein neues besorgen, und die Nummer hat sich geändert. Und die habe ich ihr nicht gegeben. Ich habe nicht gedacht, dass wir noch was zu bereden hätten.«

»Sie hatten überhaupt kein Interesse an Savannah, ihrer

Stieftochter? Sie wollten nicht mal wissen, wie sie zurechtkam?«

Er setzte sich aufrecht hin und sah Lucy in die Augen. »Ich weiß, es ist schwer zu glauben, weil das Kind bei uns gelebt hat und ich ihr Stiefvater war, aber zwischen ihr und mir hat die Chemie wirklich nie gestimmt. Sie hat ihre Mutter nicht gern geteilt. Jane hatte sie mit ein bisschen Hilfe von ihrer eigenen Mutter großgezogen, und sie und Savannah haben sich wirklich nahegestanden. Da war kein Platz für jemand anderen.«

»Aber sie hat für ein paar Jahre bei Ihnen und Ihrer Familie gelebt. Sie müssen sie sehr gut kennengelernt und irgendeine Art Verbindung zu ihr aufgebaut haben.«

»Nein. Die meiste Zeit hat sie sich über die anderen Kinder aufgeregt und ist ihrer Mutter auf den Wecker gegangen. Sie war eine richtige Primadonna und ist mit den anderen Kindern in der Gruppe nicht klargekommen. Wenn sie nicht mit Jane zusammen war, hat sie kaum mit jemandem gesprochen. Als wir nach Watfield gezogen sind, ist sie sogar noch schlimmer geworden. Es war, als wollte sie niemanden in Janes Leben haben.«

»Sie sagen, Sie sind nicht miteinander ausgekommen?«

Er fuhr sich mit einer Hand über das frisch rasierte Kinn. »Wir haben einander toleriert. Jane war der Kleber in unserer Beziehung. Wenn wir uns in die Haare gekriegt haben, ist Jane eingeschritten, aber wenn Sie mich fragen, ob ich ihr jemals wehgetan habe, ist die Antwort Nein. Nie. Ich habe sie nicht ein einziges Mal angefasst oder ihr etwas angetan. Ich habe ihr vielleicht nicht nahegestanden, aber ich hätte ihr nie wehgetan.«

»Sie haben einen Ruf, Mr Hopkins. Sie waren im letzten September mit Kyle Yates in eine Kneipenschlägerei verwickelt.«

Er schnaubte. »Das war nichts. Das miese Arschloch hatte es verdient. Er kam in den Pub marschiert, während ich in

Ruhe einen getrunken habe, und hat rumgeschrien, dass ich ihn abgezockt hätte. Hatte ich aber nicht. Er hat mich beleidigt, und ich hab die Beherrschung verloren. Ich bin auf ihn zu gegangen und er hat zuerst zugeschlagen. Ich habe ihm nur ein paar verpasst, aber jemand war der Meinung, dass die Polizei sich einmischen sollte.«

»Was ist in den Tagen danach passiert? Haben Sie Kyle wiedergesehen?«

Er schüttelte den Kopf voll dunkler Haare. »Er war nur drauf aus, Ärger zu machen und mit seinem schlechten Gerede dafür zu sorgen, dass ich keine Arbeit finde.«

»Sie sind nicht noch mal zu seinem Haus gegangen?«

»Absolut nicht. Ich hatte keinen Grund dazu.«

»Haben Sie je Melissas Tochter Harriet kennengelernt?«

»Ich wusste noch nicht einmal, dass sie eine Tochter hatte. Ich dachte, sie hätten einen kleinen Jungen. Ich hab nie ein Mädchen gesehen, als ich an dem Haus gearbeitet habe. Allerdings war ich auch nur einen halben Tag dort.«

Lucy änderte ihre Vorgehensweise, schlug die Beine zwanglos übereinander und fragte: »Was haben Sie mit der alten Regenrinne von Melissa Longs Haus gemacht?«

»Hab sie auf die Müllhalde gebracht.«

»Wo war diese Müllhalde?«

»Kurz vor Samford. Das ist ein bisschen weiter weg, also habe ich sie vor unserem Haus gelagert, bis ich anderen Bauschutt wegzubringen hatte. Die verwertbaren Sachen, die ich verkaufen kann, behalte ich, und der Rest kommt auf die Müllkippe.«

»Waren Sie je versucht, die Sachen anderweitig zu entsorgen?«

»Er stieß ein lautes Lachen aus. »O ja, das käme gut an. Können Sie sich vorstellen, was los wäre, wenn man mich dabei beobachten würde, wie ich illegal Bauschutt ablade? Ich will mir das Leben nicht schwerer machen, als es sowieso schon ist.«

Lucy konnte kein verräterisches Verhalten an Lance erkennen, das sie annehmen ließ, dass er ihr die Unwahrheit sagte. Sie stellte die Beine wieder nebeneinander und lehnte sich vor. »Ich weiß nicht, ob Sie die Nachrichten gehört haben, aber heute Morgen wurde Harriet Longs Leiche gefunden.«

Lance rieb die Hände auf seinen Oberschenkeln rauf und runter. »Das habe ich nicht mitbekommen. Es tut mir leid, das zu hören, und ich bin erschüttert wegen Savannah. Ich habe schon überlegt, bei Jane vorbeizugehen. Ihr muss es furchtbar gehen.«

»Ich brauche eine DNA-Probe von Ihnen, und Sie müssen uns sagen, wann genau Sie gestern wo waren, beginnend um fünfzehn Uhr dreißig.«

»Ich bin den ganzen Nachmittag auf der Baustelle gewesen, bis nach sechs. Danach bin ich direkt ins Wheatsheaf gegangen, für ein paar Bier und ein Abendessen, dann um neun zurück in meine Bude, wo ich ferngesehen habe.«

»Haben Sie dafür irgendwelche Zeugen?«

»Etliche. Ich war mit Kumpels von der Baustelle im Pub, und mit einem von ihnen teile ich mir die Bude. Gary Robinson. Wir sind zusammen gewesen, bis wir beide gegen elf ins Bett sind.«

»Ich brauche Gary Robinsons Kontaktinformationen.«

»Kein Problem.«

»Und am Montagnachmittag, wo sind Sie da gewesen?«

»Dasselbe Programm, derselbe Pub, dieselbe Person, die für mich bürgen kann.«

»Dann wird PC Jarvis diese Kontaktinformationen notieren und eine DNA-Probe nehmen, um Sie von unseren Ermittlungen auszuschließen.«

»Natürlich.«

Sie hatte ihn alles gefragt, was sie konnte, und warf Ian, der während der Befragung geschwiegen hatte, einen Blick zu. Er schüttelte unmerklich den Kopf, um anzudeuten, dass er nichts hinzuzufügen hatte. Lucy dankte Lance für seine Hilfe und schaltete das Aufnahmegerät aus. Sie überließ es Ian, die Details aufzunehmen, und ging zurück ins Büro. Murray saß am Schreibtisch und starrte Aufnahmen von Überwachungskameras an.

»Ich dachte, es täte deinen Augen zu sehr weh, dir Videoaufnahmen anzusehen«, sagte sie scherzhaft.

»Niemand sonst hat Zeit dazu, also muss ich die Schmerzen ertragen. Yolande meinte neulich, ich hätte angefangen, beim Fernsehen die Augen zusammenzukneifen. Sie findet, ich soll einen Optiker aufsuchen. Und sie könnte recht haben. Das muss am Alter liegen. Kein Durchbruch mit Lance Hopkins?«, fragte er.

»Kein bisschen. Ich hoffe, ich habe die Situation richtig eingeschätzt. Er scheint durchaus glaubwürdig zu sein. Ian nimmt eine DNA-Probe, für den Fall, dass wir sie brauchen, aber ich würde sagen, Lance hat mit keinem der Morde etwas zu tun.«

»Natalie hat angerufen. Sie ist nach Hause gefahren.«

»Wenn uns nicht bald etwas einfällt, mache ich, glaube ich, dasselbe. Man kann nur eine begrenzte Zeit auf Reserve laufen.« Lucy sah ihren Papierkram und ihre Notizen durch. Wenn Lance nichts mit den Morden zu tun hatte, welche potenziellen Verdächtigen blieben dann noch übrig? Stu? Anthony? Oder gab es jemanden, den sie bisher nicht gefunden hatten? Sie gähnte mit weit offenem Mund.

»Sieht aus, als wäre jemand reif fürs Bett«, stichelte Murray.

»Halt die Klappe!« Sie versuchte, sich wieder auf die Notizen zu konzentrieren, aber sie ergaben wenig Sinn. Sie beobachtete Murray, der wieder mit hoch konzentriertem Gesicht auf den Computerbildschirm starrte. Vielleicht war das Prüfen von endlosem Videomaterial nicht seine Lieblingsbeschäftigung, aber immerhin versuchte er, neue Verdächtige zu finden. Sie stand auf, streckte sich und fragte dann: »So, alter Mann, brauchst du Hilfe?«

———

Er trocknete den Becher ab und stellte ihn zurück in den Schrank. Die Schlange war ruhelos und wand sich um sein Fleisch. Sie musste wieder fressen.

»Still! Alles zu seiner Zeit. Wir wissen, wo sie wohnt. Wir holen sie uns.«

Er hatte zwar seine Pläne ändern müssen, aber jetzt wieder alles unter Kontrolle. Er würde später handeln, sobald das Mädchen allein war. Er wusste, was er tun und sagen musste. Es war alles geplant. Er lächelte über seine eigene Gerissenheit.

Er sah auf die Uhr. Es war kurz vor halb sieben und somit beinahe Zeit zu gehen und sich auf die Lauer zu legen.

———

Das Haus erschien Natalie unheimlich still, als sie sich auf die unterste Treppenstufe setzte und ihre Stiefel auszog. Sie war hundemüde, aber sie musste etwas essen, ehe sie sich hinlegte, und sie brauchte ein Bad oder eine Dusche. Es hing kein Restgeruch nach irgendwelchem Essen in der Luft. Wenn ihre Familie noch nicht gegessen hatte, würde Natalie etwas bestellen. Die Tür zu Davids Büro stand weit offen, sein Stuhl war leer und sein Laptop an die Seite geschoben. An seiner Stelle lag ein Oldtimer-Magazin. Er arbeitete eindeutig nicht an der neuen Übersetzung. Sie schlenderte in die Küche, und nachdem sie dort niemanden antraf, versuchte sie es im Wohnzimmer. Dort begegnete sie Leigh, die sich auf der Couch ausgestreckt hatte, ein Kissen umarmte und *Hollyoaks* guckte, eine ihrer Lieblingsserien. Natalie war versucht, sich neben sie fallen zu lassen, aber dann müsste sie ihre Tochter bitten, sich zu bewegen, und Leigh war völlig hypnotisiert vom Bildschirm.

»Hey!«

»Hi.« Leigh schaute nicht auf.

Natalie wartete kurz, dann versuchte sie, ihr ein Lächeln zu entlocken. »Was, kein ›Hi, Mum, wie war dein Tag auf dem Revier?‹ oder ›Danke für die superschnulzige Nachricht!‹?«

Leigh drehte sich ein Stück zu ihr und antwortete mit einem wehleidigen: »Mu-hum, ich sehe fern.«

Natalie gab auf. Es war zum Verrücktwerden, wenn Leigh sie so ausschloss. Bis vor einem oder zwei Monaten hätte sie Natalie gebeten, sich zu ihr zu setzen, aber etwas zwischen ihnen hatte sich verändert. Wann immer sie mit Leigh sprach, heizte die Atmosphäre sich auf. Sie war ohne ersichtlichen Grund defensiv geworden. Dennoch unternahm sie einen letzten Versuch. »Wo ist Dad?«

»Bei Grandpa.«

»Wieso? Ist alles okay?«

»Weiß nicht. Hat er nicht gesagt.«

»Hast du Hausaufgaben zu machen?«

Leigh warf ihr einen gereizten Blick zu. »Ich muss ein bisschen was lesen. Sonst nichts. Das mache ich, wenn ich das hier zu Ende geguckt habe.« Sie umarmte das Kissen fester und wandte sich wieder dem Fernseher zu. Als Natalie im Begriff war zu gehen, murmelte sie: »Ich esse morgen Abend bei Zoe. Dad hat gesagt, ich darf.«

Natalie widersprach nicht. Josh hatte donnerstagabends nach der Schule Fußballtraining, und für gewöhnlich holte David Leigh ab und fuhr mit ihr entweder zurück nach Hause oder zu McDonald's. Joshs Freund Ethan lebte in einem Dorf außerhalb von Castergate, und Ethans Mum brachte Josh dann immer nach Hause. Harriets Täuschung ging ihr durch den Kopf. Sie hatte gelogen, als es darum ging, über Nacht bei einer Freundin zu bleiben. Es war nicht so, dass Natalie Leigh nicht traute, aber sie würde sich besser fühlen, wenn sie sich bestätigen ließ, dass es die Verabredung wirklich gab. Sie würde Zoes Mum anrufen. Sie ging nach oben zum Zimmer ihres Sohnes. Wie immer war die Tür verschlossen, und als sie dicht davor stand und gerade klopfen wollte, hörte sie ihn auf die für ihn typische Art und Weise murmeln und dann plötzlich in Gelächter ausbrechen. Er war an seinem Laptop und plauderte mit einem Freund. Sie blieb vor der Tür stehen und versuchte zu entscheiden, ob sie stören sollte oder nicht, dann beschloss sie, dass sie in ihrem eigenen Haus nicht auf Samtpfoten herumschleichen würde. Davon abgesehen sollte Josh für Prüfungen lernen. So klug er auch war, er konnte es sich nicht leisten, seine Abschlussprüfung in den Sand zu setzen, also fand sie eine sanfte Erinnerung nicht verkehrt. Sie klopfte sacht. Das Gemurmel stoppte und er rief: »Ja?«

Sie steckte ihren Kopf zur Tür herein. »Ich dachte, ich sag mal Hallo.«

»Hi.« Er hob seine Hand von der Maus. Auf dem Bildschirm war der Absatz eines Essays zu sehen.

»Ich habe gehört, dass dein Dad bei Grandpa ist?«

»Ja.«

»Wann ist er hin?«

»Nachdem wir zu Hause waren.«

»Wieso?«

»Weiß nicht. Grandpa brauchte Hilfe.«

David war seit einigen Stunden weg. Es sah Davids Vater Eric nicht ähnlich, um Hilfe zu bitten. Normalerweise war es andersrum. David hatte zwei linke Hände, wenn es ums Handwerken ging.

»Hat er gesagt, wann er zurückkommt?«

Josh schüttelte den Kopf und warf einen flüchtigen Blick auf den Bildschirm.

»Arbeitest du an einem Projekt?«

»Kursarbeit.«

Das war Josh – sich an verständlichen Unterhaltungen zu beteiligen, überstieg seine Fähigkeiten. Sie hoffte, dass er besser schrieb als sprach.

»Hast du was gegessen?«

»Pommes.«

David musste auf dem Heimweg an dem Fish-and-Chips-Laden in Castergate gehalten haben. Sie würde einen Auflauf oder etwas anderes Nahrhafteres zusammenwerfen müssen, wenn sie weiterhin nachts arbeitete. Ihre Kinder konnten nicht nur von indischem Essen zum Mitnehmen und Pommes leben. David konnte eigentlich ganz passabel kochen, es machte ihm aber keinen Spaß, und deswegen sträubte er sich dagegen, Mahlzeiten vorzubereiten. Es war ein Jammer, denn er machte ein spitzenmäßiges Chili con Carne. Ihr Magen knurrte beim Gedanken daran. »Okay. Ich sehe dich später. Ich esse eben was und nehme dann ein Bad.«

Er hatte seine Aufmerksamkeit bereits wieder dem Bildschirm zugewandt, und Natalie zog die Tür zu. Sie stand einen Augenblick da und lauschte erneut.

»Nein. Da war meine Mum ... Du Glücklicher. Versuch du mal, mit einer Mutter unter einem Dach zu leben, die bei der Polizei ist. Überall steckt sie ihre Nase rein ... Egal. Was hat Charlie zu dir gesagt?«

Einem Streit fühlte sie sich nicht gewachsen, aber es machte sie traurig, das Gefühl zu haben, aus den Privatleben ihrer Kinder ausgeschlossen zu sein. Sie war mal der wichtigste Mensch für sie gewesen – der, zu dem sie gerannt kamen und mit dem sie ihre Geheimnisse teilten. Jetzt wurde sie wie ein Eindringling behandelt. Sie ließ sich wieder nach unten treiben, durchsuchte den Kühlschrank nach etwas Essbarem und entschied sich für eine Tomate und eine ungeöffnete Packung Cheddar. Sie ließ das Messer durch die Plastikverpackung gleiten, schnitt ein Stück ab und aß es ohne Teller. Dann biss sie in die Tomate, was ein schrecklich schmatzendes Geräusch verursachte, und während sie kaute, wurde die Tomate in ihrem Mund beinahe zu Matsch. *Wie Babynahrung*, dachte sie. Josh hatte Tomaten stets gehasst und sich geweigert, sie zu essen. Es waren die Kerne, die er am wenigsten mochte. Die Frucht war geschmacklos, aber nichtsdestoweniger war es Essen, und sie brauchte Nahrung.

Das Geräusch eines Schlüssels im Schloss verkündete Davids Ankunft. »Ich bin hier drin!«, rief sie ihm zu.

Er erschien mit hochgezogenen Augenbrauen. »Ich hab dich noch nicht zu Hause erwartet.«

»Erwarte das Unerwartete. Ich bleibe aber nicht lange wach. Erst nehme ich gleich ein heißes Bad, und dann gehe ich ins Bett. Ist mit Eric alles okay?«

»Ja, es geht ihm gut.«

»Was wollte er denn?«

Er ließ seinen Autoschlüssel in die Schale auf der Küchenarbeitsfläche fallen. »Oh, er musste einen Schlauch und den Anschluss seiner uralten Waschmaschine wechseln und brauchte Hilfe beim Herausheben. Aber nun lasse dich das Bad nehmen. Ich muss an der Übersetzung arbeiten, mit der ich bereits hinterherhinke. Es ist ein hartes Stück Arbeit, und der Kunde wird langsam nervös. Ich habe sie zum Ende der Woche versprochen.«

Eric hätte seine Waschmaschine mühelos alleine verschieben können, auch ohne Hilfe von David; davon abgesehen wohnte seine Freundin Pam bei ihm, die ihm helfen konnte. Keiner der beiden war invalide; genau genommen war Eric außerordentlich fit und rüstig für einen Mann, der auf die siebzig zuging, und Pam war erst Mitte fünfzig. Das Bild des Automagazins auf Davids Schreibtisch blitzte in ihren Gedanken auf, und plötzlich kribbelte ihre Kopfhaut, als krabbelten tausend Ameisen darüber. David sagte nicht die Wahrheit. »Ich nehme an, du musstest deine Arbeit unterbrechen, weil du die Kinder abgeholt und dann Eric geholfen hast?«

»An manchen Tagen ist es unmöglich, irgendetwas zu schaffen. Aber jetzt mache ich weiter.«

Da war er wieder: Der gleiche Ausdruck, mit dem Josh sie angesehen hatte, als er so getan hatte, als arbeite er an wissenschaftlicher Kursarbeit, obwohl er stattdessen online mit einem Freund geplaudert hatte. Ein weiterer, wichtigerer Gedanke kam ihr in den Sinn. »Leigh hat gesagt, sie geht morgen zum Abendessen zu Zoe.«

»Das ist richtig.«

»Hast du bei Zoes Mum nachgefragt? Ich kann anrufen, um sicherzugehen, dass sie eingeladen wurde, wenn du magst.«

»Nicht nötig.«

»Ich habe nur gefragt. Du brauchst dich nicht gleich angegriffen zu fühlen.«

David schob den Unterkiefer vor. »Was ist dein Problem, Natalie?«

Etwas explodierte in ihr. Gestern war David ein ganz anderer Mann gewesen, und jetzt ein streitsüchtiges Arschloch! Sie war stundenlang bei der Arbeit gewesen und bekam herzlich wenig Anerkennung für ihr Bemühen, dass alle ein Dach über dem Kopf und Essen auf dem Tisch hatten. Als sie weitersprach, war ihre Stimme höher als zuvor. »Problem? Ich habe kein Problem. Ich führe eine Ermittlung, in der eine Schülerin ihre Eltern bezüglich ihres Aufenthaltsorts angelogen hat und als Konsequenz ermordet wurde. Es ist kein verdammtes *Problem*, David. Man nennt es Fürsorge!«

»Dann freust du dich sicherlich zu hören, dass ich ebenfalls fürsorglich war. Selbstverständlich habe ich bei Zoes Mum nachgefragt. Wofür hältst du mich? Ganz so nutzlos, wie du immer glaubst, bin ich nicht!«

»Verdammt noch mal! Diesen Scheiß kann ich nach Feierabend wirklich nicht gebrauchen. Komm von deinem scheinheiligen hohen Ross runter!« Natalie stürmte aus dem Zimmer und stieß beinahe mit Leigh zusammen. Sie hielt mitten in der

Bewegung inne und bemerkte das traurige Gesicht ihrer Tochter. Sie hatte ihren Streit mitangehört. Natalie streckte eine Hand aus und streichelte Leigh über die Haare. »Tut mir leid. Ich hätte meine Beherrschung nicht verlieren dürfen. Es war ein harter Tag.«

Leigh sah sie mit ausdruckslosem Blick an. »Das bin ich schon gewöhnt. Ihr schreit euch in letzter Zeit ständig an.«

Natalie klappte die Kinnlade herunter, aber Leigh machte sich davon, ehe sie etwas sagen konnte. Sie rief ihr nach. »Leigh ...«

»Ich muss was lesen.«

Natalie fuhr sich mit einer Hand übers Gesicht. Die Dinge gerieten zunehmend außer Kontrolle. Sie musste die Ermittlung in den Griff kriegen und dann die Situation zu Hause wieder ins Lot bringen. Und sie und David mussten unbedingt ihre Probleme lösen. Sie musste aufhören, seinen Taten gegenüber so misstrauisch zu sein. Dadurch schadete sie ihrer Beziehung, und sie konnte es nicht ertragen, wenn ihre Kinder in ihre belanglosen Auseinandersetzungen verwickelt wurden. Im Augenblick war sie physisch und psychisch zu müde, um irgendetwas anderes hinzubekommen als ein Bad und ausgiebigen Schlaf. Morgen war auch noch ein Tag.

ACHTZEHN

MITTWOCH, 18. APRIL – ABEND

Katy Bywater ließ sich in ihren Sessel fallen und richtete die Fernbedienung auf den Fernseher. Ihr leerer Becher stand auf dem Boden neben ihren Füßen.

»Katy, Liebes«, sagte ihr Vater Christopher entschuldigend. »Ich würde dir ja gerne Geld leihen, aber ich bin diese Woche selbst knapp bei Kasse.«

Sie fuhr ihn an. »Du hast immerhin genug, um jeden Abend in den Pub zu gehen. Willst du wissen, wofür ich das Geld brauche? Ich muss Tampons und Tabletten gegen meine Bauchkrämpfe kaufen. Hast du irgendeine Ahnung, wie peinlich es ist, dich für so etwas um Geld zu bitten? Wenn Mum hier wäre ...«

Sie hatte die richtigen Knöpfe gedrückt. Er errötete bis in die Haarspitzen.

»Ich verstehe, Liebling. Es ist wirklich schwer ohne sie. Tut mir leid. Einen Zehner kann ich dir geben.«

Er suchte seine Tasche ab, zog ein ramponiertes Portemonnaie heraus und nahm eine Zehnpfundnote heraus, die er ihr als Friedensangebot reichte. Sie nahm sie ohne ein Wort des

Dankes. Er lächelte sie an, aber sie ignorierte ihn und stand wortlos auf.

»Wo gehst du hin?«

»In mein Zimmer.«

»Ich dachte, wir könnten was zusammen gucken.«

»Ich habe zu tun.«

»Oh, okay.«

»Ich hasse dich dafür, dass du mich gezwungen hast, hierher zu ziehen!«

Er öffnete den Mund, sagte aber nichts. Sie stolzierte von dannen und ließ den leeren Becher mit ihrem Namen darauf auf dem Boden neben ihrem Sessel zurück. Er plumpste aufs Sofa und zappte durch endlose Sender, bis er sich für eine Wiederholung von *Top Gear* entschied. Als die zu Ende war und *Red Dwarf* begann, war seine Tochter noch nicht wieder aufgetaucht. Er versuchte es auf den anderen Sendern, gab aber bald auf und schlenderte die Treppe hinauf, wo er sich vor der Tür zu ihrem Zimmer herumdrückte, ehe er schließlich sanft anklopfte.

»Ja?«

»Katy, ich gehe vielleicht noch kurz weg.«

»In den Pub«, sagte sie ausdruckslos. Ihre Stimme war durch die Tür beinahe nicht zu hören.

Er stieß sie auf. Katy saß im Schneidersitz auf dem Bett mit ihrem Handy vor sich auf der Daunendecke. Sie sah nicht in seine Richtung.

»Ich bleibe nicht lang.«

»Mir egal«, war die Antwort.

Er störte sie nicht weiter und trottete wieder nach unten, wo er die rosa Sporttasche, die sie für die Schule benutzte, aufhob und sie neben ihren Mantel legte, sodass sie morgen früh bereitlag. Dann verließ er das Haus und drehte sich noch einmal um, um zu ihrem Fenster hinaufzusehen. Durch einen Spalt in den hastig zugezogenen Vorhängen drang ein schmaler

Lichtstreifen, und er wartete, aber niemand erschien, um ihm zuzuwinken. Mit einem leichten Seufzen entriegelte er die Autotür.

Es war acht Uhr, als Christopher Bywater von seinem piepsenden Wecker geweckt wurde. Er gähnte, streckte sich und strampelte die Decke von sich, dann tappte er auf den Treppenabsatz hinaus und klopfte an Katys Tür. Er bekam keine Antwort. Er ging nach unten und erwartete, sie in der Küche anzutreffen, aber dort war niemand. Er stieg die Treppe wieder hinauf und klopfte noch einmal. Diesmal lauter.

»Katy, Liebling. Es ist nach acht!«

Immer noch keine Reaktion. Er stieß die Tür auf und steckte seinen Kopf herein. »Katy, es ist nach ... « Die Worte blieben ihm im Hals stecken. Es war niemand da. Auf Katys Daunendecke war ein Abdruck von jemandem, der darauf gesessen hatte, aber im Bett hatte niemand geschlafen.

Die Badezimmertür stand offen, doch seine Tochter war auch dort nicht. Er eilte wieder nach unten und warf die Tür zum Wohnzimmer auf. Ihr Becher stand immer noch neben dem Stuhl, wo sie ihn zurückgelassen hatte. Er fuhr sich mit einer Hand durchs Haar, ging wieder in den Flur und stand stocksteif da. Die Erkenntnis dessen, was geschehen war, traf ihn wie ein Schlag auf den Solarplexus. Katys rosa Tasche war nicht mehr da, wo er sie hingelegt hatte. Sie hatte sie mitgenommen. Seine Tochter war wieder einmal von zu Hause weggelaufen.

NEUNZEHN

DAMALS

Am vergangenen Nachmittag hatte es allgemeine Aufregung gegeben. Jemand hatte auf der Müllkippe eine Schlange gesehen, und etliche der älteren Jungen waren hinübergegangen, um sie aufzuscheuchen und zu töten, aber mit leeren Händen zurückgekehrt. Der Junge ist aufgeregter als die meisten wegen der Chance, sie zu entdecken und seiner Liste an Tötungen hinzuzufügen. Wenn er sie fangen, ihr einen Stein auf den Schädel krachen lassen und sie mitbringen könnte, wäre er ein Held. Dann würden sie nicht mehr über seine unterentwickelte Gestalt oder seine quietschende Babystimme lachen. Er ist so hingerissen von dem Gedanken, dass er nicht hört, wie der Lehrer ihm eine Frage stellt, und als er mit ausdruckslosem Gesicht aufsieht und ehrlich antwortet: ›Ich habe nicht zugehört, Sir‹, beginnt die gesamte Klasse zu kichern.

Der Lehrer reagiert gereizt und schickt den Jungen ins Büro des Schulleiters, weil sein Verhalten ungebührlich sei. Er weiß nicht mal, was ungebührlich bedeutet, und es ist ungerecht, dass er zum Schulleiter geschickt wird, nur weil er taggeträumt hat. Der Junge entschließt sich, stattdessen zu schwänzen. Er steckt sowieso in Schwierigkeiten, also kann er genauso gut in Schwierigkeiten geraten, weil er etwas falsch gemacht hat. Außerdem hat er die nächste Stunde Mathe, und er hasst Mathe. Da ist es besser, wenn er nach Hause geht und sich dem zu erwartenden Ärger morgen stellt. Er weiß, wie der Hase läuft – der Schulleiter wird ihn ausschimpfen und ihm androhen, ihn für ein paar Tage zu suspendieren, und seine Mum wird gebeten werden, zur Schule zu kommen und ihn abzuholen. Sie wird eine Weile wütend auf ihn sein, aber die ganze Sache schließlich vergessen.

Er hat noch einen weiteren Grund, vor den anderen nach Hause zu wollen: Er will diese Schlange finden. In der Woche zuvor hat er es geschafft, eine Kreatur zu fangen, die aussah wie eine kleine Ratte, sich aber als Spitzmaus mit charakteristischer Schnauze herausstellte, die piepte und freigelassen werden wollte, als er einen Plastikbecher über sie stülpte. Ihr Gepiepe wurde lauter, bis er befürchtete, dadurch die Aufmerksamkeit der anderen Kinder zu erregen, also zerquetschte er sie. Außerdem hat er drei weitere Katzen getötet – die letzte ein dreckiges, altes Ding mit verfilztem Fell und nässenden Augen, das tot besser dran war. Es machte nicht so viel Spaß, Katzen sterben zu sehen, wie es das mal der Fall gewesen war. Auch Kaninchen nicht, die er mit gut platzierten Steinen traf, oder den Hund, der ihn anknurrte und scharfe Zähne bleckte, bis ein scharfkantiger Stein ihn zwischen die Augen traf. Er jaulte und brach zuckend zusammen. Der Junge genoss seinen Todeskampf eine kurze Weile, aber eine Schlange ... eine Schlange zu töten, wäre viel befriedigender.

Er hievt seine Tasche über die Schulter und schlüpft durchs Schultor hinaus. Es ist unwahrscheinlich, dass ihn jemand dabei beobachten wird, wie er durch die Gassen und Felder zu den Wohnblocks zurückrennt. Niemand scheint ihn je zu bemerken. Er ist wie der Unsichtbare. Er schwenkt von seinem Kurs ab und betritt das Wasteland, eilt auf den hohen Zaun zu, zu dem Punkt, an dem er Faye und die anderen die Müllkippe betreten sehen hat. Es dauert nicht lange, bis er den lockeren Stacheldraht findet und mit ungeduldigen Fingern daran zieht. Zuerst schiebt er seine Tasche hinein und robbt dann wie beim Militär auf seinem Bauch drunter durch. Dann steht er auf, klopft sich die staubige Erde von Kleidern und Knien und grinst. Er ist drin.

Der Geruch trifft ihn nicht sofort. Es ist ein süßliches Aroma, ähnlich dem Gestank der toten Katze, die er in einem Schuhkarton aufbewahrte, bis die Maden darin ihren Magen zum Platzen brachten und er sie loswerden musste. Der Geruch ist nicht unangenehm, aber halt ein wenig süßlich. Er geht langsam voran, dreht den Kopf nach links, stellt sich vor, er wäre ein Großwildjäger in Afrika, der nach Spuren von Wildtieren sucht. Er ist sich nicht sicher, welche Spuren eine Schlange hinterlässt oder wo sie sich vielleicht versteckt, aber er hebt einen massiven, dunkelroten Stein hoch, bereit, ihn wie eine Rakete abzufeuern, sollte die Schlange in Sicht schlängeln. Der Geruch wird stärker – verfaulendes Gemüse und etwas, das er nicht erkennt, lässt ihn die Nase rümpfen. Er kommt von einem Berg an Abfall, der nach und nach in Sicht kommt. Er ist nicht so hoch wie die Wohnblocks, in denen er wohnt, aber er ist eindeutig so hoch wie ein Haus, mit schrägen Seiten aus Müll, Dosen, Verpackung und anderem nicht zu identifizierenden Abfall.

Das hier ist nicht so interessant, wie er gehofft hatte, und er schlendert zum Fuß des Hanges, mustert die Schalen und die Zusammenstellung aus Kartons, Verpackungen und Schrott und ist enttäuscht. Nichts davon ist es wert, eingesammelt zu werden. Es ist nichts weiter als Müll. Im Augenwinkel bemerkte er eine schwache Bewegung und wirbelt mit erhobenem Stein herum. Es ist nicht die Schlange. Es ist Faye Boynton, die da mit versteinerter Miene und in Schuluniform steht und zwei ihrer Freundinnen im Schlepptau hat.

»Was tust du hier?«, fragt sie.

Jetzt ist er nicht mehr der mutige Jäger. Er sieht sich ihrem kalten, harten Blick und den spöttischen Blicken ihrer Freundinnen gegenüber und murmelt eine Antwort: »Nichts.«

»Er hat eine Waffe. Er hat was zu seinem Schutz mitgebracht ... gegen die Schlange«, kichert Missy Henshaw, die mindestens zwei Köpfe größer ist als er. »Wieso hast du einen Stein dabei, kleiner Mann?«

»Angsthase, Angsthase!« Das dritte Mädchen, Vee Patel, nervt ihn mit seinem kindischen Singsang. Er hat keine Angst vor einer Schlange. Er wird sie töten.

Missy schließt sich dem Hänseln an. »Angsthase! Hattest du Angst, dass die Schlange dich frisst? Sie ist viel größer als du.« Sie bricht in Gelächter aus.

Er schüttelt den Kopf, aber der Anblick von Fayes Gesicht hält ihn davon ab, etwas zu sagen. Zwei feuerrote Flecken erscheinen auf ihren Wangen. »Warum bist du hier? Spionierst du uns nach?«

»Nei-ein.« Das Wort kommt wie ein schwaches Blöken heraus, was die anderen Mädchen wieder zum Lachen bringt.

»Ja, tut er. Er ist uns hierher gefolgt.« Vee nähert sich ihm, und er macht unwillkürlich einen Schritt zurück, stolpert auf dem unebenen Boden und landet auf seinem Hinterteil.

»Ups! Er ist auf seinen dürren Arsch geplumpst«, sagt Vee voller Schadenfreude.

Faye starrt ihn weiter an.

»Ich habe keine Angst«, behauptet er.

Missy verschränkt die Arme und sieht ihn finster an. »Solltest du aber.«

»Wieso bist du nicht in der Schule?« Vees Worte treffen ihn unvorbereitet. Die Schule hat er ganz vergessen. Auch die Mädchen sollten eigentlich dort sein. Sie schwänzen ebenfalls.

»Ich wollte lieber hierher kommen.« Er steht wieder auf. Vee ist ihm bedrohlich nahe und starrt auf ihn herab.

Eine von Fayes Augenbrauen hebt sich interessiert. »Machst du blau?«

Er nickt und erntet einen leicht anerkennenden Blick, der ihn ermutigt. »Ich wollte die Schlange töten.«

Faye blickt zu Missy, und plötzlich brechen sie beide wieder in Gelächter aus. Er wird ungehalten. Er mag nicht so aussehen, aber er hat bereits Tiere getötet und wird auch die Schlange töten. »Wirklich. Ich habe schon mal getötet.«

Vee kommt ihm nahe genug, dass er Zigarettenrauch auf ihrer Uniform riechen kann. Sie sticht ihm hart mit einem Fingernagel in die Brust.

»Aua! Das tut weh.«

»Was? Das?« Sie sticht ihn erneut, noch härter. Er presst die Lippen aufeinander, um kein Geräusch zu machen.

»Hör auf damit, Vee.«

»Wieso? Er ist ein Wichtigtuer. Er ist uns hierher gefolgt und wird uns bei den Lehrern verpfeifen.«

Faye schüttelt den Kopf. »Nein, wird er nicht. Oder doch? Denn wenn du das tust, wissen wir, wo du wohnst.« Sie muss nicht sagen, was sie tun wird. Die Tatsache, dass sie weiß, wer er ist und wo er wohnt, reicht aus, um ihn über diese Begegnung schweigen zu lassen.

Er schüttelt den Kopf. »Ich werde nichts sagen.«

»Ich werde nichts sagen«, wiederholt Missy mit schriller Stimme und schnaubt höhnisch. »Kleiner Scheißer. Wieso verpisst du dich jetzt nicht nach Hause?«

»Was macht ihr denn überhaupt hier?« Er weiß nicht, was ihn dazu gebracht hat, diese Frage zu stellen. Vielleicht hat er jetzt weniger Angst, weil er ihr Geheimnis für sich bewahrt, oder er ist einfach neugierig. Seine Mutter hat schnell genug von all seinen Fragen und meckert dann, dass er zu viele stellt. »Du weißt doch, was man sagt: Neugier ist der Katze Tod«, sagte sie mal, nachdem er sie beinahe eine Stunde lang mit Fragen über das Weltall und die Planeten gelöchert hatte. Er lächelte lediglich. Es war nicht Neugier gewesen, die die Katze getötet hatte – sondern er. Faye blickt ihn finster an und holt ihn zurück in die Gegenwart.

»Geht dich nichts an, was wir machen. Jetzt verschwinde, oder ich erzähle deiner Mum, dass du geschwänzt hast.«

»Das ist ihr egal.« Er wird sich nicht abwimmeln lassen. Er will auf der Müllkippe etwas von den Schätzen finden, über die er andere Kinder hat reden hören, oder die Schlange. »Kann ich mit euch mitkommen? Ich bin gut im Töten von Tieren. Ich kann nach der Schlange Ausschau halten.«

Aus irgendeinem Grund bringt das die Mädchen wieder zum Lachen, und Faye verdreht die Augen. »Was hast du denn schon getötet?«

»Eine große, fette Kröte, ein paar Katzen, eine Art Maus und einen Hund.«

Vee kichert. Faye nicht. Stattdessen wirft sie ihm einen weiteren Blick zu, als wäre er ein seltsamer Gegenstand. »Na dann. Du kannst mit uns mitkommen, aber zuerst musst du beweisen, dass du mutig genug bist. Du siehst nicht sehr mutig aus.« Sie zwinkert Missy zu, die unmerklich nickt. Er versteht die Bedeutung nicht, will sich dem Trio aber plötzlich unbedingt anschließen. Es ist ein neues Gefühl, Teil von etwas zu sein. »Du kannst nach Viechern Ausschau halten und die Schlange töten, aber nur, wenn du eine Mutprobe machst.«

»Was für eine Mutprobe?«

»Wir zeigen's dir.«

Die Mädchen laufen im Gleichschritt los. Er folgt ihnen mit wackeligen Beinen und versucht, Schritt zu halten. Sie bewegen sich um den stinkenden Berg von Abfall herum auf einen anderen Haufen zu, der kleiner ist und weniger stinkt. Dieser Müll verrottet nicht. Vor ihm aufgetürmt sind Haushaltsgeräte: alte Trockner, Kühlschränke, Waschmaschinen, Staubsauger, Öfen und andere elektrische Küchen- und Haushaltsgeräte, die er gesehen hat, wenn er mit seiner Mutter einkaufen war. Das sind die Schätze, von denen er gehört hat. Obwohl sie kaputt sind und ausgedient haben, lässt sich ein Teil davon sicherlich reparieren oder verkaufen. Seine Blicken schweifen über einen elektrischen Wasserkocher mit Kabel und Stecker. Die Schlange ist jetzt vergessen. Er könnte seiner Mutter etwas mitbringen, damit sie sich über ihn freut. Beinahe kriegt er nicht mit, wie Faye mit ihm redet.

»Dort. Da musst du reinklettern.«

Vor ihm befindet sich eine große Waschmaschine mit Bullauge. Das ist aber keine sonderlich schwierige Mutprobe. Er ist schon in alle möglichen Sachen geklettert, die noch beengter waren. Das ist der Vorteil, wenn man so klein ist. Einmal hat er sich über eine Stunde lang in einer Lücke hinter der Toilette versteckt, während sein Vater nach ihm suchte, um ihm eine Abreibung zu verpassen, weil er im örtlichen Laden gestohlen hatte. Als er schließlich herausgekrochen war, hatte sein Vater die Prügel vergessen und war stattdessen in den Pub gegangen. Das war, bevor er von einer Bombe in die Luft gejagt wurde. Er blinzelt die Gedanken an seinen Dad weg.

»Du bist dünn genug, um in die Trommel zu steigen. Los. Worauf wartest du?«

»Dann kann ich mit euch mit?«

»Aber klar doch.« Fayes Augen funkeln gefährlich, aber es ist ihm egal. Er kann in die Maschine klettern. Das ist wirklich keine große Mutprobe.

»Okay.« Er trottet auf die weiß lackierte Maschine zu, quetscht sich durch das runde Loch und in die Trommel, faltet seine Beine vor der Brust zusammen und umklammert die Knie mit den Armen. Sein Kopf ist in einem unbequemen Winkel, aber es ist auszuhalten. »Siehst du. Ich bin drin.«

»Ich wusste, dass du reinpasst«, sagt Faye.

»Das ist total leicht«, sagt er voller Selbstvertrauen.

»Da musst du jetzt drinbleiben, bis ich dich rauslasse.«

Er zögert einen Moment. Er hat bereits getan, was sie

verlangt hat, also sollte sie ihm nun auch erlauben, sich ihnen anzuschließen. Er öffnet den Mund, um das zu sagen, überlegt es sich dann jedoch anders. Er wird sicherlich nicht lange da drinnen bleiben müssen. Die Mädchen müssen zum Abendessen zu Hause sein und vorher lassen sie ihn sicherlich wieder raus.

Er versucht zu nicken, aber das ist unmöglich. Die Trommel schaukelt leicht nach links und dann nach rechts, weshalb er befürchtet, sie könnte umkippen. Faye winkt ihm mit den Fingern zu und schließt die Tür. Es macht ein Klickgeräusch, das in der Trommel sehr laut klingt. Er kann nicht allzu gut durch die Glastür gucken. Alles ist unscharf, und er kann die drei Mädchen nicht erkennen. Sie sind jetzt verzerrte Umrisse, die ihn durch das Glas hindurch anstarren, Gesichter, die größer werden und ihre Form ändern, während sie gucken und auf ihn zeigen. Sie erinnern ihn daran, wie seine Mum mal mit ihm auf dem Jahrmarkt war und sie gemeinsam im Spiegelkabinett standen und über ihre riesigen Gesichter, runden Bäuche und superlangen Arme lachen mussten. Das war das einzige Mal, dass er nicht wie ein Kleinkind ausgesehen hatte, und seine Mum hatte zu ihm gesagt, dass er eines Tages aussehen würde wie der wirklich große, schlanke Junge im dritten Spiegel.

Fayes Nase ist riesig und ihre Stirn klein, wie eine seltsame Comic-Figur. »Du siehst komisch aus«, ruft er. Die Antwort ist gedämpft. Plötzlich verschwindet Fayes Gesicht, und er sieht zu, wie die Mädchen zurückweichen. Der geschlossene Raum fühlt sich plötzlich sehr eng an und presst die Luft aus seiner Lunge, als würde es immer enger werden. Er ruft: »Faye. Ich muss bald zum Abendessen nach Hause. Lass mich nicht zu lange hier drin.« Doch die Mädchen hören ihn nicht. Er versucht, die Tür aufzustoßen, hat aber nicht genügend Platz, um sich zu bewegen, und die Tür ist fest verschlossen. Die Trommel gleitet nach links und sein Körper schaukelt nach rechts. Er versucht, sich zu fangen, aber das macht es nur noch schlimmer und er fällt zur

Seite. Jetzt ist sein Kopf nach links verrenkt und seine Beine sind zu hoch, sodass er sich nicht aufsetzen kann.

»Faye!« Seine Stimme, hoch und weinerlich, macht ihm mehr Angst als alles andere. Er ist kein mutiger Jäger. Er ist ein ängstlicher Junge, der in einer Waschmaschine gefangen ist.

ZWANZIG

DONNERSTAG, 19. APRIL – FRÜHER MORGEN

Natalie war vollkommen verwirrt und ihr Kopf schwer vom Schlaf. Das Summen und Brummen, das sie geweckt hatte, war nicht von dem Bienenschwarm gekommen, von dem sie geträumt hatte, sondern von ihrem Handy. Wie auf Autopilot warf sie die Bettdecke von sich und kämpfte sich in eine aufrechte Position. Sie wankte ins Badezimmer, wo sie sich dankbar dafür, dass David nach dem Benutzen stets die Brille runterklappte, auf die Toilette fallenließ und den Anruf entgegennahm.

»Natalie, hier ist Lucy. Murray sagte, Sie wollen kontaktiert werden, wenn es eine Entwicklung gibt.«

Sie wischte sich Schlaf aus den Augen und war augenblicklich munterer. »Ja, was gibt es?«

»Wir glauben, einen anderen Verdächtigen zu haben ... Kyle Yates.«

»Kyle?«

»Murray ist los, um ihn abzuholen.«

»Okay. Geben Sie mir eine halbe Stunde. Sie können mich ins Bild setzen, wenn ich da bin.«

Sie beendete den Anruf, saß einen Augenblick lang da und

ließ sich von der kühlen Luft wecken. Es war ein Uhr zwölf. Sie hatte fünf Stunden geschlafen. Vermutlich bräuchte sie weitere fünf, aber dazu war keine Zeit. Sie schlich zurück ins Schlafzimmer, um ihre Sachen zu holen, und als sie ihre Hand danach ausstreckte – sie lagen auf dem Stuhl, der ihrer Bettseite am nächsten war –, hörte sie Davids Stimme.

»Gehst du?«

»Ja. Wir haben einen neuen Verdächtigen. Schlaf weiter.«

»Ich bin nicht müde.« Die Nachttischlampe ging plötzlich an, warf einen sanften Lichtschein auf seine Bettseite und David stieß sich hoch in eine sitzende Position. »Das vorhin tut mir leid. Ich war wegen etwas völlig anderem genervt. Ich hätte dich nicht anfahren sollen.«

Sie zog ihre Bluse an und steckte sie in die Hose. »Ich war auch nicht bester Laune. Leigh hat uns gehört.«

»Soll ich mal mit ihr reden?«

»Erst mal lieber nicht. Ich will die Kinder nicht in unsere Streitigkeiten reinziehen.«

»Es waren in letzter Zeit ein bisschen mehr als einfach nur Streitigkeiten, oder? Schau mich nicht so an. Ich suche keinen weiteren Streit. Ich wollte mich entschuldigen, das ist alles. Natürlich sorgst du dich um sie, und natürlich ist es für dich härter, wenn du zu jeder Uhrzeit raus musst. Ich verstehe das. Ich habe überreagiert. Ich war angespannt. Die Übersetzung hat sich als schwerer herausgestellt, als ich angenommen hatte, und ich muss die Deadline morgen Abend schaffen.«

Sie zog sich fertig an, fuhr sich mit dem Kamm durch die Haare, sicherte sie mit einer Klammer in einem losen Dutt und strich sich gefärbten Lipgloss auf die Lippen. Das würde reichen. Sie sah David an. »Hoffentlich schaffst du heute dein Pensum, wenn beide Kinder länger aus dem Weg sind.«

»Das hoffe ich auch.«

Eine Pause entstand, ehe sie sagte: »Wir müssen uns mehr anstrengen. Wir dürfen nicht vor ihnen streiten.«

Sein Gesicht zeigte ehrliche Besorgnis. Er hatte eine tiefe Falte zwischen den Augen. »Ich weiß. Wir kriegen das hin. Bis später. Viel Erfolg.«

»Danke ... jetzt schlaf weiter.«

Nach dem Schlaf fühlte sie sich erfrischter und war erpicht darauf, noch mal mit Kyle zu reden. Sie schlich auf den Flur hinaus und an Leighs Schlafzimmer vorbei. Das Nachtlicht erhellte die Gestalt ihrer Tochter. Ein Arm hing aus dem Bett heraus, und ihre Fingerspitzen streiften ihren Bettgefährten, einen großen beigefarbenen Teddybären namens Sammy. Natalie ging auf Zehenspitzen ins Zimmer, steckte den Arm ihrer Tochter zurück unter die Daunendecke, hob das Stofftier vom Boden auf und legte es neben ihr ins Bett, ehe sie sich nach unten stahl.

———

Ein Tisch war bedeckt mit To-go-Bechern und leeren Verpackungen. Ein halb gegessenes Eier-Sandwich lag auf einer Serviette. Natalie trank einen Schluck Wasser aus der Flasche, die sie von zu Hause aus dem Kühlschrank mitgenommen hatte, und wartete darauf, dass Lucy erklärte, was sie herausgefunden hatten.

»Murray hat die Aufnahmen der Überwachungskameras auf dem Aldi-Parkplatz von Montagnachmittag noch mal gecheckt. Er hat bis zu dem Punkt zurückgespult, an dem wir entdeckt haben, wie Anthony Lane sich Savannah und ihren zwei Freundinnen näherte, und da ist ihm ein Van aufgefallen, der den Parkplatz langsam verließ ... wirklich langsam. Er hat das Nummernschild bei der Kraftfahrzeug-Zulassungsstelle eingegeben, und es gab einen Treffer: Er gehört Kyle Yates. Wir beide haben die Aufnahmen durchsucht, um zu schauen, wann er eingetroffen ist, und dann hatten wir wirklich Glück. Wir haben entdeckt, dass er zehn Minuten, bevor wir Savannah und ihre Freundinnen draußen vor dem Supermarkt gesehen haben, da geparkt hat ... und ... es saßen zwei Leute drin. Wir haben das Bild vergrößert und dabei das hier entdeckt.«

Natalie verengte konzentriert die Augen und betrachtete das Foto auf dem Bildschirm. Es war ganz unverkennbar, wer auf dem Beifahrersitz saß: Savannah Hopkins.

»Der verlogene Scheißkerl hat mir erzählt, dass er Savannah gar nicht kennt. Was haben Sie sonst gegen ihn in der Hand?«

»Anderes haben wir noch nicht zutage gefördert. Er war Single und hat bei seiner Mum gewohnt, ehe er bei Melissa Long eingezogen ist. Er hatte nie Ärger mit der Polizei – abgesehen von der Prügelei mit Lance Hopkins –, und seine Referenzen scheinen in Ordnung zu sein. Er hat die letzten zehn Jahre beim selben Unternehmen als Kurier gearbeitet.«

»Da muss etwas sein. Ich war mir sicher, dass er etwas zurückgehalten hat, als ich ihn das erste Mal befragt habe.«

Das interne Telefon klingelte und Lucy ging ran. »Wir sind auf dem Weg nach unten.« Sie wandte sich an Natalie. »Er ist hier, und sein Anwalt auch. Wollen Sie ihn befragen?«

»Darauf können Sie wetten.«

———

Kyle rieb sich das fünfte Mal, seit die Befragung begonnen hatte, mit der Hand unter der Nase. Murray war ausgewählt worden, mit Natalie im Vernehmungsraum zu sitzen, und hielt einen eisigen Blick aufrecht, der den Verdächtigen verunsicherte.

»Muss der hier sein?«, fragte Kyle seinen Anwalt, einen jungen Mann mit Brille und Anzug, der genauso eingeschüchtert aussah von Murray. Natalie war schnell mit einer Antwort. »Meinen Sie DS Anderson?«

»Ja.«

»Dann ja, er muss während der Vernehmung hier sein. Also, gehen wir noch einmal durch, was Sie mir gestern draußen vor Ihrem Haus erzählt haben. Sie sind mit der Arbeit, die Lance Hopkins auf Ihrem Grundstück verrichtet hat, nicht zufrieden gewesen, und als Sie ihn im Wheatsheaf Pub getroffen haben, warfen Sie ihm vor, Sie betrogen zu haben. Es wurde hitzig und kam zu einer Schlägerei, und Sie haben eine blutige Nase abbekommen.«

»Das ist richtig. Es ging um die Dachrinne. Er hat versucht, uns eine gusseiserne Dachrinne zu berechnen, aber eine aus PVC angebaut, die nur halb so viel kostet.«

»Und Sie haben ihn deswegen zur Rede gestellt?«

»Er hat gesagt, der Preis, den er berechnet hat, wäre für PVC gewesen, nicht Gusseisen. Das war Blödsinn, und ich habe geweigert, den vollen Betrag zu zahlen.«

»Und Sie hatten wegen dieser Angelegenheit am Freitag, den siebten September, einen Streit im Wheatsheaf Pub?«

»Das ist richtig.«

»Sie haben sich nach der Prügelei nicht noch mal gesehen?«

Wieder rieb er sich unter der Nase, dann steckte er eine Hand in seine Achselhöhle und klemmte sie dort ein, sagte aber nichts. Das war ein klares Zeichen, dass sie auf der richtigen Fährte war.

»Sie sind nicht zu seinem Haus gegangen, um mit ihm darüber zu reden?«

Kyle gab keine Antwort.

Natalie schob ihre Papiere zu einem Haufen zusammen und lehnte sich zurück. »Ich glaube, Sie konnten es nicht sein lassen. Die Sache hat Sie genug geärgert, um den Mann vor anderen Gästen in einem Pub zur Rede zu stellen, und alles, was Sie für Ihre Mühe bekommen haben, war eine blutige Nase. Es ärgert Sie offensichtlich selbst jetzt ... nach all den Monaten. Ich glaube, Folgendes ist passiert: Sie sind zu ihm nach Hause gegangen und haben eine volle Rückzahlung verlangt.«

Kyle antwortete nicht.

»Und ich glaube außerdem, dass Sie dort Savannah Hopkins begegnet sind. Hat sie Ihnen die Tür geöffnet? Haben Sie sich unterhalten?« Sie wartete, aber vergeblich. Also machte sie weiter. »Sie kannten Savannah, obwohl sie nicht bei Ihnen in der Nähe gewohnt hat und auch nicht auf dieselbe Schule gegangen ist wie Harriet. Wie konnten Sie ein dreizehn Jahre altes Mädchen vom anderen Ende der Stadt kennen, wenn nicht durch einen Besuch ihrerseits bei Lance Hopkins, den Sie in die Schranken weisen wollten? Sie haben Savannah gekannt, obwohl Sie das geleugnet haben, als wir uns das letzte Mal unterhalten haben. Sie haben mich angelogen. Wieso?«

Er schluckte schwer und wandte den Blick ab.

»Kyle, Sie können es nicht leugnen. Wir haben Beweise, dass Sie Savannah nicht nur gekannt haben, sondern am Montagnachmittag mit ihr zusammen waren, kurz bevor sie verschwunden ist. Es ist an der Zeit, reinen Tisch zu machen.«

Der Mann sah nicht auf. Natalie wartete, aber er weigerte sich zu kooperieren.

»Wieso sind Sie am Montagnachmittag mit Savannah Hopkins zusammen gewesen?«

Nichts. Sie neigte den Kopf in Richtung des Anwalts, aber er machte keine Anstalten, seinen Mandanten zum Reden zu ermutigen. Sie musste ihm die Informationen irgendwie anders entlocken.

»Sollte das irgendeine Art perverse Rache sein? Sind Sie Savannah gefolgt, nachdem sie den Supermarkt verlassen hat, und haben sie getötet?«

Schweigen. Natalie schlug plötzlich hart auf den Tisch, und Kyle blickte mit tränennassen Augen auf. »Antworten Sie mir, Kyle, oder bei Gott, ich nehme Sie deswegen fest.«

Der Anwalt riet seinem Mandanten flüsternd, etwas zu

sagen. Schließlich holte Kyle tief Luft und antwortete. »Ich war am Montagnachmittag mit Savannah zusammen, aber nur ein paar Minuten. Ich wusste, wer sie war, aber nicht, weil ich bei Lance gewesen bin. Da liegen Sie falsch. Ich habe Lance nach der Prügelei im Pub nicht wiedergesehen. Savannah ist eins von mehreren Kids, die ich ab und an sehe.«

Murray sprach mit bedrohlicher, leiser Stimme. »Was meinen Sie damit?«

Seine Worte waren träge, von einer unsichtbaren Macht widerwillig zwischen seinen Lippen hervorgezogen. »Ich deale ein bisschen mit Gras ... und E ... manchmal. Savannah hat mich kontaktiert und wollte was kaufen.«

»Sie verkaufen Ecstasy und Cannabis an Minderjährige?«, stieß Murray aus und blickte den Mann finster an. Der nickte.

»Könnten Sie fürs Aufnahmegerät ihre Antwort bitte verbal äußern?«, bat Natalie bestimmt.

»Ja.«

Natalie fuhr fort. »Woher wusste Savannah, dass Sie Drogen verkaufen?«

»Ich habe sie und ihre Freundinnen vor ein paar Monaten angesprochen. Sie haben hinter dem Supermarkt geraucht. Wenn junge Leute rauchen, sind sie manchmal daran interessiert, von mir zu kaufen. Ich habe ihnen gesagt, dass ich ihnen alles besorgen könnte, wenn sie mal was brauchen. Die Kids wissen, dass ich an Montagnachmittagen nach der Schule auf dem Parkplatz bin. Dann kommen sie zu mir. Und so war das auch bei Savannah. Ich habe ihr ein halbes Gramm Gras verkauft.«

»Wie oft hat sie von Ihnen gekauft?«

»Ein- oder zweimal im Monat.«

»Wohin sind Sie gefahren, nachdem Sie den Parkplatz verlassen haben?«

»Nach Hause. Ich bin direkt nach Hause gefahren. Ich musste die Kleinen von meiner Mutter abholen. Melissa hat gearbeitet. Sie hatte eine zusätzliche Schicht angenommen. Wir brauchen das Geld. Ich habe es nur getan, weil wir das Geld brauchen.«

»Was ist mit Harriet? Haben Sie ihr je irgendwelche Drogen angeboten?«

»Gott, nein. Sie hatte was gegen Drogen, und Melissa weiß auch nichts davon. Ich hatte mit keinem der Tode etwas zu tun. Sie können meine Mutter fragen, um wie viel Uhr ich die Kinder von ihr abgeholt habe. Sie wird für mich bürgen. Ich habe die Mädchen nicht getötet. Ich habe nur ein bisschen Stoff verkauft. Ich habe niemandem etwas zuleide getan.« Bei diesen Worten schaute er seinen Anwalt flehend an.

Natalie schob ihre Papiere erneut hin und her. Kyle mochte nicht für Savannahs Tod verantwortlich sein, würde aber wegen Drogenhandels angeklagt werden. Seine Ausreden ließ sie nicht gelten. Sie alle mussten über die Runden kommen und Rechnungen bezahlen, aber nicht jeder verkaufte illegale Substanzen an Kinder – Kinder, die im selben Alter waren wie ihre eigenen. Plötzlich wollte sie ihm nicht weiter zuhören. Er widerte sie an. Es war nicht das Ergebnis, auf das sie gehofft hatte. Es war eine weitere Sackgasse.

Mike erwischte Natalie allein im Büro. Murray und Lucy hatte sie nach Hause geschickt. Für sie selbst ergab es wenig Sinn, für eine so kurze Zeit wieder nach Hause zu gehen. Sie hätte lediglich das morgendliche Chaos vergrößert.

»Guten Morgen. Hast du kein Zuhause?« Mike lehnte sich mit einem Pappbecher in der Hand an den Türrahmen. Er hob ihn hoch. »Hätte ich gewusst, dass du hier bist, hätte ich dir einen mitgebracht. Der Barista hatte einen schlechten Morgen, er hat mich Mark getauft.«

»Du musst aber schon zugeben, dass Mike ein schwer zu buchstabierender Name ist.«

Er lächelte. »Bist du die ganze Nacht hier gewesen? Du musst auf dich aufpassen. Du machst dich krank, wenn das so weitergeht.«

»Ich habe fünf Stunden geschlafen. Es geht mir gut.«

»Na dann. Okay, ich gehe nach oben, um den riesigen Berg potenzieller Beweise zu sichten.«

»Was denkst du über diese Sache?«

»Ich muss sagen, dass es nicht die leichteste Ermittlung ist, an der ich je gearbeitet habe. Der Mörder ist gerissen. Er hat uns nicht einen einzigen Anhaltspunkt gegeben. Bisher ist das bemalte Holz unter Savannahs Nägeln alles, was wir haben. Es könnte auf den Ort hindeuten, an dem sie zuletzt gefangen gehalten wurde.«

»Mit wem habe ich es zu tun, Mike?«

»Mit jemandem, der das geplant hat. Wer auch immer verantwortlich ist, ist außerordentlich bedacht darauf gewesen, keine Spuren zu hinterlassen.«

»Aber wenn irgendjemand etwas finden kann, sind es du und deine Jungs.«

Er starrte den Becher an. »Freut mich, dass du an uns glaubst. Ich fürchte, es dauert länger, als mir lieb ist. Eine Ermittlung wie diese erfordert einen Haufen Arbeitsstunden und ... ich gehe besser und leiste meinen Beitrag.«

Er überließ sie ihren Gedanken. Sie alle hetzten in der Gegend herum, jagten Beweisen und Verdächtigen nach, und dennoch war ein zweites Mädchen getötet worden. Sorgte der Mörder dafür, dass sie überarbeitet waren? So überarbeitet, dass er seine Mordserie eine Weile länger fortsetzen konnte? Der Gedanke ließ sie erschaudern.

Er goss sich sein Lieblingsaftershave von Boss in die Hände, verteilte es auf seinen Wangen, und augenblicklich stieg ihm Zitronenduft in die Nase, gefolgt von einem Hauch Ingwer. Es war nicht penetrant wie viele andere Aftershaves, und doch war es frisch und gab ihm ein sauberes Gefühl. Die Schlange schlängelte sich ruhelos über seine Brust. Er überprüfte sein Bild im großen Spiegel. Man sah ihm beim besten Willen nicht an, was er in der Nacht getan hatte. Niemand würde es wissen, und schon gar nicht die Polizistin mittleren Alters, der der Fall zugeteilt worden war.

Als Erstes an diesem Morgen hatte er die Nachrichten

gesehen und den Appell von Superintendent Aileen Melody. Sie hatte um die Unterstützung und Wachsamkeit der Öffentlichkeit gebeten, um die Person zu finden, die für die Tode von Savannah Hopkins und Harriet Long verantwortlich war. Er war näher an den Fernseher herangerückt, um in ihre besorgten Augen zu blicken, und hatte die Panik darin gesehen. Die Polizei hatte keine Ahnung, wer hinter den Morden steckte. Sie wussten nicht einmal, dass es jetzt noch ein verschwundenes Mädchen gab, nach dem gesucht werden musste.

Verärgert hatte er festgestellt, dass die Polizistin, die die Ermittlung leitete, ihn an Faye Boynton erinnerte. Faye, die Leute herumkommandierte und sie ihre Drecksarbeit machen lassen hatte. Er hatte online nach Informationen über DI Natalie Ward gesucht und dank eines Zeitungsartikels herausgefunden, dass sie verheiratet war, zwei Kinder hatte und eines davon ein vierzehn Jahre altes Mädchen war. Wäre es nicht eine geniale Idee, wenn er die Ermittlung noch näher an ihre Türschwelle heranführte? Der Gedanke amüsierte ihn. Vielleicht tat er das. Allerdings musste er fürs Erste den Schein wahren und die Zerstörung genießen, die er verursacht hatte.

Natalie las sich gerade die Fallakte aus Manchester durch, als Ian zur Arbeit kam. Ein Verdächtiger hatte sich von den anderen abgehoben: ein arbeitsloser Herumtreiber namens Brendon Jones, der auf einem Narrowboat in der Nähe des Restaurants der Kumars gelebt hatte. Er hatte kein Alibi und war lange Zeit ihr Hauptverdächtiger gewesen, aber aus Mangel an Beweisen freigelassen worden. Ian fiel die geöffnete Akte auf ihrem Schreibtisch auf.

»Ich habe alle Verdächtigen in dem Fall überprüft. Niemand davon scheint hier in der Gegend zu sein, wobei ich Brendon Jones, ihren Hauptverdächtigen, nicht aufspüren konnte. Ich habe einen Kollegen da oben gebeten, die Sache zu untersuchen und zu schauen, ob er immer noch in der Gegend ist.«

»Okay. Bleiben wir für den Moment aufgeschlossen.«

»Ich habe unten mit Murray gesprochen. Er hat mich auf den neuesten Stand gebracht. Wie ich hörte, wurde Kyle festgenommen.«

»Ja, wir haben ihn ans Drogendezernat weitergereicht. Er hat Drogen an etlichen Schülerinnen und Schülern in der Gegend verkauft.«

»Mistkerl. Hoffentlich sperren sie ihn für eine lange Zeit ein.«

»Wen?«, fragte Murray, ehe er hinzufügte: »Morgen, Natalie.«

»Kyle Yates.«

»Ach der. Was für eine verdammte Zeitverschwendung es war, ihm nachzujagen. Eine Weile habe ich wirklich gedacht, wir hätten unseren Mörder geschnappt. Haben Sie irgendwas Neues?«

Natalie schüttelte den Kopf. »Ich habe mir noch mal die Akte aus Manchester angesehen, für den Fall, dass mir etwas auffällt. Wenn wir Glück haben, hat Mike vielleicht etwas Neues. Im Moment müssen wir damit weitermachen, uns durch die Aufnahmen der Überwachungskameras zu kämpfen.«

»Wo soll ich anfangen?«

»Bei den Kameras auf der Hauptstraße nach Bramshall. Es gibt zwei Kameras, für die ich mich interessiere: eine vor der Abzweigung in den Wald und eine hinter dem Haus, in dem Harriet gewohnt hat. Checken Sie Fahrzeuge, Nummernschilder und Zeiten. Suchen Sie nach Unregelmäßigkeiten – überprüfen Sie jedes Fahrzeug, das an einer Kamera vorbeikommt und kurz darauf wieder auftaucht. Es ist nur eine Theorie, aber einer der Fahrer hat vielleicht an der Abzweigung angehalten, um Harriets Leiche loszuwerden.«

»Gibt es ein Zeitfenster, dem ich mich besonders widmen soll?«

»Fangen Sie um Mitternacht an und arbeiten Sie sich vor bis zu dem Zeitpunkt, als sie gefunden wurde.«

Lucy traf als Nächste ein und wollte sich gerade an die Arbeit machen, als Natalie einen Anruf von Graham erhielt. Eine weitere Vierzehnjährige, Katy Bywater, war in Watfield verschwunden, und obwohl er bereits eine groß angelegte Suche nach ihr durchführen ließ, glaubte er, dass Natalie involviert sein sollte.

»Wann ist Katy verschwunden?«, fragte Natalie.

»Ihr Vater Christopher weiß es nicht. Sie ist zu Hause gewesen, als er von der Arbeit nach Hause kam. Er ist Reifenmonteur für A1 Tyres. Sie haben zusammen gegessen, und dann ist sie in ihr Zimmer nach oben gegangen. Das war normal. Er ist um Viertel vor acht in den Pub gegangen, und als er gegen halb elf nach Hause zurückkehrte, war ihr Licht nicht mehr an, also hat er angenommen, dass sie schlief. Heute Morgen ist sie nicht aufgestanden, als er nach ihr rief, und als er sie wecken wollte, stellte er fest, dass sie nicht in ihrem Bett geschlafen hatte. Er glaubt, dass sie von zu Hause weggelaufen ist.«

»Wo war ihre Mutter zu der Zeit?«

»Sie ist vor einem Jahr gestorben. Es gibt nur ihn und Katy. Am besten wäre es, wenn Sie mit ihm sprechen und sich selbst ein Urteil bilden. Anscheinend war ihr Verhältnis in jüngster Vergangenheit angespannt, und sie ist schon mal von zu Hause weggelaufen. Vielleicht hat diese Sache für Ihre Ermittlung gar keine Bedeutung, aber ich dachte, Sie sollten dennoch davon wissen. Sie hat ein iPad, das wir derzeit auf Spuren hin untersuchen, aber ich werde dafür sorgen, dass Sie es bekommen.«

»Wir sind so gut wie unterwegs.«

»Dann sehen wir uns in etwa fünfundvierzig Minuten an ihrem Haus.«

Alle Gesichter im Raum hatten sich in ihre Richtung gewandt. »Sie haben vermutlich erfasst, dass wir ein weiteres potenzielles Opfer haben – Katy Bywater. Sie geht auf die Watfield-Mittelschule, also auf dieselbe Schule wie Savannah, ist aber im Jahrgang über ihr. Sie wohnt etwa vier Straßen von ihr entfernt. Ihr Vater glaubt, dass sie von zu Hause weggelaufen ist. Sie ist irgendwann vergangene Nacht verschwunden, während ihr Vater weg war, insofern steht die Sache vielleicht nicht in Verbindung mit unserer Ermittlung, aber wir gehen kein Risiko ein. Ian, suchen Sie alle nützlichen Informationen über Katy zusammen, die Sie finden können, und geben Sie sie an uns weiter.« Sie nahm ihre Jacke und warf sie sich über. Lucy und Murray waren direkt hinter ihr, als sie die Treppe hinunterpolterte und in den hellen Sonnenschein hinaustrat.

Die Bywaters lebten auf einer scheinbar nicht endenden Straße voller Doppelhäuser, die in der Hauptstraße begann, in der die Hopkins wohnten, sich an der Watfield-Mittelschule und dem Aldi vorbei krümmte und am Ende in die Church Street überging. Polizeikräfte liefen die gesamte Straße entlang und sprachen mit Bewohnerinnen und Bewohnern auf deren Türschwellen. Besorgte Gesichter drehten sich zu ihnen um, als Natalie und ihr Team sich näherten und den vielen Fahrzeugen anschlossen, die jetzt die Straße säumten.

Eine kleine Gruppe Leute war vor Christopher Bywaters Tor versammelt und redete mit einem Mann in einem blauen Overall, der den Namen der Reifenmontage-Firma trug. Natalie stieß ein Stöhnen aus, als sie zwei von ihnen erkannte: Bev Gardiner, die Reporterin vom *Watfield Herald*, und ihren Fotografen.

»Was verdammt noch mal hat er vor?«, murmelte Natalie,

ehe sie aus dem Auto sprang und in seine Richtung schritt, wo sie bestimmt sagte: »Ich bitte Sie, sich zu entfernen. Wir müssen allein mit Mr Bywater sprechen.«

»Schon okay«, sagte Christopher. »Es macht mir nichts aus, mit ihnen zu reden. Vielleicht können sie dazu beitragen, sie zu finden.«

»Sir, Sie sollten im Moment mit niemandem reden. Hat Ihnen das keiner gesagt?«

»Ja, aber ich habe gedacht, es wäre okay.«

»DI Ward, glauben Sie, Katy ist in die Hände des Mörders geraten, der die Straßen von Watfield heimsucht?«, fragte Bev mit lauter Stimme.

Natalie war sich der ängstlichen Blicke bewusst, die auf ihr hafteten. Diese besorgten Bürger sollten sich entfernen und sie ihre Arbeit machen lassen. Christopher Bywater sollte nicht hier draußen sein und private Pressekonferenzen abhalten, und er sollte einen Polizisten bei sich haben. »Kein Kommentar. Mr Bywater, können wir uns bitte drinnen unterhalten?«

Christopher schüttelte den Kopf. »Aber ...«

Natalie stellte sich vor ihn und schirmte ihn so von der Reporterin ab. »Sir, wir müssen uns drinnen unterhalten. Bitte. Es ist sehr wichtig.«

Er hob eine Hand, um der Reporterin zu danken, dann führten Natalie und Lucy ihn zum Haus, während Murray am Tor wartete, um sicherzustellen, dass sich alle entfernten.

Das Haus war bescheiden. Es war in den Sechzigerjahren erbaut worden und hatte eine Renovierung bitter nötig. Die Haustür führte in eine Diele, kaum groß genug für eine Person, ganz zu schweigen von zweien. Es war Natalie nicht möglich, den orange-braunen Teppich zu ignorieren – ein übrig gebliebenes Relikt, das nicht nur die Treppenstufen direkt vor ihr bedeckte, sondern sich in den Raum zu ihrer Rechten erstreckte, der sowohl als Esszimmer als auch als Wohnzimmer fungierte. Jemand hatte versucht, das Haus heimeliger zu machen, indem er dem braunen Ledersofa und dem dazu passenden Sessel, der in Richtung des Fernsehers in der Zimmerecke gedreht war, dunkelorangenefarbene Kissen verpasst hatte. Außerdem verbarg ein Kunstpelzteppich das entsetzliche Wirbelmuster auf dem Teppichboden. Ein runter Tisch mit zwei Stühlen nahm den Rest des Raumes ein, zusammen mit einer Kommode, auf der Zierrat und Fotografien standen. Einige zerlesene Teenie-Magazine lagen neben dem Sessel auf dem Boden, daneben ein leerer Becher mit der Aufschrift ›Katy‹.

Christopher presste sich die Fingerspitzen gegen die Stirn. »Ich bin ein bisschen verwirrt. Ich habe bereits mit DI Kilburn gesprochen. Ich habe gedacht, er wäre zuständig für die Suche nach Katy.«

»Das ist korrekt, aber wir unterstützen ihn. Wir haben in letzter Zeit Ermittlungen über verschwundene Personen ange-stellt, und hielten es für klug, uns einzuschalten.«

Ein dumpfes Geräusch ertönte, als Christopher sich auf einen Stuhl fallen ließ. »O Gott, nein. Sie ermitteln in diesen Mordfällen, stimmt's?« Er ließ den Kopf in die Hände sinken und stieß ein leises Stöhnen aus.

»Wir wissen nicht, was Katy zugestoßen ist, aber es würde uns helfen, wenn Sie uns alles erzählen, was gestern Abend passiert ist, damit wir herausfinden können, wann sie das Haus verlassen hat.«

Er beugte sich vor und stützte die Ellbogen auf die Knie. »Ich bin um halb sechs nach Hause gekommen und da saß sie im Sessel und hat ferngesehen. Ich habe Abendessen gekocht – Nudeln –, wir haben gegessen und dabei die *Simpsons* geguckt. Danach ist sie in ihr Zimmer raufgegangen. Ich hab eine Weile allein dagesessen und dann um Viertel nach acht entschieden, in den Pub zu gehen.«

»Sie haben sie hier im Haus allein gelassen?«

»Sie ist kein Kind mehr«, antwortete er defensiv.

»Sie ist erst vierzehn.«

»An manchen Tagen verhält sie sich nicht wie eine Vierzehnjährige«, antwortete er. Mit verzerrtem Gesicht rieb er sich den Nacken, als hätte er Schmerzen. »Man muss nicht auf sie aufpassen. Das macht es nur schlimmer.«

»Inwiefern schlimmer?«

»Sie wird launisch, streitsüchtig – ich werde mit ihren Wutausbrüchen nicht fertig. Seit ihre Mum gestorben ist, ist sie schwierig, und dann ist da noch die Pubertät, die alles komplizierter macht. Ich komme nicht an sie ran.«

»DI Kilburn hat uns erzählt, Sie hätten sich gestern Abend gestritten.«

»Das stimmt. Sie wollte, dass ich ihr einen Vorschuss auf ihr Taschengeld gebe, und ich habe mich geweigert, weil ich nicht genug Geld hatte, um für Extras zu blechen. Sie hat mich angemeckert, weil ich diese Woche ein paarmal im Pub war. Ich hab mich gefühlt wie ein nutzloses Arschloch. Sie hat das Geld für persönliche Hygieneartikel gebraucht und gesagt, es wäre schrecklich peinlich, solche Sachen mit mir zu besprechen, und wie sehr sie wünschte, dass ihre Mum noch leben würde. Sie machen sich keine Vorstellung, wie mies ich mich gefühlt habe. Ich habe ihr zehn Pfund gegeben, aber sie war immer noch wütend. Sie hat gesagt, sie hasst mich, weil ich sie gezwungen habe, nach Watfield zu ziehen, und ist wutentbrannt abgezogen. Danach konnte ich nicht hierbleiben. Ich habe ihr gesagt, dass ich für ein paar Stunden in den Pub gehen würde, und bin weg. Sie hatte meine Nummer, falls was ist.«

»War es normal für Sie, sie allein zu lassen?«, fragte Lucy.

»Ich habe sie schon mal allein gelassen. Normalerweise ist sie online mit ihren Freundinnen beschäftigt, ob ich da bin oder nicht. Sie braucht keine Aufsicht. Es war wirklich nicht einfach, seit ihre Mum gestorben ist. Wir brauchen beide unseren Freiraum.«

Natalie konnte sich vorstellen, wie schwer es war, mit einer zickigen Teenagerin zu kommunizieren, besonders ohne die Unterstützung einer Partnerin. »Warum glauben Sie, dass Katy von zu Hause weggelaufen ist?«

»Ihre Sporttasche und ihr Handy sind weg. Die Tasche liegt sonst immer bei der Haustür, und ohne ihr Handy geht sie nirgendwohin. Ich weiß nicht, was für Sachen sie anhatte oder mitgenommen hat, aber ich habe DI Kilburn beschrieben, was sie trug, als ich sie das letzte Mal gesehen habe.«

»Ist sie schon mal von zu Hause weggelaufen?«

»Nachdem wir hergezogen waren, ist sie mal verschwunden. Damals hat sie einen Bus nach Northampton genommen und stand dann auf einmal bei einer Freundin vor der Tür. Die Mutter des Mädchens hat mich angerufen, und ich bin runtergefahren, um sie abzuholen. Katy hat ihre Freundinnen schrecklich vermisst. Wir haben darüber geredet, und sie hat es nicht wieder getan. Danach ist sie ein paarmal abends länger weggeblieben, aber sie ist nicht noch mal verschwunden.«

»Und Sie haben diese Informationen an DI Kilburn weitergegeben?«

»Zuerst habe ich gedacht, sie wäre wieder nach Northampton gefahren. Ich habe ein paar ihrer besten Freundinnen angerufen, aber die haben seit einer Weile nichts von ihr gehört. DI Kilburn hat gesagt, er würde all ihre Freundinnen von damals kontaktieren, und seine Kollegen untersuchen, wie sie dort hingekommen sein könnte.«

Natalie hielt es für durchaus möglich, dass Katy den Zug von Watfield nach Samford genommen hatte und dann von dort mit einem weiteren nach Northampton gefahren war. DI Kilburn würde dem definitiv nachgehen. Vielleicht hatte sie deswegen Geld gebraucht und war sauer gewesen, als sie nur zehn Pfund bekommen hatte. Ihre Sorge war jedoch, dass Katy nicht von zu Hause weggelaufen, sondern in Wirklichkeit vom Mörder geschnappt worden war. »Wo ist sie hingegangen, wenn sie bis spät aus war?«

»Dann war sie ausgerechnet im Western Park.«

»Allein?«

»Ja. Das hat mir nur noch mehr Sorgen gemacht. Ich habe ihr gesagt, dass sie das nicht tun kann. Da ist es alleine viel zu gefährlich, und ich habe ihr Hausarrest gegeben. Sie hat es kapiert. Deswegen hat sie immer ihr Handy dabei – damit wir in Kontakt bleiben können. Im Moment nimmt sie nicht ab. Ich habe es zigmal versucht. Es geht sofort die Mailbox ran.«

Bei den anderen Mädchen war es dasselbe gewesen. Niemand hatte sie auf ihren Handys erreichen können. »Hat Ihre Tochter mal eine Savannah Hopkins erwähnt?«

»Nicht dass ich wüsste. Ich habe den Namen in den Nachrichten gehört, aber nie von Katy.«

»Sie waren auf derselben Schule.«

»Dann kennt sie sie vielleicht, aber ihr Name ist mir nicht untergekommen.«

»Was ist mit Harriet Long?«

Erneut rieb er sich den Nacken und lehnte sich vor. »Nein.«

»Wir brauchen eine Liste ihrer Freundinnen, um mit ihnen zu reden.«

Er schüttelte traurig den Kopf. »Sie hatte keine.«

Lucys Augen weiteten sich und sie mischte sich ein. »Keine Freundinnen? Mit wem redet sie dann online?«

»Mit ihren alten Schulfreundinnen in Northampton. Wir sind hierhergezogen, kurz nachdem Lisa starb. Ich hab gedacht, es wäre besser für uns, wenn wir einen Neuanfang machen.«

»Sie muss wenigstens eine Freundin hier haben!«, rief Lucy aus.

Natalie war genauso überrascht, dass das Mädchen keine gehabt hatte, und verspürte einen Anfall von Mitleid für die anscheinend freundinnenlose Teenagerin. Auch Savannah war unbeliebt gewesen.

»Das ist eines der Dinge, über die wir regelmäßig gestritten haben. Sie hat sich geweigert, sich Mühe zu geben. Das war alles ihre Absicht. Sie hat die Situation manipuliert, damit ich nachgebe und wir nach Northampton zurückziehen, aber ich bin nicht der Waschlappen, für den sie mich gehalten hat. Sie versteht einfach nicht, warum ich niemals zurück nach Northampton kann. Es wäre viel zu schmerzhaft für mich. Als Lisa starb, habe ich bis auf Katy alles verloren, und deshalb habe ich mich für den Umzug entschieden. Ich habe es mir nicht leicht gemacht, aber wirklich gedacht, dass sie sich mit der Zeit an Watfield gewöhnen würde. Es ist eine wirklich hübsche Stadt, und junge Leute haben doch sonst keine Schwierigkeiten, Anschluss zu finden, oder? Nicht jemand wie Katy. Sie ist ein kluges Mädchen und sehr sportlich, insofern war ich mir sicher, dass sie sich viel müheloser eingewöhnen würde, als es der Fall war.«

Natalie hatte einen Moment der Klarheit. Ihr Kopf schnellte hoch. »Sie sagten, Katy hat ihre Sporttasche mitgenommen?«

»Das stimmt.«

»Ist sie mal ins Watfield-Sportzentrum gegangen?«

»Ein paarmal. Da finden alle möglichen Sportveranstaltungen statt, bei denen sie manchmal war. Ich habe sie ermutigt, beim Mädchenfußballteam mitzumachen, aber sie war nicht scharf drauf. Tatsächlich glaube ich, dass sie scharf drauf war, aber weiter versucht hat, mich dazu zu bringen, Watfield zu verlassen.«

Harriet hatte Sport gemocht und ebenfalls Fußball gespielt. Vielleicht hatten sie sich doch gekannt. Es gab noch eine andere Möglichkeit.

»Katy hat ein Handy. Hat sie einen Vertrag?«

»Prepaid. Sie hat es im Telefonladen in der Stadt gekauft.«

Der Telefonladen tauchte immer wieder auf. Duffy musste alle drei Mädchen gesehen oder gekannt haben. Das war ein ziemlicher Zufall. Die Frage war, wie gut er sie *wirklich* gekannt hatte. Plötzlich wollte Natalie Duffy noch einmal befragen. Sie hatte genug Informationen, um loszulegen, und keine Zeit zu verschwenden. Sie dankte Christopher und ging auf die Haustür zu. Ein junger Polizist wartete auf der Türschwelle auf sie. Er trat vor und hielt ihr ein iPad hin. »Ich wurde instruiert, bei Mr Bywater zu bleiben, sobald Sie gehen, und Ihnen das hier zu geben. DI Kilburn lässt sich entschuldigen. Er ist zu beschäftigt, um persönlich mit Ihnen zu reden. Er wird Sie so bald wie möglich kontaktieren.«

»Was mache ich denn jetzt?«, fragte Christopher von seinem Stuhl aus.

Natalie drehte sich zu ihm um und sagte: »Es tut mir leid, aber alles, was Sie jetzt tun können, ist zu warten und die Polizei ihre Arbeit machen zu lassen. Wir werden alles tun, um Ihre Tochter zu finden. Wenn Ihnen in der Zwischenzeit etwas einfällt, das uns vielleicht hilft, sagen Sie es bitte diesem Kollegen.«

———

Wieder im Auto schaltete Natalie das iPad ein, checkte den Browser-Verlauf und reichte es, ohne ein Wort zu sagen, an Murray weiter. Er warf einen Blick darauf und sagte: »Scheiße. Sie war auf der Seite von Disappear.«

Natalie nickte. »Sie hatte vor, sich zu verstecken. Sie hat ihre Sporttasche und ihr Handy mitgenommen und ist gegangen, als sie wusste, dass ihr Vater im Pub war und vermutlich nicht nach ihr sehen würde.«

Lucy lehnte sich mit einem Ellbogen gegen Natalies Kopfstütze. »Sie ist nicht auf dem Schulweg verschwunden wie die anderen. Vielleicht versteckt sie sich wirklich irgendwo und ist nicht in Gefahr.«

»Das stimmt zwar, aber es macht mir Sorgen, dass sie auf dieser verdammten Website war. Und es gibt noch weitere

Übereinstimmungen: Sie ist auf derselben Schule wie Savannah, sie geht zum Watfield-Sportzentrum – wie Harriet –, und alle drei Mädchen sind Kundinnen im Telefonladen gewesen. Dort müssen wir nachhaken.«

Während Natalie und Lucy sich unterhielten, scrollte Murray sich durch den Browser-Verlauf des iPads. Er schüttelte den Kopf und sagte: »Sie hat nach Informationen über Mutproben und Challenges gesucht und nach Infos darüber, wie man es vermeidet, gefunden zu werden. Sie war definitiv interessiert an dieser Disappear-Mutprobe. Jeden Tag war sie auf der Website von Disappear, manchmal zweimal am Tag, hat sich Videos angesehen und den Fragen-und-Antworten-Bereich, aber es ist nichts in ihrem Suchverlauf über Fahrpläne oder Routen von Watfield nach Northampton.«

»Vielleicht hat sie gedacht, dass Northampton der erste Ort ist, an dem ihr Vater sie suchen würde. Er hat uns erzählt, dass sie oft spät aus dem Western Park heimkam. Dieser Ort scheint irgendeine Anziehung auf diese Mädchen ausgeübt zu haben.«

»Sie haben den Pavillon selbst gesehen. Darin könnte sich unmöglich jemand verstecken.«

»Vielleicht gibt es etwas anderes im Park, von dem wir nichts wissen. Ich bitte DI Kilburn, Polizisten hinzuschicken, nur für den Fall, dass sie sich dort versteckt hält.«

Lucy hatte ihr Smartphone herausgeholt und konsultierte Google Maps. »Der Park ist in der Nähe des Sportzentrums. Glauben Sie, sie könnte Savannah oder Harriet dort zufällig begegnet sein oder sich dort mit einer der beiden getroffen haben?«

»Ja, auch das ist möglich.« Natalie nahm Murray das iPad ab und fällte eine Entscheidung. »Der erste Halt ist der Telefonladen. Murray, wir lassen Sie auf dem Weg dahin raus. Gehen Sie zum Sportzentrum. Nehmen Sie Fotos der drei Mädchen mit und finden Sie heraus, ob jemand sie dort irgendwann zusammen gesehen hat.«

Sie nahm das Funkgerät in die Hand, als sie losfuhren, und sprach mit Ian. Er hatte Fortschritte gemacht.

»Hi Natalie. Ich habe Ihnen die Informationen über Katy und Christopher Bywater per E-Mail geschickt. Ihre Mum Lisa ist im Mai 2018 gestorben. Einen Monat später wurde Katy wegen renitenten Verhaltens von der Schule suspendiert, und Ende Juli letzten Jahres sind sie und ihr Vater nach Watfield gezogen.«

Natalie war keine Psychologin, aber Katys Suspendierung war kurz nach dem Tod ihrer Mutter passiert. Zweifelsohne standen die beiden Ereignisse miteinander in Verbindung. Katy war ein sehr unglückliches Mädchen.

Ian fuhr fort. »Ich habe noch was. Mike hat mir Informationen von Harriet Longs Handy übermittelt. Sie hat in den sozialen Medien damit angegeben, dass sie eine Mutprobe machen würde, die ihnen allen den Atem verschlagen würde.«

»Sie hat aber nicht gesagt, was es sein würde?«

»Nein, nur, dass es dafür sorgen würde, dass ein paar Leute auf sie aufmerksam würden und dass es definitiv ihren Vater stolz machen würde.«

Das arme Mädchen hatte wirklich gewollt, dass ihr im Gefängnis sitzender Vater ihr Aufmerksamkeit schenkt und sie nicht ausgrenzt. Natalie dachte darüber nach, dass sie jetzt noch eine weitere Verbindung zwischen den drei Mädchen hatten: Sie waren alle unglückliche Teenagerinnen gewesen, jede von ihnen hatte um Aufmerksamkeit gebuhlt.

»Mike hat es außerdem geschafft, das Video zu vergrößern, auf dem Harriet schreit. Es ist immer noch nicht scharf, aber er glaubt, dass es sich um eine graue Tür handelt.«

Natalie dachte an die Holzsplitter, die sie unter Savannahs Fingernägeln gefunden hatten. Die Mädchen waren vielleicht am selben Ort gefangen gehalten worden. »Danke Ihnen. Ich muss Sie um noch etwas bitten. Markieren Sie einen Radius von anderthalb Kilometern rundum Katys Haus und suchen

Sie nach Müllkippen, Mülleimern, Orten, die was mit Abfall zu tun haben, Containern und so weiter, an denen der Mörder eine Leiche ablegen könnte.«

Sie bemerkte den Blick, den Murray ihr zuwarf. Sie hoffte inständig, dass es nicht dazu kam, aber wenn Katy vom Mörder entführt worden war, befand sich ihre Leiche irgendwo in der Nähe.

ZWEIUNDZWANZIG

DAMALS

Es ist heiß und eng in der Waschmaschine. Er kann nicht länger aus der Tür nach draußen gucken und auch keine Stimmen mehr hören. Er tritt gegen das Glas, aber sein Fuß trifft nur schwach darauf.

»Faye!« Die schwachen Schreie kosten ihn viel Überwindung. Er erhält keine Antwort. Er versucht einzuatmen, befindet sich aber in einer seltsamen Position, und seine Brust fühlt sich an wie eingedrückt. Er kann seinen Kopf nicht bewegen, um auszumachen, wie er hier rauskommen soll, und obwohl er mit dem Fuß immer wieder gegen die Tür drückt, reicht das nicht aus, um sie öffnen.

Ihm wird schwindelig. Er fühlt sich entrückt von der Wirklichkeit, wie damals, als er Fieber hatte, im Bett lag und seine Mutter an seiner Seite war. Er hat keine echte Erinnerung daran, nur eine Reihe von wechselnden Szenen: seine weinende Mutter, eine Schüssel, die schrecklich stank, einen feuchten Lappen, seinen Vater – nein, er kann es nicht gewesen sein, denn er ist tot, eine Hand auf seinem Kopf und eine tiefe Stimme, wie sein Kopf hochgehoben wird, um ihm zu helfen, Wasser zu trinken. Das hier fühlt sich ähnlich an, abgesehen davon, dass es wirklich unbequem und niemand da ist, um ihm zu helfen. Seine Arme sind taub, und alles verlangsamt sich, nur sein Atem nicht. Er kann seine Brust nicht wie gewöhnlich aufpumpen, kein Atemzug ist mehr als ein Keuchen. »Faye!«

Von draußen kommt nichts. Die Mädchen haben ihn zurückgelassen. Er wird die Nacht hier verbringen. Er blickt nach oben, strengt sich an herauszufinden, wie er hier herauskommen kann, und erhascht einen Blick auf eine Bewegung — etwas Langes und Schwarzes. Sein Puls beschleunigt sich. Es ist die Schlange. Die Schlange ist tatsächlich mit ihm in der Waschmaschine, und er hat keinen Stein, um sie zu zerquetschen. Deswegen haben die Mädchen gelacht. Sie haben ihn zusammen mit der Schlange hier eingeschlossen. Der Schrei bleibt ihm im Halse stecken. Wenn er sich bewegt oder ein Geräusch macht, wird sie ihn angreifen.

Er kennt sich mit Schlangen aus. Er hat eine Sendung gesehen, in der ein Mann eine gefangen hat. Schlangen mögen keine Bewegungen. Wenn sie sich bedroht fühlen, greifen sie an. Er muss ruhig bleiben. Es ist eine beinahe unmögliche Anstrengung, und Wellen von Schmerz überfluten seinen Oberkörper, aber er zuckt nicht zusammen, sondern schließt stattdessen die Augen. Seine Brust schmerzt von der Anstrengung des Atmens, und trotz seines Versuchs, leise zu sein und die Schlange nicht zu verärgern, beginnt er zu krächzen, während er kleine Mengen Sauerstoff einatmet. Er darf sich nicht bewegen. Er darf die Schlange nicht wütend machen.

Er denkt an seine Mum, die sein Abendessen fertig haben und sich wundern wird, wo er bleibt. Ein Kloß bildet sich in seinem Hals. Er will nach Hause und seiner Mum von der Schlange erzählen und dass er wusste, dass er sich nicht bewegen darf. Seine Mum sagt ihm immer, wie clever er ist …

»Gott hat dir vielleicht keinen großen Körper, aber einen großen Verstand gegeben.«

»Die anderen Kinder lachen mich immer aus und hänseln mich.«

»Wenn sie wüssten, was du im Kopf hast, würden sie dich nicht auslachen. Dein Körper wird sich schon noch verändern und wachsen. Er musste warten, weil dein Gehirn all die Energie verbraucht, um zu wachsen. Warte nur ab, und du wirst sehen, dass ich recht habe.«

Zu gern würde er gerade seine Mum sehen. Die Schlange macht ein zischendes Geräusch. Sie kommt, um ihn zu holen, und er wird nicht in der Lage sein, sich zu wehren, nicht hier drin, nicht so in der Maschine zusammengequetscht. Vielleicht ist es eine große Boa constrictor, die das Leben aus ihm herauspressen wird. Oder eine kleinere Schlange mit einer zuckenden, gespaltenen Zunge, die unvermittelt vorschnellen und ihn angreifen wird. Und dann wird sich sein Körper mit Gift füllen und seine Haut wird anschwellen, bis sie platzt. Tränen steigen ihm in die Augen und rinnen seine Wangen hinunter. Er will nicht mit der riesigen Schlange in der Maschine gefangen sein. Er stößt ein leises Wimmern aus.

»Hilfe!«

Seine Stimme ist bloß ein Flüstern. Abgesehen von der Schlange ist er allein. Er wird hier sterben. Es gibt nicht genug Luft. Er versucht, sich zu bewegen, aber er kann es nicht.

Seine Glieder sind schwer und kleben an der Trommel, in der er festsitzt. Vor seinen Augen blitzen kleine Lichtfunken auf. Seine Brust fühlt sich enger an. Die Erkenntnis trifft ihn heftig. Die Schlange ist eine Boa constrictor. Sie hat sich um ihn gewunden und zerquetscht ihn Stück für Stück, während sie sich um seine knochige Brust zusammenzieht. Bald wird er das Geräusch seiner brechenden Rippen hören. Er kann sich nicht bewegen. Er presst die Augen zusammen. Er will die Schlange nicht sehen. Er kann den Anblick ihres schuppigen Körpers nicht ertragen. Es ist schlimm genug, dass sie nach und nach die Luft aus ihm herauspresst. Er hat schreckliche Angst, dass sie sich über sein Gesicht schlängelt. Angst – eine tiefe, furchtbare Angst – verdrängt das Wissen um das, was passiert, und er stöhnt leise, während sein Atem immer flacher wird.

Er will seiner Mum sagen, dass es ihm leidtut und dass er ihr nur etwas Hübsches von der Müllkippe besorgen wollte – den hellen, glänzenden Wasserkocher oder etwas Ähnliches –, aber es ist zu spät. Er wird morgen nicht aufwachen und braucht sich keine Ausrede einfallen zu lassen, wieso er nicht zum Schulleiter gegangen ist. Er wird keine Rice Krispies - sein Lieblingsfrühstück - essen, während sein kleiner Bruder rhythmisch mit seinem Plastikbecher auf das Tablett seines Hochstuhls klopft. Tränen benetzen seine Wimpern. Der Schmerz in seiner Brust ist beinahe unerträglich. Die Schlange tötet ihn.

Die Tür springt auf.

»Ha!« Fayes Gelächter klingt laut in seinen Ohren.

Er atmet schmerzhaft und abgehackt ein. »Schlange. Hilfe!«

Faye kichert. Vee erscheint neben ihr und steckt ihren Kopf in die Lücke. Sie steht verkehrt herum. Während Sauerstoff in seine Lungen strömt, bemerkt er, dass er Kopf über ist, nicht Vee.

»Schlange«, wiederholt er.

»Wo?«

»Auf mir.«

»Da ist keine Schlange«, sagt Faye.

Hinter ihr prustet Missy vor Lachen. »Du siehst aus, als steckst du fest. Brauchst du Hilfe?«

Er kann sich kaum bewegen. Jeder Teil von ihm steckt in der Trommel fest. Er schafft es, sich mit einer Hand an die Brust zu fassen. Das ist nichts, was sie einengt. Die Schlange ist fortgeschlängelt. Vermutlich hat sie Angst vor den Mädchen.

Zwei Hände packen seine Waden und ziehen daran. Er heult wegen des dort aufwallenden Schmerzes auf.

»Nicht so laut, du Baby. Wir helfen dir raus. Halt einen Moment die Klappe.« Die Mädchen reißen an seinen Schuhen und bekommen sie aus der Maschine raus, sodass sie den Boden berühren.

»Den Rest musst du selbst rausrutschen. Wir haben dir genug geholfen.« Faye klingt jetzt verärgert. »Und du stinkst nach Pisse.«

»Die Schlange.«

»Welche Schlange? Es gibt keine dumme Schlange. Das war eine Geschichte, die wir unter Kindern wie dir verbreitet haben, um sie von unserem Gebiet fernzuhalten.«

»Da ist eine Schlange in der Maschine.« Er dreht und windet sich, bis er auf die Erde plumpst. Er ist erschöpft, und Rotz läuft ihm das Kinn hinunter.

»Ja, klar. Geh nach Hause, du Angsthase. Wir wollen dich hier nicht. Wenn wir dich noch mal hier erwischen, stecken wir dich wieder rein und lassen dich nie wieder raus.«

Er kniet sich hin, dreht sich um hundertachtzig Grad und schaut zur offen stehenden Tür. Wo ist die Schlange hin? Er blickt nach oben und unten und entdeckt ein Stück schwarzen Schlauch, der sich unheimlich aufgewickelt hat.

»Komm schon. Schieb ab.« Missy geht mit finsterem Gesichtsausdruck wieder auf ihn zu.

Er kämpft sich auf die Beine und stolpert davon.

»Angsthase!«

Der Spott folgt ihm, während er von dannen rennt. Er wäre fast gestorben. Es war jedoch keine Schlange, die ihn um ein Haar getötet hätte, sondern fehlende Luft. Tränen laufen sein Gesicht herab. Er ist dreckig, er stinkt, und er ist sehr, sehr wütend. Die Mädchen werden für das, was sie getan haben, bezahlen.

DREIUNDZWANZIG

DONNERSTAG, 19. APRIL – SPÄTER VORMITTAG

Ein entferntes Summen ertönte und verkündete Natalies und Lucys Ankunft. Niemand war hinter dem Tresen, und sie warteten einen Moment, bis sie Schritte hörten. Mitchell, der Besitzer des Telefonladens, der in der Wohnung darüber wohnte, erschien.

»Sorry, ich war oben.«

»Morgen, Sir. Ist Duffy hier?«, fragte Natalie.

»Noch nicht. Er musste auf den Anruf eines Technikers warten. Es gibt ein Problem mit dem Boiler. Er wird aber bald hier sein.« Er kratzte sich am Kinn und sagte dann: »Ich habe, seit wir gestern miteinander gesprochen haben, nachgedacht und wollte Sie anrufen. Vielleicht ist da etwas dran oder auch nichts, aber ...« Er durchquerte den Laden und drehte den Schlüssel im Schloss um.

Natalie wartete darauf, dass er weiterredete. Mitchell blickte aus dem Fenster, ehe er sie ansah. Er schlug die Hände zusammen und blickte zu Boden. »Es ist peinlich ... Ich halte viel von ihm und ich bin mir sicher, er würde nicht ...«

»Mr Cox, reden Sie von Duffy?«

Er nickte bedrückt. »Von meinem Büro oben kann man den Hinterhof einsehen, und ich habe ihn gelegentlich draußen mit ein paar der Kids gesehen. Seit Sie das letzte Mal hier waren, habe ich viel darüber nachgedacht, und ich bin mir nicht zu hundert Prozent sicher, aber ich vermute, dass er mit den vermissten Mädchen draußen gewesen ist. Das war letzte Woche Samstag. Ich bin im Lagerraum gewesen, um Ware zu holen, bin über meinen privaten Seiteneingang reingekommen, und kaum war ich in meinem Büro, habe ich draußen Gelächter gehört. Ich habe einen Blick aus dem Fenster geworfen und ihre Köpfe nur von oben gesehen. Eine der Personen könnte Savannah gewesen sein, und die andere trug ihr Haar in zwei Dutts. Da war auch ein drittes Mädchen bei Duffy.«

»Hatte sie kurzes braunes Haar?«

Seine Augenbrauen hoben sich. »Hatte sie. Woher wissen Sie das?«

Natalie zeigte ihm auf ihrem Handy ein Foto von Katy Bywater. Er nickte. »Das ist sie. Ich bin mir sicher. Ich weiß wirklich nicht, was ich davon halten soll. Duffy ist ein beliebter junger Mann. Man muss nicht Einstein sein, um sich zusammenzureimen, dass er attraktiv ist und viele unserer Kundinnen sich zu ihm hingezogen fühlen. Ich will ihm keinen unnötigen Kummer machen. Ich hatte Glück, dass er für mich arbeiten wollte.«

»Haben Sie ihn gefragt, was er da draußen mit den Mädchen getan hat?«

Er senkte für einen Moment den Blick. »Ich muss gestehen, dass ich das nicht getan habe. Er ist ein so guter Angestellter, und auch ein sehr guter Techniker – im Reparieren von Computern besser als ich –, und seinetwegen kommen sehr viele Kundinnen und Kunden immer wieder. Soweit ich sehen konnte, haben sie sich nur unterhalten, aber ...«

Seinem Gesichtsausdruck nach zu urteilen, focht Mitchell

einen inneren Kampf. Er hatte Informationen, war sich aber nicht sicher, ob er sie preisgeben sollte. Natalie versuchte, ihm einen Schubs in die richtige Richtung zu geben. »Gibt es noch etwas, das Sie uns mitteilen wollen? Es mag Ihnen nicht relevant erscheinen, aber es könnte uns dennoch helfen. Katy Bywater wird vermisst.«

Mitchells Hand schlug die Hand vor den offenen Mund. »Oh!«

»Alles, was Sie uns sagen, könnte uns helfen.«

Er fasste sich wieder »Mir fällt nichts ein, aber ... ich hatte in letzter Zeit Bedenken.«

»Was für Bedenken?«

»Vermutlich hat das gar nichts mit der Sache zu tun, aber ich glaube, Duffy hat sich an einigen der Handys der Jugendlichen zu schaffen gemacht.«

»Inwiefern?«

»Auch da bin ich mir nicht sicher. Es ist erst vor ein paar Tagen ans Licht gekommen. Ich habe eine Gruppe Jungs entdeckt, die um Duffy herumstanden, und er schien irgendetwas mit ihren Handys anzustellen, mit einem nach dem anderen. Ich konnte nicht erkennen, was, aber es kam mir seltsam vor, obwohl ich mir nicht sicher bin, ob es für Ihre Ermittlungen relevant ist.«

»Was, glauben Sie, könnte er getan haben?«

»Das kann ich wirklich nicht sagen, aber es sah verdächtig aus. Wenn ich raten müsste, würde ich sagen, dass es aussah, als hätte er an den Einstellungen herumgefummelt.«

»Wo waren Sie, als Sie das gesehen haben?«

»Oben. Ich habe einen Monitor, sodass ich sehen kann, wenn viel los ist im Laden und ich nach unten gehen und helfen muss.«

»Zeichnet er auch auf?«

»Er ist mit der Überwachungskamera verbunden.«

»Und weiß Duffy von der Existenz des Monitors?«

»Ja. Oh, ich verstehe, worauf Sie hinauswollen. Er kann nichts Unangebrachtes getan haben. Er weiß, dass ich ihn von meinem Büro aus beobachten kann.«

»Sie beobachten ihn aber nicht jede Minute, oder?«

Er lachte schrill. »Du meine Güte, nein. Dafür bin ich viel zu beschäftigt. Ich werfe hin und wieder einen Blick drauf. Der Summer der Tür macht mich auf Kunden aufmerksam, und dann schaue ich drauf, ob ich gebraucht werde.«

»Er ist hier«, sagte Lucy, die auf die Vordertür geachtet hatte.

Duffy, tadellos in einen staubgrauen Mantel und eine dunkle Hose gekleidet, spähte durchs Fenster herein.

Lucy schloss die Tür auf. Er trat ein, und das Lächeln in seinem Gesicht ließ langsam nach. »Was geht hier vor?«

»Wir möchten, dass Sie mit uns aufs Revier kommen, Duffy. Sie müssen uns bei unseren Ermittlungen helfen.«

»Ich habe Ihnen alles gesagt, was ich weiß.«

»Es sind einige neue Informationen ans Licht gekommen. Wenn es Ihnen also nichts ausmacht, möchten wir, dass Sie uns begleiten.«

Mitchell ließ die Schultern hängen und konnte seinem Angestellten nicht in die Augen sehen. Natalie bat Lucy, Duffy mit dem Streifenwagen zum Revier zu fahren, dann kontaktierte sie Murray, der sich immer noch im Sportzentrum befand war, damit er ein Fahrzeug organisierte, das sie beide zurück nach Samford brachte.

»Aber Sie nehmen ihn nicht fest, oder? Ohne ihn könnte ich den Laden nicht so effizient führen«, sagte Mitchell.

»Wir werden sehen müssen, was er zu seiner Verteidigung vorzubringen hat. Darf ich mich bitte kurz in Ihrem Büro oben umsehen?«

»Sicher.«

Sie folgte ihm die steilen Holzstufen hinauf in die Wohnung über dem Laden und in ein Wohnzimmer, wo ihr Blick augenblicklich von einem Gemälde angezogen wurde, das die Wand dominierte. Darauf war eine Frau mit elfenbeinfarbener Haut, großen dunklen Augen und einem wunderschönen Lächeln zu sehen, das ihr Gesicht erhellte. Mitchell bemerkte ihren Blick. »Das ist Cosmina, meine Partnerin.«

»Schöner Name.«

»Cosmina Balan war in jeder Hinsicht schön. Traurigerweise ist sie vor ein paar Jahren an Krebs gestorben.« Seine Stimme klang belegt, und er wandte sich kurz ab, ehe er sagte: »Das hier ist mein Büro.«

Ein Schreibtisch, übersät mit den Einzelteilen eines zerlegten Laptops, stand vor dem Fenster. Sie spähte heraus und auf den Hof darunter, der umgeben war von Backsteinwänden. Es gab keinen Ausgang, und es befand sich nichts da unten außer einem schmiedeeisernen Tisch und zwei Stühlen.

»Ich benutze ihn nie. Duffy isst sein Mittagessen manchmal draußen. Der Hof ist zwar nicht groß, aber mittags fällt Sonnenlicht herein.«

Der Monitor, den er erwähnt hatte, befand sich auf einem Aktenschrank und war vom Schreibtisch aus zu sehen. Der Laden war leer und die Kamera auf den Tresen-Bereich und eine mit Nummernpad versehene Tür gerichtet. Zweifellos ein Lagerraum. Der Rest des Büros wurde von Regalen voller Aktenkartons mit Steuerunterlagen eingenommen, die entsprechend beschriftet waren.

»Was passiert, wenn Duffy in den Lagerraum gehen muss, um ein neues Handy zu holen? Lässt er den Laden dann unbeaufsichtigt?«

»Er klingelt oder ruft nach mir und bittet mich, nach unten zu kommen.«

»Und wenn Sie nicht hier sind?«

»Während der Öffnungszeiten bin ich fast immer hier. Er ist selten allein.«

Natalie dankte Mitchell und ließ ihn allein, um sich Murray im Sportzentrum anzuschließen. Sie traf ihn draußen.

»Einer der Fußballtrainer ist heute früh hier und hat sich daran erinnert, wie Katy nach dem Training mal mit Harriet weggegangen ist. Sie kannten sich also definitiv.«

Natalie verspürte vertraute Aufregung, die darauf hindeutete, dass sie auf der richtigen Spur waren. Die Mädchen hatten sich gekannt, und sie alle waren draußen vor dem Telefonladen mit Duffy gesehen worden.

Duffy starrte Natalie mit weit aufgerissenen blauen Augen an. »Katy wird vermisst?«

»Das sagte ich gerade. Und Sie haben zugegeben, Sie zu kennen. Also bitte ich Sie, mir alles zu erzählen, was Sie können, um uns zu helfen, sie zu finden.« Natalie war entschlossen, jede Information, die er hatte, aus ihm herauszubekommen. Duffy warf erst Lucy, die ihm gegenübersaß, einen Blick zu, und dann Murray, der bei der Tür stand. Duffy schluckte schwer und schüttelte den Kopf, ehe er wieder direkt zu Natalie sah.

»Ihr Vater hat ihr ein Handy gekauft, und sie ist ein- oder zweimal im Laden gewesen. Ich *kenne* sie nicht. Ich hatte ganz sicher keine Ahnung, dass sie vermisst wird.«

»Schluss mit dem Blödsinn. Sie sind Samstag vor einer Woche mit ihr, Savannah und Harriet im Hof hinter dem Laden gesehen worden. Sie haben alle drei Mädchen gut gekannt und zwei von ihnen sogar an dem Tag gesehen, an dem sie verschwunden sind.«

»Ich weiß nicht, was Sie von mir hören wollen. Ich hatte nichts mit ihrem Verschwinden zu tun.« Seine blauen Augen ruhten auf ihr.

»Sie können mit dem Theater aufhören. Sie haben mich bei einer wichtigen Mordermittlung belogen. Ermittlungen zum Mord an zwei Teenagerinnen, die Ihnen beide bekannt sind. Was hatten Sie im Hof vor, Duffy? Sagen Sie es mir, oder Sie werden schleunigst einen Anwalt anrufen müssen, weil ich keine andere Wahl habe, als Sie zu festzunehmen.« Ihre Worte hatten den gewünschten Effekt.

»Ich habe nichts Verbotenes getan. Ich habe mich nur mit ihnen unterhalten.«

»Noch mehr Blödsinn. Sie hätten sich im Laden mit ihnen unterhalten können. Das alles ergibt keinen Sinn, Duffy. Sie hatten keinen Grund, mit drei Teenagerinnen draußen zu stehen, es sei denn, Sie haben etwas Ungutes im Schilde geführt. Also versuchen wir es noch mal, und dieses Mal nennen Sie mir den wahren Grund, weshalb Sie draußen waren.«

»Okay ... okay. Wir haben geraucht. Im Laden darf man nicht rauchen.«

Natalie verdrehte die Augen. Es klang logisch, aber es steckte mehr dahinter als das Rauchen.

»Nein. Das kaufe ich Ihnen nicht ab.«

»Es stimmt. Savannah war bereits im Laden und hat sich Handyhüllen angesehen, als Harriet mit Katy zusammen reinkam. Sie hatten sich im Sportzentrum getroffen. Beide spielten gerne Fußball. Im Laden war nichts los. Wir haben eine Weile über Fußball geplaudert, und dann hat Savannah gefragt, ob Mitchell da wäre. Ich habe nach oben gerufen und keine Reaktion gekriegt, also bin ich davon ausgegangen, dass er unterwegs ist. Savannah hat eine Packung Kippen herausgeholt und sie herumgereicht. Katy hat eine genommen. Harriet hat abgelehnt, ist aber mit uns nach draußen gegangen. Ich habe die Hintertür offen gelassen, für den Fall, dass ein Kunde kommt. Das ist alles.«

»Sie sind nicht auf die Idee gekommen, dass es falsch ist, von einer Minderjährigen eine Zigarette anzunehmen?«

Er schnaubte verächtlich. »Kommen Sie schon. Viele junge Leute rauchen. Ich habe mit dreizehn angefangen. Außerdem habe ich ihnen ja keine Zigaretten angeboten. Davon abgesehen haben sie und ich schon vorher zusammen geraucht.«

»Wenn Mitchell unterwegs war?«

»Ja, ein paarmal.«

»Als wir mit Ihnen über Savannah gesprochen haben, haben Sie behauptet, sie nicht sehr gut zu kennen, und doch geben Sie jetzt zu, mit ihr draußen gestanden und geraucht zu haben.«

»Wir haben eine schnelle Kippe geraucht und ein paar Worte gewechselt.«

Natalie kam mit dieser Art der Vernehmung nicht weiter, also versuchte sie einen anderen Weg. »Ich würde Ihnen gerne zu einer anderen Angelegenheit Fragen stellen. Wir vermuten, dass Sie sich an den Einstellungen der Handys von Jugendlichen zu schaffen gemacht haben.«

»Das ist kompletter Blödsinn.«

»Sie leugnen es also?«

Duffy verfiel für einen Moment in Schweigen und rieb sich mit den Handflächen über die Oberschenkel – ein verräterisches Anzeichen dafür, dass er nervös war. Natalie fiel sein Verhalten auf. Er hatte die Gelegenheit gehabt, sich eine plausible Erklärung einfallen zu lassen, stattdessen zeigte er Anzeichen von Schuld.

»Sie leugnen, sich an den Einstellungen zu schaffen gemacht zu haben?«

»Ich ...« Er konnte nicht antworten.

»Angenommen, Sie hätten. Wieso sollten Sie das tun? Wieso sollten diese Teenager zu Ihnen kommen, damit Sie die Einstellungen ändern? Die meisten von ihnen sind technikerfahren und kriegen ihre Handys ganz gut selbst wieder hin.

Die einzigen Einstellungen, die mir einfallen, die sie nicht ändern können, wären die, die von ihren Eltern vorgenommen wurden. Bin ich nah dran?«

Duffy öffnete den Mund und schloss ihn dann wieder.

»Haben Sie die Kindersicherung deaktiviert, Duffy?«

Keine Antwort.

»Sagen wir, Sie haben diese Sicherung tatsächlich deaktiviert. Wieso sollten Sie etwas so Unverantwortliches tun? Glauben Sie nicht, dass sie aus gutem Grund eingestellt ist? Kinder müssen geschützt werden, und es ist Ihre Pflicht als Erwachsener, dafür zu sorgen, dass sie keinen Zugang zu Seiten oder Apps haben, die Gewalt, Pornografie oder irgendetwas anderes fördern, das für Kinder in diesem Alter inakzeptabel ist.«

Ein dunkler Ausdruck huschte Duffy übers Gesicht. »Sie haben ja keine Ahnung! Diese Kinder sehen Gewalt und Schlimmeres jeden Tag in den Nachrichten, in Fernsehsendungen und Filmen und manchmal im eigenen Zuhause. Sie wissen, was auf den Straßen vor sich geht – Messerstechereien, Drogen, Alkohol. Sie tragen keine Scheuklappen. Sie sind vielleicht Teenager, aber sie sind nicht blind. Sie tun so, als hätte ich ein Verbrechen begangen, aber das habe ich nicht. Sie wollten keine Pornos runterladen oder Videos davon, wie man Bomben baut oder sonst was. Sie wollten lediglich Zugang zu Games, die mit einem dämlichen Jugendschutz versehen sind. Und diese Einstufungen für den Jugendschutz sind manchmal scheiße, zum Beispiel bei Filmen ... So können die Jugendlichen vielleicht nicht ins Kino gehen und sich einen Film ab achtzehn ansehen, aber wenn ein Freund oder Elternteil ihn auf DVD hat, können sie ihn durchaus gucken. In der Lage zu sein, ein Spiel für über Sechzehnjährige zu spielen, verwandelt sie nicht gleich in Zombies, also verstehe ich nicht, wo das Problem ist. Ich habe eine Menge Spiele ab achtzehn gespielt, als ich in ihrem Alter war, und es hat mir nicht geschadet. Die Jugend von heute wird so viel kontrolliert und eingeschränkt, und diese Spiele sind nicht so schädlich, wie manche behaupten.«

»Und so rechtfertigen Sie Ihr Handeln? Sie sind weder der Vater noch der Vormund der Kinder. Sie haben kein Recht zu entscheiden, was sie spielen oder sich ansehen dürfen. Ihre Eltern waren verantwortungsbewusst und haben die Kindersicherung eingestellt, und Sie ...« Natalie verkniff sich weitere wütende Worte. Sie halfen ihr nicht weiter. Stattdessen atmete sie tief durch.

»Sie machen sich an Handys zu schaffen und gewähren Minderjährigen Zugang zu Apps und Games, die sie nicht benutzen sollten. Sie haben mit minderjährigen Teenagerinnen geraucht und uns angelogen. Da ist nicht viel Lobenswertes dabei, oder? Sie haben diese Mädchen gekannt und bei einer Mordermittlung Beweise zurückgehalten. Dringe ich zu Ihnen durch? Sie stecken in Schwierigkeiten, Duffy. Zwei Mädchen sind tot, und ich muss Katy so schnell wie möglich finden, ehe auch ihr etwas Schreckliches zustößt, also hören Sie auf, mich hinzuhalten und spucken Sie's aus. Was wissen Sie über ihr Verschwinden?«

Er zuckte mit den Schultern. Diese Bewegung machte sie noch wütender, aber sie hatte auch eine Vermutung zur Folge. Immerhin hatte er auf ihre Frage reagiert.

»Sie wissen etwas über ihr Verschwinden, oder? Sie kennen die Disappear-Website.«

Sie hatte recht gehabt. Er sank auf seinem Stuhl zusammen.

»Wollen Sie jetzt einen Anwalt anrufen?«

Seine Stimme war leise. »Nein. Ich gestehe, dass ich ihnen von Disappear erzählt habe. Sie hielten sie alle für cool. Wir hatten über Mutproben gesprochen, und Harriet hatte ein paar gemacht. Sie hat damit angegeben, dass ihr Vater irgendein Gangster im Gefängnis ist und sie vor nichts Angst hat. Sie hat uns ein Video davon gezeigt, wie sie die Blackout Challenge gemacht hat. Die fand sie echt toll. Wir haben nur darüber geredet – was man so machen könnte –, und ich habe Disappear erwähnt. Als Nächstes haben sie laut überlegt, die Herausforderung tatsächlich anzunehmen. Savannah war am meisten begeistert. So würde sie erreichen, dass ihre Mum aufhorcht und sie bemerkt, meinte sie. Katy wohnte nicht gerne in Watfield und dachte, sie könnte ihren Vater überzeugen, wieder mit ihr nach Northampton zu ziehen, wenn sie eine Weile verschwinden würde, und plötzlich forderte Harriet die beiden heraus, die Challenge mitzumachen. Sie hat sie richtig angestachelt, und anschließend haben sie einen Pakt geschlossen, es zu tun.«

Endlich hatten sie die Verbindung, nach der sie gesucht hatten. Beinahe seufzte Natalie erleichtert auf.

»Haben Sie auch vereinbart, an welchen Tagen sie die Mutprobe machen wollten?«

Duffy nickte. »Savannah fing an, am Montag, Harriet war am Dienstag dran und Katy am Mittwoch.«

»Wer wusste noch von dieser Mutprobe?«

»Das weiß ich nicht. Nachdem wir darüber geredet hatten, sind sie ins Café gegangen, um zu besprechen, wie sie es am besten durchziehen sollten. An der Unterhaltung war ich nicht beteiligt. Savannah ist eine Weile später zurückgekommen und meinte, alles wäre geklärt.«

»Hat sie gesagt, wo sie hinwollte? War es der alte Pavillon im Park?«

»Ja, genau. Woher wissen Sie das?«

»Das spielt keine Rolle. Reden Sie weiter.«

»Das nächste Mal erinnerte ich mich wieder daran, als Savannah am Montag am Laden vorbeiging und mir ihren erhobenen Daumen gezeigt hat. Daraufhin habe ich angenommen, dass sie es durchzieht. Harriet ist am Dienstag zu mir in den Laden gekommen, weil ihr Handy nicht funktionierte. Sie war sauer, weil sie sich bei der Mutprobe filmen und das Video dann auf der Website posten wollte. Als ich ihr Handy ausprobiert habe, hat es auf Anhieb funktioniert. Ich habe ihr gesagt, dass sie es nicht durchziehen soll, nach dem, was Savannah zugestoßen war, aber sie wollte nichts davon hören. Sie hat gesagt, das wäre nur ein Grund mehr, es zu machen, und dass sie nur noch mehr Aufmerksamkeit bekommen würde, wenn die Leute glaubten, dass sie in Gefahr ist. Wir haben uns darüber gestritten. Ich hielt das für einen dämlichen Grund, und es war zu riskant. Ich habe ihr geraten, die Mutprobe zu vergessen und nach Hause zu gehen, aber dann wurde sie zickig, hat sich ihre Tasche geschnappt und ist beleidigt abgezogen.«

»Wollte auch sie sich im Pavillon verstecken?«

»Ich weiß wirklich nicht, was sie geplant hatte. Es war ihr großes Geheimnis. Ich hatte gehofft, dass sie meinen Rat befolgt hat, und habe das auch wirklich geglaubt, bis Sie mich am folgenden Morgen befragt haben. Ich habe nicht gedacht, dass ihr etwas Ernstes zugestoßen ist – ich meine, wer auch immer Savannah ermordet hat, hätte von der Mutprobe wissen müssen und wo Harriet hingehen wollte. Das ergab keinen Sinn. Ich habe vermutet, dass Savannah zur falschen Zeit am falschen Ort und von irgendeinem Verrückten ins Visier genommen worden war. Es war nicht wahrscheinlich, dass Harriet das Gleiche zustoßen würde. Davon abgesehen hatte sie Köpfchen und konnte auf sich aufpassen.«

Plötzlich meldete Lucy sich zu Wort. »Was für ein kompletter Schwachsinn! Sie war nur ein Kind, keine verdammte Ninja-Kriegerin.« Natalie warf ihr einen Blick zu, den sie ignorierte. »Sie haben sie an diesem Abend allein losziehen lassen, wohlwissend, dass Savannah ermordet worden war.« Lucy verschränkte die Arme und blickte Duffy finster an.

»Ich sage Ihnen immer wieder, dass ich keine von ihnen gut kannte. Ich habe ihnen nur von der Website erzählt, aber ich habe sie nicht gezwungen, die Mutprobe zu machen – es war ihre Entscheidung, und ich habe versucht, Harriet davon abzuhalten.«

»Was ist mit Katy? Haben Sie sie gestern gesehen?«, fragte Natalie.

Er legte die Stirn in Falten und verdaute Lucys Worte. »Vielleicht hätte ich die Polizei anrufen sollen, aber ich habe nicht im Entferntesten erwartet, dass so etwas passiert. Es war nur eine dumme Mutprobe.«

»Eine dumme Mutprobe, die zwei Mädchen das Leben gekostet hat«, gab Lucy zurück.

»Was ist mit Katy? Wann haben Sie sie zuletzt gesehen?«, fragte Natalie und warf Lucy einen Blick zu, der sie verstummen ließ.

»Gestern Nachmittag. Sie war auf dem Weg in den Supermarkt, um ein paar Vorräte für die Mutprobe zu besorgen, und ich bin rausgerannt, um mit ihr zu reden. Sie kam für ein paar Minuten in den Laden. Sie hatte Angst wegen dem, was Savannah und Harriet zugestoßen war, wollte ihren Dad aber unbedingt dazu kriegen, wieder nach Northampton zu ziehen. Ich habe ihr das Gleiche gesagt, was ich Harriet gesagt habe, und sie hat schließlich eingelenkt, dass es Wahnsinn wäre zu verschwinden, nachdem die anderen tot waren. Ich schwöre bei meinem Leben, dass sie es nicht durchziehen wollte.«

Natalie schürzte die Lippen. Sie war nicht hier, um Recht zu sprechen, aber sie war ziemlich wütend über Duffys mangelndes Verantwortungsbewusstsein. »Sie scheinen nicht einzusehen, wie dumm es gewesen ist, diese wehrlosen Mädchen zu ermutigen, die Mutprobe zu machen. Es war vollkommen verantwortungslos.«

»Ich habe sie nicht ermutigt! Sie wollten es tun. Wenn Sie irgendjemanden dafür verantwortlich machen wollen, geben Sie ihren Familien die Schuld. Die haben sie so unglücklich gemacht, dass sie von zu Hause weglaufen wollten, um auf sich aufmerksam zu machen. Ich bin nicht der Schuldige in dieser Sache. Ich habe sie nicht in den Tod getrieben.«

»Aber Sie haben Ihre Rolle gespielt«, murmelte Lucy.

Duffy blickte sie finster an.

Natalie fuhr fort. »Sie haben absolut keine Ahnung, wo Katy sich verstecken könnte?«

»Nein. Ich war überzeugt, dass Katy die Idee aufgegeben hatte und nach Hause gehen würde.«

»Wenn ich herausfinde, dass Sie wieder lügen, wissen Sie, was ich dann tun werde?«

»Weiß ich. Ich lüge nicht. Glauben Sie mir, wenn ich irgendetwas wüsste, würde ich es Ihnen sagen. Ich will, dass Sie sie lebendig finden.«

»Hoffen wir das Beste. Angesichts der Tatsache, dass Sie wegen der Website gelogen haben, als ich Sie vor einigen Tagen danach gefragt habe, muss ich mir ein paar andere Dinge von Ihnen bestätigen lassen. Sie waren am Montagnachmittag beim Zahnarzt, sind dann nach Hause gegangen und haben mit Ihrem Neffen Videospiele gespielt.«

»Ja.«

»Den Dienstagabend haben Sie mit Jaffrey McCarthy und anderen Bandmitgliedern verbracht.«

»Das ist richtig. Wir haben bis etwa zwölf in seiner Garage geprobt, und dann bin ich nach Hause gefahren.«

»Von wo sind Sie nach Hause gefahren? Wo wohnt Jaffrey?«, fragte Natalie unvermittelt.

Duffys Gesicht verdunkelte sich. »In Bramshall. Das wissen Sie schon alles. Sie haben meine Alibis bereits überprüft. Ich hatte nichts mit den Morden zu tun.«

»Dann haben Sie nichts zu befürchten«, antwortete Lucy.

Natalie hatte über die Informationen nachgedacht und warf ihm einen kühlen Blick zu. »Sie sagen also, Sie waren bis gegen Mitternacht in der Nähe von Bramshall?«

»Das ist richtig.«

»Und sind Sie auf Ihrem Heimweg am Wald vorbeigekommen?«

»Ja«, antwortete er argwöhnisch.

»Sind Sie mit einem Freund gefahren oder allein?«

»Ich war allein.«

»Wir brauchen Ihr Nummernschild, um das zu bestätigen.«

»Wieso?«

»Weil Sie damit in der Nähe von Harriet Longs Haus und dem Fundort ihrer Leiche waren.«

»Ich wusste nicht, dass sie in Bramshall wohnt! Ich bin zu Jaffrey, um ihn und die Band zu sehen, so wie ich es normalerweise dienstags tue. Ehrlich!«

»Ich bin mir sicher, dass wir all das bestätigen können werden. Vielleicht muss ich auch jemanden Ihr Auto untersuchen lassen.«.

»Was?«

»Das ist das übliche Prozedere.«

»Warten Sie mal einen Mom... Was ist daran üblich?«

»Wie ich schon erklärt habe, sind Sie am späten Dienstagabend zufällig in der Nähe von Harriets Haus gewesen, und Sie haben gewusst, dass sie vorhatte zu verschwinden.«

»Verdammt noch mal! Ich hatte nichts damit zu tun.«

»Dann wollen Sie doch sicherlich dafür sorgen, dass wir Sie von unseren Ermittlungen ausschließen, oder? Ich weiß Ihre volle Kooperation zu schätzen. Wenn es Ihnen nichts ausmacht, hier zu warten, kommen wir so schnell wie möglich wieder«, sagte Natalie ruhig und erhob sich.

Im Flur sprach sie mit Murray und Lucy. »Lassen wir ihn ein bisschen schmoren. Schauen Sie nach, ob Sie sein Auto auf irgendwelchen Kameras in Bramshall finden, und prüfen Sie noch mal die Überwachungskamera in Watfield. Vielleicht entdecken wir ihn oder Katy darauf.«

»Falls er schuldig ist, liefert er eine gute Vorstellung. Ich halte ihn für einen Vollidioten, aber nicht für einen Mörder«, sagte Lucy.

Natalie kratzte sich am Kinn und sagte: »Ich kann mich nicht entscheiden, ob ihm die Aufmerksamkeit dieser Teenagerinnen gefiel und er mit seinem Publikum gespielt oder ihnen eine Falle gestellt hat. Wenn es Ersteres ist, ist er ein totaler Schwachkopf, wenn Letzteres, ist er gefährlich. Versuchen wir herauszufinden, womit wir es zu tun haben.«

VIERUNDZWANZIG
DONNERSTAG, 19. APRIL – NACHMITTAG

»Das ist er«, sagte Lucy und zeigte auf eine graue Hose und glänzende Budapester. Das war alles, was man von Duffy sehen konnte, der auf der Straße stand und sich mit jemandem unterhielt, der nicht im Bild war. Natalie verengte die Augen, betrachtete den Bildschirm und seufzte. Er hatte dasselbe Outfit getragen, als sie am vergangenen Tag mit ihm gesprochen hatte. Kurz darauf kamen er und Katy Bywater in ihrer Schuluniform und mit einer rosa Sporttasche ins Bild und verschwanden wieder.

»Und das ist definitiv Katy«, sagte Murray. Er ließ das Filmmaterial weiterlaufen, und volle fünf Minuten später ging Katy wieder an der Kamera vorbei.

Natalie studierte den Stadtplan, der auf dem Schreibtisch lag. »Sie geht in Richtung Aldi. Versuchen Sie es mit der Kamera des Parkplatzes und schauen Sie nach, ob sie wirklich Vorräte gekauft hat. Falls ja, würde es bedeuten, dass sie Duffys Warnungen keine Beachtung geschenkt hat.«

Murray ging zu seinem Computer und tat, wie ihm geheißen. Lucy hatte Duffys Bandkollegen angerufen und sich bestätigen lassen, dass er im Randgebiet von Bramshall gewesen war, etliche Straßen von Harriets Haus entfernt. Sein Toyota GT86 war um zehn nach zwölf an einer Kamera vorbeigefahren, aber selbst nachdem sie das Bild vergrößert hatten, konnten sie nur Duffy auf dem Fahrersitz erkennen, von Harriet aber gab es keine Spur.

Lucy schüttelte den Kopf und kommentierte: »Ich weiß, dass er jede Beteiligung leugnet, aber er hätte Harriet im Kofferraum oder hinten im Fußraum verstecken können.«

Natalie war ihrer Meinung. Sie würden das Auto nach möglichen Spuren von Harriets DNA untersuchen müssen. Umgehend traf sie die Vorkehrungen dafür.

Ian war über seinen Bildschirm gebeugt, betrachtete schwarz-weißes Filmmaterial von Fahrzeugen, die auf der Hauptstraße an der Abzweigung zur illegalen Müllkippe entlangfuhren, spulte zurück und ließ es langsamer laufen. Er verengte die Augen und rieb sich die Stirn.

»Bist du okay?«, fragte Murray.

»Ich hab ein bisschen Kopfschmerzen.«

»Mach fünf Minuten Pause.«

»Ich komme schon klar.« Er ließ seine Schultern ein paarmal kreisen und konzentrierte sich dann wieder auf seine Arbeit.

Murrays Telefon klingelte. »DS Anderson ... Ja ... Ja, ich habe mich nach diesem Termin erkundigt. Zwanzig Minuten, sagen Sie? Danke noch mal.«

Er sah auf. »Das war die Zahnarztpraxis. Obwohl Duffy seinen Termin laut Plan um vier Uhr hatte, ist er anscheinend erst um zwanzig nach vier dort angekommen. Das gerade war die Rezeptionistin. Sie hatte am Montagnachmittag keinen Dienst und hat ihrer Kollegin erzählt, dass wir Duffy überprüfen. Diese hatte an dem Tag Dienst und hat Duffy empfangen. Er kam zwanzig Minuten zu spät zu seinem Termin.« Er wandte seine Aufmerksamkeit wieder dem Filmmaterial zu.

»Ach, wirklich? Jetzt haben wir also fehlende Zeit – die

zwanzig Minuten, unmittelbar nachdem er Savannah gesehen hat. Ich rede noch mal mit ihm.«

Ian schlenderte mit einem Computerausdruck herüber, auf dem etliche rote Kreuze waren. »Das hier habe ich DI Kilburn geschickt. Die Kommune hat uns die Standorte von Geschäften geschickt, die große Recyclingcontainer haben, sowie die Standorte von einzelnen Mülleimern entlang der Straßen, die regelmäßig geleert werden. Ich habe alle Unternehmen kontaktiert, die Container verleihen, und sie um Informationen über ihre Container gebeten. Ich warte noch auf die Rückmeldung des letzten Ladens. Die Container, die wir ermittelt haben, sind auch auf der Karte verzeichnet. Nur einer wurde in einem Radius von anderthalb Kilometern um Katys Haus gemietet.«

»Gute Arbeit. Ich hoffe nur, dass sie sie nicht an einem dieser Orte finden.«

»Natalie ...« Murrays Stimme klang verhalten.

»Sie haben Katy auf der Überwachungskamera des Aldi-Parkplatzes gefunden?«

»Ja. Und ein bekanntes Gesicht.«

Natalie eilte zu ihm und verzog das Gesicht. »Nicht schon wieder Anthony Lane.« Das Bild war deutlich und zeigte Anthony Lane, der Katy Bywater ansah, als sie den Laden betrat.

»Okay. Ich weiß, wir schauen uns gerade an, ob, und wenn ja, wie, Duffy mit der Sache zu tun hat, aber dieser Mann taucht auch immer wieder auf. Womöglich gewährt er Katy sogar Unterschlupf. Ich kümmere mich um einen Durchsuchungsbeschluss für seine Wohnung. Lucy, fahren Sie damit zu ihm, schauen Sie sich um, und dann bringen Sie ihn zur Vernehmung mit, während ich noch mal mit Duffy spreche.«

Natalie eilte nach oben, um sich von Superintendent Aileen Melody die Erlaubnis geben zu lassen, die sie brauchte. Ein Exemplar des *Watfield Herald* lag aufgeschlagen auf ihrem Schreibtisch. Ihre Handflächen ruhten links und rechts davon.

»Schön, dass Sie hier sind. Ich wollte Sie gerade wissen lassen, dass der *Watfield Herald* in seiner Abendausgabe einen verstörenden Artikel über das Monster gedruckt hat, das Jagd auf Teenagerinnen macht. Es wird erwähnt, dass Sie die Ermittlung leiten, und darauf hingewiesen, dass Sie als Mutter einer Teenagerin persönliches Interesse daran haben, den Täter zu finden.«

Sie schob Natalie die Zeitung hin, die den Artikel überflog und im fünften Absatz, in dem es um sie ging, innehielt.

»Wie kann sie es wagen, meine Familie da hineinzuziehen? Sie hat nichts mit der Ermittlung zu tun!«

»Sie glaubt, es hätte eine Bedeutung – eine Polizistin mit einer Tochter im selben Alter wie die vermissten Mädchen, die motiviert ist, den Mörder zu fassen. Irgendwie auch schmeichelhaft.«

»Ich finde es übergriffig. Falls der Mörder das liest, weiß er jetzt, dass ich eine Tochter habe.«

»Kennen Sie diese Bev Gardiner, die den Artikel geschrieben hat?«

»Sie hat sich an den Tatorten herumgedrückt. Ich habe sie ohne Kommentar weggeschickt, aber sie ist hartnäckig und hat wohl recherchiert. Sie hat es sogar geschafft, Christopher Bywater zu interviewen, kurz nachdem Katy verschwunden war und ehe wir zum Tatort kamen. Weiß der Teufel, wie sie so schnell von Katys Verschwinden erfahren hat.«

»Ja, das war nicht gut und hätte nicht passieren dürfen. Ich wurde bereits befragt, warum Christopher zu dem Zeitpunkt keinen Kollegen bei sich hatte. In dieser Sache brauchen wir die Medien auf unserer Seite, also ist es am besten, wenn wir keinen Aufstand machen, obwohl ich gestehen muss, dass ich sauer bin. Ich hätte darauf verzichten können, dass sich die Medien auf Katys Verschwinden stürzen und in der Gegend herumbrüllen, dass es mit diesem ›Watfield-Monster‹ in Verbindung steht. Die Sache hat sich zu schnell hochgeschaukelt, und die Pressestelle wird belagert. Ich will wirklich nicht, dass unsere Ermittlung kompromittiert wird. Ich habe den Befehl, mit den Medien zu kooperieren. Also, was denken Sie?«

»Die Fälle *stehen* miteinander in Verbindung«, sagte Natalie.

»Ach scheiße, Natalie. Wir werden verdammt schnell etwas oder jemanden finden müssen, wenn wir die Öffentlichkeit beschwichtigen wollen.«

»Wir haben einen möglichen Verdächtigen: Nick Duffield hilft uns bei unserer Ermittlung. Er wusste von der Disappear-Mutprobe, die sie alle machen wollten, und hat nicht nur alle drei Mädchen an den Tagen gesehen, an denen sie verschwanden, er ist außerdem am Mittwoch in den frühen Morgenstunden durch Bramshall gefahren und kam an der Stelle vorbei, wo Harriets Leiche abgelegt wurde. Wir sind außerdem im Begriff, einen zweiten potenziellen Verdächtigen zu vernehmen – Anthony Lane, ein aktenkundiger Sexualstraftäter. Ich brauche einen Durchsuchungsbeschluss, damit wir checken können, ob sich Katy in seiner Wohnung aufhält, ehe wir ihn zu einer Befragung aufs Revier bringen.«

»Zumindest kann ich der Pressestelle etwas geben – dass wir zwei Männer im Zusammenhang mit dem Mord der Mädchen vernehmen. Halten Sie einen von ihnen für den Täter?«

»Ich will nichts überstürzen, Aileen. Wir haben noch keine Beweise, die stark genug sind, um irgendjemanden zu überführen.«

»Dann finden Sie welche. Dieser Artikel ist erst der Anfang. Die Leute werden nach Blut lechzen, wenn wir nicht endlich Ergebnisse vorweisen können. Sie werden keine Geduld haben.«

»Wir arbeiten so hart wir können, aber der Tag hat nicht genug Stunden, um all das Videomaterial und die Informationen, die wir zusammengetragen haben, zu sichten.«

»Man muss *sehen*, wie proaktiv wir sind, Natalie.«

»Dessen bin ich mir bewusst, aber wir sind keine Übermenschen, Aileen. Wir haben begrenzte Zeit und Ressourcen und eine riesige Aufgabe: Wir haben es nicht mit einem Mord zu tun – es sind zwei, und jetzt schwebt ein drittes Kind in Gefahr. Dieser Sache sollten mehr Kollegen zugeteilt werden.«

Aileen starrte ins Leere. »Ich habe Ihnen bereits erklärt, dass das nicht möglich ist. Sie haben die Forensik, die Sie unterstützt, und das Dezernat für Vermisstenfälle ist draußen unterwegs und versucht, Katy zu finden. Ich bin mir vollkommen im Klaren über die Schwierigkeiten, mit denen Sie sich konfrontiert sehen, und ich weiß, dass Sie alles geben, aber wir müssen der Öffentlichkeit versichern, dass wir alles unter Kontrolle haben. Die Menschen wollen sehen, dass wir unser Möglichstes tun, um sie zu beschützen und Ergebnisse zu erzielen, also ... bringen Sie mir welche.«

Natalie unterbrach sie nicht. Das klang alles gar nicht nach der Aileen, die sie kannte, und sie war sich sicherer als je zuvor, dass ihr Superintendent unter erheblichem Druck stand. Sie wartete auf den Durchsuchungsbeschluss und eilte wieder nach unten, um ihn Lucy zu übergeben. Sie bat Ian, sich ihr anzuschließen, dann hasteten sie zum Vernehmungszimmer, in dem Duffy noch immer wartete.

»Wann kann ich gehen?«, fragte er, kaum dass sie durch die Tür getreten war.

Natalie ließ sich mit ihrer Antwort Zeit. »Das hier ist PC Jarvis. Er wird bei uns sitzen und das Aufnahmegerät bedienen. Wenn Sie einen Anwalt hierhaben wollen, müssen Sie das sagen, ehe wir beginnen.«

»Ich brauche keinen Anwalt, oder?«

»Das ist Ihre Entscheidung, aber ich rate Ihnen entschieden, sich anwaltlich vertreten zu lassen.«

»Nein. Ich habe kein Verbrechen begangen. Bringen wir es hinter uns.«

»Dann beginnen wir mit der Vernehmung.«

Ian schaltete das Gerät ein und stellte die im Raum Anwesenden vor. »Donnerstag, der 19. April. Die Befragung von Nick Duffield, bekannt als Duffy, beginnt um Viertel nach drei. Anwesend sind PC Ian Jarvis und DI Natalie Ward. Fürs Protokoll sei angemerkt, dass Nick Duffield einen Anwalt abgelehnt hat.«

»Duffy, Sie haben Savannah am Montagnachmittag gesehen, laut Ihrer Aussage gegen halb vier. Möchten Sie daran festhalten?«

»Ja. Ich denke schon. Es war etwa zu der Zeit, zu der ich mich wegen eines Zahnarzttermins auf den Weg machen musste.«

»Sie meinen den Termin um sechzehn Uhr, der eine gesamte Stunde dauerte.«

»Das ist richtig. Ein Zahn wurde auf eine Krone vorbereitet. Es wurden Abdrücke genommen und eine Röntgenaufnahme gemacht. Das hat ewig gedauert.«

»Wir haben mit der Praxis gesprochen.«

»Und mein Termin war um vier, richtig?«

»Ja, aber Sie waren erst um zwanzig nach vier da. Können Sie uns erklären, was Sie zwischen vier und zwanzig nach vier getan haben?«

»Ich wurde aufgehalten. Ich habe mit jemandem geplaudert, dem ich zufällig begegnet bin.«

»Das war nicht zufälligerweise Savannah, oder?«

»Nein. Die hatte ich ja bereits gesehen. Das habe ich Ihnen doch gesagt.«

»Sie waren so sehr damit beschäftigt, sich zu unterhalten, dass Sie vergessen haben, wie spät es war?«

Er zuckte mit den Schultern. »Tatsächlich ja. Ich habe das Zeitgefühl verloren.«

»Wer war diese Person, die Sie aufgehalten hat?«

»Nur ein Mädchen.«

»Ein anderes Mädchen? Eine Kundin?«

»Ja.«

»Noch eine Teenagerin?«

»Sie ist achtzehn, okay? Ich habe nichts mit Minderjährigen.«

»Sie haben was mit ihr?«

»Nicht offiziell.«

»Okay, Duffy. Geben Sie uns einen Namen.«

»Das möchte ich lieber nicht. Ich will nicht, dass Sie sie befragen und ihr den Eindruck vermitteln, dass ich etwas Falsches getan habe. Ich habe Ewigkeiten versucht, überhaupt nur mit ihr zu reden, und wir sind gerade erst zusammengekommen.«

Natalie hatte nicht vor, noch mehr Zeit zu verschwenden. »Einen Namen«, drängte sie.

Er schwieg.

»Duffy, wir brauchen einen Namen. Ohne ihn ist ihr Alibi wertlos. Ohne Alibi werden Sie für den Mord an Savannah verantwortlich gemacht. Sie haben bereits zugegeben, in Bramshall gewesen zu sein, wo Harriet wohnte und … wo man ihre Leiche gefunden hat. Seien Sie nicht dumm. Geben Sie uns ihren Namen.«

»Lily Curry. Sie arbeitet im Schuhladen in Watfield. Könnten Sie diskret vorgehen? Ich will mir meine Chance mit ihr nicht versauen.«

Natalie warf ihm einen wütenden Blick zu. Zwei Mädchen waren ermordet und eins war immer noch vermisst, und alles, woran er denken konnte, war er selbst. »Danke. Würde es Ihnen etwas ausmachen hierzubleiben, während wir das überprüfen?«

»Habe ich eine Wahl?«

Natalie starrte ihn an. »Nein. Haben Sie nicht.«

———

Anthony Lane spülte seinen Becher mit kaltem Wasser aus, stellte ihn aufs Abtropfbrett und trocknete sich die Hände dann mit einem Geschirrhandtuch ab.

»Ich verstehe nicht, wieso Sie hier hereinplatzen müssen, während ich esse. Ich habe nichts Falsches getan.«

Lucy sah sich in der kleinen Küche um. »Ich bin nicht hereingeplatzt. Sie haben mir die Erlaubnis erteilt, hereinzukommen, und wie ich sehe, haben Sie Ihre Mahlzeit bereits beendet. Dieser Beschluss hier gibt mir das Recht, Ihre Wohnung zu durchsuchen, also setzen Sie sich bitte und lassen Sie mich meine Arbeit machen.«

Er seufzte schwer. »Wenn es sein muss. Aber bringen Sie nichts durcheinander.«

Sie ging von der Küche ins Wohnzimmer. Es handelte sich um einen funktionaler Raum mit grauen Wänden, groß genug für ein Zweiersofa, einen Fernseher, einen quadratischen Couchtisch und einen dunkelgrauen Schreibtisch, auf dem ein kleiner Computer und eine Tastatur lagen standen. Eine große schwarz-weiße Fotografie des Eiffelturms an einem nebligen Morgen hing in einem Rahmen an einer Wand und an einer anderen der Triumphbogen bei Nacht. Der Wohnung fehlte Wärme, und abgesehen von ein paar bestickten Kissen und einem großen blühenden Kaktus in einem schwarzen Tontopf war sie alles andere als einladend.

Hinter dem Wohnzimmer befand sich ein Schlafzimmer und darin lediglich ein Einzelbett und ein winziger Einbauschrank. Ein Badezimmer mit braungekachelter Duschkabine und einer Toilette, die schon bessere Tage gesehen hatte, ging davon ab. Nun gab es noch ein verbleibendes Zimmer: einen schrankgroßen Raum, nicht größer als ein begehbarer Kleiderschrank, den er als Abstellkammer nutzte. Sie hob aufgestapelte Klarsichtkisten hoch, in denen sich Anziehsachen befanden, die nicht in den Kleiderschrank passten. Sie prüfte Aktenkartons voller alter Briefe und Rechnungen und zog ein Kopf-

Schulter-Porträt einer jungen Frau heraus, die ein Gänseblümchen in ihrer Hand hielt und es betrachtete. Dann stellte sie es
zurück. Niemand versteckte sich in dieser Wohnung oder
wurde hier versteckt.

»Haben Sie gefunden, wonach Sie gesucht haben?«, fragte
er an den Türrahmen gelehnt.

»Ich möchte noch den Computer prüfen.«

Er stieß ein schrilles Lachen aus. »Hoffen Sie, rauszufinden,
dass ich Kinderpornos darauf zu finden?«

»Ich werde ihn mitnehmen müssen, damit er überprüft
wird.«

»Sicher, wieso nicht? Sie werden aber ziemlich enttäuscht
sein. Da ist nicht viel drauf, was Sie interessiert.«

Lucy zog den Computer aus der Steckdose. »Gehen wir«,
sagte sie.

Er blickte sie finster an. »Sie haben es wirklich auf mich
abgesehen, oder nicht?«

Sie ignorierte den Kommentar und wartete, während er
seinen Mantel holte und ihr zur Tür folgte.

»Wir können Duffy gehen lassen. Es stimmt alles. Lily hat sich
vor seinem Zahnarzttermin mit ihm getroffen. Sie ist außerdem
anschließend mit ihm ins Caffè Nero gegangen und meinte,
seine Lippen wären so taub gewesen, dass er seinen Kaffee mit
einem Strohhalm trinken musste. Seine Mutter hat bestätigt,
dass er um sechs Uhr zu Hause war und mit seinem Neffen
Videospiele gespielt hat, bis jemand vom Dezernat für Vermisstenfälle vorbeikam und er mit rausging, um bei der Suche nach
Savannah zu helfen. Die Forensik hat sein Auto beschlagnahmt, aber es wird eine Weile dauern, bis es durchsucht ist.
Bis sie also etwas finden, müssen wir ihn gehen lassen.« Natalie
warf die Akte auf den Schreibtisch. Es war später Nachmittag,

und immer noch gab es keine Neuigkeiten von Katy. Anthony Lane stellte sich quer. Er war gekränkt und hatte einen Anwalt verlangt, der noch nicht aufgetaucht war, und ohne ihn wollte er nicht mit ihnen reden.

Natalie ging nach unten zum Snackautomaten, und während sie sich durch die Tüte Salt-and-Vinegar-Chips arbeitete, ging sie die Fakten durch. Wenn die Forensik in Duffys Auto nichts fand, war Anthony Lane jetzt ihr einziger Verdächtiger. Wenn er nicht der Mörder war, wusste sie nicht, wer es sonst sein könnte. Sie stopfte sich die letzten Chips in den Mund und warf die Tüte in den Mülleimer. Diese Handlung ließ ihre Gedanken noch schneller rasen. *Mülleimer. Abfall.* Es gab einen Grund, weshalb der Mörder die Leichen der Mädchen an Orten abgelegt hatte, die etwas mit Abfall zu tun hatten. Wieder einmal blitzte die Idee in ihrem Kopf auf, dass diese Sache irgendwie mit dem Mord an Alisha Kumar zu tun hatte, aber wie sollte sie einen Zusammenhang herstellen?

Mike stand auf der untersten Stufe, als sie sich umdrehte, um wieder nach oben zu gehen. Sie hatte seine Anwesenheit nicht bemerkt.

»Hast du den Artikel im *Watfield Herald* gesehen?«, fragte er.

»Habe ich. So eine dumme Kuh!«

»Lass es nicht an dich ran.«

»Ich versuche es. Heitere mich auf. Sag mir, dass du etwas Vielversprechendes gefunden hast.«

»Dann müsste ich lügen. Wir kommen nicht sonderlich gut voran. Auf keinem der Mädchen haben wir Blut, Fingerabdrücke oder DNA gefunden, weder auf ihren Kleidern noch in der Nähe der Orte, an denen ihre Leichen gefunden wurden.«

»Rein gar nichts?«

»Ich weiß. Es ist das erste Mal, dass ich so ratlos bin. Der Mörder wusste, was er tat, als er die Leichen draußen ablegte, zumal auf einer Müllkippe. Da gibt es beinahe zu viel, was wir prüfen müssen. Es wird Tage dauern – vielleicht sogar Wochen –, alles durchzugehen.«

»Du glaubst also, er hat das absichtlich getan?«

Er nickte. »Ich bin mir ziemlich sicher, dass das der Fall ist.«

»Anthony Lane ist unten und wartet auf seinen Anwalt. Wenn das so weitergeht, kann ich ihn wegen nichts anderem belangen als Herumlungern. Aber jedes Mal, dass ein Mädchen verschwunden ist, haben wir ihn entdeckt, wie er sie beobachtet hat. Vielleicht hat er etwas damit zu tun.«

»Seine DNA ist weder auf den Sachen der Mädchen noch auf ihren Leichen.«

»Das wird immer schwieriger. Ich glaube nicht, dass wir je einen Fall mit so wenig Beweisen hatten.«

»Ich glaube es auch nicht. Wir werden etwas finden, aber es wird Zeit brauchen. Ich wünschte, ich könnte die Dinge für dich beschleunigen, aber es ist, wie es ist.«

»Ich habe nicht den Luxus, Zeit zu haben. Ich mache mir Sorgen um Katys Sicherheit.«

»Das merke ich. Es läuft eine groß angelegte Suche. Es war in den frühen Nachrichten.«

»Aber was, wenn es bereits zu spät ist? Savannah und Harriet wurden getötet, kurz nachdem sie verschwunden sind. Wenn der Mörder seinem Modus Operandi treu bleibt, ist sie vermutlich bereits tot.«

»Noch gibt es keine Leiche, Nat. Bleib zuversichtlich. Wenn der Täter sie entführt hat, dann hat er seinen Modus Operandi bereits verändert. Er hat sie sich nachts geschnappt, nicht auf ihrem Heimweg von der Schule, was vielleicht bedeutet, dass er ihr noch nichts angetan hat.«

»Ich klammere mich verzweifelt an diese Hoffnung, Mike.«

»Habt ihr irgendetwas in den Aufnahmen der Überwachungskameras entdeckt?«

»Nur Duffys Auto, sonst nichts.«

»Wir haben seinen Toyota priorisiert, aber es wird dennoch eine Weile dauern, ihn gründlich zu untersuchen.«

»Das habe ich gehört. Ich habe ihn fürs Erste gehen lassen. Abgesehen von seinem Auto haben wir nichts. Ich könnte zusätzliche Hilfe gebrauchen, aber jede Abteilung ist bis an ihre Grenzen ausgelastet.«

»Wem sagst du das. Auch wir haben zu kämpfen. Wo ich gerade davon rede ... ich bin nur wegen der Schokolade runtergekommen – die Nahrung der Champions«, scherzte er.

Er steckte ein Pfund in den Münzschlitz und tippte drei Nummern ein. Die Maschine setzte sich surrend in Bewegung, es ertönte eine Reihe von Klappergeräuschen, und dann fiel ein Schokoriegel ins Ausgabefach. Er nahm ihn heraus, entfernte die Verpackung und bot ihn ihr an. Sie brach dankend ein Stück ab, wedelte damit in der Luft herum und sagte: »Der Mörder muss mit Harriets Leiche diesen Weg zur illegalen Müllkippe runtergefahren sein. Er kann sie nicht durch den Wald getragen haben.«

Mike murmelte seine Zustimmung mit einem Mund voll Schokolade. »Er hat definitiv forensische Beweise zurückgelassen, wenn er durch diese Wälder gekommen ist.«

»Und er muss sie abgelegt haben, nachdem das Dezernat für Vermisstenfälle da durchgekommen ist. Er ist ein unglaubliches Risiko eingegangen, entdeckt zu werden. Mit Savannah war es das Gleiche. Ihre Leiche ist nicht im Western Park gewesen, als die Suchtrupps nach ihr gesucht haben. Der Mörder hat ihre Leiche dort hingebracht, nachdem der Suchtrupp weg war.«

»Klingt logisch.«

»Irgendwo auf den Aufnahmen der Überwachungskamera ist ein Fahrzeug, das vom Mörder gefahren wird oder ihm gehört.«

»Alles, was ich hinzufügen kann, ist, dass er methodisch vorgeht, wer auch immer es ist. Auf keiner der Leichen finde ich auch nur die Spur eines Beweises. Wir haben nicht mal den kleinen Stern-Ohrring gefunden, den Savannah getragen hat.«

»Vermutest du, es könnte jemand sein, der weiß, wie wir vorgehen?«

»Könnte sein, aber machen wir uns nichts vor: Es gibt genug Krimis im Fernsehen, um egal wem genug Informationen darüber zu geben, wie die Polizei ihre Arbeit macht. Er könnte das auch mithilfe von Google herausfinden.«

»Aber um keine DNA zurückzulassen, muss er wissen, was er tut.«

»Das sehe ich auch so. Er hat sich entsprechend gekleidet, vermutlich Handschuhe getragen oder sogar seinen Körper rasiert, sodass er keine Haare zurückließ. Ich habe so was schon mal gesehen, aber am Ende haben wir immer etwas gefunden, egal wie clever die Täter darin waren, ihre Spuren zu verwischen.«

Natalie steckte sich die Schokolade in den Mund, leckte sich die Finger ab und schmeckte eine Mischung aus herber Schokolade und den salzigen Überbleibseln ihrer Chips. Eine angenehme Kombination. »Dieser Mörder ist selbstsicher. Eine Leiche abzulegen, wenn Polizisten in der Nähe sind, erfordert Chuzpe.«

»Er ist entweder ein arroganter Schwachkopf oder äußerst selbstsicher«, sagte Mike. Er bot ihr das letzte Stück des Riegels an, doch sie schüttelte den Kopf.

»Letzteres macht mir am meisten Sorgen. Ich habe Angst, dass er mit uns spielt und uns womöglich sogar einen Schritt voraus ist.«

Mike knüllte die Verpackung zusammen und saugte an seinem Zahnfleisch. Natalie deutete auf einen Klecks Schokolade in seinem Mundwinkel und wischte ihn für ihn weg. Er studierte sie einen langen Moment. »Er wird einen Fehler machen. Das machen sie immer.«

Natalie dachte an Alisha Kumar, die neben Müllsäcken in

der Nähe des Restaurants ihrer Eltern gelegen hatte. »Nicht immer, Mike.«

»Arbeite mit den Fakten, Nat. Das ist alles, das du tun kannst.«

»Aileen sitzt mir im Nacken, weil sie schnelle Ergebnisse will. Als ob ich mit nur drei Teammitgliedern auf magische Weise einen Mörder finden könnte.«

»Erstens hast du drei phänomenale Mitarbeiter und einen ziemlich guten Ruf, Ergebnisse zu liefern. Und zweitens sagt die Gerüchteküche, dass Aileen vielleicht versetzt wird.«

»Du machst Witze! Sie ist eine der besten Superintendents in der Truppe.«

»Das macht keinen Unterschied. Wir arbeiten in einem von nur vier Polizeizentralen im Land. Wir sind die Crème de la Crème, und wenn wir nicht die besten Ergebnisse erzielen, laufen wir alle Gefahr, versetzt zu werden.«

»Mist! Ich hätte nie erwartet, dass irgendjemand dazu geholt werden könnte, um Aileen zu ersetzen.«

»In London gibt es wohl einen Kerl, den sie in Betracht ziehen, aber das ist nur ein Gerücht.«

»Ich hoffe, das ist alles.«

»Wo wir gerade davon reden, ersetzt zu werden: Ich gehe besser zurück.«

Sie verabschiedeten sich im ersten Stock, und Natalie schlenderte den Flur entlang auf ihr verglastes Büro zu. Die Tür stand offen, und sie konnte Ians und Murrays erhobene Stimmen hören. Der Waffenstillstand, der nach Ians Stichverletzungen zwischen ihnen geherrscht hatte, schien vorüber zu sein.

———

Er zog sich das schweißfeuchte Hemd aus und bewunderte die Schlange in all ihrer Pracht. Sie war fürs Erste gesättigt. Lange hatte sie warten müssen, seit er Alisha Kumar das Leben aus dem Körper gepresst hatte. Vee Patel, die Ali Kumar geheiratet hatte, würde nie erfahren, wieso ihre Tochter getötet worden war. Es war zu schade, dass sie die Botschaft, die er ihr geschickt hatte, nie verstehen würde: Der erwürgte Körper ihrer Tochter, zurückgelassen neben Müllsäcken. Wie passend.

Nach dem ersten Opfer war die Schlange hinterlistig gewesen und hatte sich bedeckt gehalten, auf den richtigen Zeitpunkt gewartet und Informationen über die anderen Opfer zusammengetragen. Es hatte sie beide mit dem allmächtigen Internet aufgespürt und ruhig abgewartet. Rache war ein Gericht, das man am besten kalt servierte, und dieses Gericht war so eisig, dass niemand je darauf kommen würde, wer dahintersteckte.

Vee würde nie wieder jemanden verhöhnen. Ihre Seele war zerstört worden. Die Schlange war wieder in ihr Versteck geschlängelt ... wo sie gewissenhaft Pläne schmiedete, ehe sie wieder zuschlug.

Missy würde niemals herausfinden können, wer hinter dem Mord an ihrer wilden, rebellischen Tochter steckte – einem prahlerischen, dreisten Mädchen, das nach seiner Mutter kam. Obwohl die Schlange bereits geplant hatte, das Mädchen zu ermorden, war sie erfreut gewesen, als Harriet sich entschieden hatte, ausgerechnet eine Mutprobe zu machen, bei der sie sich verstecken wollte, und ihr außerdem zwei weitere Opfer gebracht hatte, die die Schlange als Belohnung für ihre Geduld betrachtete. Das war überaus stimulierend gewesen. Es war eine Schande, dass Missy die Dümmste des Trios gewesen war und nie erkennen würde, welche Bedeutung es hatte, dass drei Mädchen erwürgt und an Orten zurückgelassen wurden, die man mit Abfall assoziierte. Vielleicht sollte er ihr einen Brief schicken, um es ihr zu erklären.

Er lachte beim Gedanken an ihr Leid, und die Schlange schloss sich an, öffnete ihren Kiefer und schloss ihn wieder, als

Würdigung des Witzes. Und dass Harriet gestorben war, während sie eine Mutprobe gemacht hatte! Das Universum war wirklich großzügig zur Schlange gewesen.

Plötzlich schoben sich seine Augen zu Schlitzen zusammen. Er war nicht ganz erfolgreich gewesen, und er verspürte einen Durst, der gestillt werden musste. Dass Faye vor Kurzem an einer Überdosis gestorben war, war unerfreulich und überaus enttäuschend gewesen. Er hatte sie sich bis zum Schluss aufgehoben. Sie war die Anführerin gewesen, das Gehirn der Bande, die ihn gequält hatte, und sie hätte eine viel größere Herausforderung dargestellt als die anderen. So aber hatte ihr Tod bei der Schlange ein unerfülltes Verlangen zurückgelassen.

Die Schlange zischte etwas und er verstand. Der *Watfield Herald* lag offen auf dem Tisch. Er trat heran, las ihn und lächelte dann. DI Natalie Ward, so arrogant wie Faye, war ein wundervoller Ersatz. Die Schlange hatte das Töten so sehr genossen, dass es unhöflich wäre, sich die Mordserie zu verderben.

»Mach verdammt noch mal eine Pause!« Murray warf Ian einen finsteren Blick zu, der sich die Augäpfel rieb.

»Was ist hier los?«, fragte Natalie.

»Der Märtyrer denkt, er müsse weiterarbeiten, obwohl er Schmerzen hat.«

»Geht es Ihnen nicht gut?« Natalie musste zugeben, dass Ians Gesicht recht grau geworden war.

»Kopfschmerzen, das ist alles. Murray übertreibt.«

»Okay, ab mit Ihnen nach Hause. Sie sind nutzlos, wenn Sie sich nicht voll konzentrieren können. Sie durften nur unter der Bedingung wiederkommen, dass Sie leichte Aufgaben übernehmen. Ich will nicht verantwortlich dafür sein, dass Ihre Genesung ins Stocken gerät.«

»Aber Natalie ...«

»Gehen Sie schon. Kommen Sie morgen früh wieder, wenn Sie sich besser fühlen.«

Er stand widerwillig auf und schwankte leicht.

»Siehst du, du bist nicht fit genug, um zu arbeiten. Du brauchst eine warme Mahlzeit und etwas Schlaf«, kommentierte Murray.

»Du bist schlimmer als meine Mutter ... und nicht ansatzweise so gut aussehend.«

Murray grinste. »Ah, gut. Du scherzt. Das ist schon besser. Du wirst es überleben. Ich übernehme hier.« Er winkte Ian lässig fort.

Lucy kam an Ian vorbei, als der das Büro verließ. »Du siehst scheiße aus«, sagte sie.

»Das habe ich ihm auch gesagt«, rief Murray.

»Soll ich dich nach Hause bringen?«, fragte Lucy Ian.

»Nein, ich komme klar. Danke.« Gemächlich ging er den Flur hinunter.

Lucy schneite herein und ließ eine Schachtel auf den erstbesten Schreibtisch fallen. »Er sieht wirklich scheiße aus. Hier, ich habe eine Schachtel Krispy-Kreme-Donuts mitgebracht. Jetzt, wo Ian weg ist, gibt es mehr für alle.«

»Irgendwelche Neuigkeiten bezüglich Anthonys Anwalt?«, fragte Natalie.

»Der ist unterwegs, soweit ich weiß.«

»Und sein Computer?«

»Ist bei der Forensik. Sie haben ihn sofort angeworfen, aber auf den ersten Blick war nichts von Belang drauf. Er ist ein komischer Kauz. Seine Wohnung ist beinahe leer, so als wohnt er nicht die ganze Zeit dort, und sie war sehr sauber.«

Natalie nahm sich einen Donut aus der Schachtel und trug ihn zu ihrem Schreibtisch. »Mike meinte, auf keinem der Opfer wäre auch nur die geringste DNA. Es fällt ihm schwer, irgendwelche Beweise zu finden.«

Lucy leckte gelben Zuckerguss von ihrem ersten Donut. »Gar keine? Das ist ungewöhnlich.«

»Ja, oder? Der Mörder ist intelligent – drei Mädchen in drei Tagen, und ihre Leichen wurden beinahe unter den Augen des Dezernats für Vermisstenfälle abgelegt. Der Mistkerl spielt mit uns. Er zeigt uns, dass er besser ist als wir. Ich wette, er hat auch anonym beim Dezernat für Vermisstenfälle angerufen und ihnen den Tipp gegeben, dass er Savannah an dem Morgen, als man ihre Leiche fand, im Park gesehen hat. Und ich nehme an, dass er genau gewusst hat, dass Harriets Handy ein Signal senden würde, als er das Video von ihr hochgeladen hat. Er hat das Handy absichtlich in der Nähe von Harriets Haus eingeschaltet und das Video hochgeladen – so verdammt clever ist er!«

Murray meldete sich zu Wort. »Oder er wohnt in der Nähe von Harriet.«

»Ja, das ist eine Möglichkeit, aber ich kann mich des Eindrucks nicht erwehren, dass ihm all das Spaß macht ... uns so ... zu verhöhnen. Harriets Handy lag direkt neben einem Beutel, auf dem ›Abfall‹ stand. Das Arschloch hat das so arrangiert, vielleicht sogar, ehe er Harriets Leiche auf die illegale Müllkippe gebracht hat.«

Lucy sah das auch so. »Wenn der Täter kein durchgeknallter Verrückter ist, der einen Kick davon bekommt, täglich zu morden, und bisher einfach das Glück hatte, nicht erwischt zu werden, hat er das hier lange geplant.«

Natalie nickte. »Genau. Das Arschloch hat es vermieden, aufgespürt zu werden, und er hat an den Tatorten weder Fingerabdrücke noch forensische Beweise hinterlassen. Die andere Sache, die mich ärgert, ist, dass wir keine Ahnung haben, woher er wusste, dass die Mädchen sich der Disappear-Mutprobe stellen würden. Es sei denn, er hat sie im Café belauscht, als sie vorletzten Samstag darüber diskutiert haben. Verfügt das Café über Videoüberwachung?«

Murray schüttelte den Kopf. »Katys Leiche ist noch nicht gefunden worden. Vielleicht hat der Täter sie gar nicht in der Gewalt und hatte nur vor, Savannah und Harriet zu töten.«

Plötzlich konnte Natalie das klebrige Gebäck auf ihrem Schreibtisch nicht mehr sehen. »Gott, ich hoffe um Katys willen, dass das stimmt. Lucy, gucken Sie doch mal nach, ob Anthonys Anwalt bereits hier ist. Ich will wirklich weitermachen. Er ist der einzige Verdächtige, den wir im Moment haben.«

»Und er schwört, dass er unschuldig ist«, sagte Lucy.

Murray langte in die Schachtel und schnaubte. »Unschuldig in dem Sinne, dass er nur beim Supermarkt rumgehangen hat, weil er darauf steht, Teenagerinnen anzuglotzen? Das dürfte sogar möglich sein. Würde zu seiner Vorgeschichte passen.«

Lucy rief unten an, um herauszufinden, ob der Anwalt inzwischen aufgetaucht war. Natalie sprach weiter mit Murray.

»Vorgeschichte oder nicht, Anthony *könnte* mit dieser Sache zu tun haben. Schließlich ist er auf dem Aldi-Parkplatz gewesen, kurz bevor die Mädchen verschwunden sind.« Selbst während sie sprach, hatte Natalie das Gefühl, dass Murray recht haben könnte. Anthony war in der Vergangenheit nicht gewalttätig gewesen. Dann kamen ihr wieder Mikes Worte in den Sinn, dass sie *mit den Fakten arbeiten* sollte. Genau das würde sie tun.

———

Die Schlange lag auf der Lauer. Das hier war die Straße, in der DI Natalie Ward wohnte. Er fuhr langsam an den Häusern vorbei und las die Hausnummern, bis er das erreichte, das er gesucht hatte: das mit der unscheinbaren Fassade, aber einem gepflegten Garten voller beschnittener Rosenstöcke und Büsche. Sicher hatte DI Ward keine Zeit für Gartenarbeit.

In der Auffahrt standen keine Autos. DI Ward war nicht zu Hause, und ihr Ehemann anscheinend auch nicht. Er wollte sich das Haus näher ansehen und durch die Fenster spähen, aber das würde Aufmerksamkeit auf ihn lenken, und er hatte es bisher geschafft, unbemerkt zu bleiben. Es war besser, sich die Sache nicht zu verderben, nur weil er gierig war. Es war genug, hier gewesen zu sein und eine Vorstellung davon zu bekommen, wo sie wohnte. Er hatte genug gesehen, um sie sich hier vorzustellen, in diesem durchschnittlichen Haus, wie ihr Tränen übers Gesicht liefen, wenn sie erfuhr, dass ihre Tochter verschwunden war.

————

Es war Viertel vor sechs, als Natalie die Nachricht erhielt, dass Anthonys Anwalt endlich eingetroffen war.

»Na endlich. Ich leide unter einer massiven Zuckerüberdosis«, sagte Lucy, sprang auf und wischte sich Krümel von der Hose.

Murray wendete seinen Blick nicht vom Bildschirm ab. »Lass die Donuts hier. Ich sorge dafür, dass sie dich nicht weiter in Versuchung führen.«

»Gott, du bist so gut zu mir.«

Natalie war bereits an der Tür. Sie hatte alle Fragen, die sie Anthony stellen wollte, durchgesehen. Hoffentlich dauerte es nicht zu lange mit ihm. Sie hätte nichts dagegen, nach Hause zu gehen. Mit der Akte unter dem Arm sagte sie: »Fertig, Lucy? Oh, warten Sie einen Moment. Den Anruf nehme ich besser an.«

Natalie brauchte mehrere Sekunden, um zu verstehen, was sie da hörte.

»Hi Natalie. Hier ist Rowena, Zoes Mum.«

»Hi Rowena. Was gibt es?«

»Nichts Wesentliches. Ich habe es bei euch zu Hause versucht, aber es hat niemand abgenommen. Ich wollte nur sagen, dass wenn Leigh sich besser fühlt, sie vielleicht Lust hat, morgen Abend nach der Schule mit Zoe Bowlen zu gehen. Zoe ist enttäuscht, dass sie heute nicht kommen konnte.«

Ein eisiger Käfig legte sich um Natalies Lunge, drückte sie zusammen und raubte ihr für einen Augenblick den Atem. Sie versuchte, sich einen Reim darauf zu machen. »Rowena, tut mir leid ... ich verstehe nicht. Ist sie nicht bei euch?«

Rowenas Stimme klang plötzlich besorgt. »Nein. Sie ist bei doch euch, oder nicht? Sie hat Zoe erzählt, dass sie ihre Periode und schlimme Bauchkrämpfe bekommen hat, also wollte sie zur Schulschwester gehen und dich darum bitten, dass du sie früher abholst. Hast du keinen Anruf von der Schule erhalten?«

Das ergab keinen Sinn. »Nein. Ich bin bei der Arbeit. Sie hätte David angerufen.« Ihr Kopf sagte ihr, dass genau das passiert war, aber eine nagende Stimme ließ sie fragen: »Zoe hat Leigh nicht weggehen sehen, oder? Vielleicht, wie sie in ein Auto stieg?«

Rowena sprach im Hintergrund eilig mit ihrer Tochter. Dann kam das Mädchen ans Telefon. »Hi, Mrs Ward. Wir sind nach dem Mittagessen auf dem Spielplatz gewesen und Leigh hatte Unterleibsschmerzen. Sie hat gesagt, dass sie nicht wieder in den Unterricht und auch nicht zum Abendessen zu uns kommen kann. Sie wollte zur Schulschwester gehen. Ich habe angeboten, sie zu begleiten, aber sie hat gesagt, dass sie lieber alleine geht, und danach habe ich sie nicht mehr gesehen.«

»Sie hat dir gegenüber nicht erwähnt, dass sie unglücklich ist, oder?«

»Nein.«

»Zoe, das ist jetzt sehr wichtig. Hat sie dir gegenüber je erwähnt, dass sie von zu Hause weglaufen, sich verstecken oder verschwinden will?« Natalie hielt den Atem an und wartete auf die Antwort.

Das Mädchen wirkte aufrichtig. »Nein. Sie hatte nur Krämpfe und wollte nach Hause.«

Ihre Mutter meldete sich wieder. »Ist alles in Ordnung? Ich wollte dich nicht beunruhigen.«

»Nein. Alles gut. Sie ist vermutlich bei David. Es wird irgendeine Art von Fehlkommunikation sein. Ich rufe ihn an.«

»Du sagst mir Bescheid, wenn es ihr gut geht, ja? Und wegen morgen, wenn sie fit genug ist.«

»Ja, sicher.«

Natalie rief zu Hause an, aber niemand ging ans Telefon, und bei Leighs Handy ging direkt die Mailbox ran. Sie hinterließ ihrer Tochter eine Nachricht, dann versuchte sie es unter Davids Nummer. Sie lauschte seiner Stimme, die darum bat, eine Nachricht zu hinterlassen. Ängstliche Gedanken überschlugen sich, aber sie fand einen Weg durch das Durcheinander hindurch. Leigh war nach Hause gekommen, hatte sich ausgeruht, dann hatte David sie wie gewöhnlich ausgeführt, und beide hatten dort, wo sie gerade waren, kein Netz. Sie sollte sich beruhigen. Es gab keinen logischen Grund, warum David sie hätte anrufen sollte, um ihr zu sagen, dass Leigh früher nach Hause gekommen war. Er würde sie mit so etwas nicht behelligen. Sie atmete tief durch, brachte ihre sich im Kreis drehenden Gefühle wieder unter Kontrolle und die eisigen Finger, die über ihr Inneres kratzten, zum Schmelzen. So ergab alles einen Sinn. Wenn sie nicht in dieser Ermittlung stecken würde, hätte sie nicht eine solche Angst, und doch sagte ihr eine innere Stimme, dass sich diese Situation nicht richtig anfühlte. Sie sprach nach Davids Ansage und versuchte, nicht panisch zu klingen.

»David, ist Leigh bei dir? Zoes Mutter meint, sie wäre früher von der Schule nach Hause gegangen, weil sie Bauchschmerzen hatte. Bitte ruf mich an, sobald du diese Nachricht abhörst. Ich mache mir Sorgen.«

Sie sah zu Lucy auf. »Können Sie schon mal mit der Vernehmung anfangen? Ich muss noch einen Anruf tätigen.«

»Ist alles okay?«

»Ich hoffe es. Vermutlich reagiere ich über.«

»Ich kümmere mich um Anthony. Machen Sie Ihren Anruf.« Sie nahm Natalie, die auf dem Sofa im Flur saß und Davids Vater Eric anrief, die Akte ab.

»Eric, hier ist Natalie.«

»Hi Natalie.«

»Ist David da?«

»Nein. Er hat gestern Nachmittag für ein paar Minuten vorbeigeschaut, aber heute habe ich ihn nicht zu Gesicht bekommen.«

»Ja, das hat er erzählt ... Hast du die Waschmaschine reparieren können?«

»Waschmaschine? Da kann ich dir nicht ganz folgen. Die funktioniert einwandfrei. Ähm ... ist alles in Ordnung?«

»Ich versuche, ihn und Leigh aufzuspüren. Sie gehen beide nicht an ihre Handys. Sollte er sich bei dir melden, sag ihm bitte, dass er mich sofort anrufen soll.«

»Mach ich. Was ist denn los? Du klingst ... verängstigt.«

»Leigh ist angeblich nach dem Mittagessen mit Bauchschmerzen nach Hause gegangen, und ich versuche herauszufinden, wo sie ist.«

»Vielleicht ist sie jetzt zu Hause.«

»Da nimmt niemand ab. Ich bin bei der Arbeit.«

»Ich könnte vorbeifahren, wenn dir das hilft, um nachzusehen, ob sie da sind.«

»Ich habe ihnen Nachrichten hinterlassen. Sie werden mich anrufen. Davon abgesehen wird Josh bald zu Hause sein. Ich kann ihn fragen. Danke, Eric.«

»Kein Problem. Kinder, was? Machen einem Sorgen – selbst, wenn sie groß sind. Versuch, dich nicht zu sehr zu beunruhigen. Es ist sicherlich alles in Ordnung.«

Sie steckte ihr Handy in die Tasche und beruhigte sich damit, dass David die Angelegenheit in der Hand hatte, aber das Wissen, dass der *Watfield Herald* ihre Tochter erwähnt hatte, half nicht gerade. Sie wurde nervös, aber konnte es sich nicht leisten, abgelenkt zu werden. Anthony wartete auf sie.

· · ·

Anthony sah selbstsicherer aus mit seiner Anwältin an seiner Seite, einer Frau Ende vierzig, die Natalies Eintreffen mit einem leichten Kopfnicken quittierte. Das Aufnahmegerät lief, und die Anwältin meldete sich zu Wort.

»Mein Mandant, Mr Anthony Lane, würde gern klarstellen, dass er hier ist, um Ihnen bei Ihrer Ermittlung zu helfen, aber dass er mit dem Verschwinden irgendeiner Teenagerin nichts zu tun hat. Er hat das Gefühl, dass Sie ihn seit dem Beginn dieser Ermittlung schikanieren, und hätte es gern im Protokoll, dass er unzufrieden damit ist, wie Sie ihn behandelt haben. Er hat für seine vergangenen Fehltritte gebüßt und ist seitdem nicht wieder straffällig geworden.«

Natalie nahm Lucy die offene Akte ab und sagte: »Ist zur Kenntnis genommen. Sergeant Carmichael, wie weit waren Sie mit der Vernehmung?«

»Ich hatte Mr Lane gerade gefragt, wieso er gestern Nachmittag draußen vor dem Aldi war.«

»Worauf ich geantwortet habe, dass ich Lebensmittel eingekauft habe«, ergänzte Anthony mit einem selbstgefälligen Grinsen.

Natalie ließ die süffisante Bemerkung über sich ergehen. »Das mag sein, aber anhand der Aufnahmen der Überwachungskamera, speziell dieses Bilds, kann man sehr deutlich sehen, dass Sie sich nicht auf den Supermarkt zu bewegen. Sie haben vielmehr regungslos dagestanden und dieses Mädchen angestarrt.«

»Fürs Protokoll: DI Ward zeigt Anthony Lane eine Fotografie – ein Standbild der Überwachungskamera vor dem Aldi von zehn nach vier.«

»Ich habe an ihr vorbeigeschaut, auf etwas in der Entfernung.«

»Und Sie haben ein paar Minuten später dasselbe Etwas angesehen? Man kann an der Uhrzeit oben links erkennen, dass Sie sie volle fünf Minuten beobachtet haben, bis sie den Supermarkt betreten hat, und Sie waren wie angewurzelt, bis sie vier Minuten später wieder aufgetaucht ist.«

»DI Ward zeigt Anthony Lane drei weitere Fotografien, die den Befragten zeigen, wie er Katy Bywater anstarrt.«

Anthony warf seiner Anwältin einen Blick zu. »Ich habe nichts Falsches getan.« Die Anwältin nickte und bedeutete ihm damit, sich zu erklären.

»Ich gucke mir gerne Teenagerinnen an, und ich meine damit nicht auf perverse Weise, ehe Sie voreilige Schlüsse ziehen. Ich bewundere sie lediglich – ihre Selbstsicherheit, ja, ihre Arroganz. Wie sie handeln, stehen und reden fasziniert mich. Dieses Mädchen hat eine Traurigkeit ausgestrahlt, die offenkundig war an der Art, wie ihr Kopf gesenkt war und wie sie lief. Ich habe sie lediglich beobachtet.«

Natalie antwortete rasch. »Das klingt sehr poetisch. Sie beobachten also gern Teenagerinnen, ja? Das ist das dritte Mal, dass wir auf Sie aufmerksam geworden sind, und alle drei Mädchen, die sie beobachtet haben, sind verschwunden – und zwei von ihnen wurden getötet.«

Er stieß einen Seufzer aus. »Das ist eine Tragödie. Sie waren alle auf unterschiedliche Weise schön. Lassen Sie mich ehrlich zu Ihnen sein. Wenn ich mit der Arbeit fertig bin, gehe ich jeden Tag etwa zu der Zeit im Supermarkt einkaufen, zu der die Kinder aus der Schule kommen. Dabei habe ich überhaupt nichts Böses im Sinn. Weder jage ich sie noch folge ich ihnen. Ich suche nach Subjekten, die ich für interessant halte.«

»Können Sie verdeutlichen, was Sie mit *Subjekten* meinen?«

»Ich male Frauen, hauptsächlich junge Frauen an der Schwelle zur Weiblichkeit, und versuche ihre Emotionen festzuhalten, während sie damit kämpfen, zu Erwachsenen zu werden. Ich hole mir meine Inspiration von diesen Mädchen, die ich in der Nähe des Supermarkts herumhängen sehe. Sie sind alle sehr unterschiedlich, was Aussehen, Verhalten und Einstellungen betrifft.«

Lucy neigte den Kopf zur Seite wie ein Spatz. »Sie sind Künstler?«

»Es ist ein Hobby, aber ich bin recht gut geworden. Ein paar Porträts habe ich sogar schon verkauft. Ich gehe jeden Mittwochabend zum Unterricht.«

»Haben Sie das Bild des Mädchens mit dem Gänseblümchen gemalt, das in Ihrem Abstellraum ist?«, fragte Lucy.

»Ja, das ist eins von meinen. Die Leinwände sind zu groß, um sie in meiner Wohnung aufzubewahren, also lagere ich sie zusammen mit meinen Malutensilien in der Garage meines Kunstlehrers.«

Die saure Mischung aus Essig und Schokolade stieg Natalies Speiseröhre hoch, als ihr bewusst wurde, dass Anthony wohl kaum der Mörder war. »Und Sie sind gestern Abend zum Malkurs gegangen?«

»Das ist richtig. Er findet jeden Mittwoch von acht bis zehn in der Methodist Hall in der Church Street statt. Ich gehe hin, seit ich in Watfield wohne. Es hat als Therapie begonnen und ist zu einer echten Leidenschaft geworden.«

»Was haben Sie nach dem Malkurs gemacht?«

»Ich habe noch ein bisschen rumgehangen und mit den anderen für eine gute Viertelstunde geplaudert, dann habe ich meine Utensilien zu Chads Haus gebracht – das ist mein Kunstlehrer – und bin nach Hause gegangen.«

Wenn die Zeiten stimmten und Chad sich für ihn verbürgte, hätte er keine Zeit gehabt, zu Katys Haus zu fahren und sie zu entführen. Anthony starrte sie mit funkelnden Augen an. Konnte er verwickelt sein? Machte er ein potenzielles Opfer aus und benachrichtigte dann einen Partner? Natalies Gehirn hatte Schwierigkeiten, diese Theorie zu verarbeiten, und da war etwas in der Art, wie er mit solcher Leidenschaft vom Malen sprach, das sie veranlasste zu glauben, dass er die Wahrheit sagte.

»Ich will deutlich machen, dass ich, obwohl ich ein aktenkundiger Sexualstraftäter bin, nicht wieder straffällig geworden bin. Nach meiner Entlassung habe ich eine Therapie gemacht, die mir bei der Verarbeitung meiner Probleme geholfen hat. Das Malen hat meine negativen Emotionen in kreative, positive verwandelt. Ich schwöre, dass ich mich keinem dieser Mädchen genähert habe, um ihnen wehzutun oder sie zu erschrecken. Ich habe sie aus geringer Entfernung beobachtet, aber nur für meine Malerei.«

Natalie hielt einen Moment inne. Glaubte sie ihm? Fakten waren Fakten. Studierte er Teenagerinnen lediglich, um sich für seine Gemälde inspirieren zu lassen? Es klang plausibel. »Haben Sie viele dieser Gemälde?«

Sein Gesichtsausdruck veränderte sich. Seine Augen funkelten nun vor Stolz. »Es sind mittlerweile über zwanzig Leinwände. Chad sagt, sie sind gut genug, um ausgestellt zu werden, und er wird versuchen zu organisieren, dass sie in einer Galerie in Repton gezeigt werden.«

Natalie konnte ihn verärgern und dafür sorgen, dass er unkooperativ wurde, indem sie darauf beharrte, dass er etwas mit dem Verschwinden der Mädchen zu tun hatte. Oder sie konnte ihn um Hilfe bitten. Sie entschied sich für Letzteres. »Anthony, bei drei verschiedenen Situationen haben Sie die verschwundenen Mädchen gesehen, kurz bevor sie verschwunden sind. Ist Ihnen irgendjemand anderes aufgefallen, der Sie beobachtet hat oder ihnen sogar gefolgt ist? Denken Sie genau nach. Vielleicht sind Sie in der Lage, diesem Mädchen das Leben zu retten.« Sie tippte mit dem Finger auf das Foto von Katy.

Er verzog das Gesicht. »Ich neige dazu, in meiner eigenen Welt zu verschwinden, wenn ich beobachte und mir vorstelle, wie ich ihre Augen oder ihren Ausdruck male.«

»Ich verstehe, aber wenn Sie an gestern Nachmittag zurückdenken, haben Sie jemanden gesehen, den Sie kannten, der den Supermarkt etwa zu der Zeit betreten oder verlassen hat?«

»Mir fällt niemand ein.«

Natalie lehnte sich zurück und gab ihm Zeit zum Nachdenken. Schließlich schüttelte er den Kopf. Ihr Handy vibrierte in ihrer Tasche und signalisierte einen eingehenden Anruf. Sie zog es heraus. Auf dem Bildschirm blitzte Davids Name auf.

»Tut mir leid, mir fällt niemand ein. Ich war auf ihren Kummer fixiert und darauf, wie ich sie in Schattierungen von Blau und Violett malen könnte.«

»Denken Sie noch weiter drüber nach, und wenn Ihnen noch etwas einfällt, lassen Sie es uns bitte wissen.«

»Haben Sie noch etwas anderes, Inspector?«, fragte die Anwältin.

Natalie wünschte, es wäre anders, aber sie hatte keinen Grund, Anthony Lane festzuhalten. »Nicht im Moment. Danke für Ihre Zeit.« Sie beendete die Befragung und ließ Lucy die beiden hinausbringen. Sie selbst ging voraus zu den hellen Lichtern des Foyers. Sie hatte Aileen nichts vorzuweisen. Es gab keine Verdächtigen, und die Uhr tickte. Auf einem Bildschirm im Empfangsbereich lief BBC News, und sie hielt inne, als ein vertrauter Reporter ins Bild kam. Die Schlagzeile der Laufschrift lautete: *Watfield-Monster versetzt Stadt in Angst ... Katy Bywater vermutlich drittes Opfer ... Polizei mahnt die Öffentlichkeit, wachsam zu bleiben.*

Sie stand direkt vor dem Fernseher und lauschte dem Bericht.

Die Suche am Boden und aus der Luft nach der vierzehnjährigen Katy Bywater dauert bis in die Abendstunden an, während die Sorge um ihre Sicherheit wächst. Katy ist gestern Abend aus ihrem Zuhause in Watfield verschwunden, und es gibt keine Informationen über ihren Verbleib. Katy ist die dritte Teenagerin, die diese Woche verschwunden ist. Am Dienstagmorgen wurde die Leiche der dreizehnjährigen Savannah Hopkins nur ein paar Hundert Meter von ihrem Zuhause in der Western Park Road gefunden, und nachdem am Dienstagnachmittag Harriet Long verschwunden war, fand man ihre Leiche am Mittwochmorgen im Wald hinter ihrem Haus. Das wirft die Frage auf, die sich jeder stellt: Ist Katy das dritte Opfer des Mörders?

Sie konnte nicht mehr zusehen. Der Mörder hatte seine Opfer getötet, kurz nachdem er sie geschnappt hatte. Wie lange würde der Mistkerl Katy am Leben lassen? Oder war es bereits zu spät für das Mädchen? Sie ging nach draußen, weg von der Übertragung, und rief David an, der offensichtlich ihre Nachricht erhalten und sie angerufen hatte, um sie zu beruhigen. Er nahm nach dem zweiten Klingeln ab und es fiel ihr schwer, ihn zu verstehen.

»Nat, es tut mir so leid.«

»David?«

»Es ist alles meine Schuld.«

»David, was redest du da?«

»Leigh. Sie ist nicht nach Hause gekommen. Ich weiß nicht, wo sie ist.«

SECHSUNDZWANZIG

DONNERSTAG, 19. APRIL – ABEND

»Ich werde die Ermittlung jemand anderem zuweisen«, verkündete Aileen.

»Auf keinen Fall. Ich habe sie von Anfang an geleitet, und es ist meine Tochter, die vermisst wird. Ich bin am besten dazu geeignet, weiter das Sagen zu haben.«

»Sie sind persönlich involviert.«

»Das ist erst recht ein Grund, weshalb ich dabeibleiben sollte.«

Aileen schüttelte den Kopf. »Es tut mir leid, Natalie, Sie werden sich zurückziehen müssen. Ich brauche einen Detective, der einen klaren Kopf bewahrt. Sie sind emotional zu sehr verwickelt in die Sache.«

Natalie biss die Zähne zusammen. »Sie ist *meine* Tochter, und ich bin die Beste, die Sie haben. Nicht nur das, ich habe für diesen Fall gelebt, seit er begonnen hat. Wenn Sie jemand Neues darauf ansetzen, verschwenden wir wertvolle Zeit. Ich muss Ihnen nicht sagen, wie unerlässlich es ist, dass wir jetzt mit Druck weitermachen. Aileen, ich bitte Sie nicht ... ich flehe Sie an.«

Aileen schwieg einige Minuten und sagte dann: »In Ordnung.«

»Danke.« Natalie drehte sich auf dem Absatz um.

Mike hatte sich Lucy und Murray im Büro angeschlossen. »Ich komme mit euch.«

Sie nickte rasch.

Lucy warf ihr einen Blick zu. »DI Kilburn ist bereits bei Ihrem Haus. Er hat Einheiten abgestellt, die nach ihr suchen.«

»In Ordnung. Ich spreche mit David, und Sie machen hier weiter. Wenn der Täter Katy hat, müssen wir uns an Fakten und Beweise halten, wenn wir sie sicher zurückbringen wollen.« Sie konnte sich nicht überwinden zu sagen, dass der Mörder vielleicht auch ihre eigene Tochter in seiner Gewalt hatte.

»Wir sind dran«, sagte Lucy.

Natalie marschierte mit erhobenem Kopf neben Mike nach draußen. Sie war sich bewusst, dass Blicke auf sie gerichtet waren. Die Nachricht hatte sich schnell verbreitet. Sie würde nicht eine Sekunde lang vergessen, dass sie Mutter war, aber sie war auch Detective. Und zwar ein verdammt guter, wie Mike sie erinnert hatte – die Crème de la Crème. Wenn irgendein Scheißkerl sich ihre Tochter geschnappt hatte, in der Hoffnung, sie aus der Ruhe zu bringen, lag er falsch – sehr falsch. Sie würde ihn festnageln, und wenn sie das tat, würde er sich wünschen, sich nicht an ihrer Familie vergriffen zu haben.

Sie hatte nach Davids Anruf Gelegenheit gehabt, ihre Gedanken zu ordnen. Es bestand die Möglichkeit, dass Leigh schlicht von zu Hause weggelaufen war – vielleicht, um sie und David für ihre Streitereien zu bestrafen. Es bestand nicht notwendigerweise eine Verbindung zwischen der Ermittlung und Leighs Verschwinden. Zunächst einmal ging sie auf keine Schule in Watfield, und sie kannte auch weder Savannah, Harriet noch Katy. Natalie klammerte sich an diese Hoffnung. Es war nicht das beste Szenario, aber es war viel besser als die

Alternative – dass Leigh sich in den Händen des Mörders befand.

Sie verbrachten die Fahrt schweigend. Kurz vor Castergate räusperte sich Mike, ehe er sagte: »Geh sanft mit ihm um.«

»David?«

»Er ist sicherlich völlig fertig.«

»Ich weiß.«

»Er wird sich die Schuld geben.«

Sie seufzte. »Ich weiß, dass er das tun wird.«

»Gut. Dann sei nicht so hart zu ihm.«

Sie nickte. Wenn es irgendjemand anderes gewesen wäre und nicht ihr eigener Ehemann, hätte sie nachgebohrt und auf Antworten gedrängt, aber in diesem Fall würde sie auf Schuld und sogar Selbsthass stoßen, denn trotz all seiner Fehler liebte David seine Familie.

In ihrer Straße wimmelte es von Polizistinnen und Polizisten, die von Tür zu Tür gingen und Befragungen durchführten, und von Nachbarn – Menschen, die sie seit Jahren kannte. Besorgte Gesichter blickten auf, als sie im Streifenwagen eintraf, und sie schluckte schwer. Die Suche nach ihrer Tochter war in vollem Gang. Mike parkte in zweiter Reihe auf der Straße vor dem Haus und stellte sich neben das Fahrzeug – ein schweigender Wachposten –, während sie ausstieg. Eine vertraute Stimme rief: »DI Ward!« Natalie verspürte Zorn. Bev Gardiner war hier.

»Wie verdammt noch mal hat sie davon erfahren?«

Mike legte ihr eine Hand auf die Schulter. »Lass es«, warnte er.

»Schaff sie mir aus den Augen«, zischte sie.

»Mach ich. Geh rein.«

Ihr Zuhause, das Refugium ihrer Familie, wurde belagert. Oben liefen uniformierte Polizisten herum. Joshs Schultasche hing am Treppengeländer, aber Leighs Chaos aus Schuhen und Tasche fehlte. Natalie drehte sich der Magen um. Eine Kollegin kam die Treppe hinuntergeeilt und blieb stehen, als sie sie erblickte. »Ma'am.«

Natalie nickte als Antwort und straffte ihre Schultern. Sie musste stark sein. Aus der Küche hörte sie Stimmen – Graham und David. Sie schluckte schwer und ging darauf zu. David saß am Küchentisch, den Kopf in den Händen. Er hob sein Gesicht. Es war schmerzverzerrt.

»Es tut mir so leid«, sagte er.

»Wir bekommen sie zurück.« In der Vergangenheit hatte sie genau diese Worte zu anderen Eltern gesagt und beobachtet, wie deren Augen hoffnungsvoll aufgeleuchtet hatten. David beobachtete sie weiter, sein Blick flehte um Vergebung. »Du konntest es nicht wissen.«

Graham stand auf. »Wir reden mit all ihren Freundinnen. Die Schulschwester hat sie nicht gesehen, also ist es wahrscheinlich, dass Leigh wegen der Bauchschmerzen gelogen und sich auf eigene Faust davongemacht hat.«

»Irgendwelche Aufnahmen von der Schule?«

»Auf den Kameras an den Eingängen ist nichts, also ist die einzige andere Route, die sie genommen haben kann, die über die Sportplätze.«

Die Sportplätze waren von Hecken gesäumt, aber es war möglich, dass Leigh sich durch eine Lücke hindurchgequetscht, dadurch den dahinter verlaufenden Weg erreicht und so vermieden hatte, gesehen zu werden. Graham fuhr fort: »Vielleicht ist sie nicht einmal weit weg. Wir haben alle Aufnahmen von Überwachungskameras in der Umgebung der Castergate-Mittelschule eingeholt. Ihr Handy ist ausgeschaltet, also können wir es nicht orten, aber wir haben den Anbieter kontaktiert und hoffen auf ein Signal.«

Natalie wusste, dass das Dezernat für Vermisstenfälle alles in seiner Macht Stehende tat, um ihre Tochter zu finden, aber wenn Leigh die Schule zum Ende der Mittagszeit verlassen hatte, war sie bereits seit über fünf Stunden unterwegs und hatte vielleicht schon eine ziemliche Strecke hinter sich gebracht. Sie hatte Vertrauen in Grahams Fähigkeiten. Er hatte viele Teenagerinnen aufgespürt. Er würde alle Möglichkeiten erwägen. Die entscheidende Frage war, ob er genügend Leute hatte, um zwei vermisste Mädchen zu suchen.

Er musste ihre Gedanken an ihrem Gesichtsausdruck erkannt haben, denn er sprach einfühlsam: »Wir haben die Suche nach Katy Bywater intensiviert, aber wir haben zusätzliche Einheiten aus Derbyshire hinzugezogen, damit sie uns bei beiden Operationen helfen. Es helfen alle, auch die, die nicht im Dienst sind.«

Sie lächelte ihn angespannt, aber dankbar an.

»Jemand aus meinem Team redet mit Josh, und wir untersuchen den Browser-Verlauf auf Leighs iPad. Ihr Ehemann hat uns die Erlaubnis gegeben, auch ihre Social-Media-Seiten zu prüfen.«

Sie schienen alles abgedeckt zu haben, aber es gab eine wichtige Frage zu stellen. »War sie auf der Disappear-Website?«

»Ja, war sie, mehrere Male in den letzten paar Wochen.«

Ihre Brust fühlte sich wieder eisig an beim Gedanken an die Verbindung ihrer Tochter zu den anderen Opfern, obwohl Leigh die anderen Mädchen nicht gekannt hatte. Das musste ein Zufall sein. Sie wartete darauf, dass das Gefühl abebbte, und betete im Stillen, dass ihre Tochter in Sicherheit war. Mike war wieder hinter ihr. »Bev Gardiner ist weg«, war alles, was er sagte.

»Mike.« David klang wie ein verwundetes Tier. Er bekam gerade so ein Wort heraus.

»Wie kommst du zurecht?«

»Schlecht, Kumpel. Danke fürs Kommen.«

Mike durchquerte das Zimmer. »Willst du die Sache mit mir durchsprechen?«

Natalie war ihm dankbar. Es würde David schwerer fallen,

ihr zu erzählen, was passiert war. Sie ging ins Wohnzimmer, wo sie Josh, Eric und eine Polizistin vorfand. Sie begrüßte sie. Ihr Sohn sprang auf und umarmte sie herzlich. Es war Jahre her, dass sie sich so innig umarmt hatten. Schließlich löste er sich aus ihren Armen.

»Es geht ihr doch gut, oder?«

Natalie nickte, weil sie sich eine Sekunde lang nicht traute zu sprechen. Eric sah sie aus traurigen Augen heraus an.

Josh fuhr fort: »Sie hat nie etwas darüber gesagt, dass sie von zu Hause weglaufen will. Sie ist in letzter Zeit ganz schön launisch gewesen, aber ich hatte keine Ahnung, dass sie so was geplant hat.«

»Sie hat es vor uns allen verheimlicht«, sagte Natalie. »Vielleicht hat sie es sogar aus einer Laune heraus getan. Die Ermittler glauben, dass sie durch die Hecke geschlüpft ist, die an den Sportplätzen entlang verläuft, und so auf den Weg dahinter gekommen ist. Josh, weißt du etwas von einer Mutprobe namens Disappear?«

»Klar, von der hab ich gehört. Ganz schön bescheuert. Die Leute verschwinden, so lange sie können. Man kann zwischen vierundzwanzig Stunden oder länger wählen. Wenn es jemand fünf Tage schafft, ohne entdeckt zu werden, landet sein Name auf der Bestenliste. Ich habe sie mir nicht angesehen. Jemand hat sie in einem Chatroom erwähnt.«

»Hast du dich mit Leigh über diese Mutprobe unterhalten? Oder hat sie davon gesprochen?«

»Nein. Es gibt eine Menge dumme Mutproben auf Facebook und Instagram, wie die, bei der man sich Wodka ins Auge schüttet. Leigh hat nie irgendetwas darüber gesagt. Sie ist nicht auf Facebook. Das ist nur was für alte Leute, findet sie. Sie hängt auf Snapchat rum. Glaubst du, sie hat die Mutprobe gemacht?«

»Möglich ist es.«

Er sah verwirrt aus. »Dafür hat sie zu viel Verstand.«

Josh hatte nicht ganz unrecht, aber eine unglückliche, ihren Hormonen unterworfene Teenagerin schenkte ihrem Verstand nicht notwendigerweise Aufmerksamkeit, wenn sie sich in die Enge getrieben und ungewollt fühlte. Es sah so aus, als hätte Leigh geplant zu verschwinden.

»Wo könnte sie sich verstecken, Josh? Mir fällt kein Ort ein, an den sie gehen könnte. Im Freien würde sie sich nicht aufhalten. Du weißt, wie sehr sie die Dunkelheit hasst. Fallen dir irgendwelche Orte ein? Vielleicht haben deine Freunde etwas erwähnt.«

»Am ehesten würde sie zu einer Freundin gehen.«

»Sie hat keinen Freund, von dem ich nichts weiß, oder?«

»Leigh? Nein.«

»Okay, danke, Schatz. Wann bist du nach Hause gekommen?«

»Nach dem Fußballtraining. Gegen Viertel vor sechs. Ich hatte meinen Hausschlüssel dabei. Dad und Leigh waren nicht hier, also dachte ich, sie wären unterwegs. Ich bin nach oben gegangen, um ein bisschen im Internet zu surfen, und dann kam Dad reingerannt und hat gefragt, ob Leigh zu Hause ist.«

»Hast du Leigh in der Schule nicht gesehen?«

»Nein. Sie hängt nie mit mir rum.«

Eric meldete sich zu Wort. »Leigh ist weder dumm noch unverantwortlich. Sie wird bald erkennen, dass das, weswegen sie von zu Hause weggelaufen ist, nicht so schlimm ist, wie sie geglaubt hat, und zurückkommen.«

»Hat sie dir gegenüber erwähnt, dass sie unglücklich ist?«, fragte Natalie.

»Nein. Die letzten Male, die sie vorbeigekommen ist, war sie immer etwas verschlossen, aber ich habe es auf ihr Alter geschoben.«

»Okay. Danke, Eric. Du bleibst doch, oder? Und passt für mich auf David und Josh auf?«

»Willst du nach ihr suchen?«

»Darum kümmert sich DI Kilburn. Ich gehe die Sache von meiner Seite aus an.«

»Aber du leitest eine Mordermittlung, Mum«, warf Josh ein.

»Wir suchen auch nach einem anderen Mädchen, das immer noch vermisst wird. Katy Bywater. Vielleicht sind die beiden sogar zusammen«, sagte Natalie, weil sie Josh keine Angst machen wollte.

»Ich kenne niemanden namens Katy Bywater.«

»Vielleicht kennt Leigh sie.«

Die Augenbrauen ihres Sohnes sanken nach unten. Er sah David von Tag zu Tag ähnlicher. Sie lächelte ihn liebevoll an. »Versuch, dir nicht zu viele Sorgen zu machen.«

Natalie ging nach oben ins Zimmer ihrer Tochter, um nachzusehen, ob irgendetwas fehlte. Leigh war unglaublich unordentlich, und ihr Nachthemd, Socken und eine Schulbluse mit einem Fleck darauf lagen auf dem ungemachten Bett. Sammy der Bär lag auf seinem Rücken auf dem Boden, und das Ladekabel ihres Handys steckte immer noch in der Steckdose. Natalie öffnete Schubladen, konnte aber keine fehlenden Sachen erkennen. Ihr schwarzer Lieblingspullover war zusammengefaltet, und ihre zerrissenen Jeans, die sie so gern trug, hatte sie über eine Stuhllehne geworfen. Leighs Sammlung an Turnschuhen und Stiefeln lag kreuz und quer unten in ihrem Kleiderschrank, und ihre einzigen beiden Mäntel hingen an einem Haken hinter der Tür. Falls ihre Tochter geplant hatte, von zu Hause wegzulaufen, hatte sie vorgehabt, das in ihrer Schuluniform zu tun. Natalie hob eine leuchtend orangefarbene Schachtel mit Leighs Namen darauf hoch und schüttelte sie. Es klapperte. Sie sah hinein. Es waren etwa vierzig Pfund in Münzen und Scheinen darin, das Äquivalent von vier Wochen Taschengeld. Leigh hatte auf neue Anziehsachen gespart und den Inhalt der Schachtel augenscheinlich nicht angerührt. Die silberne Halskette, die sie zu ihrem dreizehnten Geburtstag bekommen hatte, befand sich in der zugehörigen Schachtel in der Schublade ihres Nachttischs. Nachdem sie sie einen Moment lang angestarrt hatte, kam Natalie zu dem Schluss, dass sie nicht sagen konnte, ob ihre Tochter vorgehabt hatte, von zu Hause wegzulaufen oder nicht. So oder so hatte sie nichts von Wert mitgenommen.

Natalie überprüfte das Versteck, in dem sie die Sparbücher der Kinder aufbewahrte, und ging dann wieder nach unten, wo sie Mike und David antraf, die in eine Unterhaltung vertieft waren. Die brach ab, als sie das Zimmer betrat. »Ich kann nicht sagen, ob etwas fehlt. Es scheint alles an seinem Platz zu sein.«

»Scheiße. Dann hat sie nur ihre Schuluniform an?«

»Sieht so aus. Und ich glaube nicht, dass sie viel Geld hat. Ihr Sparbuch ist noch hier und ihr Taschengeld auch. Du hast ihr kein Geld gegeben, oder?«

Er senkte den Blick. »Nein.«

»Also hat sie weder saubere Sachen noch Geld, aber Angst im Dunkeln. Es wirkt wie eine impulsive Entscheidung, und vielleicht versteckt sie sich bei einer Freundin. Ich werde DI Kilburn erzählen, was ich weiß.« Es entstand eine Pause, während der David sie nicht ansehen konnte. »Ich muss gehen«, sagte sie schließlich.

»Ich weiß nicht, was ich sagen soll, Natalie. Mir ist heute Morgen nichts Ungewöhnliches aufgefallen. Sie war nicht anders als an anderen Tagen. Ich konnte nicht ahnen, was sie geplant hat.«

»Ich auch nicht, David. Wir tragen beide Schuld.«

Mike tätschelte die Hand seines Freundes und stand auf. »Ruf mich an, wenn du mich brauchst.«

»Mir geht es gut. Ich hoffe nur, dass es auch Leigh gut geht.« Sein Blick ruhte auf Natalie. Er erwartete, dass sie ihn tröstete oder zumindest noch etwas sagte, das seine Schuldgefühle minderte, aber sie konnte es nicht. Sie wollte es, aber zwei Gedanken hinderten sie daran: David war nicht zu Hause an der Arbeit gewesen, so wie er es behauptet hatte. Und er hatte gelogen, als er gesagt hatte, er hätte Eric geholfen. Eric hatte nicht gewusst, wovon sie sprach, als sie ihn nach der Waschmaschine gefragt hatte, und er hatte enthüllt, dass David nur ein paar Minuten bei ihm gewesen war. David wusste, was sie von Leuten hielt, die sie offen anlogen. Das war etwas, was sie nicht tolerieren konnte; nicht seit der entsetzlichen Geschichte mit ihrer Schwester Frances vor vielen Jahren, die sie vergeblich zu vergessen versuche. Seitdem hatten sie kein Wort mehr miteinander gesprochen.

Sie räusperte sich, murmelte, dass sie mit ihm in Verbindung bleiben würde, und verließ das Haus. Im Auto sagte sie nichts, bis sie Castergate hinter sich gelassen hatten und nach Samford zurückfuhren. Mike griff nach seinen Zigaretten, zündete sich eine an und ließ das Fenster dann ein paar Zentimeter herunter. Eine Brise fand ihren Weg herein und kühlte ihre Wangen, konnte aber den Zorn nicht lindern, der in ihr aufstieg.

»Hat er dir gesagt, wieso er nicht zu Hause war, als Josh zurückkam?«

Mike schürzte die Lippen und pustete den Rauch zu der kleinen Öffnung hinaus. »Ja.«

»Und wo ist er gewesen?«

»Tu dir das nicht an, Nat. Leigh wird vermisst. Das ist wichtig, nicht, wo David gewesen ist.«

»Er hätte zu Hause sein und arbeiten sollen. Er hat mir gesagt, dass er genau das tun würde, aber das hat er nicht. Wenn er zu Hause gewesen wäre, wäre er an sein Handy oder das Festnetztelefon gegangen, als Rowena angerufen hat, also ist es wichtig.«

»Das soll er dir lieber selbst erzählen.«

»Wieso? Hat er eine andere?«

Mike schnaubte leise. »Nein, er hat keine andere.«

»Wo zur Hölle ist er dann gewesen, und wieso war sein Handy ausgeschaltet?«

»Das ist nicht wichtig.«

»Mike, verdammt noch mal. Nun mach schon den Mund auf!«

Mike hielt die Zigarette zwischen Zeigefinger und Daumen und zog daran. Dann blies er den Rauch aus. »Er war beim Buchmacher. Er hat heute Nachmittag auf ein paar Wetten in Cheltenham gesetzt und auf den Ausgang des Rennens um fünf nach halb sechs gewartet.«

»Also war er im Wettbüro. Das hätte ich mir denken können«, sagte sie leise.

———

Die Schlange war eingeölt und bereit zur Tat. Winzige elektrische Ströme pulsierten durch seine Adern und wärmten seinen Körper. Es war so perfekt. DI Ward würde bald herausfinden, wie es sich anfühlt, es mit jemandem zu tun zu haben, der viel cleverer war als sie selbst. Jemand, der sie mühelos überlisten und übervorteilen konnte. Sie hatte keine Ahnung, was passieren würde. Sanft streichelte er den Kopf der Schlange und fragte sich, wie laut die Tochter der Polizistin schreien würde, wenn sich die Schlange um ihre Kehle wand.

———

Kaum war Natalie wieder im Büro, ließ sie ihre Tasche auf den Boden fallen und sprach mit Lucy und Murray.

»Nur damit Sie es wissen: Das Dezernat für Vermisstenfälle sucht nach Leigh. Ich habe allen Grund anzunehmen, dass sie aus freien Stücken von zu Hause weggelaufen ist, und ich will, dass wir uns voll und ganz darauf konzentrieren, die Person zu finden, die verantwortlich für die Morde an Savannah und Harriet ist und womöglich Katy habt.«

Lucy antwortete als Erste. »Anthonys Computer war sauber, und sein Alibi hat sich bestätigt. Er war nach dem Malkurs bei Chad, seinem Lehrer. Wie er uns gesagt hat, malt er Bilder von jungen Frauen, und Chad findet, dass er ziemliches Talent hat. Er hat auch gesagt, dass Anthony sich seiner Kunst sehr widmet.«

»Also können wir Anthony ausschließen. Und wenn die Spurensicherung nichts in Duffys Toyota findet, haben wir auch nichts gegen ihn in der Hand. Na toll.« Natalie verzog das Gesicht und stakste zum Fenster.

»Wir überprüfen immer noch Aufnahmen von Überwachungskameras aus Bramshall und Watfield. In der Nähe vom Western Park gibt es keine Kameras, wohl aber am Kreisverkehr, kurz bevor man Watfield verlässt. Mit der versuchen wir es. Ich habe die Forensik um Unterstützung gebeten, und sie setzten die neueste Technologie ein«, sagte Murray.

»Okay. Das ist gut.« Aileen hatte ihr Versprechen, dass sie Hilfe bekommen würden, gehalten. Es musste einen anderen Weg geben, um den Mörder aufzuspüren. Welche Spur hatten sie nicht weiterverfolgt? Die Antwort kam blitzartig: die Alisha-Kumar-Ermittlung.

»Ian hat auf Informationen von einem Kollegen aus Manchester gewartet, da ging es um einen der Verdächtigen im Fall von Alisha Kumar: Brendon Jones. Könnten Sie da nachhaken? Ich will wissen, wo der Kerl ist.« Sie starrte in den tiefschwarzen Himmel hinaus und sah den silbrig glänzenden Regentropfen zu, die an der Fensterscheibe hinunterglitten. Wenn ihre Tochter da draußen war, brauchte sie Unterschlupf. Der Regen wurde heftiger. Die Vorstellung von Leigh allein in der Dunkelheit nagte an ihr, und sie verlor etliche Minuten an morbide Gedanken, bis sie sich ins Hier und Jetzt zurückkämpfte. Sorgen würden Leigh nicht zurück nach Hause bringen. Sie musste auf das Können von Graham und dessen Einheiten vertrauen. Also kehrte sie an ihren Schreibtisch zurück und blätterte ihre Notizen durch, verärgert, dass sie so wenig Anhaltspunkte hatte. Katy könnte sich in diesem Moment in den Händen des Mörders befinden, und sie waren der Antwort auf die Frage, wer es sein könnte, keine Millimeter nähergekommen. Sie ging alles durch, was sie bisher getan hatten. Hatte sie etwas übersehen?

Lucy beendete ihr Telefonat. »Brendon Jones, der Hauptverdächtige in der Kumar-Ermittlung, hat auf einem Narrowboat namens *Swinging Rose* gewohnt. Es war an einem Kanal vertäut, der nur ein paar Straßen vom Restaurant der Kumars entfernt liegt. Die Polizei von Manchester war nicht in der Lage, Brendon aufzuspüren, aber sie haben die Nachricht erhalten, dass das Boot weggefahren wurde und jetzt irgendwo in Staffordshire anliegt.«

Natalies Puls pochte heftig in ihren Schläfen. Das konnte der Durchbruch sein, auf den sie gewartet hatten. Das einzige Problem war, dass Staffordshire sich im Herzen der Inlandwasserstraßen befand, mit mehr Kanalkilometern als jeder andere Bezirk, von den zahlreichen Jachthäfen, die überall verstreut waren, ganz zu schweigen. Das Boot konnte sich buchstäblich überall in ihrem Zuständigkeitsbereich befinden.

»Es ist ein unüberschaubares Gebiet, aber fangen wir mit Wasserstraßen an, die Watfield am nächsten sind. Falls Brendon hinter diesen Morden steckt, muss er irgendwo in der Nähe leben.«

»Ich kümmere mich drum. Ich fange mit den Jachthäfen an und frage nach, ob das Boot irgendwo gesehen wurde.« Lucy ging zu ihrem Computer und beugte sich über den Bildschirm. Natalie rieb sich die Stirn. Das Verlangen, Graham anzurufen und zu fragen, wie sie vorankamen, war groß. Zu groß. Ihre Tochter war irgendwo da draußen. Sie sollte zu Hause sein, eingerollt auf dem Sofa, *Hollyoaks* oder einen Film gucken oder ihren Bruder ärgern. Natalie schluckte den Kloß herunter, der sich in ihrer Kehle formte. Ihr Handy klingelte. Sie griff danach.

»Ich wollte dir nur sagen, dass es noch keine Neuigkeiten gibt.« Davids Stimme klang ausdruckslos.

»Sie suchen weiter nach ihr.«

»Tun sie das? Suchen sie weiter?«

»Ja. Sie werden nicht aufgeben.«

»Ich fühle mich nutzlos. Ich sollte rausgehen und nach ihr suchen. Ich kann hier nicht so rumsitzen.«

»Du musst da sein, für den Fall, dass sie anruft oder nach Hause kommt.«

Nach einer kurzen Stille fragte er: »Wieso ist sie abgehauen?«

»Ich weiß es nicht, aber wenn sie nach Hause kommt, sorgen wir dafür, dass das Problem geklärt wird, damit so etwas nie wieder passiert.«

Wieder Stille.

»Ich muss weitermachen, David. Ist Eric immer noch bei dir?«

»Ja, er ist hier.«

»Gut. Wir können nur abwarten und auf die Experten vertrauen.«

»Sicher. Tut mir leid. Bis später, Natalie ...«

»Ja.«

»Ich liebe dich.«

Sie wünschte, er hätte nicht angerufen. Solche Ablenkungen konnte sie gar nicht gebrauchen.

Sie wandte ihre Aufmerksamkeit Savannah und dem Tag zu, an dem sie verschwunden war. Sie hatten nach Zeugen gesucht, aber abgesehen von Duffy hatte niemand sie gesehen. Duffy. Sie landete immer wieder bei Duffy.

»Duffy beunruhigt mich immer noch. Wer hätte abgesehen von ihm und vielleicht einem Unbekannten, der die Mädchen im Café belauscht hat, wissen können, wann sie verschwinden wollten, und wäre ihnen dann gefolgt?«, fragte sie Murray.

»Vielleicht ist einem der Mädchen jemand anderem gegenüber etwas rausgerutscht.«

»Darüber habe ich auch schon nachgedacht, aber sie alle wollten es geheim halten. Sie haben nicht mal ihren besten Freundinnen davon erzählt.«

»Duffy hat Alibis für Montag und Dienstag.«

»Es ist ein wenig vertrackt, aber es gibt eine potenzielle Schwachstelle in seinem Alibi für Dienstag. Er ist nur bis zwölf mit seinen Bandkollegen zusammen gewesen. Wir wissen nicht, wo er danach hingegangen ist.«

Murray nickte.

»Und was, wenn er einen Komplizen hatte?«

»Das ist möglich, aber wieso sollte er die Mädchen töten? Nach allem, was wir gesehen haben, genießt er weibliche Aufmerksamkeit ganz schön.«

Das konnte Natalie nicht leugnen. Der Mann war ein Charmeur. Sie hatte den Effekt, den er auf Teenagerinnen hatte, selbst beobachtet, warum also sollte er sie töten? »Wieso tötet jemand? Vielleicht tut er mehr, als bloß die Kindersicherung zu entfernen.« Sie klammerte sich an Strohhalme und war sich dessen bewusst. »Scheiße! Ich kann nicht klar denken. Ich muss etwas tun. Auf welchem Computer sind die Aufnahmen vom Kreisverkehr von Watfield?«

»Auf dem linken.«

»Die schaue ich mir an. Bleiben Sie bei Bramshall, und vielleicht landet einer von uns vieren oder die Forensik einen Treffer.« Sie klickte auf die Aufnahmen und begann, Nummernschilder und Zeiten aufzuschreiben, zu denen Autos auf Watfield zufuhren. Das würde lange dauern, aber solange ihre Tochter vermisst wurde, hatte sie Zeit. Sie würde nirgendwo hingehen, bis sie wusste, dass Leigh in Sicherheit war.

SIEBENUNDZWANZIG

FREITAG, 20. APRIL – FRÜHER MORGEN

Der Abend war zur Nacht und dann zum nächsten Tag geworden, und selbst Adrenalin und Zucker konnten nicht verhindern, dass Natalies Kollegen abbauten. Lucy hatte vergeblich versucht, die *Swinging Rose* zu finden, und Murray hatte rote Augen, weil er so lange auf den Bildschirm gestarrt hatte. Um halb zwei waren sie gegangen, um sich ein bisschen auszuruhen, und hatten Natalie zurückgelassen, die aus dem Bürofenster starrte.

Ein Auto fuhr vorbei. Die Scheinwerfer erleuchteten den rasch fallenden Regen. Leigh hatte nur ihre Schuljacke bei sich. Wenn sie sich nicht untergestellt hatte, war ihr sicherlich kalt. Natalie suchte Davids Nummer heraus, überlegte es sich dann jedoch anders. Er war vielleicht eingenickt, und selbst wenn nicht – was gab es zu sagen? Leigh war von zu Hause weggelaufen, weil sie sie im Stich gelassen hatten.

Sie drehte sich eilig um, als sie Mikes Stimme hörte.

»Ich habe mir gedacht, dass du hier bist, und habe dir eine heiße Schokolade mitgebracht.«

Sie nahm das angebotene Getränk dankend an. »Wieso bist du noch hier?«

»Ich mache Überstunden. Es gibt eine sehr wichtige Ermittlung, die meine Aufmerksamkeit erfordert.«

Sie hatte keine Energie zum Lächeln. Dampf stieg spiralförmig aus dem Becher auf wie ein Korkenzieher, und sie atmete den zuckerigen Duft ein. »David und ich haben richtig Scheiße gebaut. Wir haben Leigh vertrieben«, sagte sie.

»Nein, habt ihr nicht. Sie kommt wieder zurück. Du kennst die Statistiken der Fälle so gut wie ich. Die meisten Teenager tauchen innerhalb von vierundzwanzig Stunden aus eigenem Antrieb wieder auf.«

Sie pustete auf das Getränk, was eine kleine Delle im Schaum verursachte. »Was, wenn sie bis dahin nicht nach Hause kommt?«

»Eine Menge Kinder kommen unbeschadet zurück. Geh nicht vom Schlimmsten aus. Du kannst nicht die ganze Nacht hierbleiben, Nat. Du solltest nach Hause gehen, auch wenn es nur für kurze Zeit ist. Ihr müsst eine vereinte Front bilden, wenn sie zurückkommt.«

»Ich will nicht.«

»Manchmal müssen wir Dinge tun, die wir nicht tun wollen«, antwortete er und strich ihr behutsam mit den Fingern über die Wange. »Geh nach Hause. Dann kannst du für sie da sein, wenn sie zurückkommt.«

Sie wandte den Blick ab und hielt Tränen zurück. Seine Sanftheit hatte sie tief berührt, und er hatte recht. Sollte Leigh in der Nacht wiederkommen, war es besser, wenn beide Eltern sie mit offenen Armen empfingen. Es brachte wenig, auf dem Revier zu bleiben.

»Danke«, sagte sie.

»Gern geschehen. Wenn du mich brauchst, ruf mich an.« Er lächelte sie an, ein kleines Lächeln, das seine Augen erhellte. Sie erinnerte sich an die Leidenschaft, die sie einst darin gesehen hatte, als sie sich in einer ähnlichen Situation befunden hatten. Sie hatte David dafür gehasst, dass er sie angelogen hatte, und Mike hatte ihr gegeben, wonach sie sich gesehnt hatte. Es durfte nicht wieder passieren – nicht unter ähnlichen Umständen. Sie trank die heiße Schokolade aus und griff nach ihrem Autoschlüssel.

Unten brannte ein Licht, und Natalie trottete ins Wohnzimmer. Eric lag auf dem Sofa, hatte eine Decke über sich und las das Automagazin, das sie in Davids Büro gesehen hatte.

»Hi. Gibt es irgendetwas Neues?«, fragte er.

Sie schüttelte den Kopf.

»Ich hab mir gedacht, ich warte hier, für den Fall, dass sie nach Hause kommt – freundliches Gesicht und so.«

Eine Welle der Zuneigung drohte, sie umzuhauen. Eric war in ihrer Ehe stets ein Fels in der Brandung und spielte eine große Rolle im Leben der Kinder. »Brauchst du etwas? Einen Whiskey? Eine heiße Milch?«

Er lachte. »Ich hatte bereits zwei große. Wir haben Davids letzte Flasche seines besten Malts geöffnet.«

»Schläft er?«

»Möglich. Zumindest ist er im Bett.«

»Danke, dass du hier bist.«

»Wo sollte ich sonst sein? Ihr seid meine Familie.«

Sie durchquerte den Raum und drückte ihm einen Kuss auf das Haupt.

»Wofür war der?«

»Dafür, dass du unsere Familie bist.«

Sie stapfte die Treppe hinauf und ging direkt in Leighs Zimmer. Dort ließ sie sich auf ihr Bett fallen, hob Sammy den Bären hoch, drückte ihn an die Brust und ließ die Tränen fließen, während sie das Universum im Stillen bat, ihre Tochter nach Hause zu schicken.

Natalie hatte das Haus um acht Uhr verlassen. David war in die Küche gestolpert, als sie gerade gehen wollte, und bestürzt gewesen, dass sie die Nacht in Leighs Zimmer verbracht hatte.

»Ich wollte dich nicht stören.«

»Ich wollte gestört werden.«

»David, wir sind zu aufgewühlt, um über irgendetwas zu reden oder zu diskutieren. Unsere Priorität ist Leigh.«

»Denkst du, das weiß ich nicht?«, setzt er an, dann unterbricht er sich.

»Ich muss zur Arbeit, aber ich bleibe mit Graham in Verbindung. Falls Josh nicht in die Schule gehen will, kann er zu Hause bleiben, aber es ist vielleicht am besten, wenn er seine normale Routine beibehält.«

»Wie kannst du so ruhig sein?«, fragt David.

»Das bin ich nicht. Glaub mir, ich bin kein bisschen ruhig. Aber für den Moment müssen wir Dienst nach Vorschrift machen. Sie ist noch keine vierundzwanzig Stunden weg, und es bestehen gute Chancen, dass sie heute zurückkommt.«

»*Ich hoffe bei Gott, dass du recht hast. Ich glaube nicht, dass ich noch einen solchen Tag durchstehe.*« *Er reibt sich die bereits rotgeränderten Augen, und es betrübt sie, ihn so machtlos zu sehen. Dass Leigh verschwunden ist, hat ihn bis auf die Grundfesten erschüttert, aber wird sie ihm je vergeben können? Sie beschließt, jetzt nicht darüber nachzudenken, und mit dem Versprechen, dass sie mit ihm in Verbindung bleibt, macht sie sich auf den Weg.*

———

Murray unterbrach ihre Gedanken. »Natalie, ich habe hier etwas Seltsames gefunden. Ich gehe gerade die Aufnahmen vom Aldi-Parkplatz durch, von dem Zeitpunkt, als Katy verschwunden ist. Ich habe zurückgespult, um zu sehen, ob irgendjemand anderes in der Umgebung gewesen ist, als Katy im Laden war. Und da ist mir ein Van aufgefallen, der in der Nähe des Eingangs zum Stehen kommt, eine Weile dableibt und dann wieder wegfährt. Ich habe das personalisierte Nummernschild gerade bei der Kraftfahrzeug-Zulassungsstelle überprüft. Der Wagen gehört Mitchell Cox.«

Natalie sprang auf. »Wir haben nach jemandem gesucht, der alle drei Mädchen gekannt und vielleicht gewusst hat, dass sie vorhatten, die Mutprobe zu machen. Mitchell Cox könnte diese Person sein. Kommen Sie. Wir reden mit ihm.«

Das Rollgitter des Telefonladens war unten, obwohl es fast neun Uhr war, aber Natalie erinnerte sich an den Seiteneingang, erreichbar durch einen Backsteintorbogen, der zu einem kleinen Parkplatz führte. Mitchells weißer Peugeot-Van mit dem personalisierten Nummernschild stand in der hintersten Ecke. Sie drückte auf die Klingel, auf der ›Telefonladen‹ stand, und wartete auf Mitchell, der in ein paar Minuten den Laden öffnen musste. »Guten Morgen. Ist alles in Ordnung? Haben Sie Katy gefunden?«

»Wir würden Ihnen gern noch ein paar Fragen stellen, wenn das in Ordnung ist«, sagte Natalie.

»Aber sicher. Kommen Sie rein. Es ist nicht allzu warm da draußen.«

Er winkte sie herein, ging vor ihnen die Treppe hinauf und sagte: »Kommen Sie rauf.«

Im Wohnzimmer lief klassische Musik, und er stellte sie mit einer Fernbedienung stumm, sodass sie sich unterhalten konnten. Er ließ sich auf seinen Stuhl fallen und machte ein Geräusch, das wie ein leichter Seufzer klang. Natalie warf einen Blick auf das Gemälde von Cosmina, der Frau mit dem ernsten Gesicht, die er einst geliebt hatte, und deren Augen ihr zu folgen schienen, als sie das Zimmer betrat.

»Waren Sie am Mittwochnachmittag hier, Mitchell?«

»Ja, war ich.«

»Sie sind nicht irgendwann weggegangen?«

Er legte die Stirn in Falten, dann hob er einen Zeigefinger. »Ich bin kurz rausgegangen, um Kleber zu kaufen. Ich habe an einem Laptop mit gebrochenem Gehäuse gearbeitet, und der Kleber ist mir ausgegangen.«

»Wohin sind Sie gegangen, um den Kleber zu kaufen?«, fragte Murray.

»Ich wollte es im Supermarkt versuchen, aber als ich dort ankam, erinnerte ich mich plötzlich, dass ich eine Ersatztube in meiner Werkzeugkiste hatte, also bin ich zurück nach Hause gefahren.«

»Sie sind also zum Supermarkt gefahren.«

»Ja.«

»Der ist nur ein paar Minuten zu Fuß entfernt. Wieso haben Sie das Auto genommen?«

»Der Supermarkt war mein erster Stopp. Wenn er die richtige Art Kleber nicht gehabt hätte, wäre ich zum Einkaufszentrum gefahren.« Er schaute Natalie mit einem verdutzten Gesichtsausdruck an. »Wieso?«

»Wir gehen davon an, dass Sie etwa zur selben Zeit auf dem Parkplatz gewesen sind, als Katy Bywater im Supermarkt war.«

Seine Augen weiteten sich. »Wirklich?«

Murray meldete sich wieder zu Wort. »Haben Sie Katy gesehen, als Sie dort waren? Vielleicht, wie sie den Supermarkt betreten oder verlassen hat?«

»Ich glaube nicht, dass ich überhaupt in die Richtung gesehen habe.«

Murray fragte: »Sind Sie sich sicher?«

Mitchell hob einen Finger an die Lippen, während er über die Frage nachdachte, dann sagte er: »Nein. Ich kann definitiv sagen, dass sie mir nicht aufgefallen ist. Mir ist niemand aufgefallen. Ich bin auf den Parkplatz gefahren und wollte gerade aus dem Van steigen, als ich mich an meine Werkzeugkiste erinnert habe. Ich habe das Auto gestartet und bin wieder gefahren. Das war alles.«

»Sind Sie auf direktem Weg zurückgefahren?«, fragte Natalie.

»Ja, natürlich. Ich musste schließlich den Laptop reparieren. Der Kunde wollte ihn schnell zurückhaben. Tatsächlich hat er ihn gestern abgeholt, kurz nachdem ich den Laden aufgesperrt habe. Die Reparatur hat sich als tierisch schwierig herausgestellt, schwieriger, als ich erwartet hatte. Beinahe wäre ich nicht rechtzeitig fertig geworden.«

»Darf ich Sie noch mal zum Samstag vor einer Woche befragen, als Sie Duffy mit den Mädchen draußen gesehen haben?«, fragte Natalie.

Mitchell sah ihr in die Augen. »Natürlich.«

»Haben Sie gehört, worüber sie sich unterhalten haben?«

»Nein. Ich habe ein Lachen gehört. Ich glaube, das habe ich Ihnen schon erzählt. Deshalb habe ich aus dem Fenster geschaut, aber ich konnte nicht hören, worüber sie gesprochen haben.«

All die Sackgassen zehrten an Natalies Geduld, und ihren Kräften. Katy wurde seit über einem Tag vermisst und sie waren kein Stück weiter: Sie wussten immer noch nicht, was ihr zugestoßen war. Sie entschied, die Befragung zu beenden. Plötzlich erfüllte ein lautes Surren und Klicken die Wohnung.

»Das wird Duffy sein. Er hat eine Fernbedienung zum Öffnen des Rollgitters. Eigentlich wäre das mein Job gewesen. Ich bin froh, dass Sie ihn nicht festgenommen haben. Ich würde ihn ungern feuern wollen. Er ist eine echte Rarität. Nicht viele Leute mit seinen Computer- und Technikfähigkeiten sind bereit, in einem Telefonladen zu arbeiten. Hat er sich an Handys zu schaffen gemacht?«

»Er hat Kindersicherungen entfernt, damit Minderjährige Spiele ab achtzehn spielen konnten. Aber er hat die Spiele nicht verkauft, insofern hat er eigentlich nichts Verbotenes getan, aber es ist ein Graubereich. Wir haben ihn gewarnt, dass wir nicht so nachsichtig sein werden, wenn er das noch mal tun sollte. Vielleicht reden Sie auch noch mal mit ihm.«

»Ja. Das werde ich. Danke. Ich freue mich sehr, dass er nichts damit zu tun hat. Er ist ein entzückender junger Mann.« Er errötete ob seiner eigenen Worte. »Ich überlasse es Ihnen, nach draußen zu finden.«

Während sie die Treppe hinuntergingen, kommentierte Murray leise: »Ich glaube, er ist in Duffy verknallt.«

Auf ihrem Weg nach unten läutete die Türklingel, und eine laute Stimme sagte: »Sie haben also geöffnet?«

Duffy antwortete: »Ja, selbstverständlich.«

»Am Montagnachmittag sind Sie nicht hier gewesen, als ich vorbeigekommen bin.« Die Stimme klang verärgert.

Natalie blieb stehen und lauschte.

»Ich hatte einen Zahnarzttermin ...«, setzte Duffy an.

»Und ich brauchte Guthaben. Ich hatte keins mehr und die

ganze Woche kein Handy, weil ich erst heute wieder in die Stadt kommen konnte. Kann ich bitte Guthaben im Wert von zwanzig Pfund haben?«

Natalie stieß die Tür zum Laden auf und trat ein. Duffys Augen weiteten sich. »Was tun Sie denn hier?«

»Kann ich Sie kurz sprechen, Sir?« Natalie richtete ihre Frage an den Mann.

»Weshalb?«

»Haben Sie Duffy gerade gesagt, dass Sie am Montag versucht haben, Guthaben für Ihr Handy zu kaufen, der Laden aber geschlossen hatte?«

»Das stimmt. Es hing ein Schild im Fenster, auf dem stand: ›Bin in zehn Minuten wieder da.‹ Also habe ich draußen vor dem Laden gewartet, aber es kam niemand. Es ist der einzige Telefonladen in der Gegend, ich war die ganze Woche bei der Arbeit und hatte bis jetzt keine Gelegenheit, in die Stadt zu kommen.«

»Um wie viel Uhr war das?«, fragte Natalie.

»Zehn vor vier. Ich habe zwanzig Minuten gewartet, aber es ist niemand aufgetaucht, und ich musste zu meinem Auto zurück, weil mein Parkschein nur dreißig Minuten gültig war.«

Natalie stand eine Sekunde lang da. »Und Sie sind sich sicher, dass Sie um zehn vor vier hier waren?«

»Ja, ich bin direkt von der Arbeit hergekommen.«

»Danke. Wohnen Sie hier in der Gegend, Sir?«

»Auf der anderen Seite der Bahnlinie – Lichfield Green. Nummer drei.«

»Falls ich noch mal mit Ihnen reden muss, melde ich mich.« Natalie lächelte ihn an.

Murray, der hinter ihr stand, hatte die Unterhaltung mitangehört und schloss sich seiner Kollegin an, als sie die Treppe wieder hinaufstieg und an die Tür zu Mitchells Wohnung klopfte. Der Mann erschien schnell mit einem verängstigten Ausdruck im Gesicht.

»Sie sind nicht ehrlich zu uns gewesen, Mitchell«, sagte Natalie.

Der Mann öffnete den Mund, wollte protestieren, aber Natalie hob eine Hand, um ihn verstummen zu lassen. »Am Montagnachmittag haben Sie angeblich Duffy vertreten, als er einen Zahnarzttermin hatte, aber dem war nicht so. Sie haben ein Schild aufgehängt, auf dem stand, dass Sie unterwegs und in zehn Minuten zurück wären.«

»Sicher ist das nicht wichtig.« Er fuhr sich mit einer Hand übers Gesicht, auf dem er nun einen verwirrten Ausdruck zeigte.

»Sie haben uns gesagt, Sie wären im Laden gewesen, aber jetzt sieht es so aus, als hätten Sie gelogen.«

»Aber ich bin hier gewesen. In gewisser Hinsicht war ich im Laden. Ich hatte schreckliche Kopfschmerzen wegen Augenüberlastung und bin nach oben gegangen, um zwei Paracetamol zu nehmen und einen Eisbeutel auf die Augen zu legen. Ich verwahre ihn im Eisfach, damit er immer kalt ist, wenn ich Kopfschmerzen bekomme. Er hilft, die Verspannung zu lösen. Zehn Minuten oder so habe ich mit dem Beutel auf den Augen dagesessen, dann bin ich wieder runtergegangen. Ich habe den Laden nicht verlassen. Ich war die ganze Zeit hier!«

»Aber Sie haben uns gesagt, dass Sie im Laden waren«, beharrte Murray.

»Und praktisch war ich das auch.«

»Wir haben einen Zeugen, der sagt, Sie wären mindestens zwanzig Minuten weggewesen.«

»Das ist Blödsinn – so lange kann es nicht gewesen sein. Ich bin mir sicher, dass es nicht mehr waren als fünfzehn Minuten. Ich habe wirklich geglaubt, dass es nicht wichtig wäre, das zu erwähnen, weil ich die ganze Zeit oben war. Ich habe den Laden nicht verlassen.« Er sah Natalie unverwandt an.

Sie konnte nicht beweisen, dass er log, und sosehr Natalie auch versucht war, ihn zurechtzuweisen, weil er Informationen zurückgehalten hatte, würde sie damit nichts erreichen. Alles, was die zufällige Begegnung mit dem Kunden bewirkt hatte, war sie länger aufzuhalten. Eine weitere Viertelstunde war verloren. Fakten nachzujagen funktionierte nur, wenn man nützliche Fakten hatte, die man weiterverfolgen konnte. Sie verließen den Telefonladen frustriert und mit leeren Händen.

Natalie ließ sich auf den Beifahrersitz fallen und sagte: »Graben Sie Hintergrundinformationen über ihn aus.«

»Er wirkte recht aufrichtig.«

»Ich weiß, aber überprüfen Sie ihn trotzdem. Ich weiß, er ist nur ein paar Minuten nicht im Laden gewesen, aber es ist nicht klar, was in dem Zeitraum passiert ist.«

In Richtung des Kreisverkehrs, der aus Watfield herausführte, begann der Verkehr zu stocken. Sie fuhren schrittweise an Jane Hopkins' Haus und am Western Park vorbei, und während sie langsam zum Stehen kamen, warf Natalie einen Blick zu den geschlossenen Toren. Vor dem Zaun lag eine farbenfrohe Zurschaustellung von Blumen, Geschenken und Karten. Das Mädchen, das im Leben gemieden worden war, war im Tod beliebt geworden. Traurigkeit hüllte sich um Natalie, als sie über die Ironie dieses Szenarios nachdachte. Wenn Savannah von den Menschen in der Stadt nur bereitwilliger akzeptiert worden wäre, wäre sie heute vielleicht noch am Leben.

Es waren drei volle Tage vergangen, seit Savannahs Leiche hinter diesem Zaun und neben einem Mülleimer zurückgelassen worden war. Jemand hatte den Schutz der Dunkelheit genutzt und sich gerissen angestellt. Sie kamen dem Kreisverkehr langsam näher, neben dem die Überwachungskamera stand, deren Aufnahmen sie untersucht hatten. War der Mörder hier durchgekommen, oder hatte er sich von der Seite der Stadt aus genähert? Sie würden es vielleicht bald herausfinden. Für Natalie aber immer noch nicht bald genug. Der Mistkerl, der diese Mädchen ermordet hatte, hatte alles akribisch geplant: Er wusste, wie er Kameras und Menschen mied, wo er die Leichen seiner Opfer ablegen musste, und er war ihnen immer noch einen Schritt voraus. Ein plötzliches Zucken durchfuhr ihren Körper. Hatte sich jemand Leigh absichtlich geschnappt, um an sie heranzukommen? Sie hoffte inständig, dass das nicht der Fall war. Sie verbannte Bilder von Leigh aus ihren Gedanken. Es war nicht hilfreich, sich näher damit zu befassen, was ihrer Tochter alles zustoßen konnte, so hart es auch war. Der Verkehr bewegte sich wieder, und während sie in ihren Außenspiegel blickte, konnte sie gerade noch das letzte Reihenhaus sehen. In Nummer 21 wohnte Jane Hopkins, eine Mutter, die Antworten brauchte, und Natalie musste ihr helfen, sie zu finden. Für Savannah und Harriet war es zu spät, aber Katy war immer noch irgendwo da draußen. Solange sie nicht die Nachricht erhielt, dass sie tot war, gab es noch Hoffnung, und Natalie klammerte sich daran.

———

Lucy hatte es bei fünf Jachthäfen im Bezirk versucht – denen, die Samford und Watfield am nächsten waren. Bisher hatte niemand Brendon Jones erkannt, dessen Fotografie sie von der Polizei in Manchester bekommen hatte, und niemand hatte das Narrowboat *Swinging Rose* in der Gegend gesehen. Es war etliche Monate nach dem Mord an Alisha Kumar von seinem langfristigen Liegeplatz im Castlefield Basin in Manchester entfernt worden und seitdem verschwunden. Die letzte Sichtung war im Januar dieses Jahres in der Nähe des Froghall Tunnels im Colden Canal gewesen, der in Etruria nördlich von Stoke-on-Trent begann. Sie hatte ermittelt, dass es ein zweiundzwanzig Meter langes Narrowboat war, 2004 erbaut, mit Eichenholz verkleidet und blau gestrichen, aber mehr als das wusste sie nicht.

Es war nicht so einfach, wie sie gedacht hatte, nicht nur

angesichts der Vielzahl an Wasserstraßen im Bezirk, sondern außerdem wegen der Tatsache, dass es etliche vernachlässigte Gegenden und Kanäle gab, wo sich jene herumtrieben, die nicht für Liegeplätze zahlen wollten und ihre Boote oft regelmäßig bewegten. Es brauchte mehr als eine Polizistin, um das Boot aufzuspüren.

Der Jachthafen in Barton-under-Needwood, schätzungsweise fünfundfünfzig Kilometer von Samford entfernt, war größer, als sie erwartet hatte, und beheimatete dreihundert Liegeplätze, einen geschäftigen Besucherbereich mit Läden, Bars und Restaurants sowie neu erbaute Wohnblocks. Falls Brendon Jones einen Decknamen benutzte und den Namen seines Bootes geändert hatte, konnte er eine längere Zeit unentdeckt bleiben. Erneut betrachtete sie das Foto, das sie bei sich trug. Der Mann hatte dunkelbraunes Haar und einen Bart, der den Großteil seines Gesichts bedeckte. Es wäre ein Leichtes, seine Gesichtsbehaarung zu entfernen, seine Gesichtszüge zu enthüllen und augenblicklich unerkennbar zu werden. So konnte er praktisch unsichtbar werden.

Eine Kurznachricht erhellte ihr Handy. Sie war von Bethany.

Knöllchen hat mich gerade getreten.
Nicht vergessen – zwei Uhr.
X

Lucy lächelte vor sich hin, während sie eine Antwort tippte. Das war das zweite Mal, dass das Baby Bethany getreten hatte. *Ein richtiger kleiner Kämpfer*, dachte Lucy. Es wäre wirklich schwer, eine solch wichtige Ermittlung zu verlassen, besonders, da Natalies eigene Tochter ebenfalls vermisst wurde, aber sie würde tun, was sie konnte, um bei Bethany zu sein und ihr Kind zu sehen.

Ich gebe mein Bestes.
Ich liebe euch beide.
X

Wenn sie ehrlich zu sich selbst war, war es nahezu unmöglich, sich loszueisen, obwohl das Krankenhaus nur ein paar Minuten von der Polizeizentrale entfernt lag. Sie würde sich spontan entscheiden, und hoffte, dass sie etwas Zeit hätte, um zwei Uhr für eine halbe Stunde zu verschwinden.

In ihrem Auto sitzend versuchte sie abzuwägen, was sie als Nächstes tun sollte. Wo würde sie sich verstecken, wenn sie der Mörder wäre? Wäre es ein Ort wie der Barton-Jachthafen, oder würde sie sich auf weniger genutzten Routen verbergen und mit ihrem Boot in Bewegung bleiben? Es wäre Letzteres.

Auf ihrem Smartphone studierte sie die Karte der Kanäle, die Watfield am nächsten waren, und seufzte. Zwischen Samford und Watfield gab es sechzig Kilometer Wasserstraße. Um das zu Fuß zu schaffen, würde sie mindestens vierzehn Stunden brauchen. Es musste einen einfacheren Weg geben. Brendon würde definitiv nicht laufen. Es musste Brücken und Ausstiegsstellen entlang der Route geben, wo er ein Fahrzeug abstellen konnte, um damit nach Watfield rein- und wieder rauszufahren. Sie würde jeden einzelnen Kanal abfahren und überprüfen. Es wäre keine leichte Aufgabe, aber es musste getan werden und sie war sehr hartnäckig. Entschlossen legte sie einen Gang ein und fragte sich, ob Natalie etwas von ihrer Tochter gehört hatte. Ihre Vorgesetzte überraschte sie immer wieder mit ihrer Fähigkeit, unermüdlich und unbekümmert weiterzumachen, und Lucy war sich nicht sicher, ob sie so viel Mut hätte, wenn sie in dieser wenig beneidenswerten Lage wäre. Ihre Bewunderung für Natalie erreichte neue Höhen, und der einzige Weg, ihr zu helfen, war, Brendon Jones zu finden.

Murray und Natalie waren erst fünf Minuten aus Watfield raus, als Graham sie anrief und ihr die Nachricht übermittelte, dass Katys Leiche gefunden worden war. Natalie konnte kaum sprechen. Sie hatte sich an die Hoffnung geklammert, dass der Mörder seinen Modus Operandi geändert hatte und Katy am Leben war. Diese Hoffnung hatte sie angetrieben, sie motiviert und ihr dabei geholfen, nicht verrückt zu werden vor Sorge um ihre eigene Tochter.

»Sie wurde in einem Container gefunden.«

Natalie kämpfte mit den Tränen. Die Vorstellung, dass ein menschliches Wesen diese Mädchen so achtlos wegwerfen konnte, war mehr, als sie in ihrem gesteigerten Zustand der Angst ertragen konnte. »Steht er in der Nähe ihres Zuhauses?«

»Zwei Straßen entfernt. Die Hausbesitzer haben ihn vor einer Woche gemietet, weil sie ihre Einfahrt aufreißen und neu machen lassen. Er war halb voll mit Schutt. Das Bauunternehmen, eine Landschafts- und Gartenbaufirma aus Watfield, ist um zehn auf die Baustelle gekommen, und da haben sie sie entdeckt.«

»Wie heißt das Bauunternehmen?«

»Tenby House and Garden Services. Der Typ, der sie entdeckt hat, steht ganz schön unter Schock – Stu Oldfields. Ich musste Sanitäter holen, damit die sich um ihn kümmern. Wir haben ihn befragt, als Savannah verschwand.«

»Er ist uns ebenfalls bekannt.« Der Mörder spielte ein kompliziertes und perverses Spiel, und es widerte Natalie immer mehr an. »Wir sind nicht weit von Ihnen entfernt. Wo genau sind Sie?«

Er gab ihr die Adresse. Murray warf ihr seinen Seitenblick zu. »Sind Sie dem gewachsen?«

»Es geht mir gut.« Natürlich war das gelogen. Erst hatten sie Harriet nicht gerettet und jetzt auch Katy im Stich gelassen. Sie alle hatten alles Mögliche getan, und doch war das Mädchen ermordet worden. Der sadistische Scheißkerl hatte drei Mädchen entführt und sie alle getötet. Würde Leigh die Nächste sein?

Der Anblick von Katys Leiche am Tatort ließ Natalie beinahe zusammenbrechen, aber sie hielt ihr Pokerface aufrecht und ging auf Stu Oldfields zu, der hinten in einem Rettungswagen saß. Sein Gesicht war kreidebleich. Natalie setzte sich zu ihm. »Muss ein schrecklicher Schock für Sie gewesen sein.«

Er zog sich die Decke fester um die Schultern und nickte.

»Sind Sie in der Lage, ein paar Fragen zu beantworten?«

»Ja.«

»Wer hat den Container bestellt?«

»Der Boss – Noel. Er hat alles arrangiert. Uns wurde nur gesagt, was unsere Aufgabe ist und wann wir sie erledigen sollten. Wir hätten nicht hier sein sollen. Wir sollten eigentlich immer noch an Jane Hopkins' Haus arbeiten. Wir haben nur an der Auffahrt hier gearbeitet, weil wir den Job dort nicht fertigstellen konnten.« Seine Zähne klapperten, während er sprach, eine Reaktion auf den Schock.

»So wie ich das verstehe, haben Sie den Leichnam gefunden?«

»Ja, wir hatten alle vorbereitenden Arbeiten gestern gemacht und mussten darauf warten, dass die Steine geliefert werden. Die waren für zehn Uhr angekündigt, also sind wir erst um etwa halb neun hier eingetroffen. Wir haben mit einer Kanne Tee im Führerhaus gesessen, bis die Lieferung eintraf, und sobald sie abgeladen war, haben wir mit der Arbeit begonnen. Ich weiß nicht, wie lange es gedauert hat, bis ich zum Container rübergegangen bin, um Zement reinzuwerfen. Und dann war da das Mädchen und schaute aus leuchtend roten Augen zu mir rauf.« Bei der Erinnerung daran zitterte er noch heftige.

»Ich nehme an, die Besitzer sind nicht zu Hause gewesen, als Sie eingetroffen sind?«

»Nein. Die sind eine Woche lang weg. Es war niemand zu Hause.«

»Haben Sie das Opfer gekannt?«

Tränen liefen über sein Gesicht. »Ich habe sie nie zuvor gesehen.«

»Sie war eine Freundin von Harriet.«

»Ja?«

»Hat Harriet Ihnen gegenüber je ihren Namen erwähnt – Katy? Katy Bywater?«

Er schüttelte den Kopf und biss die Zähne zusammen. Natalie beobachtete seine Reaktion. Stu war nicht mehr der arrogante, prahlerische junge Mann, den sie am Dienstag kennengelernt hatte. Sie hatte kaum einen Zweifel an seiner Unschuld. Es war entweder ein unglücklicher Zufall, oder der Mörder war noch cleverer, als sie geglaubt hatte. Sie ließ Stu in der Obhut der Sanitäter zurück und schloss sich Murray an, der auf Anweisungen wartete und den Tatort vom Bürgersteig aus beobachtete. Der Container dominierte den vorderen Garten und hatte beinahe die Höhe eines mittelgroßen Autos. Katy war gut versteckt gewesen. Nur jemand, der aus einem Schlafzimmerfenster schaut, hätte ihre Leiche entdecken können, und die Hausbesitzer waren nicht da. Der Rechtsmediziner und die Spurensicherung waren noch nicht eingetroffen, und alle blieben auf Abstand, um den Tatort nicht zu verunreinigen. Natalie konnte sich denken, wie Katy gestorben war. Graham hatte ihr von sichtbaren Hämatomen am Hals des Mädchens berichtet. Sie war erwürgt worden.

Ihr Handy klingelte und sie griff danach. Eine plötzliche, dringliche Hoffnung, dass es David war, um ihr zu sagen, dass Leigh zu Hause war, stieg in ihr auf. Aber es war nicht ihr Ehemann, sondern Ian, und der klang aufgeregt.

»Ich habe wichtige Informationen über Brendon Jones. Er ist mit Mitchell Cox verwandt. Sie sind Cousins. Brendons Mutter Gabrielle und Mitchells Vater Craig Cox waren Geschwister.«

»Warten Sie, Ian. Ich stelle Sie auf Lautsprecher, sodass Murray mithören kann.«

Ian wiederholte, was er gerade gesagt hatte.

»Das muss ein Scherz sein. Was hast du sonst rausgefunden?«, fragte Murray.

»Eine Sekunde, lass mich nachgucken ...« Seine Stimme verstummte für einen Augenblick. Natalie nahm an, dass er etwas tippte. Dann meldete er sich zurück mit: »Gabrielle Cox hat Gareth Jones 1976 in Manchester geheiratet, und 1978 kam Brendon zur Welt. Er hat bis Ende 2012 als Aufseher in einem kleinen Logistikunternehmen gearbeitet und danach erst Kranken- und dann Arbeitslosengeld bezogen.«

»Gibt es irgendeinen Hinweis darauf, wieso er in medizinischer Behandlung ist?«, fragte Murray.

Natalie hatte die Akte gelesen und stellte eine Vermutung an. »Während einer der Vernehmungen kam ans Licht, dass Brendon nach dem Tod seiner Eltern Depressionen hatte.«

Ian fuhr fort. »Sie sind bei einem Autounfall im August

2012 ums Leben gekommen. Das ermittelnde Team war besorgt, weil Brendon nicht nur in der Nähe von dort, wo Alisha das letzte Mal gesehen worden war, auf einem Narrowboat gelebt hat, sondern auch, weil er viel getrunken und kaum Erinnerungen an jenen Tag hatte. Er ist bei seiner Behauptung geblieben, dass er irgendwann am späten Morgen bewusstlos wurde und keine Menschenseele gesehen hat. Das Team konnte nichts anderes beweisen, und es gab keine forensischen Belege, die ihn mit dem Mädchen in Verbindung brachten, weder auf seinem Boot noch an ihm selbst.«

»Das ist richtig«, sagte Natalie.

Murray riss seinen Blick vom Container los und sagte: »Ich frage mich, wieso er nach vier Jahren, die er in Manchester festgemacht hatte, das Bedürfnis verspürt hat, hierherzuziehen.«

»Vielleicht hat Mitchell darauf eine Antwort«, antwortete Ian.

»Wir werden mit ihm reden. Hat Brendon noch andere Familienmitglieder, Ian?«, fragte Natalie.

»Nur Mitchell.«

»Was ist mit Mitchells Vater? Was ist aus ihm geworden?«

Ian las laut vor. »Craig Cox war freiberuflicher Reporter, einer von denen, die 1989 an Bord einer DC-10 waren, die von Brazzaville in der Republik Kongo nach Paris flog, aber explodiert und über Niger abgestürzt ist.« Natalie erinnerte sich an das tragische Ereignis. Darüber war in den Zeitungen und im Fernsehen berichtet worden. Angeblich war der Angriff das Werk libyscher Agenten gewesen, eine Vergeltungstat für Frankreichs Unterstützung des Tschad im Konflikt zwischen dem Tschad und Libyen. Mitchell hatte seinen Vater also schon als Kind verloren.

Ian durchsuchte weiter Datenbanken und überließ es Natalie und Murray zu besprechen, wie sie diese neue Information am besten nutzen sollten.

Natalie ordnete ihre Gedanken. »Brendon wurde für den

Mord an Alisha Kumar nicht angeklagt, aber die Polizei hatte damals ernste Zweifel an seiner Unschuld. Jetzt haben wir drei Opfer, wir glauben, dass sein Narrowboat in der Gegend ist, und die Mädchen haben alle Mitchells Telefonladen besucht. Es fühlt sich an, als hätten wir endlich eine Spur. Wir müssen herausfinden, ob die beiden sich nahestehen. Ian, haben Sie noch was über Mitchell?«

»Ja ... ich schaue mir die Info gerade an. Er wurde 1985 in Salford geboren.«

Murrays Augenbrauen hoben sich überrascht. »Was? Er sieht viel älter aus als dreiunddreißig oder vierunddreißig. Ich hätte ihn auf mindestens vierzig geschätzt.«

Ian fuhr fort. »Der Mädchenname seiner Mutter war Jenny Pullman. Sie hat Craig Cox 1983 geheiratet. Oh, es gibt einen Bruder – Andrew Cox, geboren 1992. Nein. Er ist auch tot. Mutter und Sohn starben 2005.«

»Wie sind sie gestorben?«

»Autounfall.«

Natalie schüttelte den Kopf. Autounfälle sorgten jedes Jahr für eine große Zahl Todesfälle.

»Mitchell hat von 2006 bis Februar 2013 in Manchester als Computertechniker bei einem Technologieunternehmen gearbeitet, dann hat er den Telefonladen und die Wohnung in Watfield gekauft. Moment ... Das Technologieunternehmen befand sich im selben Gewerbegebiet wie das Logistikunternehmen, für das sein Cousin gearbeitet hat.«

»Also haben Mitchell und sein Cousin nah beieinander gearbeitet. Vielleicht haben sie sich auch nahegestanden. Ian, Mitchell hatte eine Freundin, Cosmina Balan. Schauen Sie doch mal, ob Sie etwas über sie herausfinden können, das nützlich sein könnte. Ich habe gehört, dass sie gestorben ist, kurz bevor er den Laden gekauft hat«, sagte Natalie.

»Mach ich.«

Sie sah Murray an. Er sprach zuerst. »Zurück zu Mitchell?«

»Sie haben es erfasst.«

———

Duffy stieß ein leises Stöhnen aus, als er Natalie und Murray das zweite Mal an diesem Tag sah, nahm eine defensive Haltung ein und verschränkte die Arme vor der Brust. Seine Haare waren gestylt und glänzten, und er trug einen blauen Anzug mit hautenger Hose und dieselben braunen Budapester, die er am Vortag getragen hatte. Stil war Duffy offensichtlich sehr wichtig.

»Wir würden uns gern mit Mitchell unterhalten.«

Wie aufs Stichwort erschien Mitchell hinter dem Tresen. »Ich habe Sie auf dem Monitor gesehen.«

»Könnten wir uns bitte oben unterhalten?«, fragte Natalie.

Mitchell nickte und verschwand aus ihrem Blickfeld. Natalie und Murray folgten ihm in die Wohnung, in der es nach geschmolzenem Käse und Toast roch. Aus einem Becher auf dem Tisch stieg Dampf auf.

»Es tut mir leid, Ihr Mittagessen zu stören, aber es sind Informationen über Brendon Jones ans Licht gekommen.«

Mitchell versteifte sich, als er den Namen hörte.

»Wie wir hörten, ist er Ihr Cousin.«

»Ist er, aber ich habe ihn seit Jahren nicht gesehen.«

»Wann haben Sie ihn das letzte Mal gesehen?«

Er zuckte mit den Schultern. »Vor zehn ... zwölf Jahren. Ich kann es nicht genau sagen.«

»Sie stehen sich also nicht nahe?«

»Ganz und gar nicht.«

»Sie haben keinen Kontakt?«

»Nur Weihnachtspost ... und ein gelegentlicher Anruf.«

»Waren Sie 2012 bei der Beerdigung Ihres Onkels und Ihrer Tante?«

Sein Gesicht verdunkelte sich für einen Moment. »Ja. War ich.«

»Und haben Sie Ihren Cousin danach noch mal gesehen?«

»Vielleicht ein Mal. Ich kann mich nicht erinnern. Wir haben wirklich gar nichts gemeinsam.«

»Aber Sie haben beide bei Firmen im selben Gewerbegebiet gearbeitet. Ich finde es seltsam, dass Sie sich nicht öfter gesehen haben.«

Mitchell starrte sie lange an. »Wir verstehen uns nicht allzu gut. So ... Sie haben heute genug von meiner Zeit verschwendet. Ich glaube, ich bin mehr als hilfreich gewesen, bei mehreren Gelegenheiten, und jetzt möchte ich, dass Sie mich alleinlassen, damit ich mein Mittagessen beenden kann.«

»Sind Sie sich darüber im Klaren, dass Ihr Cousin Verdächtiger in einem Mordfall war?«

»Ich habe Ihnen nichts mehr zu sagen.«

»Vorhin wollten Sie dabei helfen, dass die Person, die diese Mädchen ermordet hat, zur Rechenschaft gezogen wird. Da wird es nicht schaden, meine Fragen zu beantworten. Vielleicht haben Sie wichtige Informationen, die wir benötigen.«

»Habe ich nicht. Ich habe seit langer Zeit nicht mit Brendon gesprochen.«

Natalie versuchte es ein letztes Mal. »Haben Sie ihn, seit Sie hergezogen sind, noch mal gesehen? Ich muss wohl kaum betonen, wie wichtig es ist, dass Sie uns sagen, was Sie wissen.«

»Ich habe Ihnen nichts zu sagen. Also ... lassen Sie mich allein.«

Natalie wollte ihm die Stirn bieten, überlegte es sich aber im letzten Moment anders. Vielleicht gab es einen Grund, weshalb er so defensiv geworden war. Er hatte etwas zu verbergen. Sie marschierte nach draußen und ignorierte die Blicke von Passanten, als sie die Tür des Streifenwagens aufriss. Murray setzte sich auf den Fahrersitz und kommentierte: »Das war eine ganz schön plötzliche Veränderung seiner Haltung. Wo ist Mr Hilfsbereit abgeblieben?«

»Ich glaube, unser Telefonladenbesitzer hat gerade sein wahres Gesicht gezeigt.« Sie drückte den Knopf am Funkgerät und sprach mit Ian. »Setzen Sie alle Hebel in Bewegung. Ich will alles über Mitchell Cox wissen.«

»Roger. Ich habe gerade herausgefunden, dass Brendon Jones die *Swinging Rose* nicht gehört. Er lebt auf dem Boot, aber es ist auf jemand anderen zugelassen.«

»Wem zur Hölle gehört es dann?«

»Eine Minute ...«

Es dauerte über eine Minute, ehe Natalie merkte, dass sie die Luft angehalten hatte. Das Funkgerät knackte und Ian sagte: »Es wurde 2011 von einer Frau gekauft – Cosmina Balan.«

Natalie schlug sich mit der geballten Faust auf den Oberschenkel. »Ich wusste, dass er etwas zurückhält. Das war es, was er uns nicht verraten wollte. Cosmina war Mitchells langjährige Freundin. Wann ist sie gestorben?« Es entstand eine weitere Pause, während der Ian nach der Information suchte.

»März 2012.«

»Und an wen ging das Boot nach ihrem Tod?«

»Ich weiß es nicht, aber es ist wohl kein Verwandter angegeben. Sie ist 2001 aus Rumänien geflüchtet und mit achtzehn Jahren nach Großbritannien gekommen. Das ist alles, was ich im Moment habe.«

»Das reicht fürs Erste. Suchen Sie weiter und lassen Sie es mich wissen, wenn Sie etwas finden.«

»Mache ich.«

Sie wandte sich an Murray. »Er steckt da irgendwie mit drin.«

»Vielleicht gilt das für beide – ihn und Brendon.«

Natalie traf eine schnelle Entscheidung. Es gab keine Zeit mehr zu verlieren. Ihre Tochter wurde immer noch vermisst, und schnelles Handeln konnte ihr Leben retten. »Wir stellen ihn deswegen zur Rede. Jetzt.«

Natalie griff nach ihrem Handy und rief ihre Vorgesetzte an, um einen Durchsuchungsbeschluss für Mitchells Grundstück zu bekommen. Mit der Zusage, dass er unterwegs war, stiegen sie aus dem Auto und gingen auf den Telefonladen zu. Dieses Mal würden sie nicht ohne Antworten gehen.

Lucy stürzte ins Büro. Es war bereits Viertel vor zwei, und sie sollte bei Bethany im Krankenhaus sein. Sie hatte beinahe alle Ausstiegspunkte entlang des Kanals von Samford bis Watfield abgedeckt, musste es aber noch beim Abschnitt zwischen Watfield und Castergate versuchen.

»Was ist los?«, fragte sie außer Atem.

Ian setzte sie über die Details ins Bild, die er hatte. Die Neuigkeit über Katy haute sie um.

»Ach, verdammte Scheiße. Ich hatte wirklich gehofft, dass es Katy gut ausgehen würde. Was ist mit Leigh?«

»Keine Neuigkeiten. Ich weiß nicht, wie es dir geht, aber ich glaube, der Mörder hat auch sie entführt.« Ian starrte sie hohläugig an.

»Das hoffe ich verdammt noch mal nicht.«

»Nun, es gab diesen Artikel in der Zeitung über Natalie. Der Mörder könnte ihn gelesen haben. Der Täter steht drauf, Spiele zu spielen, und er steht auf die Aufmerksamkeit, die er bekommt. Was wäre aufmerksamkeitsheischender, als die Tochter der leitenden Polizistin zu entführen und dann zu töten?« Seine Sorge war offenkundig. Lucy dachte darüber nach. Es war gut möglich, dass das der Fall war. Sie fällte eine rasche Entscheidung und eilte auf die Dachterrasse, von wo aus sie Bethany anrief.

»Hey, pass auf, ich weiß, wie wichtig heute ist, aber wie sehr würdest du mich hassen, wenn ich sage, dass ich es nicht schaffe?«

»Ich würde dich nicht hassen. Gehe ich recht in der Annahme, dass du es nicht schaffst?«

»Wir haben gerade ein drittes Opfer gefunden. Ich werde gebraucht, Beth.«

»Ihr habt noch ein Mädchen gefunden?«

»Ja, und Leigh ist nicht nach Hause gekommen.«

»Dann kannst du das Team nicht verlassen. Ich lasse mir eine Aufnahme vom Baby geben, und wir schauen sie uns gemeinsam an.«

»Danke. Ich habe ein echt schlechtes Gewissen deswegen.«

»Schon okay. Du hast Mitgefühl, Luce. Das ist es, was zählt. Du hast Mitgefühl. Bis später.«

Sie steckte ihr Handy mit einem schweren Seufzen und einem gemurmelten »Es tut mir leid, Knöllchen« ein. Sie musste zurück zum Kanal und das Narrowboat aufspüren. Sie konnte nicht zulassen, dass Leigh etwas zustieß.

———

Natalie präsentierte den Durchsuchungsbeschluss. Mitchell hielt einen zurückhaltenden Blick aufrecht. »Ich weiß nicht, wieso Sie das Bedürfnis verspüren, hier nach etwas zu suchen. Ich habe nichts getan.«

»Sie haben uns nicht von der *Swinging Rose* erzählt.«

Er ließ Schultern und Kopf hängen.

»Es wäre hilfreich gewesen zu wissen, dass es Ihrer Freundin Cosmina gehörte und nach ihrem Tod an Sie übergegangen ist. Angesichts der Tatsache, dass Ihr Cousin darauf lebt, bin ich mir sicher, dass Sie Gelegenheit hatten, seit 2012 mit ihm zu sprechen. Wo ist das Boot, Mitchell?«

Er hielt die Hände in einer Geste der Kapitulation hoch. »Ganz ehrlich? Ich habe keine Ahnung. Cosmina hat mir das Boot hinterlassen. Sie wollte immer auf einem Narrowboat leben, hat sich auf den ersten Blick in das Boot verliebt und es mit ein bisschen Hilfe von mir gekauft. Wir wollten es für Ferien und Wochenenden verwenden und die Schleusen des Vereinigten Königreichs bereisen, aber dazu ist es nie gekommen. Sie wurde sehr krank, kurz nachdem sie es gekauft hatte.«

Seine Augen hatten sich getrübt, aber er fuhr fort. »Haben Sie je jemanden verloren, von dem Sie dachten, er wäre ein Teil von Ihnen? So habe ich für Cosmina empfunden. Sie und ich waren zwei Hälften desselben Menschen, und nach ihrem Tod war ich wie zerstört, als wäre mir ein lebenswichtiger Teil entrissen worden. Ich konnte nicht richtig funktionieren, und das Boot ... erfüllte mich mit solcher Traurigkeit, weil sie nicht dort war. Ich kann es nicht anders erklären. Brendon hatte schon immer psychische Probleme, aber nach dem Tod seiner Eltern sind sie schlimmer geworden. Er hat seinen Job verloren und immer mehr getrunken. Irgendwann sind ihm die Schulden über den Kopf gewachsen, und er konnte sich die Miete für seine Wohnung nicht mehr leisten. Zur selben Zeit habe ich beschlossen, meinen Job aufzugeben, aus Manchester wegzuziehen und zu versuchen, neu anzufangen. Ich habe diesen Laden gekauft und hatte keine Verwendung für das Boot. Bevor ich weggezogen bin, hat er mich aufgesucht und angefleht, ihn mitzunehmen, aber das kam für mich überhaupt nicht infrage. Also habe ihn stattdessen kostenlos auf dem Boot leben lassen.«

»Ich habe Sie vorhin gefragt, wann Sie ihn das letzte Mal gesehen haben. Ich frage Sie jetzt noch mal: Wann haben Sie Ihren Cousin zuletzt gesehen?«

Mitchell richtete sich zu voller Größe auf und sagte: »Bei der Beerdigung seiner Eltern und einmal danach.«

»Wussten Sie, dass er 2014 im Zusammenhang mit dem Verschwinden und dem darauffolgenden Tod einer Teenagerin befragt wurde?«

»Das habe ich nicht gewusst.« Er kratzte sich beiläufig am Hals.

»Er hat Sie damals nicht kontaktiert?«

»Wieso sollte er?«

»Weil er vermutlich Angst und wenig Menschen hatte, an die er sich wenden konnte, und Sie sein einziger Verwandter gewesen sind.«

Mitchell schnaubte. »Ich war bereits großzügig genug. Er ist ein schwieriger Mann – ein labiler Trinker, der sich der echten Welt nicht stellen will. Auch ich habe schmerzliche Verluste erlitten, aber ich habe mich nicht in Selbstmitleid gesuhlt oder angefangen zu trinken und Drogen zu nehmen. Indem ich ihm Cosminas Boot zur Verfügung stellte, habe ich ihm eine einmalige Gelegenheit gegeben, sein Leben auf die Reihe zu kriegen, aber er hat sich immer noch kein bisschen Mühe gegeben. Ich habe ihn ein paar Wochen, nachdem er eingezogen war, besucht, und es war die Hölle – eine stinkende Unordnung, bei der sich mir der Magen umgedreht hat. Er hatte alles entehrt, was ich geliebt habe. Ich habe ihm gesagt, dass er klarkommen müsste oder ich ihn rausschmeißen würde. Und wissen Sie, was der undankbare Schwachkopf getan hat? Er hat mich angegriffen. Ist auf mich losgegangen wie ein wildgewordenes Tier, hat mich an der Kehle gepackt und gesagt, er würde mich töten, wenn ich auch nur versuchen würde, ihn auf die Straße zu setzen.«

»Und doch ließen Sie ihn dort wohnen. Sie hätten die Polizei einschalten und ihn zum Ausziehen zwingen können.«

»Das war die Mühe nicht wert.«

»Aber er lebt auf einem Boot, das Ihrer Freundin gehört

hat. Es ist nicht seins. Es tut mir leid, aber es fällt mir sehr schwer, das zu glauben. Wieso sollten Sie einem Mann, den Sie verachten und zu dem Sie keinen Kontakt haben, erlauben, an einem Ort zu bleiben, der so voller Erinnerungen an sie ist?«

»Ich war an einem Tiefpunkt in meinem Leben. Trauer verursacht abenteuerliches Verhalten, deswegen habe ich Hals über Kopf entschieden, ihn dort leben zu lassen. Vermutlich nicht die beste Entscheidung, die ich je getroffen habe, aber eine, die ich nichtsdestoweniger getroffen habe, und *das* ist die Wahrheit.«

Während Natalie ihn befragte, durchsuchte Murray mit versteinerter Miene die Wohnung. Mitchells Geschichte klang plausibel, und sein Verhalten und seine Mimik erschienen aufrichtig, und doch gab Natalie nicht auf. Brendon könnte der Mörder sein, aber wenn er es war, wieso war er dann nach Watfield gezogen? Es gab zwei Möglichkeiten: Mitchell arbeitete mit seinem Cousin zusammen und die beiden waren gemeinsam für die Tode der Mädchen verantwortlich, oder Brendon versuchte, es so aussehen zu lassen, als wäre Mitchell der Mörder – eine seltsame Vendetta seinerseits.

»Sie haben keine weiteren Versuche unternommen, ihn vom Boot entfernen zu lassen?«

»Das sollte ich. Vielleicht werde ich das, jetzt, da diese Sache hier passiert ist. Ich bin heute mental stärker, als ich es damals gewesen bin.«

Natalie konnte immer noch nicht akzeptieren, was sie hörte, obwohl ihre eigenen Erfahrungen mit Frances bewiesen hatten, dass Verwandte manchmal anfingen, einander zu verachten. Fakten. Sie brauchte Fakten. Jemand hatte vor ein paar Stunden Katys Leiche in einen Container geworfen, in der Nähe ihres Zuhauses unweit der Church Street. Der Puls in ihrem Hals beschleunigte sich.

»Wo waren Sie heute Morgen, Mitchell?«

»Hier. Sie haben mich gesehen.«

»Das war kurz vor neun, und so wie ich mich erinnere, hatten Sie das Rollgitter des Ladens noch nicht geöffnet. Sie haben eingeräumt, spät dran zu sein. Woran lag das?«

»Ich habe verschlafen.«

»War Ihr Van hier, als Sie aufgestanden sind?«

»Ich denke schon. Ich kann ihn von meinen Fenstern aus nicht sehen.«

»Sie hätten es gehört, wenn er den Parkplatz verlassen hätte.«

»Ich fürchte, das hätte ich nicht. Ich schlafe mit Ohrstöpseln. Das ist einer der Gründe, weshalb ich verschlafen habe. Ich habe meinen Wecker nicht gehört.«

Er hatte für alles eine Antwort. Erneut musste sie an ihre Tochter denken. Könnten er oder Brendon sie entführt haben?

»Wo waren Sie gestern Nachmittag?«

Er kratzte sich wieder am Hals. »Um wie viel Uhr?«

»Mittagszeit – gegen halb zwei.«

Er lächelte entschuldigend. »Da war ich hier. Ich musste mich um den Laden kümmern, während Duffy bei Ihnen war.«

Ihr Handy klingelte und unterbrach sie. Sie nahm den Anruf im Treppenhaus entgegen. Es war Mike.

»An den Aufnahmen der Überwachungskameras ist etwas seltsam. Wir haben alle Fahrzeuge identifiziert, die nach Bramshall rein- und rausgefahren sind, und da war eins, von dem wir annahmen, dass es ein nicht gekennzeichneter Van der Spurensicherung ist, dasselbe Fabrikat und Modell wie in unserer Flotte. Wir haben das Logbuch gecheckt, aber an diesem Abend war der gar nicht in der Umgebung. Er war in Stoke. Die Kamera in der Church Street funktioniert wieder, und wir haben entdeckt, dass dasselbe Fahrzeug um fünf Uhr morgens vorbeigefahren ist. Wir haben ermittelt, dass unser Van zu dieser Zeit vor der Dienststelle parkte, und wir vermuten, dass der Van auf dem Überwachungsvideo falsche Nummernschilder hat und dem Mörder gehört.«

»Was für ein Van ist es?«

»Ein Peugeot Expert.«

Es war dasselbe Fabrikat und Modell wie Mitchells Van. Sie dankte Mike eilig und kehrte ins Wohnzimmer zurück, wo Mitchell jetzt mit Tränen in den Augen vor dem Porträt stand.

»Besitzen Sie einen Peugeot Expert Van?«

Er nickte. »Er steht auf dem Parkplatz hinter dem Laden.«

»Und darf ich annehmen, dass Sie der Einzige sind, der ihn benutzt?«

»Nein. Er gehört zum Laden, und manchmal nimmt Duffy ihn, wenn wir eine Anfrage für einen Technikerbesuch haben, bei dem ein Computer repariert werden soll. Die Schlüssel hängen dort.« Er zeigte auf ein hölzernes Schlüsselbrett neben der Eingangstür, an dem mehrere Schlüsselbünde hingen, einschließlich eines, der zu einem Fahrzeug gehörte. Jeder, der die Treppe hinaufkam, hatte Zugang zu den Schlüsseln.

»Ist die Tür zum Seiteneingang verschlossen?«

»Nur wenn ich nicht da bin.«

Jemand konnte vom Seiteneingang aus zur Treppe gelangen, ohne gehört zu werden. Es bestand die Möglichkeit, dass Brendon Mitchell die Sache anhängen wollte, aber das schien weit hergeholt. Dafür müsste er wissen, wann der Van frei war, wenn er ihn ohne Mitchells Wissen benutzte, und er müsste sicher sein, dass er nicht gesehen wurde. Oder war Duffy doch in die Sache verwickelt? War ihnen ein wichtiger Hinweis entgangen? Sie hatte keine Zeit, all ihre Gedanken zu verarbeiten. Falls die Mädchen in Mitchells Van gewesen waren, musste es forensische Beweise dafür geben. Es gab nur eine Möglichkeit, das herauszufinden. »Wir müssen Ihren Van untersuchen.«

Diese Ankündigung nahm er ohne äußere Regung entgegen. Er nickte nur in Richtung der Schlüssel und sagte: »Nur zu.«

Murray tauchte auf und schüttelte den Kopf, um anzudeuten, dass er nichts gefunden hatte, das ihnen helfen würde. Sie mussten darauf hoffen, dass sich im Van eine Spur dafür fand, dass die Teenagerinnen zu irgendeinem Zeitpunkt darin gewesen waren. Das Protokoll schrieb vor, dass eine Einheit der Spurensicherung ihn untersuchte, für den Fall, dass Polizisten ihn kontaminierten, aber sie hatte nicht genug Zeit zum Warten. Ihre Tochter wurde vermisst, und Brendon Jones war in der Gegend.

———

Lucy schlug mit der flachen Hand aufs Lenkrad. Sie hatte einige fruchtlose Stunden damit zugebracht, an jedem möglichen Punkt anzuhalten, an dem der Kanal und die Straße sich trafen, und nach der *Swinging Rose* und Brendon Jones zu fragen. Nun hatte sie den Ultraschall ihres Babys verpasst und trotz ihres Einsatzes nichts vorzuweisen. Das Netzwerk aus Kanälen war das reinste Labyrinth.

Sie musste zwei weitere Stopps machen, verlor aber schnell an Hoffnung. Die *Swinging Rose* war nicht auf dem Kanal, und sie begann sich zu fragen, ob sich das Boot vielleicht gar nicht aus Staffordshire entfernt hatte. Ihr nächster Halt sah auch nicht vielversprechend aus. Sie fuhr von der Straße und hielt vor einem Audi-Autohaus auf dem Bürgersteig. Der Kanal verlief unter einer buckligen Brücke hindurch, und man erreichte ihn über einen rutschigen, grasbewachsenen Weg, der nicht oft benutzt wurde. Das Wasser war matschig und braun. Diesen Bereich hatten Freiwillige nicht aufgeräumt. Hohe Gräser wuchsen entlang der Treidelpfade und Plastikflaschen trieben im Schmutz. Sie hatte die Wahl: sich nach links wenden und auf ein Narrowboat zugehen, das dort vertäut zu sein schien, oder nach rechts gehen und dem überwucherten Treidelpfad folgen, der sich in einer Kurve vom Autohaus entfernte. Sie entschied sich für die weniger benutzte Route. Wenn sie sich verstecken wollte, würde sie hier lauern. Mücken schwebten über dem stillstehenden Wasser, und gelegentlich schlug sie auf eine ein. *Verdammte Kanäle.* Falls Bethany mal Ferien auf einem Narrowboat verbringen wollte, würde sie augenblicklich ihr Veto einlegen.

Sie erreichte einen kurzen Backsteintunnel, dunkel und modrig, dessen Decke glänzte, als wäre sie schweißnass. Sie rümpfte die Nase und ging hindurch. Dahinter lagen zwei Narrowboats – das erste namens *Black Pearl* war ein rußschwarzes Boot, auf dessen Rumpf inzwischen verblasste Blumen gemalt worden waren und auf dessen grasbewachsenem Dach Blumentöpfe standen. Die Fensterläden waren geschlossen, und als sie an die Tür hämmerte, bekam sie keine Antwort. Der Besitzer war nicht hier. Aus dem Schornstein des nächsten Boots namens *Jenny* stieg Rauch auf. Sie rief und wurde von einem dürren Mann gegrüßt, der einen Jack Russell unter dem Arm hielt, der die Zähne fletschte.

Sie zeigte ihren Dienstausweis. »Ich suche nach einem Boot namens *Swinging Rose*.«

»Nicht hier«, antwortete er.

»Haben Sie diesen Mann hier gesehen?« Sie hielt das Foto von Brendon Jones hoch, und der Hund knurrte bedrohlich.

»Nein. Ich sehe hier in der Gegend nicht viele Leute.«

Lucy steckte das Foto weg. Es war hoffnungslos. »Gibt es hier noch weitere Boote?«

»Eins ein Stück weiter rauf. Es ist leer. Liegt schon seit einer Weile hier.«

»Wie lange?«

»Ein paar Monate, würde ich sagen.«

Sie dankte dem Mann, ging weiter um die Biegung und blieb stehen. Das Boot war nicht die *Swinging Rose*. Es handelte sich um ein schiefergraues Boot ohne Markierungen oder einen Namen. Also wieder kein Erfolg.

Mike war so schnell gekommen, wie er konnte, und machte sich mit einem Mitarbeiter aus seinem Team daran, den Peugeot auf dem kleinen Parkplatz zu untersuchen. »Nur damit du es weißt. Wir sind beinahe fertig mit Duffys Auto«, sagte er, während er unter den Beifahrersitz leuchtete. Der helle Lichtstrahl schien auf einen kleinen Fussel, den Mike aufhob und eintütete.

»Und ihr habt nichts gefunden.«

»Du hast es erfasst.«

Natalie hatte Mitchell darum gebeten, drinnenzubleiben, und war nicht auf Widerstand gestoßen. Murray hatte in der Nähe des Telefonladens Position bezogen, von der aus er beide Eingänge beobachten konnte, und behielt ihn und Duffy im Auge. Erneut sah sie auf die Uhr. Es war jetzt beinahe drei Uhr, und Leigh wurde seit über vierundzwanzig Stunden vermisst. Sie sollte David anrufen. Er würde ebenso erschöpft sein wie sie. Ein weiterer Schultag neigte sich dem Ende entgegen. Sie würde alles dafür geben, wenn Leigh in ihrer Uniform auftauchen würde, mit einem entschuldigenden Ausdruck im Gesicht. Absolut alles.

Der Parkplatz war nicht viel mehr als ein Innenhof mit Kopfsteinpflaster, um den alte Gebäude herumstanden, die mal Lagerhallen gewesen waren. Er war gerade mal groß genug für sechs Fahrzeuge, und den angrenzenden Geschäften waren Parkplätze zugewiesen: einem Wirtschaftsprüfer, der laut dem Schild im Fenster unterwegs war, einem Friseur und einem Kebab-Laden, der nur abends geöffnet hatte. Ein gelber Ford Fiesta war das einzige andere Auto, das im Moment hier stand. Sie sah Mike zu, wie er den Teppich im Fußraum ablöste. Sie war sich nicht sicher, was sie finden würden, aber egal welche Spur es war, sie würde Mitchell oder Duffy mit den Morden in Verbindung bringen. Wenn da nichts war, war sie weit entfernt davon herauszufinden, wer abgesehen von Brendon verantwortlich sein konnte. Sie versuchte es auf Lucys Handy, um zu erfahren, wie sie vorankam, aber es ging sofort die Mailbox ran. Sie hinterließ eine Nachricht, in der sie um Rückruf bat.

Mit dem Rücken an der Wand des Telefonladens stand sie da und zitterte. Sie sollte David anrufen. Bevor sie diesen Gedanken umsetzen konnte, klingelte ihr Handy. Ian bekam die Worte kaum über die Lippen. Sie versuchte, daraus schlau zu werden. »Langsamer. Ich verstehe nicht, was Sie sagen.«

»Ich habe einen Anruf aus Manchester bekommen. Vor einem Monat wurde dort eine Leiche im Kanal gefunden. Sie war stark verwest, und jetzt erst konnte das Opfer identifiziert werden. Es ist Brendon Jones.«

Natalie konnte abgesehen vom Rauschen in ihren Ohren nichts hören. Brendon Jones war tot, aber die *Swinging Rose* war in Staffordshire. Mitchells Cousin konnte die Teenagerinnen nicht getötet haben. Allerdings hatte jemand das Boot bewegt. Sie rannte unter dem Torbogen hindurch vom Parkplatz und stürzte auf Murray zu. »Ich nehme Mitchell mit. Bleiben Sie hier, für den Fall, dass er wegrennen will.«

Sie eilte zum Seiteneingang und nahm auf ihrem Weg die

Treppe hinauf immer zwei Stufen auf einmal. Oben angekommen, warf sie die Tür zu Mitchells Wohnung auf und rief seinen Namen, stieß jedoch auf Schweigen. Mitchell Cox war verschwunden. Sie eilte wieder nach unten und in den Laden, wo Duffy gerade einen Karton auspackte.

»Wo verdammt noch mal ist er?«

Duffy zeigte auf die Tür mit dem Nummernpad. »Im Lagerraum. Er ist vor ein paar Minuten reingegangen.«

Natalie hatte ein ungutes Gefühl. Es gab keinen guten Grund für Mitchell, in den Raum zu gehen. »Öffnen Sie die Tür. Sofort!«

Duffy schnellte zum Nummernpad und gab den Code ein. Die Tür öffnete sich und gab den Blick frei auf einen Raum, der so groß wie eine Kombüse und gefüllt war mit Regalen voller Handys und Laptops. Etliche Kartons lagen in einem Haufen auf dem Boden, zusammen mit einem riesigen Poster, das für Nokia-Handys warb. Ein Tisch war von der Rückseite geschoben worden und enthüllte eine kleine Tür. Sie rüttelte am Knauf, aber sie war verschlossen.

»Wohin führt die?«

Duffys Mund stand offen. »Ich wusste noch nicht einmal, dass da eine Tür ist. Da hing das Poster ...«

Natalie schaute sich um, aber es gab keine Spur von Mitchell. Er war geflohen. Sie rannte zur Vordertür hinaus und rief dabei nach Murray. Es gab nur eine Richtung, in die er geflüchtet sein konnte: in die winzige Gasse zwischen dem Kebab-Laden und seinen Geschäftsräumen. Die Gasse war nur ein paar Schritte vom Laden entfernt, aber als sie sie erreichte, fehlte auch da jede Spur von Mitchell. Er war verschwunden. Murray rannte los, um nach ihm zu suchen, aber er konnte sich überall versteckt haben. Natalie stieß ein langes Stöhnen aus und fuhr herum, als sie ihren Namen hörte. Mike winkte ihr zu. Sie ging zu ihm.

»Mitchell ist abgehauen. Ich muss das melden.«

»Du setzt besser schnell ein Team darauf an. Das hier haben wir hinten im Van gefunden.« Er öffnete seine Hand und enthüllte einen sternförmigen Ohrring, das Gegenstück zu dem, den Savannah getragen hatte.

Savannah Hopkins hat Watfield satt. Sie hasst die Schule und verabscheut Phil, den neuen Freund ihrer Mutter, sogar noch mehr, als sie Lance gehasst hat. Nachdem Lance seine Sachen gepackt hat und verschwunden ist, glaubte sie, ihre Mum jetzt wieder für sich zu haben. Nur sie beide, so wie damals, bevor Lance auf der Bildfläche erschien. Aber ihre Mum hatte andere Pläne. Phil ist schleimig und gafft sie an, wann immer ihre Mum nicht in der Nähe ist. Und es ist widerwärtig, den beiden zuzuhören, wenn sie es im Zimmer ihrer Mum treiben. Da würde sie sich am liebsten übergeben.

Heute war ein wirklich schlechter Tag. Sie hat sich mit Claire Dunbar geprügelt und mit Sally gestritten, einer ihrer besten Freundinnen, nur dass sie nicht ihre beste Freundin oder überhaupt eine Freundin ist. Die blöde Zicke hat ihr Freundschaftsarmband abgenommen und so getan, als hätte sie es verloren. Savannah hat die Nase voll von ihnen allen. Sie wird es ihnen zeigen und ihrer Mum eine Lektion erteilen.

Vor sich hin lächelnd schleicht sie durch die Fußgängerzone. Durch die zufällige Begegnung mit Harriet und Katy im Telefonladen hat sie nun die Gelegenheit, dafür zu sorgen, dass die

Leute sie wahrnehmen. Harriet ist klasse und ihr Vater ein Gangster im Knast. Sie scheißt auf alles und jeden, und wenn alle drei die Disappear-Mutprobe gemacht haben, werden sie eine besondere eigene Gang sein. Niemand wird sich je wieder über sie lustig machen.

Sie haben Tage festgelegt, an denen sie ihre Mutproben machen, und sie fängt an. Sie fühlt sich wichtig – wie eine Anführerin oder so was. Sie hat sogar ihre besten Anziehsachen in ihrer Schultasche versteckt, sodass sie sich umziehen kann und erwachsen und glamourös aussieht wie Harriet, wenn sie sich für die Disappear-Website filmt.

Sie weiß, wo sie sich verstecken wird. Sie haben über die besten Orte gesprochen, und sie hat ihnen vom Pavillon erzählt. Harriet kannte ihn auch und fand es großartig, wenn Savannah sich dort verstecken würde. Savannah ist sich sicher, dass es auf der Rückseite des Pavillons einen Raum gibt. Sie muss nur einbrechen, und sie hat einen Hammer und einen Schraubendreher mitgebracht, die sie nur zu diesem Zweck gestohlen hat. Es wird so cool, ihr persönliches Video hochzuladen und allen zu zeigen, dass sie keine Angst hat und sich drei Tage lang verstecken kann. Ihre Mum wird total ausflippen, und dann wird sie Angst haben. Wenn Savannah nach Hause kommt, wird ihre Mum so erleichtert sein, dass Savannah in der Lage ist, ihr zu sagen, dass sie mit Phil Schluss machen soll. Wenn nicht, wird sie noch mal verschwinden und dieses Mal nicht wieder nach Hause kommen. Sie wird ihre Mum wieder für sich haben.

Sie wird langsamer, als sie am Telefonladen vorbeigeht, und bemerkt Duffy, der im Fenster Artikel neu arrangiert. Er weiß, was sie vorhat, und winkt ihr zu. Sie zeigt ihm einen erhobenen Daumen und geht weiter. Ihr Herz macht vor Aufregung einen Satz. Vielleicht wird Duffy beeindruckt sein und sie endlich für erwachsener halten. Sie steht wirklich auf ihn. Er sieht aus wie ein Mitglied einer Boyband oder ein Filmstar und ist wirklich sympathisch. Er war so nett zu ihr. Nicht wie viele der anderen.

Er mag das Rebellische an ihr, und sie hat gesehen, wie seine Augen funkelten, wenn sie ihm eine Zigarette angeboten oder ihm erzählt hat, dass sie im Aldi etwas gestohlen hat. Vielleicht lädt er sie nach dieser Sache sogar zu einem Rendezvous ein. Beim Gedanken daran wird ihr warm. Sie stiehlt sich in Richtung ihres Zuhauses. Das wird der schwerste Teil, weil sie womöglich entdeckt wird, aber sie muss sich keine Sorgen machen – weder das Auto ihrer Mum noch der Van der Arbeiter ist hier. Das wird ja einfach!

Sie trottet weiter und ist fast auf Höhe der Parktore angekommen, als der Van anhält. Das Fenster senkt sich und Duffys Boss winkt sie herüber. Sie hat im Telefonladen ein paarmal mit ihm geredet. Sie geht näher auf den Van zu, besorgt, dass ihre Mutter vorbeifährt und sie sieht.

»Duffy hat mich geschickt. Er hat eine großartige Idee, wo du dich verstecken kannst. Er musste zum Zahnarzt, aber er trifft sich später dort mit dir. Er hat mich gebeten, dich hinzubringen.«

Duffy will sich später mit ihr treffen. Sie errötet beim Gedanken daran.

»Schnell, steig ein, ehe dich jemand entdeckt.«

Sie eilt auf die Beifahrerseite und kauert sich in den Fußraum. Er legt einen Gang ein, lächelt sie kurz an und fährt los. Das wird so viel krasser, als sie erwartet hat.

Lucy hatte die Hälfte des Wegs zu ihrem Auto hinter sich gebracht, als ihr plötzlich ein Gedanke kam. Die Kriminaltechnik hatte Splitter graubemalten Holzes unter Savannahs Fingernägeln gefunden. Das letzte Boot im Kanal war grau. Hatte es jemand neu angestrichen?

Sie machte auf dem Absatz kehrt, joggte zurück zum Boot und schritt es ab, um die Länge zu ermitteln. Es war etwa genauso lang die *Swinging Rose*. Lucy kletterte hinter der Kajüte an Deck und achtete darauf, nicht aus dem Gleichgewicht zu geraten, weil das Boot schaukelte. Die Hintertüren waren verschlossen und von einem schweren Vorhang verdeckt, der verhinderte, dass sie hineinsehen konnte, und wie bei der *Black Pearl* waren die äußeren Fensterläden von innen befestigt. Sie rief und lauschte angestrengt, aber es ertönte kein Geräusch. Dann nahm die das Deck näher in Augenschein und erkannte leichte Schleifspuren in Staub und Schmutz. Jemand war vor Kurzem hier gewesen.

Sie kletterte wieder hinunter, stellte sich neben das Boot, bewegte ihren Blick Stück für Stück vorwärts und suchte nach Beweisen von blauer Farbe unter dem Schiefergrau, konnte aber nichts erkennen. Dann nahm sie ihr Taschenmesser heraus und kratzte sanft am Rumpf, um die ursprüngliche Farbe zu enthüllen. Es dauerte nicht lange, bis sich ihre Augen weiteten.

Polizisten suchten nach Mitchell, aber Natalie vermutete, dass er die ganze Zeit einen Fluchtplan gehabt hatte. Er war ihnen bis ganz zum Ende einen Schritt voraus gewesen. Die Frage war, wohin er als Nächstes gehen würde. Wenn sie das herausfinden könnte, würde sie vielleicht auch Leigh finden.

Lucys Anruf hätte zu keinem besseren Zeitpunkt kommen können.

»Ich glaube, ich habe die *Swinging Rose* gefunden. Ich bin mir nicht sicher, aber es ist definitiv ein Boot, das auf die Beschreibung passt, und es ist dunkelgrau übermalt worden. Ich habe etwas Farbe abgekratzt, und darunter ist es kobaltblau. Ich komme nicht rein, ohne die Türen aufzubrechen, und ich habe drinnen keine Lebenszeichen festgestellt.«

»Halten Sie es für das Boot?«

»Ja.«

»Das reicht mir. Wir sollten auf Nummer sicher gehen. Wo sind Sie?«

Lucy gab ihr ihren Standort durch, und Natalie rannte zum Streifenwagen, um sich Murray anzuschließen. »Lucy, wir sind unterwegs. Mitchell ist geflohen und vielleicht auf dem Weg zu Ihnen. Sorgen Sie dafür, dass er Sie nicht sieht.«

»Okay. Ich bleibe außer Sicht und sage Ihnen Bescheid, wenn er auftaucht.«

Murray schaltete die Sirene ein und raste los. Natalie rief Aileen an und erklärte ihr, was sie vorhatten, dann lehnte sie sich zurück und versuchte, sich nicht näher mit der Tatsache zu befassen, dass Lucy gesagt hatte, dass sie an Bord niemanden hatte hören können. Falls Leigh dort war, hätte sie geantwortet, wenn sie es gekonnt hätte. Natalie rieb ihre verschwitzten Handflächen über die Hose und betete erneut im Stillen, dass es ihrer Tochter gut ging.

———

Diese erbärmliche Polizistin war ihm auf die Schliche gekommen. Er war ihm unbegreiflich, wie sie die Verbindung hergestellt hatte. Eigentlich war er verdammt vorsichtig gewesen. Das Boot war Cosminas Geschenk an ihn gewesen. Sie hatte gewusst, welche Dunkelheit in seinem Herzen verborgen lag, und hatte ihn dafür nur umso mehr geliebt ...

»Willst du bald Rache nehmen?« Cosmina lächelt ihn mit ihrem geheimnisvollen Lächeln an.

»Sie verdienen nichts anderes.«

Sie fährt ihm mit einem ihrer langen Fingernägel übers Gesicht und schickt damit Wellen von Erregung durch seinen Körper. Alles an Cosmina erregt ihn. Sie ist wie er – stark, unabhängig und eigenwillig. Sie hat dem Tod ins Gesicht gesehen und in einem neuen Land neu angefangen, und zusammen sind sie vollkommen.

»Bald bist du in der Lage, deinen Plan in die Tat umzusetzen«, schnurrt sie. »Nicht mehr lang und du bist bereit.«

Sie zieht sich ihre Gummihandschuhe an, hebt die Nadel wieder und betätigt das Fußpedal, um ihre Arbeit an der Schlange fortzusetzen. Die Tätowierung der Schlange war ihre Idee. Seit Jahren wird er heimgesucht von der Erinnerung an den Tag in der Waschmaschine, als er glaubte, eine Boa constrictor presse ihm die Luft aus der Lunge. Die Geschichte hatte sie erschüttert, und jetzt verwandelt sie diese Erschütterung und die Wut in Macht. Er beherrscht die Schlange, und zusammen werden sie endlich in der Lage sein, Rache zu nehmen für diesen Tag.

Die Tätowierung ist ein Meisterwerk. Sie hat die Kreatur wahrhaftig zum Leben erweckt. Viele Stunden Schmerz und Geduld hat das Werk erfordert, aber sie sind beide am Ende ... oder sollte es der Anfang sein? Das vertraute Summen der Maschine erfüllt das Studio, und er entspannt seine Muskeln, während sie arbeitet, bewundert ihre wunderschönen dunklen Augen und feinen Wangen, während sie ihrer Schöpfung den letzten Schliff gibt.

———

Cosmina ist seine Komplizin gewesen. Sie hatte ihm nicht nur geholfen, die Morde zu planen, sondern auch herauszufinden, wo die drei Frauen lebten. Das Boot war genauso Teil des Plans gewesen wie Brendon davon zu überzeugen, darauf zu wohnen. Ihr Tod nicht. Selbst jetzt wollte er beim Gedanken daran, wie ihr Körper so schnell von der boshaften Krankheit verheert wurde, die sie von ihm genommen hatte, heulen wie ein verwirrtes Tier. Cosmina, seine Cosmina, war alles gewesen, was er sich erhofft hatte. Er schüttelte sich. Jetzt war nicht der Zeitpunkt darüber nachzudenken, was hätte sein können. Er war ertappt worden, und es war Zeit für seine Flucht. Für diese Eventualität hatte er vorgesorgt. Es gab nur eine Sache, die er tun wollte, ehe er ging.

———

Der Mann mit dem Jack Russell schlenderte auf dem Treidelpfad in Lucys Richtung. Sie blieb im Unterholz versteckt und hoffte, dass der Hund sie nicht erschnüffelte. Er lief von links nach rechts, nahm Fährten auf und wedelte dabei ununterbrochen mit dem Schwanz. Hoffentlich hatte sie die richtige Entscheidung getroffen und Mitchell kam hierher. Leigh könnte an Bord des Narrowboats sein und er herkommen, um sie zu holen. Hoffentlich konnte das Team ihn diesmal überlisten, und die anderen sind in Position, ehe Mitchell auftauchte. Wenn er vorher erschien, musste sie schnell handeln. Der Mann war schwerer zu fassen als ein Aal, und ihr einziger Vorteil war die Überraschung.

Die Schnauze des Hundes kam in Sicht, und sie verzog das Gesicht. Es war eine Rasse, die sich verbeißen konnte, wenn ihr danach war. Sie rührte sich nicht. Der Hund schnüffelte an ihr vorbei. Sie blieb absolut regungslos für den Fall, dass jedes noch so leichte Rascheln seine Aufmerksamkeit erregte, dann erstarrte sie plötzlich, als der Besitzer rief: »Hey!«

Eine Sekunde lange glaubte sie, der Mann hätte sie entdeckt, erkannte aber sogleich, dass er sich abgewandt hatte und mit einem näherkommenden Fremden sprach. Der Jack Russell huschte an ihr vorbei und eilte auf die Person zu, bellte wütend, bis er zurechtgewiesen und vom Besitzer auf den Arm genommen wurde. Die laute Stimme des Mannes wehte zu ihr hinüber. Sie bekam Teile der Unterhaltung mit. »Polizei ... sucht nach der *Swinging Rose* ... haben Sie sie gesehen?«

Die Antwort wurde gemurmelt. Sie robbte vorwärts, um zu sehen, wer da sprach, und erkannte den eleganten Mann mit dem ruhigen Gesicht. Es war Mitchell Cox. Was auch immer der Hundebesitzer gesagt hatte, hatte ihn verängstigt, denn er hatte sich bereits umgedreht und ging den Weg zum Tunnel zurück. Sie konnte ihn nicht entkommen lassen. Sie sprintete aus ihrem Versteck. Der Hund setzte zu einer Flut an erschrockenem Gebell an, das Mitchell dazu veranlasste, sich umzudrehen und sein Tempo zu beschleunigen. Er war nun schneller als sie und lief ihr davon. Der Hundebesitzer rief ihr nach, aber sie ignorierte ihn und trieb sich selbst an. Die Entfernung zwischen ihnen wurde größer. Mitchell entkam, Stückchen für Stückchen, und war jetzt fast an der Böschung, die zur

Straße führte. Er hastete sie hinauf. Sie lief Gefahr, ihn zu verlieren. Sobald er die Hauptstraße erreicht hatte, wäre er praktisch weg.

Ihr Kopf schrie ihre Beine an, sich schneller zu bewegen, aber sie schaffte es nicht. Sie strengte sich noch mehr an und war fast an der Böschung, als Mitchell sie wieder hinuntergeeilt kam, verfolgt von Murray. Sie warf sich auf ihn, und er stolperte. Das reichte ihr, um sein linkes Bein zu packen und daran zu ziehen. Murray war augenblicklich auf ihm, nahm ihm die Luft und drückte ihn zu Boden. Sein Gesicht wurde auf eine Seite gepresst, während Murrays große Handfläche auf seinem Kopf ruhte, dann belehrte Murray ihn über seine Rechte, ehe er ihm Handschellen anlegte und ihn auf die Beine zog.

Natalies Ankunft hatte Lucy nicht mitbekommen. Diese sog Luft ein und versprach sich selbst, diesmal aber wirklich das Rauchen aufzugeben. Als sie wieder zu Atem gekommen war, fragte Natalie: »Wo ist das Boot?«

»Dort unten, durch den Tunnel und um die Kurve.«

»Her damit, Mitchell«, sagte Natalie.

»Was?«

»Der Schlüssel zum Boot. Her damit oder ich schlage die Türen ein. Es ist Ihre Entscheidung. Ich bin mir sicher, Cosmina würde ihr Boot nicht gerne zerstört sehen.« Ihre Worte hatten den gewünschten Effekt.

»In meiner Jackentasche«, antwortete er.

Murray tastete danach und reichte Natalie den Schlüssel.

Murray führte Mitchell ab und überließ es Natalie und Lucy, das Narrowboat zu überprüfen. Der Hundebesitzer war immer noch dort, wo Lucy ihn zuletzt gesehen hatte. Sein Mund stand offen. Der Hund knurrte Natalie an, aber der Mann rügte ihn mit einem Klaps auf die Schnauze.

Natalie kletterte zuerst an Deck und schloss die Tür mit zittrigen Fingern auf. Da die Fensterläden geschlossen waren, lag das Innere des Boots in Dunkelheit. Natalie schaltete ihre

Maglite ein und leuchtete die Kajüte ab, ließ den Lichtstrahl auf einen kleinen Ofen und einen einfach möblierten Innenraum fallen, der alles bot, was man in einer kompakten Wohnung finden würde. Sie betätigte den Lichtschalter, aber er funktionierte nicht.

»Achten Sie auf die Stufen«, sagte sie zu Lucy, als sie zu ihr hinunterstieg. »Leigh!« Ihre Stimme klang in ihren Ohren laut und forsch. »Leigh, hörst du mich?«, fragte sie und versuchte, mehr wie die Mutter ihrer Tochter zu klingen. Hinter ihr fiel der Schein von Lucys Taschenlampe auf die Küchenspüle und einen hellblauen Vorhang darunter. Sie bewegten sich vorwärts, Schritt für Schritt, auf eine Tür zu. Dahinter lag ein Schlafzimmer mit einem Doppelbett und einer Schublade darunter, die groß genug war für eine Leiche. Sie sank auf die Knie, legte die Taschenlampe aufs Bett, zerrte an der Schublade und zog sie so weit raus, wie sie konnte. Lucy leuchtete hinein. Ein in Plastik gewickeltes Objekt lag darin. Lucy holte es heraus und wickelte es aus. Es waren Nummernschilder – die, die Mitchell benutzt hatte, um seinen Van zu tarnen. Neben dem Schlafzimmer befanden sich eine Dusche und eine Toilette, und sonst nur noch ein Raum. Die Tür war dunkelgrau.

»Lassen Sie mich«, sagte Lucy, aber Natalie winkte ab. Der Schlüssel steckte im Schloss, und sie schluckte schwer, ehe sie ihn umdrehte. Die Tür öffnete sich und gab den Blick frei auf einen Raum, der nicht größer war als ein Kleiderschrank. Er war leer, abgesehen von einer rosa Sporttasche, die auf dem Boden lag.

»Sie ist nicht hier.« Die Worte waren kaum mehr als ein Flüstern. Wenn ihre Tochter nicht hier war, waren sie womöglich zu spät.

———

Natalie saß Mitchell Cox gegenüber. Sein Anwalt war anwesend, und Lucy bediente das Aufnahmegerät. Hinter ihnen sahen Aileen Melody und der Rest von Natalies Team durch einen Einwegspiegel zu. Mitchell hatte sich nicht zurückgehalten. Er war erpicht darauf, mit seiner Intelligenz zu prahlen. Seiner Ansicht nach hatte er die Polizei überlistet.

Mit seinem Geständnis und der Menge an Beweisen, die sie gesammelt hatten, waren sie in der Lage, einen stichhaltigen Fall darzulegen, doch ihn schien das nicht zu bekümmern.

»Sie scheinen nicht übermäßig besorgt darüber zu sein, dass Sie ins Gefängnis gehen werden«, sagte Natalie.

Er zuckte leicht mit den Schultern. »Ich habe getan, was ich mir vorgenommen hatte – Rache an den Tyranninnen aus meiner Kindheit zu nehmen –, und es wird andere Belohnungen geben.«

»Was meinen Sie damit?«

»Es wird immer Menschen geben, die die Verwegenheit von jemandem wie mir, der erfahrene Detectives wie Sie überlisten kann, bewundern. Nicht jeder weiß das Establishment zu schätzen. Es gibt viele, die dem, was ich erreicht habe, huldigen werden. Ich habe Teenagerinnen und einen erwachsenen Mann ermordet, und Sie haben mich nur durch Zufall erwischt. Eigentlich hätte ich entkommen sollen. Ich war Ihnen die ganze Zeit einen Schritt voraus. Es wird Menschen geben, die in meine Fußstapfen treten wollen. Ich bekomme vielleicht sogar einen Buchvertrag oder verkaufe meine Geschichte an die Presse.«

»Es wird außerdem Menschen geben, die Ihnen im Gefängnis das Leben zur Hölle machen, weil Sie Teenagerinnen ermordet haben«, entgegnete Natalie.

»Wir werden sehen«, antwortete er selbstsicher.

Er hatte alle Morde gestanden, einschließlich dessen an seinem Cousin Brendon Jones. Er hatte erzählt, wie er seinen Cousin reingelegt und zum Sündenbock für Alishas Mord gemacht hatte, und wie enttäuscht er gewesen war, als die Polizei ihn nicht belangte. Er hatte dafür gesorgt, dass sein Cousin an dem Tag, als er Alisha ermordet hatte, so betrunken war, dass er sich nicht erinnern konnte, ob Mitchell ihn besucht hatte oder nicht.

»Brendon war an den meisten Tagen stockbesoffen. Es war nicht schwer, ihn in einen komatösen Zustand zu bringen, ins Schlafzimmer zu legen, ein paar seiner Klamotten zu zerreißen und zu beschmutzen. Ich hätte ihm Beweise unterschieben sollen. Schlussendlich spielte es keine Rolle, dass er nicht angeklagt wurde. Es war sogar besser, dass er auf dem Boot lebte, während ich nach Faye Boynton und Missy Henshaw gesucht habe. Melissa Long«, ergänzte er. »Schließlich habe ich Faye aufgespürt, aber da war es schon zu spät. Sie war bereits an einer Überdosis gestorben.«

»Aber Sie haben dennoch weitergemacht und Melissa Long bestraft?«

»Stimmt, das habe ich. Ich hatte bereits geplant, Missys Tochter Harriet zu töten, aber als ich gehört habe, wie sich die Mädchen vor meinem Bürofenster über die Disappear-Mutprobe unterhielten, konnte ich mein Glück kaum fassen!«

»Woher haben Sie von ihren genauen Plänen gewusst?«

»Sie konnten nicht anders. Sie haben Duffy von jedem Detail ihres Plans erzählt, und auch von ihren kleinen, banalen Leben. Sie waren alle verrückt nach Duffy, und er, nun, er hat sich in ihrer Bewunderung gesonnt.«

»Wie konnten Sie die Unterhaltungen mitanhören?«

»Ich habe sie belauscht. Der Monitor, der an die Überwachungskamera angeschlossen ist, überträgt auch den Ton. Ich konnte jedes Wort hören, während ich mit Kopfhörern oben in meinem Büro saß.«

»Könnten Sie nacherzählen, woher Sie wussten, dass Savannah auf dem Weg in den Park war?«

Er seufzte dramatisch. »Ich hörte Duffy ›Viel Glück!‹ rufen.

Er war eh drauf und dran, zu seinem Zahnarzttermin aufzubrechen, also habe ich ihm gesagt, er soll sich auf den Weg machen und ich würde auf den Laden aufpassen. Kaum war er weg, habe ich das Schild aufgehängt, auf dem stand, dass ich in zehn Minuten wieder da bin, und bin zum Park gefahren. Ich hatte gehofft, rechtzeitig dran zu sein, um sie aufzulesen, und das war ich. Ich habe sie mit einer Geschichte in den Van gelockt, dass Duffy ein noch besseres Versteck eingefallen wäre und sich dort mit ihr treffen würde, und sie ist eingestiegen! Wie naiv! Ich habe sie zum Boot gefahren, wo sie darauf bestanden hat, sich erst für das dämliche Video, das sie für die Website aufnehmen wollte, umzuziehen, und dann habe ich sie in den Raum gesperrt. Etwas später habe ich sie erledigt, nachdem sie sich durchs Schreien verausgabt hatte.«

»Und Harriet?«

»Das war so ziemlich dasselbe. Sie ist tatsächlich in den Laden gekommen, weil ihr Handy nicht funktioniert hat, und ich habe sie belauscht. Duffy hat versucht, sie davon zu überzeugen, nach Hause zu gehen, aber sie wollte nichts davon hören. Mutiges Mädchen. Sie hat sich echt für gerissen gehalten. Trotzdem ist sie in meinen Van gehüpft, kaum dass ich ihr gesagt hatte, dass Duffy mich geschickt hat und sich mit ihr treffen würde. Pft!«

»Aber Katy hat sich der Mutprobe nicht gestellt?«

»Nein. Die ist nach Hause gegangen und hat meine Pläne beinahe durchkreuzt. Glücklicherweise ist ihr Vater abends weg, und ich bin bei ihr vorbeigefahren und konnte sie davon überzeugen, dass Duffy es sich anders überlegt hatte.«

»Sie haben falsche Nummernschilder an Ihrem Fahrzeug benutzt, um sich unbemerkt zu bewegen.«

Er grinste unvermittelt. »Genial, oder? Und ich habe einen Overall der Spurensicherung getragen, den ich im Internet gekauft habe. Niemand verdächtigt einen Polizisten. Außerdem er hat dafür gesorgt, dass ich keine Beweise hinterlassen habe.«

»Aber was Ihren Van betrifft, haben Sie schlampig gearbeitet.«

Er machte ein mürrisches Gesicht. »Ja. Ich dachte, ich hätte mich darum gekümmert. Immerhin habe ich Sitz, Fußraum und Laderaum mit Plastikfolie ausgelegt und immer, nachdem ich ein Mädchen abgelegt hatte, alles gründlich sauber gemacht. Keine Ahnung, wie mir der Ohrring entgehen konnte.«

Natalie hatte nur noch eine Frage. »Wo ist Leigh?«

Unvermittelt hob er entzückt sein Gesicht und schlug die Beine zwanglos übereinander. »Ach, du meine Güte. Wird sie vermisst?«

»Lassen Sie den Scheiß. Wo ist sie?«

»DI Ward, ich habe keine Ahnung, wo Ihre Tochter ist.«

»Woher wissen Sie, dass Sie meine Tochter ist?«, knurrte Natalie.

»Ich habe den Artikel im *Watfield Herald* gelesen und dann ein bisschen auf eigene Faust recherchiert.«

»Wenn Sie ihr was getan haben ...«, setzte Natalie an.

»Mein Mandant hat Ihnen gesagt, dass er nichts über ihren Verbleib weiß.« Es war das erste Mal, dass der Anwalt etwas eingeworfen hatte, und Natalie warf ihm einen finsteren Blick zu.

»Haben Sie meine Tochter entführt?«

Mitchell verzog das Gesicht. »Es verletzt mich, dass Sie so etwas überhaupt denken.«

»Kommen Sie mir nicht blöd, Mitchell. Wo sind Sie gestern Nachmittag gewesen?«

»Im Telefonladen. Ich bin mir sicher, dass mir die Namen von ein paar Personen einfallen, die Ihnen das bestätigen können, obwohl ich mich geschmeichelt fühle, dass Sie mich eines solch doppelten Spiels für fähig halten, an zwei Orten gleichzeitig zu sein und Ihre Tochter zu entführen. Ja, sehr schmeichelhaft. Es zeigt, dass Sie meine Fähigkeiten anerkennen.«

Natalie reagierte nicht auf seine Provokation. Wenn sie wissen wollte, wo Leigh war, musste Sie behutsam mit ihm umgehen. »Sie haben uns während der Ermittlung wirklich überlistet.«

Er lächelte wieder. »Ja, ne?«

»Sie haben alles peinlich genau geplant.«

Er strahlte sie an.

»Ich verstehe nur nicht, wie Leigh in diesen Plan passt. Das ist nicht ... so sauber ..., nicht so gut durchdacht. Nicht wie drei Mädchen zu entführen, die eh zu verschwinden vorhatten. Sich Leigh zu schnappen, war ... nun ja ... schlampig.«

Er rutschte auf seinem Stuhl herum. Sein Ego war erst gestreichelt und dann verletzt worden. »Exakt. Weshalb ich mich am Ende entschieden habe, Ihre Tochter nicht zu entführen. So, mein Anwalt hält es für eine gute Idee, wenn ich eine Erklärung abgebe und wir beantragen, dass ich psychologisch begutachtet werde, also gehe ich davon aus, dass wir hier fertig sind.«

Natalie lehnte sich vor, bis ihr Gesicht ganz nah an seinem war. »Wo ist sie?«

Er zuckte mit den Schultern und sagte: »Wo immer sie sein will.«

Unter weißen Blitzen und lautem Stimmengewirr drängten Journalisten darauf, Superintendent Aileen Melody weitere Fragen zu stellen, aber diese brachte sie mit einer Handbewegung zum Schweigen. »Das ist alles, was ich Ihnen im Moment sagen kann. Wir *haben* einen zweiunddreißig Jahre alten Mann wegen der Entführungen und Ermordungen von Savannah Hopkins, Harriet Long und Katy Bywater verhaftet, und es wird zur rechten Zeit weitere Informationen geben. Ich danke Ihnen allen.«

Es entstand ein Durcheinander erhobener Stimmen, dann

rief eine, die lauter war als die anderen: »Was ist mit DI Ward? Haben Sie ihre Tochter schon gefunden?«

Aileen blickte in Richtung der Journalistin Bev Gardiner und sprach sie direkt an. »Wir haben Einheiten abgestellt, die nach ihr suchen.«

»Glauben Sie, sie könnte das vierte Opfer des Mörders sein?«

Aileens Augen loderten. »Wir hoffen inständig, dass das nicht der Fall ist.« Mit diesen Worten ging sie wieder ins Revier und nach oben ins Büro, wo Natalie half, alles zusammenzusammeln, was sie herausgefunden hatten. Aileen fragte mit sanftem Tonfall: »Hat Mitchell irgendetwas über Leigh oder ihren Verbleib gesagt?«

»Nur dass er nicht weiß, wo sie ist. Tauchteams suchen den Kanal ab. Sie haben einen Beutel gefunden, der Savannahs Anziehsachen und ihre Schultasche enthielt. Wir gehen davon aus, dass sie auch Harriets Sachen finden.« Sie hielt inne, ehe sie sagte, was sie alle dachten: dass Leigh vielleicht ebenfalls in den Kanal geworfen worden war, in einem Müllbeutel, ganz wie die weggeworfene Kleidung.

Aileen legte Natalie eine Hand auf die Schulter. »Sie haben tolle Arbeit geleistet. Jetzt brauchen Sie eine Pause. Gehen Sie nach Hause. Seien Sie bei Ihrer Familie.«

»Ich muss hier sein, für den Fall, dass ...«

»Gehen Sie nach Hause. Das ist ein Befehl.«

Lucy blickte zu ihnen und meldete sich zu Wort. »Wir sind hier fast fertig. Gerade haben wir die Bestätigung von Bart Kingsley aus der technischen Abteilung bekommen, dass sie die Disappear-Website dichtmachen und dass das Video von Harriet von ihrem Handy aus auf die Seite geladen wurde.«

»Er hat zugegeben, dass er es aufgenommen und hochgeladen hat, um uns zu verwirren«, sagte Natalie.

Aileen tätschelte ihren Arm. »Murray und Lucy werden

ihn noch mal befragen und schauen, ob sie noch mehr über Leigh aus ihm herausbekommen können«, sagte sie.

»Danke.« Natalie starrte einen Moment ins Nichts, nickte kurz, nahm ihre Tasche und ihre Schlüssel und ging mit steifen Schritten aus dem Büro.

VIERUNDDREISSIG

FREITAG, 20. APRIL – ABEND

Mike fuhr Natalie nach Hause. Das Dezernat für Vermisstenfälle suchte noch immer nach ihrer Tochter, und Natalie war völlig am Ende. Sie hatten zwar den Mörder gefasst, doch der weigerte sich, ihr zu sagen, wo er Leigh versteckt hatte.

»Soll ich mit reinkommen?«, fragte er.

»Irgendwann muss ich mich ihm sowieso stellen. Wieso dann nicht jetzt gleich.«

»Weil du psychisch und physisch erschöpft bis und dich erst um all das kümmern solltest, wenn du wieder klarsiehst.«

»Die Lügen, das Glücksspiel, all das ist mir egal. Es kümmert mich einen Scheiß. Ich will nur wissen, wohin der Mistkerl Leigh verschleppt hat.«

»Erhol dich ein bisschen. Morgen früh sieht die Welt ganz anders aus.«

»Tut sie nicht. Morgen bin ich immer noch mit einem Süchtigen verheiratet, der Versprechen gibt, sie aber nicht einhält, und Leigh ist morgen immer noch irgendwo da draußen. Mein Leben liegt in Scherben, Mike.«

»Hör David zu, wenn er dir seine Geschichte erzählt. Und

zieht an einem Strang, wenigstens für den Moment. Ihr braucht einander gerade.«

»Du bist sehr gut zu mir.« Sie legte ihre Hand auf seine. Er hob sie an, drückte sie an seine Lippen und stieß einen schweren Seufzer aus.

»Du weißt, wie sehr ich dich mag, aber ich werde keine Wellen schlagen. Nicht solange du diesen Horror durchmachst.«

Sie verstand das. Bei ihr herrschte Gefühlschaos. »Ich glaube nicht, dass ich ihm diesmal vergeben kann.«

»Nat, er ist kein schlechter Mensch. In Wahrheit ist er ein besserer Mann, als ich es bin. Ich habe Nicole betrogen und weder sie noch Thea so behandelt, wie ich es hätte tun sollen. Ich habe ihr keine Chance gegeben. David liebt dich. Du und die Kinder, ihr seid sein Leben. Er ist nicht schlecht oder schwach. Wenn überhaupt ist er krank. Er hat eine Krankheit, und das ist auch schon alles. Er braucht dich jetzt mehr denn je.«

Sie blickte ihm in die Augen und sah ihr eigenes Verlangen darin gespiegelt, aber jetzt war nicht der rechte Moment für solche Fantasien.

»Ich bin nicht stark genug, uns beide zu tragen.«

»Das ist Unsinn und du weißt das. Du bist großartig und wirst diesen Sturm überstehen. So leicht gibst du nicht auf. Ich hingegen bin ein Feigling, wenn es um Beziehungen und speziell um Bindung geht. Eigentlich war in meiner Ehe alles in Ordnung, aber dennoch wollte ein verkorkster Teil von mir diese Sicherheit und auch diese Liebe nicht. Ich habe mich eingesperrt gefühlt, und statt mich zurückzulehnen und dankbar dafür zu sein, eine verständnisvolle Ehefrau und eine wunderschöne Tochter zu haben, habe ich alles versaut. Mach nicht den gleichen Fehler. David ist manchmal ein Arsch, aber er ist auch ein toller Typ. Ich wünschte, ich wäre Thea nur halb der Vater gewesen, der er Josh und Leigh ist.«

Sie starrte in die Nacht und sprach aus, woran sie die vergangenen zwei Stunden gedacht hatte. »Was mache ich, wenn er Leigh getötet hat? Was mache ich dann?«

»So darfst du nicht denken. Hör auf, dich selbst fertigzumachen. Geh nach Hause, sei bei deiner Familie. Warte, bis es vorbei ist.«

Sie warf ihm einen letzten Blick zu, dann verließ sie den Schutzraum seines Autos und ging ins Haus. David und sein Vater saßen am Küchentisch.

Eric sah sie mit einem blassen Lächeln an. »Ich gehe dann. Ruft mich an, wenn ihr etwas hört.«

»Du musst nicht gehen, Eric ...«, setzte Natalie an.

»Es ist aber besser. Ihr zwei braucht Zeit zu zweit und vor allem Schlaf.« Er hob zum Abschied die Hand.

David sah sie aus rotgeränderten Augen heraus an. »Ich muss mit dir über das Chaos reden, das ich verursacht habe.«

»Ich kann das jetzt nicht, David.«

»Bitte. Bitte, Natalie. In mir ist alles aufgestaut, und wenn ich es dir nicht erkläre, habe ich das Gefühl, dass mir der Kopf explodiert.«

Mikes Worte schwirrten ihr im Kopf herum. Sie setzte sich ihm gegenüber hin. Er fuhr sich mit einer Hand übers Gesicht, und ihr fiel auf, wie alt er plötzlich aussah. Auf seiner Stirn und um seine Augen herum waren Falten erschienen, die auf den David hindeuteten, der er mal werden würde. Er nahm ihre Hände und hielt sie zwischen seinen verschwitzten Handflächen, während sie zuhörte.

»Ich schwöre, das wird *nie* wieder passieren. Ich muss dir erklären, warum ich gestern beim Buchmacher war.«

Sie musterte sein Gesicht, während er um die richtigen Worte rang, um das Glücksspiel zu rechtfertigen. Er befeuchtete die Lippen und begann. »Ich habe in letzter Zeit keine Übersetzungsaufträge reingekriegt. Seit März hatte ich nur einen Auftrag.«

»Aber was ist mit dem großen ...«

Er schüttelte den Kopf und sprach weiter. »Es gab keinen großen Auftrag. Es gab auch keine Konferenz. Ich bin am Montag zu Meetings und ein paar Agenturen in Birmingham gegangen, einfach um zu versuchen, Arbeit zu kriegen, aber es ist hart. Und angesichts all der verfügbaren Übersetzungssoftware haben Leute wie ich es schwerer. Sie hatten schlicht keine Arbeit für mich. Ich kam desillusioniert nach Hause und wusste nicht, was ich noch tun sollte. Also bin ich in den Pub und dann zum Buchmacher, wo ich eine kleine Wette abgeschlossen und ins Schwarze getroffen habe. Ich habe fünfhundert Pfund gewonnen und kam mir plötzlich vor wie der König der Welt. Ich habe mich so lebendig gefühlt. Es war wie ein Wunderheilmittel. Ich war außer mir und wollte dieses Glück mit dir teilen, aber ich konnte dir nicht die Wahrheit sagen, also habe ich mir diesen totalen Blödsinn einfallen lassen, dass ich mit einer neuen Übersetzung einen Haufen Geld verdiene. Scheiße! Ich weiß nicht mal, was mich dazu veranlasst hat, das zu sagen – vielleicht war es nur, weil ich mal wieder den Ausdruck von Stolz in deinen Augen sehen wollte, den du früher hattest.«

Sie unterbrach ihn nicht, weil sie an Mikes Andeutung denken musste, dass David krank war. Er hatte wirklich eine Krankheit – Spielsucht. Eine Sucht, die seinen Körper nicht verlassen würde.

»Am darauffolgenden Tag habe ich das gesamte restliche Geld, das ich gewonnen hatte, auf mehr Rennen gesetzt, weil ich dachte, nein ... fest daran *glaubte*, dass ich ein paar Riesen machen könnte. Davon hätte ich dir erzählt und es dir als mein Übersetzungshonorar verkauft, aber ich habe verloren. Ich habe alles verloren. Ich hatte kein Geld mehr, und selbst das hat mich nicht abgehalten. Ich musste unbedingt Geld gewinnen, von dem du glauben würdest, dass ich es mit meiner Arbeit verdient hatte, also habe ich Dad besucht und ihm erzählt, dass ich mir etwas Bargeld leihen müsste, um dich mit einem Geschenk zu überraschen. Ich habe ihm am Mittwochabend nicht bei seiner Waschmaschine geholfen. Ich bin zu ihm gegangen, um ihn um Geld zum Wetten anzuschnorren. Du hättest es erfahren, wenn ich etwas von unserem Konto genommen hätte, also musste ich es woanders auftreiben, und nach dem Kreditdebakel konnte ich das nicht versuchen.«

»Du bist so ein Vollidiot.« Ihre Worte klangen zwar sanft, doch ihr Herz erhärtete weiter. Auch der arme Eric war seinem Zwang zum Opfer gefallen – der liebe, loyale Eric, der nie einen von ihnen im Stich gelassen hatte.

»Ich weiß, wie schrecklich das war. Glaub mir, ich fühle mich entsetzlich deswegen. Ich habe fünfhundert Pfund von ihm genommen und wusste, dass ich es nicht tun sollte, aber am Donnerstag liefen ein paar echt gute Pferde, also bin ich zum Buchmacher, während die Kinder nicht zu Hause waren. Bei den ersten beiden Rennen habe ich zweimal ein bisschen was gewonnen und war überzeugt, dass das Glück auf meiner Seite war, also habe ich eine große Summe auf das dritte Rennen gesetzt – und verloren. Ich konnte nicht aufhören, Nat. Ich hatte das meiste von Dads Geld verloren, aber ich war mir sicher zu wissen, auf welches Pferd ich beim letzten Rennen des Tages setzen sollte. Es war ein sicherer Kandidat, und ich bin dageblieben, um mir das Rennen anzusehen, nur um sicherzugehen, dass ich das verlorene Geld zurückgewinnen kann, aber dem war nicht so. Ich war im Wettbüro und habe mir Pferderennen angesehen und dabei verzweifelt gehofft, dass ich als Sieger hervorgehe. Deswegen hatte ich mein Handy nicht an und wusste nicht, dass Leigh nicht zu Zoe gegangen war. Und jetzt weißt du, was für ein schrecklicher, oberflächlicher Mensch ich bin. Ich schäme mich so, aber ich verspreche es dir, Natalie. Diesmal *werde* ich aufhören. Ich suche mir einen Job, bei dem ich etwas tue, irgendetwas, aber ich werde mich nie wieder Glücksspiel hingeben.«

»Hast du Eric vom Pferderennen erzählt?«

Er nickte und umklammerte ihre Hände noch fester. »Wenn ich hier gewesen wäre, Natalie, hätte ich das von Leigh erfahren. Ich hätte nach ihr gesucht. Wenn ich nicht so gefangen gewesen wäre vom Gedanken daran, Geld zu gewinnen, wäre mir vielleicht aufgefallen, dass sie unglücklich ist. Ich war ihr der schlimmstmögliche Vater ... und dir der schlimmstmögliche Ehemann.«

Ihre Gedanken waren durcheinander wie ein Wollknäuel. David war willenlos gewesen. Er hatte seinen Selbstwert steigern und sie beide einander wieder näherbringen wollen, so nah, wie sie es einst gewesen waren. Stattdessen hatte er einen noch größeren Keil zwischen sie getrieben. Sie würde ihm nie wieder vertrauen können. Seit er das erste Mal gespielt und all ihr Geld verloren hatte, waren sie angeschlagen. Sie hatten es geschafft, diese Hürde zu überwinden, und waren auf dem Weg der Besserung gewesen. Aber wenn David sich jedes Mal, wenn er einen Moment von Selbstzweifeln erlebte, mit Glücksspielen tröstete, würden sie darüber niemals hinwegkommen. So wie es aussah, mit der verschwundenen Leigh, war es unwahrscheinlich, dass sie eine gemeinsame Zukunft hinbekommen würden.

»Du hättest mich nicht anlügen dürfen, David. Wenn du mir erzählt hättest, dass du gespielt oder keine Arbeit hast, wäre ich damit fertig geworden. Wenn du arbeitslos geworden und nur mit unseren Kindern zu Hause geblieben wärst, hätte ich eine genauso hohe Meinung von dir gehabt wie zu der Zeit, als du für die Anwaltskanzlei gearbeitet hast. Was du verdienst, ist nicht wichtig. Womit ich nicht fertig werde, ist angelogen zu werden, und das wusstest du. Du wusstest, wie ich reagieren würde, aber du hast es trotzdem getan. Nach dem, was Frances getan hat, wusstest du, dass ich dir nicht vergeben könnte, wenn du mich anlügst, aber du hast es dennoch getan.« Alle Energie verließ ihren Körper.

»Natalie, falls Leigh zurückkommt, bitte verzeih mir. Bitte versuch es. Um ihretwillen.«

Sie konnte nicht antworten. Leigh war seit neunundzwanzig Stunden verschwunden, und es war durchaus möglich, dass Mitchell Cox sie getötet und ihre Leiche entsorgt hatte.

»Ich weiß nicht, ob ich das kann.« Sie zog ihre Hände zurück und ging zur Spüle. Dort ließ sie das kalte Wasser laufen und füllte ein Glas. Mike hatte ihr gesagt, dass sie es versuchen sollte. Sie hatte versucht, die Familie zusammenzuhalten, seit dem ersten Mal, als David sie alle im Stich gelassen hatte. Wie viel mehr konnte sie aushalten?

»Ich gehe fernsehen«, sagte sie.

»Ich komme mit.«

»Nein. Bleib hier. Ich brauche Zeit für mich. Wo ist Josh?«

»In seinem Zimmer. Er war nicht in der Schule. Er war online und hat Leighs Freundinnen gefragt, ob sie eine Ahnung haben, wo sie sein könnte.«

Sie ging nach oben, um nach ihrem Sohn zu sehen, der auf seinem Bett saß und die Arme um die Knie geschlungen hatte. Er blickte hoffnungsvoll auf.

»Noch gibt es keine Neuigkeiten«, sagte sie und setzte sich auf die Bettkante. »Dad sagt, dass du bei der Suche nach ihr geholfen hast.«

»Niemand weiß, wo sie ist. Ich habe es bei all ihren Freundinnen und Freunden versucht, und auch bei meinen. Sie ist einfach weg.«

»Irgendjemand weiß, wo sie ist. Es ist unmöglich, in diesem Land verborgen zu bleiben. Wir werden sie finden.«

»Hast du das andere Mädchen gefunden? Diese Katy?« Seine Unterlippe zitterte, und Natalie tat es leid für ihn. Ihr großer, sechzehn Jahre alter Sohn hatte genau so viel Angst um das Wohlergehen seiner Schwester wie sie alle.

»Wir sind zu spät gekommen«, sagte Natalie. »Aber wir haben den Mörder gefasst.«

»Hat er gestanden, auch Leigh entführt zu haben?«

»Nein.«

»Aber du glaubst, dass er sie entführt hat, oder?«

»Um ganz ehrlich zu sein, weiß ich nicht, was ich glauben soll.«

Er zog seine Knie noch näher zu sich heran. »Wenn sie zurückkommt, ärgere ich sie nie wieder.«

»Sie ist nicht von zu Hause weggelaufen, weil du sie geärgert hast, Josh. Bitte denk das nicht eine Sekunde lang.«

»Wieso dann?«

»Vermutlich, weil dein Dad und ich uns in letzter Zeit viel gestritten haben. Das ist dir doch sicherlich auch aufgefallen.«

Er schüttelte den Kopf. »Eigentlich nicht.«

»Nun, Leigh hat es mitbekommen. Ich sehe eine Runde fern. Kommst du mit?«

»Ich würde lieber hier oben bleiben. Mir ist nicht danach, irgendetwas zu tun.«

»Wenn du es dir anders überlegst, komm nach unten. Und gib dir keine Schuld. Okay?«

Er nickte kurz, und sie gab ihm einen Kuss auf die Stirn. Ihr fiel auf, dass seine Wangen befleckt waren von getrockneten Tränen. Auch er vermisste Leigh.

———

Lucys Blick klebte am Bild auf dem Schirm. Bethany hatte den Scan heruntergeladen, und Lucy konnte ihren Blick nicht von der kleinen, auf dem Rücken liegende Gestalt abwenden. Sie hatte winzige Hände und Füße und sah tatsächlich aus wie ein Baby. Sie nahm Bethanys Hand und drückte sie.

»Sie ist wunderschön«, sagte sie.

»Wie kommst du darauf, dass es ein Mädchen ist?«, fragte Bethany.

»Ich weiß es einfach.«

»Wir werden es abwarten müssen.«

Lucy hob eine Hand und berührte den Bildschirm. Sie betrachtete ihre zukünftige Tochter und hoffte von ganzem Herzen, dass sie dafür sorgen konnte, dass sie immerzu in Sicherheit war. Das war ein großer Wunsch. Natalie war eine großartige Mutter, und ihre Tochter war verschwunden. Niemand von ihnen wusste, was die Zukunft für ihre Kinder bereithielt. Alles, was sie tun konnten, war, für sie da zu sein und zu hoffen, dass sie die Gefahren und Schrecken umschifften, die da draußen lauerten.

Lucy würde ihr Möglichstes tun, um ihr Kind so aufzuziehen, dass es auf eigenen Beinen stehen konnte und der Fallstricke gewahr war, die das Leben zu bieten hatte. Und sie würde das Kind mit all der Liebe überschütten, die sie zur Verfügung hatte. Sie streichelte auf dem kalten Bildschirm über die Wange des Babys und flüsterte: »Hey Knöllchen, ich bin deine andere Mummy.«

———

Natalies Lider waren schwer, aber sie bewegte sich nicht. Sie war sich nicht einmal sicher, was sie sah. Es waren lediglich Geräusche und Bewegungen, irgendetwas, das sie davon abhielt, zu sehr nachzudenken oder zu intensiv zu fühlen. David saß im anderen Sessel. Sie hatte nachgegeben und ihm erlaubt, mit ihr im selben Zimmer zu sitzen, obwohl sie seitdem nicht miteinander gesprochen hatten. Er war eingedöst, erschöpft von den Ereignissen der letzten Tage, und sie war froh darum. Sie konnte es nicht ertragen, in sein schuldbeladenes Gesicht zu sehen.

Ein paar farbenfrohe Vögel flogen über den Bildschirm, und eine Gazelle hüpfte hinter ihnen. Sie hatte keine Energie, den Fernseher auszuschalten. Hatte Mitchell ihre Tochter entführt? Wo konnte er sie gelassen haben? Natalies Körper fuhr nach und nach herunter, Stück für Stück, erschöpft von der Müdigkeit. Sie war kurz davor, wegzudämmern, als die Türklingel ertönte und sie mit einem Ruck wachrüttelte.

David sprang aus seinem Stuhl auf und erstarrte. »Was, wenn ...?«

Sie stieß sich hoch. »Ich gehe hin.«

»Wir gehen gemeinsam.«

Josh hatte die Türklingel ebenfalls gehört und war bereits mit aschfahlem Gesicht am Fuß der Treppe. Durch das Glas der Tür erkannte Natalie den verzerrten Kopf und die Schultern von Graham Kilburn und holte Luft.

Sie öffnete die Tür, aber ihre Blicke wurden nicht von seinem tristen Gesicht angezogen. Sie fielen auf den gesenkten Kopf der Person, die neben ihm stand. »Gott sei Dank. Oh, Leigh! Leigh!«

Sie zog ihre Tochter in die Arme, hielt sie fest und zitterte vor Erleichterung. Sie beugte sich vor, um ihren Kopf zu küssen, und flüsterte: »Bist du okay?«

Das Mädchen nickte stumm.

Natalie bemerkte Davids Blick und winkte ihm zu, dass er sich ihnen anschließen sollte. Er bewegte sich schnell, legte seine Arme um sie beide und hielt sie fest.

»Alles wird wieder gut«, sagte er, und Tränen liefen ihm das Gesicht hinunter.

Sie lösten sich von Leigh, und Natalie legte dem Mädchen einen Arm um die Schultern, als sie ins Haus gingen.

»Hey! Willkommen zu Hause. Hab dich vermisst«, sagte Josh und sah unbeholfen aus.

Leigh lächelte ihn an. »Ich habe dich auch vermisst.«

»Komm schon. Komm rein und ich mach dir dein Lieblingsgetränk, einen Bananenmilchshake. Was hältst du davon?«, fragte David.

Das Mädchen ging langsam vorwärts.

Natalie sah zu Graham, der sagte: »Sie ist in ein Dorf

namens Loxley außerhalb von Samford gelaufen. Sie war auf dem Rückweg, als wir sie eingesammelt haben. Sie ist ein ganz schönes Stück gelaufen – fast achtzehn Kilometer.«

»Wo bist du gewesen, Süße? Wo hast du die Nacht verbracht?«

»In einer Kirche.«

»In einer Kirche?«, wiederholte Natalie.

»Ich wollte dafür beten, dass du und Dad aufhört zu streiten«, sagte sie leise.

Natalie hielt Tränen zurück. Leigh war ihretwegen von zu Hause weggelaufen. Mike hatte ihr geraten, mit David an einem Strang zu ziehen. Er bedauerte es, nicht härter an seiner eigenen Ehe gearbeitet zu haben, und jetzt sah er seine Tochter nur hin und wieder an den Wochenenden. Nichts war Natalie wichtiger als ihre Familie. Fürs Erste musste sie die Menschen, die sie liebte, an die erste Stelle setzen. Sie zog ihre Tochter näher an sich heran, spürte ihre knochige Schultern an ihrem Brustkorb und wurde an den Tag erinnert, an dem sie ihr geliebtes Kind das erste Mal in den Armen gehalten hatte.

»Dein Gebet hat funktioniert. Wir streiten uns nicht mehr«, antwortete sie.

David trat vor, umarmte sie beide und streifte Natalies Wange mit seinen Bartstoppeln. Einen Moment lang blieben sie reglos stehen, ehe sie sich voneinander lösten.

Leigh sah von einem Elternteil zum anderen. »Also ist alles wieder okay?«, fragte sie.

»Alles ist gut«, sagte David.

Natalie schluckte schwer und bekam ein Lächeln zustande. Sie schuldete es ihren Kindern, David zu vergeben – sie waren das Wichtigste in ihrem Leben. Aber sie war sich nicht sicher, ob sie das konnte. Dieses Mal nicht.

EIN BRIEF VON CAROL

Hallo, liebe Leser:innen,

zunächst vielen Dank, dass ihr *Die Mutprobe* gekauft und gelesen habt. Ich hoffe, es hat auch gefallen.

Wenn ihr über meine Neuerscheinungen informiert werden wollt, könnt ihr euch über den unten stehenden Link für meinen Newsletter anmelden. Eure E-Mail-Adresse wird nicht weitergegeben, und ihr könnt euch jederzeit abmelden.

www.bookouture.com/bookouture-deutschland-sign-up

Dies ist das dritte Buch in der Reihe um DI Natalie Ward und im Ganzen das zwanzigste Buch, das ich geschrieben habe, also hat es einen besonderen Platz in meinem Herzen – es ist sozusagen ein Meilenstein.

Die Idee zum Buch hatte ich, nachdem ich etliche verstörende Berichte über die Besessenheit von Teenagern von Social-Media-Mutproben gelesen hatte. Wie viele Eltern mache auch ich mir Sorgen, dass unsere Kinder online nicht kontrolliert oder geschützt werden, und dass so wachsam ein Elternteil auch sein mag, immer die Chance besteht, dass sie nicht wissen, was der Nachwuchs treibt, wenn er Smartphones oder Computer benutzt.

Teenager können sehr verschlossen und zurückhaltend sein, und ich habe für einige Szenen im Buch auf meine eigenen Erfahrungen als Mutter zurückgegriffen.

Wenn euch *Die Mutprobe* gefallen hat, könntet ihr euch bitte ein paar Minuten Zeit nehmen, um eine Rezension zu schreiben, und sei sie noch so kurz? Dafür wäre ich wirklich sehr dankbar. Leserempfehlungen sind überaus wichtig.

Ich höre gerne von meinen Leser:innen! Ihr könnt über meine Facebook-Seite, Twitter oder meine Website mit mir Kontakt aufnehmen.

Ich hoffe, ihr schließt euch Natalie und ihrem Team bald wieder an.

Vielen Dank

Carol

www.carolwyer.co.uk

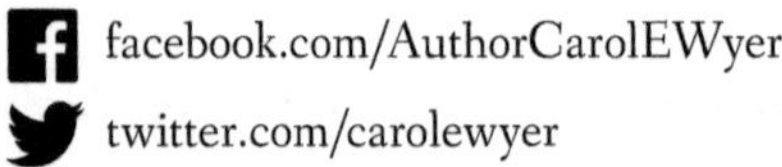

facebook.com/AuthorCarolEWyer

twitter.com/carolewyer

DANKSAGUNG

Zuerst möchte ich mich bei Ihnen, den Leser:innen, dafür zu bedanken, dass Sie *Die Mutprobe* gekauft und gelesen haben. Ihre Nachrichten, E-Mails, Tweets und ermutigenden Worte in den sozialen Medien sind oft die Triebfeder hinter jedem Buch, und ich bin gespannt, wie sie aufgenommen werden.

Es gibt so viele Menschen, die mich unterstützen und die alle eine Erwähnung verdienen. Aber es sind zu viele, um in einen so kleinen Raum zu passen, also fange ich an mit einem riesigen Dankeschön an mein fantastisches Street-Team bei Facebook an, das nicht aufhört, meine Bücher zu verbreiten und mir auf so viele verschiedene Weisen hilft, vom Benennen einer Figur bis hin zu Shoutouts bezüglich meiner jüngsten Veröffentlichung.

Ein herzliches Dankeschön geht auch an das phänomenale Team von Bookouture, das an *Die Mutprobe* gearbeitet hat, besonders an meine absolut großartige Lektorin Lydia Vassar-Smith, die mich freundlich ermutigt und expertinnenhaft durch das Schreiben dieses Buches geführt hat, und an Kim Nash, die es schafft, sowohl eine hervorragende Publizistin als auch uns allen eine echte Freundin zu sein.

Und schließlich weiß ich die Buchblogger:innen zu schätzen, die so viel tun, um Autor:innen wie mich zu unterstützen, und oft nicht die Anerkennung erfahren, die sie verdienen. Danke an jene, die an den Lesereisen teilnehmen, ausführlich auf ihren Buchbesprechungsblogs posten und auf all den

Rezensionsseiten Rezensionen veröffentlichen. Ihr bewirkt so
viel!

www.ingramcontent.com/pod-product-compliance
Lightning Source LLC
Chambersburg PA
CBHW050853210726
48290CB00004B/1209